다시 시작

동도중학교
꿈꾸는 책벌레

KB199970

행복한 꿈꾸는 책벌레

한 해 동안 '꿈꾸는 책벌레' 책쓰기 동아리 학생들이 '다시 시작'이라는 주제로 쓴 글입니다.

우리가 살아가는 동안 늘 노력한 만큼 기대했던 좋은 일들이 일어날 수도 있겠지만 인생을 살다 보면 좌절을 맛볼 때도 있습니다. 그리고 열심히 노력하였지만 내가 한 노력에 비해 결과가 그리 안 좋을 수도 있겠지요.

우리 학생들이 삶에서 걸림돌을 만나는 순간, 모두 다 포기하고 싶은 순간이 올지라도 그 시간 다시 시작할 수 있는 용기가 생기길 바라면서 '다시 시작'이라는 주제로 책 쓰기를 해 보았습니다.

무엇을 쓸까 고민하는 아이들과 함께 동아리 시간에 다양한 경험을 해보면서 책을 쓸 글감을 생각해보았습니다.

당장은 괴로운 일일지도 몰라도 먼 훗날 그 시기가 지나고 보면 오히려 전화위복이 되었거나 다시 되돌아온 길이 어찌 보면 더 좋은 일이 생기려고 했던 그런 경험을 찾으면서 말이죠.

버킷리스트, 인생의 되돌리고 싶은 실수, 성적문제, 친구와의 오해, 삶을 되돌린다 하더라도 인간은 똑같이 살지 않을까 하는 본질적인 문제 등 꿈꾸는 책벌레들이 다시 시작하고 싶었던 순간들을 담고 있습니다.

어떤 일이 생기더라도 툭툭 털고 일어나서 다시 시작을 할 수 있는 용기를 가지고 살아가길 바라면서 이 책을 쓴 경험이 중학교 시절의 좋은 추억이 되면 좋겠습니다.

2019년 10월
지도교사 김혜령

차례

006 **나는 멈추지 않고 달린다** | 김윤지

018 **머피의 법칙** | 김규리

038 **분해** | 이지윤

060 **우리 가족** | 권민경

070 **다시 시작할 수 있다면** | 박성은

082 **sequence** | 이나연

092 **다시 시작** | 송수민

104 **리코민치아레 다 카포** | 김린아

118 **원고지 위의 높은음자리표** | 권영신

134 **inner side** | 구혜림

150 **가장 행복한,** | 김인아

166 **앨리스와 잭** | 정유진

184 **아픈 손가락** | 이승혜

198 **리셋** | 김민우

210 **카오스 스토리 오브 앨런** | 이도연

224 **거름** | 김나혜

244 DREAM | 김수현

256 **얼음의 저주** | 성시윤

266 **소정이의 중학교 적응기** | 신혜림

282 **다시 시작** | 정연경

300 **악필 모범생** | 정혜원

324 **우리 사이는** | 김채경

338 **시간분배법** | 강도윤

나는 멈추지 않고
달린다

꿈꾸는 책벌레 3학년 · 김윤지

작가 소개

'나는 누구야?'

요즘 내가 매일매일 나 자신에게 던지는 질문이다. 사실 중2만 잘 버티면 뭔가 달라질 줄 알았는데... 중2병..... 그것도 다 옛말인 것 같다.

서론이 길었다. 나는 일단 동도 중학교 3학년에 재학 중인 김윤지이다. 이번 연도가 동도에서 마지막이란 것이 일단 아쉽고 또 고등학교에 가서 치열한 입시 전쟁을 치러야 한다는 것이 두렵기도 하다.

아무 생각 없이 도서부 시험을 보았다가 덜컥 1차, 2차를 붙고 이렇게 좋은 도서부 친구들, 선생님과 함께한지도 어느덧 3년이라는 시간이 다 되어간다. 매년 책을 써왔지만 매년 사실 새롭고 어려운 것 같다.

그래도 도서부 활동으로 책이랑 많이 가까워진 것 같고 글쓰기 실력도 조금 는 것 같아 기분이 좋다. 이번 책도 열심히 써 보았지만 나의 초딩 문체는 여전히 남아있는 것 같다. 남은 도서부 활동도 열심히 하고 졸업하고 싶다.

프롤로그

'2019년 ××월 ××일 나는 퇴사한다'- 조 은

.

.

.

.

그렇게 나는 나만의 세계로 첫 발을 내딛었다.

#1 입사

나는 나를 위해 살지 못했다. 그도 그럴 것이 나는 IMF로 잘 해오시던 사업이 망한 부모님 아래서 자랐기에 뭐든지 안정적으로만 살자는 가치관을 주입받았다. 부모님께서는 소란피우지 않고 성실하게 공부만 하는 맏딸인 나에게 항상 공무원이 되라고 하셨고 나는 그 꿈을 실현시켜드렸다. 부모님께서는 꼬박꼬박 월급을 받고 안정적으로 살아가는 공무원들을 동경하셨다. 나는 부모님의 떠밀림에 행정학과를 갔고 다행히 큰돈 들이지 않고 좋은 자리에 입사하게 되었다. 부모님께서는 마치 자신들이 공무원이 된 듯 기뻐하셨고 나도 입이 귀에 걸리신 부모님의 모습에 뿌듯함을 느꼈다.

#2 퇴사

나는 사실 입사 첫날부터 이 일이 나와 맞지 않음을 느꼈다. 매일 똑같은 시간에 출 · 퇴근을 하고 작은 모니터 앞에서 형식적인 업무를 하는 것은 나에게 고역이었다. 나의 입사 동기들은 마치 본인들의 원하던 직업을 얻은 듯 기뻐하며 빠른 승진을 위해 매일 같이 타자를 쳤고 나는 그 속에서 무언가 소외감을 느끼기 시작하였다. 점심시간마다 그들은 자신들의 업무를 더 완벽하게 수행하기 위해 모니터 앞에서 밥을 먹었고 잠도 잤다. 이러한 환경 속에서도 내가 공무원을 그만두지 못했던 이유는 부모님의 기대를 저버리지 않기 위해서였다. 학창시절부터 아무생각 없이 공부만 해왔던 터라 나는 그들보다 열심히 하지 않아도 그들과 비슷한 성과를 낼 수 있었다. 하지만 나는 끊임없이 이 자리가 나와 맞지 않음을 느꼈고 악으로 깡으로 3년 동안 이 자리에서 버티다가 퇴사하게 되었다.

#3 반응

"너 정말 제정신이니?"

내가 퇴사를 한 뒤 주변에서 귀 아프게 들었던 말이다. 부모님과는 태어나서 처음 갈등이라는 것을 하게 되었다. 그 당시 내 남동생은 두 번의 입시에서 좋은 결과를 내지 못해 삼수를 하고 있었고 이로 인해 부모님께선 큰 스트레스를 받고 계셨다. 그 스트레스가 나에게 직접적으로 다가왔고 부모님은 나에게 폭언을 일삼으며 나를 못난 딸이라며 구박하셨다. 이런 안정 중심적인 부모님과 더 이상은 같이 살고 싶지 않아 나는 여태껏 모아둔 돈으로 자취를 선택하였다. 나는 집을 나온 뒤 부모님과는 연락을 끊었고 동생과는 간간이 연락했다.

#4 버킷리스트

사실 나는 내가 늦었다고 생각하지 않았다. 무난하게 대학을 졸업한 후 바로 공무원이 되었기 때문에 28살이었다. 그동안 못 해본 공부와 나의 진로 탐색을 위해 남은 시간을 보내기로 결정하였다. 그전에 나만의 버킷리스트를 작성하였고 내용은 다음과 같았다.

- √ 동대학교 대학원에서 경영 공부하기
- √ 나만의 사업 시작하기
- √ 강남에서 가장 비싼 집에서 살기
- √ 세계의 30개국으로 여행가기
- √ 나의 재산을 모두 사회에 환원하고 죽기

이제부터 나의 제2의 인생이 시작되었다.

#5-1 동대학교 대학원에서 경영 공부하기

어렸을 때부터 나는 돈에 관심이 많았다. 단순히 돈을 많이 버는 것에만 관심이 많았던 것이 아니라 우리 사회의 경제가 어떻게 돌아가는 것인지, 환율은 어떻게 측정되는 것인지 등이 항상 내 머릿속에 가득 차 있었다. 어릴 때부터 가난하게 살았던 나는 경제관념이 남들보다는 일찍 확립되었고 어떻게든 이 가난에서 벗어날지 속으로 계속 생각했던 것 같다. 학창시절 꽤 공부를 해놓아서 그런지 스펙이 나름 괜찮아서 바로 같은 대학교 경영대학원에 합격하였다. 경제가 아닌 경영을 공부하기로 결심한 이유는 나만의 사업을 위한 공부하고 싶었기 때문이다. 이미 경제·경영 관련 도서는 대학원 지원하기 전 미리 읽어두었기 때문에 경영학과를 졸업한 학생들 사이에서 빨리 적응할 수 있었다. 경영은 나의 적성에 아주 잘 맞는 분야였기에 재미있게 그리고 열심히 공부할 수 있었다. 실습으로 성공한 여러 대기업이나 중소기업 등을 방문하며 나의 경영 가치관을 쌓았고 돈을 벌기 위해 하는 아르바이트를 하면서도 가게가 어떻게 운영되는지 꼼꼼히 파악하였다. 또 교수님의 논문 작업에도 적극적으로 참여하며 나의 실력을 키워나갔다. 대학원에서도 열심히 공부한 덕에 졸업할 때 즈음 교수님께 아주 인상 깊은 학생이었다며 언제든지 도움이 필요할 때 연락하라고 개인 번호를 받기도 하였다.

아, 그리고 동생은 삼수 끝에 의대에 합격하였다.

#5-2 나만의 사업 시작하기

나의 사업을 시작하기 위한 사업 아이템이 무엇이 있을까 고민하던 중 우연히 옛 공무원 동기의 문자를 받게 되었다. '은아, 나 다겸이인데 공무원으로 같이 일하던... 네 SNS보고 문자했어. ○○대 경영학과 대학원 졸업했던데..

혹시 나랑 같이 사업할래? 나도 공무원 한참 전에 그만두고 미국에 ○○대학교 디자인스쿨에서 디자인 배우고 지금은 가방 만들고 있거든.. 관심 있음 연락해~' 내가 공무원으로 일하던 중 그나마 나와 친하던 친구였는데 나는 그친구가 디자인을 공부한 줄, 그리고 할 줄 상상도 못했었다. 그녀는 굉장히 열심히 일했었고 그 누구보다 훌륭한 성과를 냈었기 때문이다. 나는 그녀의 성실함과 밝음을 알고 있었고 딱히 사업할 아이템도 생각나지 않았던 터라 바로 동의했다. 며칠 뒤, 우리는 근처 스타벅스에서 만나게 되었다.

"은아 진짜 오랜만이다. 너 퇴사하고 3년만인가... 그치?"

"응.. 오랜만이다.. 근데 넌 언제 퇴사 했어? 나는 네가 쭉 공무원 할 줄 알았는데.."

"그게... 내가 어떤 홍보물 만든다고 진짜 밤새가며 그린 캐릭터가 있거든? 다른 동기들도 진짜 이건 승진감이라고 했는데.. 뭐 그게 너무 형식에서 벗어난다고 받아주질 않더라? 사실 나는 대학에서 실용디자인을 공부했거든.. 그래서 내심 기대했는데... 그때 드는 허무함과 동시에 내가 디자인을 계속해야겠다는 생각이 들더라구.. 그래서 공무원으로 일하면서 공부하며 운 좋게도 ○○대학교 디자인스쿨에 합격해 졸업 후 지금은 가방 디자이너로 활동 중이야..^^"

"그런데 디자인 공부하면서 왜 공무원을 한 거야?"

"아 그게 우리 부모님 때문에... 디자인으로 먹고 살기 힘들다며 공무원 시험 딱 한 번만 보라고 했는데 그게 붙어버렸지 뭐야ㅋㅋㅋ 그냥 1년만 하고 그만둘 생각이었는데 내가 뭔가를 하면 진짜 열심히 하는 스타일이라서.. 4년을 버렸네.."

"그렇구나. 나도 약간 비슷한 길을 걸어왔는데ㅎㅎ 부모님과는 연락하니? 나는 지금 연락 끊은 상태인데 간간이 동생과 연락하구..."

"그래? 너무 한 거 아니야? 나는 내 구체적인 미래를 부모님께 설명 드렸더니 할 수 있는 한 지원은 해주신다고 하시더라고"

"아 그래.... 나도 언젠간 연락해봐야지... 성공하면..... 근데 네 가방은 어떤 스타일인지 볼 수 있을까?"

"아 맞다. 내가 가방 사진을 여러 장 탭에 찍어 와봤거든.. 한번 객관적으로 평가해줘.. 우리 사업아이템이 될 수도 있으니까.. 어때?"

다겸이의 가방은 아주 다양했다. 청소년들이 사용할만한 가방부터 30-40대가 들 만한 가방까지.. 디자인이 아주 다양했고 색감도 아주 좋았다.

"근데 다겸아... 너는 지금 어떤 일 하고 있는 거야? 그리고 왜 나랑 같이 사업 하려는 거야?"

"나는 지금 프리랜서로 가방디자인 중이거든? 근데 내가 정성들인 가방이 다른 디자이너의 가방들과 같이 판매되는 것도 마음에 들지 않고 나만의 브랜드를 원하고 해서... 나는 이 웹 사이트에서 판매 중이거든? 아 맞다. 자랑 좀 하자면 내 가방이 항상 베스트셀러에 있어! 이것 봐! 그러니까 우리는 성공할 수 있어!"

진짜 디자이너 다겸이의 가방이 항상 좋은 실적을 내고 있었고 나의 경영에 대한 안목과 함께라면 사업을 성공 시킬 것 같다는 확신이 들었다. 우리는 각자 요즘 가방 트렌드에 대한 연구와 성공한 한국가방 브랜드에 대해 조사한 후 다시 만나기로 하였다. 두 번째 만남에서는 각자 조사한 자료에 대해 토론한 후 가방의 종류, 각자의 역할, 미래의 비전 등에 대해 이야기 해본 뒤 헤어졌다. 일단 우리의 결론은 우리나라에 아직 10대부터 60대 이상의 전 연령대를 위한 가방을 모두 만드는 브랜드가 없었다는 것이었고 우리는 이를 사업 전략으로 두고 합리적인 가격에, 좋은 제품 질에, 각 연령대의 마음에 쏙 드는 디자인으로 승부하기로 결정했다. 우리는 B-age(비에이지) 라는 브랜드를 만들었고 우리의 모든 돈을 투자해 사업을 시작하였다.

우리는 일단 작은 사이트를 열어 가장 잘 팔릴 것 같은 가방을 두 개씩 각 연령대별로 준비해 판매를 시작하였다. 다행히 나의 경영대학원 친구들과 다겸의 친구들까지 가방을 많이 좋아해주고 판매해주어서 첫 날 수익은 아주 훌륭하게 나왔다. 그 뒤 입소문을 서서히 타면서 우리 가방의 인기는 꾸준히 상승하였고 우리는 수익으로 더 좋은 질에, 더 아름다운 가방을 더 많이 제작할 수 있게 되었다. 처음에는 10대·20대·30대 카테고리의 가방이 가장 잘 팔렸지만 시간이 지나면서 더 높은 연령대의 가방도 많이 팔리기 시작하였다. 사업이 성공하자 나의 경영대학원 친구들과 다겸의 디자인스쿨 친구들까지 합류해 더 많은 아이디어와 함께 B-age가 더 발전할 수 있게 되었다. (제 1 디자이너는 다겸으로 말이다.)

#5-3 강남에서 가장 비싼 집에서 살기

우리의 가방 사업은 아주 성공적이었고 나는 드디어 핫한 셀럽들만 산다는 강남 ○○타워에서 살게 되었다. 사실 그곳은 내가 어렸을 때부터 살고 싶었던 곳이라 입주할 때 너무 나도 감격스러웠다. 고급 진 바닥에 탁 트인 뷰까지.. 자본주의 승리자의 모습을 만끽할 수 있었다. 나의 모든 물건들은 명품으로 이루어져 있었고, 나를 위한 개인 비서까지 있었다. 날마다 다른 유명한 명품 브랜드에서 나에게 출시되기 전의 컬렉션을 보냈고 나는 그것을 보면서 매일 아침 요즘 트렌드를 분석하였다. 시간이 좀 남으면 개인 수영장에서 혼자 조용하게 수영을 하고 마사지를 받으며 살았다. 이렇게만 보면 되게 편하게 산다고 생각할 수도 있지만 매일 이렇게 살지는 못했다. 본사에서 새로운 디자인 연구와 다른 나라와의 지점 계약에 쉴 틈이 없는 날이 다반사였고 밤을 샌 적도 아주 많았다. 성공한 브랜드의 사장이라고 해서 마냥 편하지는 않았다. 나는 세계적으로 성공한 최초의 한국 가방 브랜드의 사장으로 포브스의 가장 영향력 있는 여성 100위안에 들어 인터뷰를 수도 없이 하였다. 나의 인터뷰를 보고 내가 롤모델 이라고 하는 사람들도 생겨나기 시작했다. 내가 항상 인터뷰에서 했던 말이 있다.

"여러분, 당신을 위해 사세요. 당신이 이끌리는 대로 사세요. 그러면 언젠간 부와 명예가 따라올 것입니다."

#5-4 세계의 30개국으로 여행가기

    어느덧 내가 B-age를 차린 지도 20년이 지나, 나는 어느덧 50대가 되었다. 회사를 차린 지 20년이 되도록 한 번도 제대로 쉰 적이 없었고 회사의 매출이 갑자기 하락해서 크게 스트레스를 받은 적도 많았다. 되돌아보면 진짜 기쁜 일도 많았지만 그만큼 힘든 일도 많았고 지칠 때도 있었다. 하지만 나와 다겸의 엄청난 활약으로 드디어 우리 회사는 전 세계의 어느 나라에 가도 있는 대중적인 가방 브랜드가 되었고 나도 우리나라 부자 5위 안에 들게 되었다. 그런데 우연히 어떤 책을 읽다가 진정한 부자란 돈만 많은 것이 아니라 돈과 시간이 모두 많아야 부자라는 내용의 글을 읽게 되었다. 나에겐 죽을 때까지 잘 먹고 잘 살 수 있는 돈은 있었지만 내가 항상 시간에 쫓겨 살았다는 것을 깨달았다. 그 뒤, 나는 회사의 대표 자리에서 내려와 30개국 세계 일주를 시작했다. 한 번도 해외여행을 가보지 않은 나는 일단 미국부터 시작해 아프리카까지 여러 나라를 탐방했다. 나를 알아보시는 분들도 계셔서 되도록 잘 알려지지 않은 곳 위주로 여행했다. 가장 기억에 남는 곳은 단연 미국이었다. 미국은 땅이 넓어 오랫동안 머물러 가장 많이 기억에 남는 것 같다. 1년 바짝 여행을 다닌 것이 아니라서 가장 오랫동안 머문 곳이 가장 정들기 마련이었다. 여행을 다니면서 나는 우물 안 개구리였다는 것을 새삼 느끼게 되었다. 사실 나는 사업을 크게 성공한 후 내가 이 세상의 전부라고 생각했다. 하지만 이 세계는 내가 생각한 것보다 훨씬 큰 곳 이었고 나는 다양한 인종 중 하나였다. 사업을 하다 보니 자연스럽게 5개 국어는 구사할 수 있게 되었는데 여행할 때 참 도움이 많이 되었던 것 같다. 미국의 옐로스톤을 여행하던 중 나는 나와 비슷한 또래의 배낭 여행객을 만나게 되었는데 그도 자신이 다니던 회사를 그만두고 여행 다니는 여행객이었다. 아쉽게도 그와는 며칠 못 만났지만 아직도 그의 말은 생생했다.

    "인생 뭐 있나요? 그냥 내 마음이 이끄는 곳을 따라가면 되죠."

#5-5 나의 전 재산을 모두 사회에 환원하고 죽기

긴 세계여행을 끝내고 나는 작은 시골 마을도 들어가 살게 되었다. 기사를 보니 B-age는 아직도 꾸준히 성장하고 있었다. 나의 20대 청춘을 모두 바친 브랜드가 잘 되고 있다니 기쁘기도 했지만 한편으론 허무하기도 했다. 30대, 내가 회사 대표로 승승장구하고 있을 때 나와 나의 파트너 다겸이는 각광을 받았다. 우리는 비즈니스 파트너로 항상 같이 다녔다. 그런데 어느 날, 다겸은 그만 암으로 죽고 말았다. 그때 나에게 문득 든 생각은 내가 이렇게 살아서 뭐 하나였다. 나의 뒤를 돌아보니 나는 나를 위해 너무 열심히 산 것 같았다. 그리고 다짐했다. 이제부터는 사회를 위해 살기로... 여행을 마치고 나는 나의 유서를 썼다. 나는 결혼하지 않았다. 아니, 나에겐 결혼할 시간, 남자를 만날 시간조차 없었다. 나는 나를 위해 쓰는 시간조차 허투루 쓰지 않고 꼼꼼하게 계획하며 살았다. 그래서 나는 아이는커녕 남편조차 없었다. 나는 나의 유언을 간략하게 쓰고 마무리 지었다.

'그동안 남을 위해 살았던 나는, 나를 위해 살았고, 이제는 사회를 위해서 살겠습니다.

나 조 은은 죽고 난 후 나의 남은 전 재산을 사회에 환원하겠습니다.'

#6 에필로그_가족

나는 공무원을 그만두고 부모님과는 연락을 끊고 살았다. 동생은 삼수 끝에 의대에 입학해 의사가 되었는데 그 뒤론 서로 바빠 연락하지 못했다. 나는 언젠가 성공하면 연락해야지 하다가 결국 사업을 하고 바빠져 이런 생각조차 하지 못했다. 어느 날, 내가 일에 찌들어 회사 책상 위에서 쓰려져 자고 있을 때 장문의 문자가 왔다. 십 년 만에 부모님께서 연락이 오신 것이었다. 뉴스 기사로 나의 근황을 알게 되셨다고 하시면서 미안하다고 하셨다.... 나를 못 믿어줘서.... 나에게 공무원을 강요해서.... 나의 퇴사를 부정해서....
나는 그 순간 눈물이 쏟아졌고 10년 전 그때를 회상했다. 나는 부모님의 폭언
에 견디질 못하고 편지한 장 쓰지 않고 무작정 집을 나왔다. 한 겨울이었는데
잠옷 한 벌 입고 눈길을 울면서 걸었다. 그때는 절대로 집 나온 것을 후회하
지 않기로 다짐했는데 하루도 채 되지 않아 후회했다. 방세는 내가 가진 돈으
로는 절대 낼 수 없을 만큼 비싸서 나는 아르바이트를 병행하며 살게 되었다.
부모님께서 가난하신데 나를 이렇게 부족함 없이 키워주신 것 같아 감사하기
도 했고 무작정 나와 미안하기도 했다. 하지만 한편으론 퇴사한 나를 보듬어
주시지는 못할망정 계속해서 폭언을 퍼붓는 부모님이 밉기도 하였다. 그때의
그 문자의 답장으로 나는 부모님께 미안하다고 죄송하다고 했다.... 무작정
집을 나와서... 부모님의 기대에 져버려서... 한 번도 연락 못해서...

　며칠 뒤, 나는 시간을 쪼개어 부모님을 뵈러 십여 년 만에 집으로 갔다. 집
의 따뜻함이 대문 밖에서부터 느껴졌고 집에 대한 그리움으로 나도 모르게
눈물이 맺혔다. 집 안에는 나의 작은 방이 말끔하게 그대로 있었다. 우리는
서로를 아무 말 없이 안았고 지난 일은 모두 잊고 울고 웃으면서 밤을 보냈
다. 다음 날, 집을 나설 때 부모님께서는 이렇게 말씀하셨다.

　"딸, 미안해. 이제부터는 뭐든 해보고 정 안되겠다 싶으면 집으로 돌아와."

머피의 법칙

꿈꾸는 책벌레 3학년 · **김규리**

작가 소개

「작가 : 문학 작품, 사진 그림 따위의 예술품을 창조하는 사람」

 아직은 나에게 작가라는 말이 낯설고 조금은 부끄럽다.
 나는 그저 이 책의 글쓴이일 뿐이다.
 힘든 일을 혼자서 간직하고 있고, 내 생각이 남에게 무시당
할까 봐 밝히지 않고, 심하게 낯을 가리는 내가, 나와 비슷한
사람들을 위해, 그저 이 글을 썼을 뿐이다.

 중학교 졸업을 앞둔 평범한 중3이다. 아직 진로에 고민이 많
고 방황하고 있다.
 내 대부분의 삶은 고등학교나 성적에 대한 고민들로 가득하
고 이들은 항상 나를 틀에 갇히도록 만든다.
 하지만 이 책을 쓸 때만큼은 잠시 고민을 내려놓았다.
 정말 이 책에만 집중하고 싶었다.
 이 책을 읽는 당신이 이 책을 읽고 위로를 받고 희망을 얻는
것을 바라지는 않는다.
 다만 나처럼 이 책을 읽을 동안에는 평소에 당신을 괴롭혔
던 것들에서 벗어나 온전히 이 이야기에, 이 소녀의 말에 집
중했으면 좋겠다.

프롤로그

「머피의 법칙 – 일이 잘 풀리지 않고 오히려 점점 꼬여만 가는 현상을 이르는 말. 특히, 우연히 나쁜 방향으로만 일이 전개되는 경우를 말한다. 민우는 아침부터 가위에 눌려 기분을 좋지 않았다. 그런데 ….」
머피의 법칙이라는 단어를 보자마자 오늘 나의 모습이 떠올랐다.
오늘 나는 생활은 머피의 법칙처럼 흘러갔다. 앞으로 나에게 불행한 일이 얼마나 많이 일어날지 겁이 났다. 제발 이대로 오늘 하루가 끝이 났으면 좋겠다.

머피의 법칙이었던 날. 어쩌면 불행하고 힘든 날이지만 어쩌면 불행을 딛고 한층 더 성숙해지고 새로운 시작을 할 기회를 주는 날이 아닌가 싶다.

등장인물 소개

정서민 : 중학교에 다니는 중3 소녀이다. 성적이 마음을 따라주지 않아 고민이다. 고등학교 준비와 앞으로의 진로에 결정에 하루하루 근심걱정이다.
한경아 : 서민이의 친구. 못 하는 게 없어 민서의 부러움을 사는 친구이다. 상처가 많지만 애써 밝은 척 상처를 숨기고 살아간다.
차동윤 : 어릴 때부터 유경이와 알던 친구이다. 유경이의 비밀을 밝혀간다.

#1

"오늘 성적표 나옵니다. 모두 잘 챙겨서 꼭 부모님께 갖다 드리세요. 이번 성적표는 고등학교 정하는데 중요한 거 알죠? 부모님과 성적 확인하고 어느 고등학교로 갈지 정해서 다음 주부터 상담할 거예요."

선생님의 말씀이 끝나자마자 아이들이 웅성거리는 소리로 교실이 시끄러워졌다.

"서민아, 너는 어느 고등학교 갈 거야? 나랑 경림고등학교 가자."

시끄러운 아이들 속에서 경아의 목소리가 나에게 들렸다.

"응. 그럴까?"

자존심 때문인지, 아니면 친구의 제안을 거절할 수 없어서 인지는 잘 모르겠지만 내 마음과는 다르게 대답부터 나왔다. 사실 나는 인문계를 갈 수 있을지 모르겠다. 나의 성적은 인문계 딱 커트라인 정도이기 때문이다.

물론 지금부터 마음먹으면 성적을 올릴 수 있겠지만 나만 열심히 하는 것이 아니다. 오늘, 성적표를 받은 이후로 모두가 미친 듯이 공부할 것이고 나는 그들의 두 배로 열심히 해야 한다. 그게 나의 요즘 첫 번째 고민이다.

예전처럼만 했다면 인문계 정도는 나에게 고민거리도 아니었다. 하지만 남들에 비해 사춘기가 심하게 와버렸고 남들이 반항하는 방법으로 중2를 보냈다면 나는 그냥 공부를 놓았다. 오죽하면 담임 선생님께서 우리 부모님께 전화 와서 성적이 너무 떨어졌다고 이대로 가다가는 인문계를 못 갈 수도 있다고 하셨다. 그 때 부모님께서는 나를 심하게 혼내시고 공부만 하게 나를 방에 가둔 적도 있다. 그 때는 인문계는 당연히 갈 수 있는 거라고 생각했고, 공부를 잠시 동안 하지 않으니 공부를 어떻게 해야 할지 기억조차 나지 않았고 그러다 이 지경까지 와버린 것이다.

두 번째 고민은 경아이다. 경아는 지금 나와 가장 친한 친구이다. 하지만 경아와 같이 지내고 싶지 않는다던지 그런 것은 아니다. 경아는 나와 1학년 때 같이 다녔었는데 그 때 따른 친구들이 쌍둥이라고 부를 정도로 우리는 친하게 지냈고 외모도 그럭저럭 닮았었다.

하지만 2학년 때 내가 공부와 거리를 두었을 때 경아는 남들보다 더 열심히 했고 오로지 전교 1등을 위해 하루하루를 보냈다. 누가 보면 공부하기위해 태어난 학생인 것 같았다. 그렇게 다른 2학년을 보내다 3학년 때 다시 만나고 나서 마음은 잘 맞아 같이 다니지만 자격지심을 지울 수 없었다.

경아는 아니지만 나는 경아를 무의식중에 경쟁자로 생각하고 있었다. 경아가 성격도 좋고 함께 있으면 행복하지만 그녀의 완벽함이 나에게는 우리 사이의 가림막이였다. 다시 공부를 해야 하는 이 시점에 경아는 나와 비교조차할 수 없었고 그런 경아에게 내 성적을 고민하는 것은 나로서는 절대 있을 수없는 일이였다. 다른 친구들이 자신의 고등학교와 진로 연애를 상담해주는 모습을 보면 나는 그저 부러웠다. 나는 경아에게 그런 고민을 한 번도 털어논 적이 없기 때문이다. 물론 고민을 말할 생각도 없다.

이런 고민들을 하며 다니다 보니 하루하루가 너무 힘들었다. 미래가 오늘의 나에게 달려있다고 생각하니 너무 버거웠다. 2학년 생활을 후회해도 달라질 건 없다. 차라리 후회 할 시간에 미래를 준비하는 것이 오히려 낫다고 생각했다.

비가 내리는 수학 문제집을 보며 한숨이 나왔다. 경아라면 이 정도 수준의 문제는 다 맞았겠지. 아니면 쉽다고 이 문제집은 풀지 않았을지도 모른다. 또다시 한숨이 나왔다. 경아는 진심으로 나에게 다가오는 친구인데 왜 나 혼자이런 생각을 하는 걸까.

#2

어제 수학문제집을 끝내겠다는 다짐으로 공부하다 나도 모르게 잠들어 버렸다. 아침에 일어나 시계를 보니 8:00 시다. 아침 먹을 시간도 없어 집을 나오려는 데 "서민아 아침 안 먹으면 머리 안 돌아가서 공부 안 된다. 늦더라도 먹고 가."라며 엄마가 소리쳤다.

나는 왠지 모르게 화가 났다. 엄마는 당연히 나를 걱정해서 한 말이겠지만 나는 어제 공부를 하지 않고 잤고, 오늘 아침 일찍 일어나 학원숙제를 하지 않았다는 것에 이미 내 스스로에게 화가 난 상태였는데 엄마가 내 신경을 건드렸다. 엄마에게 신경 쓰지 말라고 짜증을 내며 학교로 갔다. 학교 등굣길이 유난히 힘들었다. 왜 우리학교만 등굣길이 가파르고 긴지 등교할 때마다 짜증이 난다.

시간에 맞춰서 겨우 정문을 통과하는데 누군가 뒤에서 내 이름을 불렀다.

혹시 지각 때문에 선도부에 잡힌건가 라는 생각에 뒤를 돌아보았는데 동윤이였다.

"정서민 왜 이렇게 늦게 등교하냐?"

"너까지 시비냐...?"

"아니.. 시비가 아니라... 오늘 기분 안 좋아?

"아니, 뭐 그런 건 아니고. 근데 너도 지금 등교 하는 거 아니야?"

"나는 아침에 축구부 축구 연습 있어서. 연습하고 이제 들어가는 중인데."

"그럼 너는 체육 특기생으로 고등학교 갈 거야?"

"아마... 그럴 것 같은데."

부러웠다. 공부는 나보다 못하지만 앞으로의 목표와 계획이 있었다. 하지만 평소 동윤이가 누구보다 열심히 축구 연습하고 남들이 하교할 때 운동장에 남아서 코치님과 상담하던 아이였다. 공부가 아닌 딴 길을 스스로 선택하고 노력한 것이다.

나는 스스로가 한심해 졌다. 음악, 미술, 체육에 재능이 하나도 없는 내가 평소에 왜 공부를 열심히 하지 않았을까. 또 왜 꿈을 찾으려고 노력하지 않은 것일까. 만약 내 목표가 뚜렷하게 있었더라면 그에 맞는 노력을 하지 않았을까....

요즘 꿈이 있는 아이들이 부럽다. 진로 시간에 커서 무슨 직업을 하고 싶은지 그 직업을 가지려면 현재 무슨 노력을 해야 하는지 물어볼때가 너무 많다.

하지만 꿈이 없는 나에게는 나의 장래희망을 만들어 내는 것이 너무 어려웠다. 매년마다 바뀌는 직업을 보며 고등학교 가기 전에 빨리 정해야겠다고 다짐했다. 하지만 아무리 생각해도 나에게 마음에 드는 장래희망은 없었다.

#3

"서민아, 담임 선생님이 너 찾아."

"무슨 일로?"

"아마, 고등학교 진학에 관한 상담일 거야."

떨리는 마음으로 교무실 문을 열었다. 선생님이 작업을 멈추시고 나의 얼굴을 쳐다보았다. 그리고는 선생님 옆의 의자를 툭툭 치며 앉으라고 하셨다.

긴장한 상태로 의자에 앉아 있는데 담임 선생님께서 내 성적표를 보시더니 한숨을 쉬셨다.

"하... 서민이는 인문계가 목표니?"

"네."

"분명 1학년 때는 성적이 좋았는데 2학년 때 대체 무슨 일이 있었던 거니. 지금 인문계 가려면 열심히 해야 하는 거 알지? 경아랑 같이 다니잖아. 옆에서 어떻게 공부하는지 좀 보고 배워. 알겠니?"

"네..."

자존심이 상했다. 이런 말들이 나에게는 스트레스였다. 아무 잘못 없는 경아가 또 미워졌다. 1학년 때 내가 경아에게 영어문법을 알려주던 것이 생각났다. 그랬던 나인데 이제는 경아의 공부법까지도 따라 해야 되는 처지이다.

그때 경아가 웃으면서 내 앞에 섰다.

"선생님, 노트북 반에 가져갈까요?"

"그래."

선생님은 아무렇지 않게 대답했다.

사실 선생님 입장에서는 그렇게 신경 쓸 일도 아니었지만 나는 너무 당혹스럽고 화가 났다. 나의 상담 내용을 경아가 어디까지 들었는지 알 수 없었다. 나는 경아에게 내 성적을 전혀 밝히고 싶지 않았다. 밝히는 순간 경아는 나를 위로해 줄 거니까. 그 착한 성격에 분명 나를 걱정해줄 것이 틀림없다. 나는 그게 싫었다. 경아가 나를 걱정해준다고 생각하니 너무 짜증났다. 나도 모르게 눈에서 눈물이 흘렀다. 너무 짜증이 나서 아무것도 할 수 없을 때 나도 모르게 내 눈에서는 눈물이 흐른다. 선생님께서는 당황하시면서 휴지를 가져다 주셨다.

지금부터 열심히 하면 인문계 갈 수 있다고, 머리는 좋은 아이니까 열심히 해보자고 나를 달래주셨다. 하지만 나는 성적이 문제가 아니었다. 경아. 경아가 자꾸 마음속에 거슬렸다.

상담을 마치고 반으로 들어서는데 경아가 나를 불렀다. 그러고는 다짜고짜 하는 말이

"너... 왜 나한테 말 안 했어?"였다.

"뭘?"

"인문계 못 갈 수도 있다는 거."

"너한테 굳이 말해야해?"

일부러 띠껍게 대답했다. 경아가 굳이 나에게 자칫하면 인문계를 못 갈 수도 있다는 것을 각인 시켜준 것이 화가 났다.

우리는 점심시간 까지 계속 말을 하지 않았고 점심시간이 돼서 경아가 나에게 다가왔다.

"나 오늘 동윤이랑 밥 먹을 거야."

"뭐?" 나는 어이가 없었다.

"동윤이랑 밥 먹을 거라고."

"그러던가."

경아가 갑자기 변했다. 평소 나에게 화 한번 안내고 항상 웃어주던 아이인데 내가 인문계를 못갈 수도 있다는 성적이란 걸 알고 나서부터 나를 무시한

건지 아니면 내 성적을 말하지 않아 실망했던 건지 알 수 없다.

동윤이가 우리 반을 찾아왔다. 경아는 동윤이를 보러 가고 복도에서 둘이 다투는 소리가 들렸다. 둘은 자주 다투었다. 어릴 적부터 친했던 친구이기 때문이다. 부모님 덕분에 둘은 유치원과 초등학교 둘 다 같은 곳을 나왔고 동윤이가 체육특기생으로 진로를 결정하기 전 까지 둘을 같은 학원을 다녔다.

갑자기 우리 반 문이 열리고 동윤이가 나를 찾았다.

"밥 같이 먹자."

#4

우리는 셋이서 밥을 먹었다. 셋 사이에서 정적이 흘렀고 어색함을 참다못한 동윤이가 먼저 말을 꺼냈다.

"둘이 왜 싸운 건데?"

경아가 대답했다.

"쟤한테 물어봐."

나는 당황스러웠다. 싸운 건 아니라고 대답하려 했는데 경아는 우리가 싸운 거라고 생각하고 있다는 것이 은근 서운했다. 동윤이가 나를 쳐다봤다.

"어... 그게 나도 잘 모르겠는데."

경아가 숟가락을 내려놓더니 한숨을 쉬었다.

동윤이는 당황해 하며 나와 경아를 번갈아가며 쳐다보았다.

나도 이 상황이 당황스러웠다. 나는 담임 선생님과 상담을 했을 뿐이고, 경아가 상담내용을 들었다. 처음에는 경아가 못 들었을 수도 있겠다는 희망이라도 있었는데 반에 오자마자 나에게 확인사살을 날렸다. 그런데 오히려 경아가 나에게 화를 낸다. 나는 이 상황을 무척 피하고 싶어서 밥을 대충 먹고 급식실에서 먼저 나왔다. 그 답답한 분위기를 견딜 수 없었다.

반으로 들어와서 나는 수학숙제를 했다. 옆에서 짝궁 수민이가 국어 문제를 풀고 있었다. 한 문제를 점심시간 내내 들고 있길래 궁금해서 문제집을 보았다. 비문학인 것 같았다. 나는 항상 국어 성적이 가장 잘나왔고 그 중에서도 비문학만큼은 나를 배신한 적이 없었다.

「머피의 법칙 – 일이 잘 풀리지 않고 오히려 점점 꼬여만 가는 현상을 이르는 말. 특히, 우연히 나쁜 방향으로만 일이 전개되는 경우를 말한다. 민우는 아침부터 가위에 눌려 기분을 좋지 않았다. 그런데 ….」

머피의 법칙 이라는 단어를 보자마자 오늘 나의 모습이 떠올랐다.
오늘 나는 생활은 머피의 법칙처럼 흘러갔다. 앞으로 나에게 불행한 일이 얼마나 많이 일어날지 겁이 났다. 제발 이대로 오늘 하루가 끝이 났으면 좋겠다.

#5

점심시간 이후 계속 멍하니 있다가 학교수업이 끝이 났다. 누구보다 재빠르게 가방을 싸고 선생님 종례를 기다렸다. 하지만 아무리 기다려도 담임 선생님은 오시지 않았다. 평소 담임 선생님께서는 휴대폰 가방을 들고 반으로 들어오신다. 그래서 아이들은 오늘 폰을 내지 않은 아이들을 검사하려고 늦게 오시는 것이라고 추측했고 폰을 안 낸 아이들은 폰을 숨기기에 급급하였다. 아이들이 제각자 폰을 숨기고 나서 선생님께서 반으로 들어오셨다. 그리고는 휴대폰을 안 낸 아이들의 이름을 부르기 시작했다. 나는 평소에 폰을 내진 않지만 이제부터 공부를 하려고 다짐하였기 때문에 오늘 3학년이 되고나서 처음으로 폰을 내었다. 마침 오늘 휴대폰 검사를 하니 기분이 좋았다.
"한경아. 왜 휴대폰을 내지 않았니?" 선생님께서 물었다.
"네? 저 오늘 휴대폰 냈는데요."

교실이 조용해 졌다. 선생님께서는 당황해 하시며 "경아 휴대폰이 없는데?"라고 하셨고 경아는 그럴 리가 없다며 직접 휴대폰 가방 앞으로 가 뒤적이면서 휴대폰을 찾았지만 나오지 않았다. 경아는 울먹이면서 자리주변을 찾겠다고 하였다. 선생님은 알겠다고 하시고 앞으로는 휴대폰을 똑바로 내라는 말과 함께 나머지 아이들을 집으로 보냈다.

그런데 갑자기 경아가 담임 선생님께 속닥속닥 거렸고 담임 선생님이 날 쳐다보시더니 경아와 셋이서 교무실을 가자고하셨다. 나는 불길한 느낌에 휩싸였다. 물론 오전에 경아와 싸운 건 맞지만 설마 그런 일 가지고 나를 도둑으로 몰아붙이진 않을 것이다. 경아는 그런 아이가 아니라는 것만은 내가 확실히 알고 있다.

불길한 느낌은 틀림없이 적중했다. 선생님께서는 나지막히 "서민아, 네가 경아 휴대폰에 손댔니?"라고 물으셨다. 나는 황당하고 어이가 없어서 선생님께 절대 아니라고 했다.

근데 옆에서 경아가 나를 쳐다보며 선생님께 이렇게 말하는 것이었다.

"나는 오늘 아침에 폰을 냈고, 내 폰을 가져갈 사람은 너 밖에 없어. 오늘 오전에 우리 싸웠잖아."

그녀의 말에 말문이 탁 막혔다. 한 번도 나를 추궁한 적 없는 경아였는데 그것도 선생님 앞에서 이렇게 말하다니 평소 내가 알던 경아가 아니었다. 나는 자존심이 상해지지 않고 말했다.

"너가 폰 낸 거 확실해? 그리고 나는 우리가 다투었다고 너의 소지품에 손대는 쪼잔한 짓은 안 해. 그리고 우리가 싸운 건 아니잖아? 일반적으로 네가 삐진 거일뿐이야."

나의 말에 경아는 더욱 고조 된 목소리로 반격했다.

"점심시간에 동윤이랑 셋이서 밥 먹고 너 먼저 갔잖아. 그 때 너가 훔친 거 아니야?"

나는 점점 화가 났다. 이건 나를 의심하는 단계를 넘어서 내가 경아 휴대폰을 훔쳤을 거라고 확신하는 거였다. 게다가 상황은 내가 훔친 것에 딱 들어맞았다.

"내가 훔쳤다는 증거 있니"? 나는 그때 수민이랑 같이 숙제하고 있었어."

"수민이랑 숙제하기 전에 너랑 같이 있었던 사람 없잖아. 증거는 곧 있으면 나오겠지."

경아랑 말하면 할수록 말이 통하지 않았다. 나를 범임이라고 확신하고 있는 아이에게 나의 모든 말은 전혀 통하지 않았다.

옆에서 지켜보던 선생님께서 우리 둘을 제제하시고 우리 둘에게 천천히 물으셨다.

"경아야, 오늘 아침에 폰 낸 거 확실하니?"

"네."

"그러고 나서 휴대폰 가방에서 휴대폰 꺼낸 적 없고?"

"네."

"서민아, 오늘 점심시간에 누구랑 있었니?"

"동윤이랑 한경아랑 셋이서 밥 먹다가 먼저 반에 들어와서 수민이랑 숙제했어요."

"선생님과 상담 한 이후로 교무실에 들어온 적은 없지?"

"네."

갈수록 오리무중 이였다. 선생님께서도 적잖이 당황하셨다. 하긴 이런 일이 흔하게 벌어지진 않으니까.

그때 갑자기 교무실 문이 열렸다. 모두 시선이 교무실 문으로 향했다.

#6

동윤이였다. 동윤이는 어리둥절해 하며 체육선생님 옆 자리로 갔다. 경아는 동윤이를 쳐다보더니 갑자기 우리 쪽으로 불렀다. 동윤이는 경아의 부름에 빠르게 이쪽으로 왔다. 동윤이가 오자마자 경아가 말했다.

"차동윤, 우리 셋이서 밥 먹고 정서민이 먼저 급식실에서 나왔지?"

"어. 근데 너네 아직도 싸우는 거야?"

"아니, 싸우고 있는 게 아니라. 지금 내 폰이 사라졌어. 근데 범인이 너무 확실하잖아."

"누구? 서민이?"

"응."

나는 둘의 말을 들으며 더욱 힘이 빠졌다. 동윤이는 경아의 정말 친한 친구니까 당연히 경아의 말을 믿어줄 거고 그렇게 되면 상황은 나에게 더욱 불리해질 것이다.

하지만 내 예상과는 달랐다. 동윤이는 경아에게 다시 되물었다.

"근데 서민이가 훔쳤다는 증거가 없잖아."

"답답아, 증거가 뭐가 필요해 딱 각이 나왔잖아. 쟤가 아니면 누가 내 휴대폰을 가져가냐고."

또 경아와 동윤이가 싸운다. 평소에도 둘을 자주 다투는데 그때마다 내가 가운데에서 둘을 화해시켰다. 하지만 오늘은 그럴 힘도 없었고 그렇고 싶지도 않았다. 그렇게 멍 하니 있을 때쯤 내 짝 수민이가 교무실에 들어왔다.

수민이는 경아 다음으로 우리 반에서 공부를 열심히 하는 아이다. 그래서 선생님께 모르는 문제를 질문하러 자주 교무실에 온다. 오늘도 담임 선생님께 오는 것이다. 담임 선생님께서 오늘은 시간이 안 된다고 내일 오라고 하시자 수민이는 오늘 문제를 물으러 온 것이 아니라고 했다. 그리고 수민이의 손에는 경아의 휴대폰이 있었다.

"어?내폰. 왜 네가 가지고 있냐?"

"네 자리 밑에 있길래. 내가 주웠는데."

수민이의 단호한 말에 경아는 말을 더듬었다.

"아...아닌데.. 오늘 분명히 휴대폰 냈는데...."

선생님께서 한숨을 내쉬었다. 나와 동윤이도 멍하니 서있었다. 나는 경아가 평소에 학교의 규칙은 칼 같이 지켰고 거짓말을 모르는 아이라고 생각했는데, 이제는 거짓말도 모자라 나를 범인으로 본 것이다. 그 때 수민이가 경아에게 물었다.

"근데 너 문자내용 사실이야?"

"무슨 문자? 너 왜 함부로 남의 문자내용을 확인하는데?"

"...너는 왜 남의 문자를 함부로 보니?"

경아의 단호하고 짜증나는 목소리에 우리는 모두 놀랐다.

대체 수민이는 경아의 폰에서 무슨 내용을 발견한 걸까?

담임 선생님께서는 이제 시간이 많이 지났다고 폰을 다시 돌려받았으니까 이제 교무실에서 나가라고 하셨다. 나는 맥이 빠진 체로 교무실을 나왔다.

#7

그때 동윤이가 내 손목을 잡았다.

"이제 한경아랑 다니지 마."

"그게 무슨 소리야?"

동윤이는 한숨을 쉬더니 나에게 말했다.

"한경아가 오늘 너 욕했어. 인문계도 못갈 정도라고. 그런 아이랑 이때까지 다닌 게 후회된다고. 앞으로 같이 안 다니겠데. 걔가 너 피하기 전에 네가 먼저 걔 버리라고."

...

머리가 하얗게 된 기분이었다. 물론 오늘 심하게 다투긴 했지만 우리는 3학년이 돼서 한 번도 싸운 적 없이 잘 지냈다. 그런데 고작 성적 하나로 나와 함께 다니는 것이 후회된다니..

그날 저녁 힘이 빠진 채로 집으로 돌아왔다. 평소처럼 저녁을 먹고 휴대폰을 보는데 수민이가 보낸 문자가 와 있었다.

"서민아 너는 경아가 시험점수 조작한 거 알고 있었어?"

시험점수 조작이라는 말에 또 힘이 빠졌다. 항상 드라마나 소설 속에서 벌어지는 일인 것 같았다. 적어도 내가 늘 곁에서 지켜보는 경아는 점수 조작 없이도 충분히 잘할 수 있는 아이였다. 그런데 왜 그런 선택을 한 건지 도무지 이해가 가지 않았다. 혹시나 시험 점수 조작을 다른 친구나 선생님께서 알게 된다면 경아의 삶이 무너질 수 있다.

나든 답답한 마음에 바로 수민이에게 전화했다.

"경아가 시험점수를 조작했다고? 확실한 거야? 너도 알잖아. 경아가 그럴 애는 아니란 거."

"어, 처음엔 나도 의심했는데 경아 휴대폰 문자기록에 있는걸 봐버렸어."

"아.. 오늘 교무실에서 얘기한 게 그거였어?"

"응."

"무슨 내용이었는데?"

"어.. 경아가 시험당일 저녁에 학교에 와서 omr카드에 답 수정한 거 cctv에 찍혔는데 수학선생님께서 다른 사람이 이거 알면 일이 커지니까 이번에만 조용히 넘어간다고. 다음부터는 이런 짓 절대로 하지 말라고 보내셨어."

"아... 수민아, 시험 점수를 조작한건 경아의 잘못이지만, 이게 밝혀지는 순간 경아가 어떻게 되는지 알잖아. 일단은 우리 둘만 알고 내일 경아한테 물어보자."

"그래. 아 근데 경아랑 제일 친한 남자아이 있잖아."

"동윤이?"

"어... 걔도 알고 있는 것 같던데. 문자 내용 보니까 확실한지는 모르겠어."

"그렇구나. 알겠어. 내일보자."

하... 오늘 제대로 되는 일이 하나도 없었다. 아침부터 불안불안 하더니 결국 일이 터져버린 것이다. 시험성적을 걱정하고 있던 평소 나에게는 감당할 수 없는 무게였다. 어떻게 일을 해결해야할지 감조차 잡히지 않았다. 복잡한 마음에 동네 공원으로 가서 트랙을 돌았다. 그러다 축구공이 내 앞에 지나갔고 나는 공을 주워서 던지려는데 동윤이가 내 앞에 서있었다.

"아.. 이거 네 공이야?"

"응."

"동윤아, 나랑 얘기 좀 하자."

#8

동윤이는 무슨 영문이냐며 계속해서 물었다. 그리고는 "아직 싸운 거 때문에 그래? 하긴, 친구를 버린다는데 계속 마음에 걸리겠다." 라며 나를 걱정해 줬다.

"그게 아니야."

"그럼?"

"너, 경아가 시험 점수 조작한다는 거 알고 있었어?"

나의 물음에 동윤이는 당황한 듯이 말을 더듬으며 대답했다.

"네가 그걸 어떻게 알아...? 그거 우리 엄마가 아무한테도 말하지 말라고 했는데."

동윤이의 대답에 더욱 혼란스러웠다. 적어도 수민이 말을 들었을 때는 반신반의했는데 동윤이가 저렇게 말한 순간 경아가 시험점수를 조작했다는 것은 확실해지는 것이었다. 물론 중학교 시험 한 문제 일뿐이지만 그렇다고 해서 쉽게 넘어갈 수 있는 일이 아니었다.

"경아가, 그렇게 했다는 게 믿기지 않아. 경아는 평소에도 잘하는 아이였고 한 문제 정도는 틀려도 전교 1등인 거는 변함없잖아. 그런데 왜 그런 거야?"

"너 몰라? 경아 어머니 되게 성적에 목숨 거시는 거. 경아 때문에 직업도 그만두시고 오로지 경아만 바라보면서 사시는 분이셔. 물론 그날 한 문제를 고친 건 맞는데 그 한 문제를 고쳐서 경아는 전교에서 유일한 올백을 맞은 학생이 된 거니까. 그 한문제가 경아한테는 간절했겠지."

"그깟 시험이 뭐라고. 나는 인문계 못갈까 봐 이러고 있는데 시험문제 하나 때문에 꼭 그렇게 해야만 했나."

"그러게. 근데 경아 답 몰래 고치고 나서 엄청 후회하더라. 요즘 예민해 진 거 못 느꼈어? 그 때는 한 문제에 올백여부가 달려있었겠지만 지금은 그 한 문제 때문에 제대로 다니지도 못하더라. 들키는 순간 어떻게 될지 아무도 모르는 거니까."

점수를 조작한다는 것은 엄연한 범죄이지만 경아가 평소 했던 노력과 후회와 죄책감 속에서 하루하루를 버티는 경아가 안쓰러웠다.

"동윤아, 너는 경아 이대로 놔둘 거야?"

"나도 어떻게 해야 할지는 잘 모르겠어."

"그러게. 이런 일은 우리 둘 다 처음이니까. 경아도 처음이겠지?"

"처음이길 바래야지."

그렇게 얘기를 나누다 시간이 늦어 각자 집에 들어갔다.

내일 학교가기가 두려워졌다. 경아와 화해할 자신도 없었고 무엇보다 경아에게 범죄자라는 인식이 심어져서 경아를 친구로 생각하기 어려울 것 같았다.

#9

다음날 아침 평소와 다르게 일찍 등교를 했다. 빨리 수민이와 대화를 해야 했다. 빠르게 계단을 뛰어서 반에 도착했다. 문을 열었는데 경아와 수민이 단 둘밖에 없었다. 둘이 동시에 나를 쳐다봤고 나는 당황한 채로 문 앞에 계속 서 있다가 내 자리에 앉았다. 수민이는 일부로 크게 "에휴...나도 공부하지 말고 그냥 시험점수 조작이나 할까"라며 말했다.

나는 깜짝 놀라 수민이를 쳐다보았다.

그때 경아가 일어나 수민이 앞으로 다가왔다.

"너, 내 문자내용 다 본 거야?"

"어. 당연한 걸 묻고 있어."

"정서민 너는 나가있어."

경아가 나를 보면서 단호하게 말했다.

"쟤 안 나가도 돼. 쟤도 알고 있거든."

수민이는 지지 않고 말했다.

나는 어떻게 해야 할지 몰라 자리에 계속 앉아있었다.

"한경아. 너 그거 범죄야. 지금은 아무도 몰라서 네가 당당히 학교 다니는 건데 내가 말하는 순간 너 학교도 제대로 못 다니게 될걸."

"나도 알아. 나도 내가 잘못한 거 안다고. 그런데 어떻게 이미 지나간 일인데. 나도 그때 무슨 정신으로 그런 짓을 한지 모르겠는데 이미 충분히 나도 힘들다고. 문제 답 하나 바꾼 게 이렇게 큰 잘못일줄 몰랐어. 이렇게 혹독한 대가를 치러야 할 줄 몰랐다고. 일상이 불안해. 혹시 누구하나 알게 될까봐. 근데 이미 너네한테 들통 났고 나도 어떻게 해야 할지 모르겠어."

경아의 진심 섞인 목소리에 우리는 당황했다. 하긴 시험성적을 조작한 경아의 마음도 편치 않았을 것이다.

옆에서 수민이가 말했다.

"네가 시험점수 조작했다고 밤에 몰래 와서 답 바꿨다고 말해. 네가 먼저 솔직히 말하고 다른 사람들에게 용서받을 기회를 줄게. 이번 주 안에 말 안하면 내가 애들한테 다 말하고 다닐 거야."

드르륵

반 뒷문이 열리고 수인이가 들어왔다. 경아는 아무 일도 없었다는 듯이 자기자리로 돌아갔다.

점심시간이 되고 나는 수민이와 수민이 친구들과 함께 밥을 먹었다. 그중 친한 아이는 없었지만 경아와 둘이 먹는 것 보다는 낫다고 생각했다. 어제 점심시간 까지만 해도 경아와의 다툼이 쉽게 끝날 줄 알았는데 하루 사이에 무슨 일이 있었나 싶다.

점심을 다 먹고 반으로 들어가려는데 경아가 나에게 복도로 나와서 얘기를 하자고 했다.

나는 긴장한 상태로 복도에 나가서 경아를 불렀다.

경아는 한 손에 휴지를 가득 쥐고 빨개진 눈으로 나를 쳐다보았다. 화장실에서 울고 있었나 보다.

"서민아, 내가 요즘 너한테 예민하게 굴었던 거 정말 미안해. 사실 네 성적을 알고 있었고 그래서 열심히 공부하는 모습이 부러웠어. 그래도 2학년 때보다는 성적이 점점 오르고 있잖아. 근데 나는 아무리 해도 성적이 올라가질 않더라고. 힘들었어. 내 한계가 이 정도 밖에 되지 않는구나 느끼며 위로가 필요했는데 부모님께서는 채찍질만 하셔서 쌓인 스트레스가 다 너에게로 간 것 같아. 미안해. 그리고 조작한 거는 내가 잘못한 거 알고 지금 충분히 반성하고 있어. 근데 내가 그런 짓을 했다고 밝힐 자신이 없어. 네가 수민이한테 잘 말해주면 안 될까?"

"결국 그말 하려는 거였네?"

"나 싹 다 있고 새롭게 살고 싶어. 진짜 내가 좋아하는 일 찾고 내가 잘하는 일 찾아서 즐기면서 하고 싶어. 그게 공부든 딴 거든. 부모님과 상의해서 전학 준비도 다 해놨어. 근데 너에게 사과할게 남아서 이렇게 있는 거야. 네가 인문계 못 갈 성적이라서 같이 다니지 않겠다고 한 게 아니라, 내가 성적조작을 한 게 들키면 너한테 피해가 갈까봐 점차 멀어지려고 그랬던 거야. 그런데 방법이 좀 많이 잘못된 것 같아서 미안했어. 솔직히 말하는 게 나았을 텐데 괜히 짜증내고 힘들게 해서 미안해. 그리고 너 지금은 다시 공부 열심히 하니까 인문계 갈 수 있을 거야. 그런데 꼭 인문계 가야한다는 생각에 힘들지는 않았으면 좋겠어. 공부가 다는 아니고 인문계를 못 간다고 해서 잘못한건 아니니까."

"알겠어. 내가 일단 수민이한테 네 사정 말해볼게."

"굳이 말 안 해도 되겠다. 나 이미 다 들었어." 뒤에서 수민이가 말했다. 경아와 나는 깜짝 놀라 뒤를 돌아봤다.

"네가 충분히 반성하고 있다는 거 알았어. 네가 시험점수를 조작하고 그것 때문에 매일 걱정하고 죄책감에 쌓여서 마음고생 하는 거 쉽지 않은 것도 알아. 그래서 새로운 시작한다고? 그런다고 해서 네가 시험점수를 조작했다는 사실은 변하지 않겠지만 그래도 한번 너에게 다시 시작할 기회는 줄게. 애들한테 점수 조작했다고 말 안 해도 돼. 대신에 전학 가서 정직하게 살고 네가 했던 짓 항상 후회하면서 살아."

수민이의 말이 끝나고 경아는 들릴 듯 말듯하게 고맙다는 말을 하고 화장실로 들어갔다. 수민이는 나를 향해 웃었고 나는 "잘했어."라고 짧게 한 마디 했다.

#10

그렇게 경아는 전학을 가게 되었고, 나는 가끔 경아와 연락을 한다. 경아는 여전히 자신이 시험점수를 조작한 것에 대해 힘들어하는 것 같았지만 그래도 새 환경에서 죄책감을 조금씩 덜어내면서 공부하고 있다고 한다.

그리고 나는 경아에게 과목별 공부 잘하는 방법을 배우며 공부를 했고 덕분에 성적이 많이 올라 인문계 커트라인 안정권에 접어들었다. 처음부터 경아에게 물어봤으면 되었을 텐데 그놈의 자존심이 뭐라고 항상 경계하고 성적에 관한 모든 것들은 비밀로 했는지 잘 모르겠다.

경아가 전학을 간 뒤로 오히려 우리는 더 돈독해진 것 같다. 자격지심 버리고, 비밀도 다 털어버리고 서로 한 발짝 다가서니 일학년 때 우리의 모습으로 돌아갈 수 있었다.

머피의 법칙이었던 날. 어쩌면 불행하고 힘든 날이지만 어쩌면 불행을 딛고 한층 더 성숙해지고 새로운 시작을 할 기회를 주는 날이 아닌가 싶다.

분해
(分解)

꿈꾸는 책벌레 3학년 · **이지윤**

작가 소개

　생각해보니 이 소설을 끝으로 살면서 이런 식으로 책을 쓸 기회가 거의 없다는 것을 깨닫게 된 졸업을 앞둔 동도중학교 3학년 재학생 이지윤이라고 합니다. 제가 쓴 소설을 읽기 전에 간단히 제 소개를 듣고 싶으시다면 앞으로 몇 개월 후면 고등학생이 되어버리는지라 원래 취미인 그림 그리기도 슬슬 접어가고 있는 평범한 중학생이라고 요약해드릴 순 있을 것 같습니다.

　현재 장래희망은 멋있게 말씀드리자면 법의학자이고 보다 와닿게 말씀드리자면 시체 검시관입니다. 상당히 특이한 장래희망이라는 말도 자주 듣지만 의외로 국과수에서 근무하는 직종으로 공무원이기도 하고 또 의사의 일종이기도 한 직종입니다. 또 '시체'하면 오는 그런 거부감은 있을 수 있겠지만 일반 의사들과 취지는 동일합니다-사람를 살리자! 다만 이미 죽은 사람에게 남아있는 정보를 찾아내어서 범인을 잡음으로써 다른 이들을 살린다는 게 조금 다른 부분이라고 할까요?

　이제 이 소설에 대해 말씀드리자면 제 실화와 픽션을 적절하게(?) 섞은 내용입니다. 사실 여기에 나오는 '정하랑'이라는 친구의 모티브가 되어주었던 제 친구가 미리 한 번 읽어보고 나서 재밌고 현실고증이 제대로 되었다고 말해주어서 그나마 조금 뿌듯했네요. 항상 고전만 계속 편독하는 습관이 있어서 '청소년 성장 소설 같은 책은 어떻게 쓰는 건가', 하고 고민을 조금 해보고 몇 권 읽어보았는데도 역시 잘 모르겠어서 제가 원래 쓰는 문체(약간 고전 느낌이 드는 중2병 문장들)를 최대한 청소년 성장 소설답게 쓰려고 노력한 결과가 있었으면 합니다. 그럼 연휘의 이야기. 지금부터 시작합니다!

　※여기에 나오는 신과 관련된 내용은 신성모독이라고 받아들이지 말아주세요!!

프롤로그

우리를 유혹에 빠지지 말게 하시고,
악에서 구하소서.
주 예수께 비나이다.
아멘.

1. 샌델[1]은 될 수 없습니다

'제발 지구에서 알아서 적당히 퇴장해주세요. 내 앞에서 굳이 막 속죄의 퍼포먼스 이딴 거 안 해도 좋으니까, 먼지가 되든 산소 분자가 되든 뭐가 되어 버리든 좋으니까 제발 유기체로서 지구에 남아있지 말고 한시라도 빨리 증발하든 자시든 해 주세요 리스트'에 포함되어 있는 그 애가 내 눈 앞을 지나쳐서 공을 가져갔다. 박서윤, 저 눈치 없는 년. 제발 눈치껏 죽어버려라.

"야, 이연휘. 뭐 잘못 먹었음? 표정 개 썩었네."

"어...아냐. 그냥."

"너는 표정 숨기는 연습 좀 해라. 뭔 생각이 얼굴에 다 드러나냐? 단순한 새끼. 네가 쟤 싫어할만한 건 알겠는데 티내서 좋을 거 없잖음."

정하랑 말이 맞다. 표정을 대놓고 드러내서 좋을 건 하나도 없다. 하지만 저 년이 싫은 건 어쩔 수 없다. 죽어버려, 제발.

'띤디리, 띠리리리리, 띤-띠딘-띠린딘띤.'

정말 최악의 음질로 소리가 조각조각 나서 들리는 바람에 모르는 사람이 들었다면 끔찍한 소음이었겠지만 저것이 하교 종소리라는 이유 하나만이 모두에게 환영받는 까닭이었다.

"낼 봐."

"어, 내일 봐."

버스가 내 앞에서 요란한 소리를 내며 짙은 배기가스를 뿜어내었다. 나는 순간 몸을 움찔거릴 수밖에 없었다. 가스는 무서웠다. 항상 가스를 떠올리면 아비규환이었던 장면밖에 생각나지 않는다. 떨리는 왼손을 꾹 잡고서 다음 버

---

[1] 〈정의란 무엇인가〉의 저자인 마이클 샌델.

스가 올 때까지 기다렸다. 무서움에 직면하는 것이 무서움에 대처하는 가장 좋은 방법이라고 누가 그러지 않았던가? 분명 세상의 온갖 화석연료를 이용하는 것들이 유기체였더라면 그들도 내 제지퇴(제발 지구에서 퇴장해주세요의 약자이다) 리스트에 포함되었을 것이다. 제지퇴 리스트가 정확히 무어냐고 묻는다면 이렇게 말해줄 수 있다. '내가 죽여 버리고 싶을 정도로 싫어하지만 죽일 순 없는 유기체들을 모아 둔 리스트. 언젠가부터 머릿속에 혼자서 몇 명씩 기입하다보니 어느새 100명은 훨씬 넘어버린 것 같은 리스트.' 그냥, 이름은 달라도 나 말고도 누구나 하나씩은 가지고 있을 법한 그런 리스트이다.

버스에 올라타서 멍하니 책을 읽는다. 〈정의란 무엇인가?〉 앞부분은 대충 이런 내용이었다. 인간 행위의 윤리적 기초를 개인의 이익과 쾌락의 추구에 두고, 무엇이 이익인가를 결정하는 것은 개인의 행복이라고 하며, '도덕은 최대 다수의 최대 행복을 목적으로 한다'고 주장하는 것이 공리주의[2]이다. 그러면 너는 공리주의를 옹호하는가? 사실 정의만 들었을 때는 공리주의가 그럴싸 해보이지만 역시 그런 걸 주장하면 도덕이 무시가 되겠지.

2. '내'가 아닐 순 없습니다

'이연휘라는 인간은 아무리 봐도 신이 여러 명을 창조하고 난 후에 너무 지친 나머지(하지만 일은 멈출 수 없었기 때문에) TV를 보며 한 손으로는 과자를 먹으면서 나머지 한 손(신이 오른손잡이라고 가정하면 분명히 왼손)으로 대충 빚어 만든 존재일 것이다. 하아, 정말이지 우리 세상에 신이 있다면 이런 식으로 정말 무책임한 존재일 것이다. 아니, 분명 연예인도 창조하셨으면서 어떻게 나머지 사람들은 이런 식으로 대충 만들 수 있는 거지? 연예인 같은 존재를 만들 때는 막 며칠씩 투자해서 만들어서 그렇게 잘생기고 예쁜 거

---

2) 위키피디아 참조.

고 나머지 존재들은 몇 초 만에 후딱 만들어버려서 이런 모양새인건가. 아니 그러면 도대체 연예인들은 왜 인성논란 같은 게 터지는 건데요. 그렇게 열심히 빚었으면 심성도 열심히 만들었을 거 아닙니까? 신 양반, 일 좀 제대로 하고 살란 말입니다. 자꾸 그러면 고소해 버릴 거예요, 뭐로 어떻게 고소를 넣어야 할지는 잘 모르겠지만.'

연도를 드리면서 항상 똑같은 생각을 한다, 이런 식으로 말이다. 어차피 겉으로만 제대로 연도 구절을 맞는 높낮이로 읊는다면 아무도 내 생각이 이런 식으로 불경하다는 걸 알지 못하니까.

'이연휘. 고울 연(妍) 자에 빛날 휘(輝) 자를 써서 곱게 빛나라는 이름이다. 이름부터 흔치 않고 별난 존재라서 너무 너무 유감이다. 좀 흔한 이름을 가진 사람이었으면 뭔가 잘못해서 걸렸을 때도 적당히 넘어갈 수 있는데 심각하게 튄다. 심지어 먹는 것도 이상하고 취미도 이상하고 다 흔하지 않다. 좋아하는 음식은 생(生)잔치국수면이고, 취미는 노래 부르는 걸 스스로 녹음해서 심심할 때 듣기.(심지어 아주 끔찍할 정도인데도 말이다.) 좋아하는 색도 애매한 보라색과 역시 미묘하게 노랑과 주황 사이에 걸친 그런 진한 노랑이라는 뼛속까지 특이점으로 가득 채워진 존재가 이연휘이다. 한마디로 말하자면 쓸데 없이 없이 튄다. 그냥 표준 정상 인간에 맞춘 나였다면 얼마나 편했을까. 평범한 인간의 틀 같은 건 없어요, 신 양반? 아니, 몇 천만 년 동안 인간을 만들어냈으면 이제 표준 기준 정도는 만들어놓을 때도 됐잖아요. 도대체 어쩌자고 이런 유감인 존재를 만든 거냐고요. 정말 무책임한 존재일세, 거.'

또 다른 신성모독의 생각이다. 하지만 어쩌겠는가. 거울을 볼 때나 뭔가 사건사고가 터질 때마다 드는 생각이 항상 이런 종류의 것인데.

일렁이는 불꽃의 불완전 연소된 연기가 눈에 들어오자 나는 순간 흠칫 몸을 떨어버리고 만다. 무섭다.

3. 증발할 순 없습니다

솔직히 말하자면 원래 제지퇴 리스트 목록에 있는 사람들에게 내가 순수하게 바라는 건 일단 무슨 방법이라도 좋으니까 알아서 내 눈 앞에서 사라지라는 점이지만, 박서윤은 만약에 내 눈 앞에서 사라지게 된다 해도(물론 고등학생이 되면 어차피 눈앞에서 사라질 테지만) 만족하지 못할 거 같다.

내가 박서윤을 제지퇴 리스트에 넣게 된 까닭은 이러하다. 학교 축제 행사를 위해 우리가 공연할 아마추어적인 뮤지컬을 상영하기 위해 배경을 그려야 하는 날이 왔다.

앞서 말했다시피 나는 완벽한 신의 실패작이기 때문에 얼굴도 춤도 노래도 전부 다 소질이 없었던지라 이런 식으로라도 반을 위해 공헌해서 내가 그토록 듣기 싫었던 '무임승차'란 말을 듣지 않으려 했다. 무임승차라니, 아무리 실패작인 나라도 그것은 엄청난 치욕이라고 생각되는 단어였다. 그래, 사극에서 선비가 머리카락을 잘리는 것과도 같은 치욕이 내게는 무임승차를 했다고 취급당하거나 무임승차 짓거리를 하는 일이었다. 배경 작업이 꽤 걸릴듯해서 나는 다 끝내고 난다면 조금 쉬어도 된다는 허락을 받았고, 나는 내 친구들과 함께 몇 시간 동안 계속 배경 작업에만 거의 목숨을 걸다시피 열심히 작업했고 마침내 꽤 괜찮은 것을 만들어내었다. 기뻤다.

아이들이 그날의 첫 연습을 시작한지 5분이나 되었을까? 우리는 그 때 화장실에서 붓을 빨고 있었고, 붓에서 흘러나오던 탁한 하늘색이 거의 없어졌을 즈음 우악스럽게 화장실 문이 열리더니 그 애가 들어왔다, 박서윤이.

그러고선 우리는 난데없는 대질심문을 당해야 했다. 너희는 왜 연습 때 참여하지 않아서 차질을 빚느냐, 한 것도 없으면서 유세냐 하는 그런 뉘앙스의 말들이 걔의 입에서 쏟아져 내렸다. 당장 그 순간에 그 애의 멱살이라도 잡고서 네가 뭘 아느냐고, 나는 당당하게 쉬고 있는 거라고, 너는 그렇게 말할 자격이 없다고, 그렇게 소리치고 싶었다. 소리쳐야만 했었다.

하지만 나는 그저 상황에 굴복했고 유일한 반항의 표시란 숨길 수 없는 썩어가는 표정과 내가 던지는 바람에 두 동강 나버린 16호 붓 한 자루뿐이었다.

그리고 그날 오후에 그 애가 알겠다고 대답했던 내 친구의 표정이 소위 '띠껍다'라는 이유로 왜 너희들은 내 말에 따라주지 않느냐면서 화장실로 뛰어가서 울어버리고 다른 애들이 우르르 몰려갔을 때 나는 다만 화장실 바닥에 커다란 싱크홀이 뚫려버려서 그냥 한순간에 전부 사라졌으면, 하고 간절히 빌었을 뿐이다. 아니면 공기 중으로 전부 증발해버렸으면, 하고 정말 간절히 빌었다. 하지만 그런 게 일어날 리는 없다는 걸 잘 알고 있다. 그럴 리 없지. 그래, 그럴 리는 없어.

인생은 불공평하다. 나는 그런 공격적인 언사는 할 줄을 모르는 멍청이일 뿐이니까 당할 수밖에 없다.

"이연휘, 또 뭐임? 네 손톱 좀 내버려 둬라, 불쌍하다 불쌍해."

무의식적으로 또 손톱을 뜯은 듯 했다. 왼손 다섯 손가락 전부에 두세 군데씩 피가 맺혀있고 손톱과 피부 사이의 골이 진홍빛이 된 것도 몇 개 있었다.

"미안. 또 멍 때렸다. 아, 오늘 학교 끝나고 떡볶이 콜?"

"네가 사주면,"

하랑이가 웃었다. 나도 따라서 웃었다. 잊지 말자, 내 특기는 잊어버리는 거다.

그러니까 저런 인간인지 쓰레기인지 모를 존재는 굳이 내 머리에서 한편을 차지할 필요가 없으니까 잊어버려도 좋을 것이다.

다만 이상하게도 그것이 평소와는 다르게 조금 더딜 뿐이었다. 언젠가는 잊어버리겠지, 아니면 학창 시절의 추억 같은 걸로 남는다던가. 분명 어느 방향이건 간에 이미 끝난 일에는 내가 신이 아닌 이상 더 이상 개입할 수도 없는 노릇이었고 소중한 기억도 아닌데 그걸 계속 끌어안고 있어보았자 안고 있는 그것이 나를 오히려 상처 입히기만 할 것이 뻔하다.

저 애를 싫어하는 것도 언젠가는 잊어버리고, 언젠가는 길어져버린 제지퇴 리스트도 완전히 잊어버릴 날이 올 것이다.

4. 불꽃은 더 이상 없습니다

그날도 우리는 연도를 드리고 있었다. 그날도 나는 예수상과 눈을 마주치 며 너도 역시 거짓말쟁이라고 또다시 중얼거리고 있었다. 촛불이 넘어지는 건 한순간이었다. 사람이 여섯이나 있었지만 일렁이는 불꽃은 여섯 명 모두 를 비웃으며 순식간에 장롱으로, 다시 에어컨으로, 그러곤 온 집안으로 옮겨 가서 배를 채우기 시작했다.

영정사진과 촛불 그리고 예수상이 올려 있던 나무 탁자는 이미 가루에 가 까운 무언가가 되어서 타는 건지 사그라드는 건지도 알 수 없는 와중에 나는 엄마의 손을 놓치고 말았다. 대들보는 내려앉았고 사람은 더 이상 없었다. 온 집안에 생명체라곤 나밖에 없었다.

나는 조용히 앉아서 타오르는 불꽃을 그저 보고 있었다. 할머니 집은 쓸데 없이 크고 복잡했고 우리는 이런 쓸데없는 의식을 하는 쓸데없는 전통을 가 진 쓸데없이 전통적인 집안이었다. 영정사진을 넣어두었던 액자의 유리는 이 미 녹아내려서 바닥으로 흘러내리고 있었다. 그 와중에도 망할 예수상은 나 와 눈을 마주치려고 하며 어쩐지 입에서 자애롭기는커녕 비열해 보이는 그런 미소를 지으며 날더러 거기에 가만히 있으라고 명령했다.

나는 그 말을 듣고 너는 거짓말쟁이니까 믿을 수 없다고 주장하며 옆으로 비켜섰고 그 즉시 전등이 요란한 소리를 내면서 떨어졌다. 너는 죽을 거야, 하고 예수상이 비웃으며 제 몸에서 희뿌연 연기를 흘러내었다. 그건 진심이 었고 나는 겁에 질려 버렸다. 눈은 감기기 시작했고 어쩌면 그 연기가 나를 죽여 버리고 있는지도 모른다고 생각하면서 검은빛으로 물들어 버리는 시야를 저주했다.

한참 후에 병원에서 일어났을 땐 연기를 너무 많이 마셔서 기절했었지만 다행히 화상은 거의 입지 않았다고 하는 말을 들었었다. 망할 예수상 자식.

그리하여 나는 우습게도 연기 공포증이라는 이상한 포비아를 얻게 되었다.

5. 싱크홀은 없습니다

간절하다. 간절히 바라면 온 우주가 나서서 도와준다는 말은 순 헛소리란 걸 알고는 있었지만 한순간 거짓말이나 유머 같은 게 아니라 진짜였으면 했다.

이미 팔다리는 내 뇌가 이제야 간신히 내리기 시작한 이성적인 명령을 듣지 않고 제멋대로 움직이고 있다. 조금만 더, 조금만 더, 하고 뇌의 우반구가 속삭이는 듯했다. 제발 그러지 마. 부탁이야. 오른손과 다리들은 멈추었다. 하지만 내 왼손은 마치 외계인 손 증후군[3]이라도 걸린 듯 말을 듣지 않았다.

나는 앞으로 쭉 팔을 뻗어 그 애의 목을 그러쥐고 있었다. 완전히 비현실적으로 시간이 천천히 흘러가는 듯했다.

손끝에서 느껴지는 그 오돌토돌한 감촉과 그 애가 파르르 떠는 그 고동은 무척이나 소름끼쳤다. 그럼에도 불구하고 나는 내가 희열을 느끼고 있다는 사실을 부인할 수 없었다. 갑자기 모든 게 현실 같이 느껴졌고 무서워지기 시작했다. 내가 뭘 하고 있는 거지?

'이게 내가 진짜 바라던 것 아니야? 제발 지구에서 퇴장해줬으면 좋겠다며.'

우반구가 웅얼거렸다. 나(그러니까 아마도 좌반구)는 이성적으로 반박할

---

3) 외계인 손 증후군(Alien Hand Syndrome)은 한쪽 팔이 자신의 의지에 반해서 움직이는 증상이다. 심한 경우에는 외계인 손이 자신의 목을 조르는 경우도 있다고 한다.

말을 찾아 헤매었다.

'내 손으로 죽이면 살인죄잖아.'

그것이 내가 찾아낸 그나마의 변명이었다. 마치 어느 공리주의자의 주장 같았다. 사회의 공리를 위해서잖아요, 하고 도덕은 한 쪽 구석으로 살짝 치워 버리는 그런 공리주의자의 주장 말이다. 나는 지금 내 몸 전체의 공리를 위해 안간힘을 쓰는 공리주의자일지도 모른다.

'이기적인 애구나? 정말 그런 식으로 밖에는 변명할 방법이 없나봐? 그러면 만약에 살인죄라는 게 없는 곳이라면 넌 쟤를 죽이고도 후련할 뿐이겠네!'

시니컬하게 우반구가 쏘아붙였다. 왼손은 더 이상 움직이지 않았고 힘을 뺐다. 하지만 너무 늦은 걸까? 내 왼손은 반쯤은 공포에 질리고 반쯤은 분노에 가득차서 파르르 떨고 있는 그 애의 목에 닿아 있었다. 단지 닿아 있었을 뿐이지만. 그 애의 목에는 방금까지 내 왼손이 누르고 있었던 탓에 하얗게 찍힌 손가락 자국들이 아직 선명했다.

내 왼손은, 아니 어쩌면 내 무의식은 그 애를 진심으로 죽이려고 한 거다. 하지만 나는 우반구인지 무의식인지 어쩌면 나의 이중인격일지도 모르는 '그게' 나에게 물었던 질문에 대해 명확하게 답할 수 없다. 내가 진짜 바라던 건 이 애가 죽는 건가? 아무도 입을 떼지 못하는, 불안한 몇 초가 흘렀다.

"미친."

박서윤이 차갑게 내뱉었다. 그 애의 눈에는 어느새 공포는 싹 가셔있었다. 완전히 분노와 어이없음으로 가득 차서 눈에서 레이저가 나와도 별로 이상한 일은 아닐 것 같았다. 신이 나타나서 여기 이 교실 바닥에 싱크홀이 생긴다면 정말 고맙겠다고 생각해버렸다. 신이 거짓말쟁이라는 건 잘 알고 있지만 그래도 간절하게 매달리고 싶었다. 나와 박서윤 둘 다 볏짚 더미처럼 싱크홀 아래로 저항도 못한 채 떨어져 버리면 좋겠다고 생각해봤자 신은 위선 뿐이니까 들어주지 않는다.

당연하지만 아무 일도 일어나지 않는다. 박서윤은 바닥에 침이라도 한번 뱉고 갈 기세로 짜증스럽게 발걸음을 옮겨 교실 밖으로 나갔다. 나가는 순간

까지 그 애가 걸을 때마다 세게 밟아서 바닥이 울렸다. 어차피 지금은 다들 자율 시간이니 복도에는 아무도 그 애를 거슬리게 할 사람은 없을 것이다.

그 애를 따라서 그 애의 패거리들도 같이 교실 문밖으로 나갔다. 네 명 모두 나를 째려보고 무언가를 속삭이며 나갔다. 입모양으로 봐서는 아마도 '시발 년', '미친 년' 정도 일 것이다. 이제 교실에 남은 건 굳어있는 나와, 나와 그 애가 서 있던 자리를 중심으로 둥그렇게 모여서 멀뚱히 바라보는 반 아이들 뿐이다. 아무도 움직이지 않고 아무도 말하지 않는 불편한 침묵이 몇 초 이어지다가 이내 몇몇이 나를 흘겨보며 교실을 나간다. 그리고 하랑이가 파랗게 질린 얼굴로 다가와 굳은 표정으로 묻는다.

"너 미쳤어?"

미친 건지 아닌지 나도 잘 모르겠어, 라고 말하고 싶었지만 입술이 떼어지지 않았다.

"뒷담 깐다고 사람 목을 조르는 애가 어디 있냐? 아무리 대놓고 깠어도 목 조르려고 하는 건 미친 거지. 너 왜 그래 진짜?"

하랑이의 목소리는 마치 훈계하는 엄마의 그것과 너무 유사했다. 위압적이고 분노와 충격에 가득 차 있었다. 저렇게 말하는 것도 무리가 아니다. 진짜로 행동만 보면 미쳤다고 불려도 할 말은 없었다.

다만 내게는 지금 아무도 없다. 심지어 내 왼손과 아마도 왼쪽 다리마저도 온전히 내 편이 아니었다. 나에겐 아무것도 없었고, 나에겐 나를 편들어 주는 이도 아무도 없었고, 심지어 돌아갈 곳조차 없었다.

조만간에 이 일은 엄마의 귀에 들어갈 것이고 그럴 경우에 나는 엄마가 어떻게 나올지 상상조차 할 수가 없었다.

정말이지 절망적이다. 어떡해야 하는 건데. 나도 그러고 싶었던 게 아닌데. 어쩌면 그러고 싶었던 걸지도 모르지만.

띤디리—,

하교 종의 첫 부분을 듣자마자 나는 도망치듯 앞문으로 튀어나간다. 책도 노트도 체육복도 가방도 전부 다 교실에 둔 채로 미친 듯이 뛰기 시작한다.

아까 뒷문으로 나갔던 그 애의 따가운 시선이 등 뒤로 느껴진다. 복도가 너무 길다. 나는 저 시선이 나를 따라올 수 있는 이 직선의 복도에서 벗어나야만 한다. 도와주세요, 아무나 제발 도와줘. 저 시선에 몇 초만 더 노출된다면 나는 분명 심한 폐색감에 쓰러질지도 모른다.

마침내 기나긴 복도를 지나 계단이 있는 모퉁이를 거쳐서 발이 걸려서 넘어질 듯 빠른 속도로 4층에서 1층까지 내려온 다음 뛴다. 계속, 계속, 계속 달려야 한다. 달려서 아무도 오지 못할 곳까지 달려야만 한다. 숨은 미친 듯이 가빠 왔고 나는 내가 살아있는지 죽어있는지도 분간 못할 지경으로 계속 달린다.

지나가는 행인들은 스쳐 지나가는 나를 흘끗흘끗 본다. 그냥 평소처럼 보지 말아 주세요. 평소랑 다른 건 빠르다는 거 밖에 모를 거잖아요, 당신들은. 마침내 익숙한 동 현관의 자동문을 지나서 계단 층계참의 쇳소리가 울리는 비상문을 열고 계단 맨 아래로 내려간다, 내려간다, 내려간다.

6. 되는 건 없습니다

내가 내뿜었다 들이마시는 공기의 소리가 요란하다. 흐어억, 허억, 하고 아무도 없는 계단의 끝부분 층계참에서 내 숨소리가 울려 퍼진다. 마침내 숨소리가 멎자 평소처럼 물소리가 들린다.

똑, 또옥-. 또옥-. 지하 5층은 아직 개방하지 않은 주차장이라 웬만하면 이 계단의 끝까지 올 사람은 없다. 기껏해야 수리공 정도 일 거지만 그것 역시도 거의 한 달에 한 번꼴이니 상관없을 것이다. 이곳의 분위기는 언제나 조용하고 어쩐지 약간은 무서운 데다가 거미도 좀 있지만 내게 다른 선택의 여지가 없을 때에는 훌륭한 대안이 되어주는 편이다.

예전에도 울 수 있는 장소가 마뜩잖으면 종종 이곳에 와서 소리를 죽여 엉엉 울곤 했으니까.

이젠 뭘 어떻게 해야 하지?

내가 진짜로 원하는 건 뭐야?

이것 두 개만 생각하기로 했다. 시간은 많았다. 최소한 내일 아침까지는 시간이 있었다.

무단결석으로 생활기록부에 그이는 것만 피하면 족했다. 아니, 만약 내일 등교하게 된다면 내가 애들의 시선을 견딜 수 있기는 할까. 미친 듯이 손톱을 뜯는다. 왼손만 손가락 끝이 시뻘게진 게 아니라 이제는 오른손마저 무언가를 집기에는 아플 정도로 난장판으로 만들어 버렸다. 그러고 나서 필사적으로 생각을 하려는데...머리가 아프다. 너무 많이 달린 건가? 그런 게 아니라, 이건 무슨 냄새지?

담배 냄새가 진하게 공기 중에 퍼져있는 것을 그제야 내 후각 세포들은 인지한 모양이다. 담배 냄새는 저 위에서부터 계단을 타고 천천히, 천천히 아래로 내려온 것일 터이다. 올라갈 기운은 없었다. 매캐한 담배의 역겨운 냄새를 맡으며 나는 꼼짝없이 누워만 있었다. 담배 연기에 눈이 따끔하다. 점점 의식이 흐려진다. 무섭다. 공포가 나를 사로잡았다. 공포증이 심한 사람들이 이런 상황에 직면할 때 종종 극도의 공포로 인해 되려 죽어버리는 케이스도 있다고 하던데, 그게 어쩌면 지금 내 상태가 될지도 모른다는 걸 온몸으로 실감했다. 이런 식으로 인생의 마지막 페이지를 쓰게 한다면 진짜로 천국에서 고소할 거예요, 신 양반. 아니, 지옥에서 인가? 어찌되었든...

시야가 새카맣다. 담배연기가 뇌까지 들어와서는 우반구고 좌반구고 할 것 없이 죄다 뒤섞는 듯한 메스꺼운 느낌이 들었다. 어느 순간에 와서는 마침내 두통이고 뭐고 하나도 느끼지 않게 되었다. 무슨 코마 상태라도 되는 걸까. 환각처럼 온갖 이상하고 기괴한 색채와 모양을 지닌 것들이 마구 보이기 시작한다. 이내 그 파편들이 한데 모여 인간 같은 형상을 만들었다. 예전에 어느 책의 삽화에서 본 듯한 사람이었다.

"너는 너무 불평이 많아."

그 사람이 투덜거렸다. 얼굴은 인자하게 생겨서 어린애 같은 성격인가보다.

"네 불만사항 요청이 여태껏 몇 번이나 들어왔는지는 알아? 네가 여태껏 그래, 그 허무맹랑한 소원을 빈 게 몇 번인지 아느냐고."

기억났다. 저 녀석의 기분 나쁜 웃음을 잊을 수가 없지. 예수상이 지금 내 앞에서 우습다는 듯 냉소를 흘리고 있다.

그 십자가 조각과 한 가지 다른 점은 십자가에 매달려 있지 않았다는 것 정도이려나? 이상하게도 환각이라서 그런지 가시 면류관을 쓰고 있는데도 불구하고 머리는 멀쩡해보였다. 찡찡거리는 예수라니, 환각도 무슨 이런 환각이 다 있지.

"너 자꾸 이게 환각이라고 생각해서 날 무시하는 모양인데 그러지 않는 게 좋을 걸? 〈장자〉도 읽어보신 아가씨가 왜 이러실까. 모든 게 한바탕 꿈이고 넌 단지 한 마리 나비일지도 모르는데?[4]"

"차라리 나비 할래요. 이건 망한 인생이에요. 이미 못 쓰게 된 거라고요. 당신이 예수 맞으면 다 봤을 거 아니에요. 사람을 목 졸라서 죽이려고 했는데."

"뭐야, 체념한 거냐? 곤란한데. 그럼 내가 네 소원을 이루어주면 체념에서 벗어날 테냐?"

"어느 소원이요?"

"어디보자. 네가 요청한 사항 중에 제일 많이 나오는 게 제지퇴 리스트? 이게 뭐냐?"

"제발 지구에서 퇴장해주세요 리스트요."

"아니, 아직도 중2병이라는 그 무시무시한 병에서 완쾌되지 못했나보군. 그 리스트는 대체 누가 작명한 거냐?"

환각 예수는 비웃는 듯 웃음을 흘렸다. 나도 이상한 거 아니까 제발 적당히 1절만 했으면 좋으련만.

---

4) 호접지몽(胡蝶之夢)을 뜻한다.

"그런 우스운 표정 짓지 말고. 어쨌든 이 리스트에 있는 전원의 목숨을 앗으면 되는 건가?"

무어라 말릴 새도 없이 내 눈앞에 그 리스트에 포함된 사람들이 나타났다. 특히 박서윤은 아직도 날 질식시킬 것만 같은 그 눈빛으로 날 째려보고 있었다.

"가루로 만들어버리거나 공기로 만들어버리면 죽었는지 살았는지 알기 힘드니 적당한 방법으로 집행하도록 하지."

뭔가 말해야 했고, 저기서 저러고 있는 저 예수 나부랭이를 막아야 했지만 나는 어째서인지 가만히 있었다. 바닥에서 거대한 욕조가 솟아오르기 시작했다. 그리고 사람들의 다리에는 시커멓게 칠한 커다란 돌이 묶이게 되었고 각 돌에는 이름이 쓰여 있었다. 어디선가 홍수가 난 듯 물이 콸콸 욕조 안으로 들어갔다. 사람들은 모두 괴로운 표정으로 하나 둘 수면 아래로 모습을 감추었다. 예수인지 뭔지 모를 녀석과 나는 그 욕조의 가장자리에 앉아서 무심히 그들을 바라보았다.

아, 저 사람은 내 초등학교 6학년 시절 담임이다. 편파가 심했던 그 선생이다. 항상 저 여자에게는 좋고 싫음이 확고했고 나는 거기서 후자에 속했을 뿐이다. 그래서 1년 내내 별일 아닌 것 가지고 아이들 앞에 세워져서 모욕도 당해보고, 심지어는 너희 집 세탁기는 어떻게 되어서 체육복에서 쉰내가 나느냐, 이따위 소리도 들어보고, 참 우스운 짓거리를 많이 당했었더랬다. 이제 그 선생은 소리를 꽥꽥 지르면서 살려달라고 외치고 있다.

그러더니 나와 눈이 마주쳤고, 이내 살려달라는 듯 비굴한 표정을 지었다. 역겹다. 진심으로 역겹다. 곧 비굴한 표정은 일그러질 대로 일그러지더니 수면 밑으로 서서히 사라지기 시작했다.

내 눈에 또 긴 머리가 물에 젖은 채로 버둥거리고 있는 사람이 들어왔다. 첨벙, 하고 그 사람이 안간힘을 쓰며 물 위에 떠있으려 하는 소리가 요란했다. 내 초등학교 시절에 나를 꽤 오랫동안 지도했던 미술 선생이다.

저 사람은 분명 내게 자신이 이화여대인가 어딘가를 나와서 대단한 선생이므로 그에 합당한 교육방법으로 나를 교육시킨다고 하였다. 다리를 떤다는 이유로 청테이프를 다리에다 감아버리는 선생도 아마 이 여자 말곤 없겠지.

너무 우스운 건 거기에 엄마도 동의했다는 거다. 엄마에 대한 신뢰? 있을 리가 없지. 꾸르륵. 약간 기분 나쁜 소리와 함께 수면 밑으로 내 전(前) 미술선생은 가라앉았다.

그 옆에 있는 사람은 박서윤이었고, 몇 초가 지나자 마침내 두 눈에 공포를 한 가득 담은 박서윤마저 애처로울 정도의 버둥거림을 멈추고 천천히 사라졌다. 이내 몇 초 간 수면 위로 공기방울들이 잔뜩 올라오더니 그마저도 사그라들었다.

그제야 예수인지 뭔지의 녀석이 내게 대답했다.

"이걸로 확실히 본거지?"

"그런가요."

"넌 역시 너무 이기적이고 메마른 애야. 분명 프로이트 박사가 인간은 자신이 죽었으면 하고 바라는 사람이 실제로 죽으면 그 사람의 죽음에 대해 양심의 가책을 느껴서 괴로워한다던데[5] 넌 그런 게 하나도 없잖아."

시시하다는 건가? 신이 이런 식인데 세상이 제대로 굴러갈 리가 없는 것도 조금은 수긍되기 시작했다.

"…"

나는 왼손의 엄지손가락을 물어뜯었다. 이로 딱지를 뜯어내자 피가 약간 고인다. 피의 색깔은 선홍색에서 번트 오렌지 빛으로 변한다.

"사실은 아직 집행이 덜 끝났어. 한 명 더 남았거든."

욕조에 아직도 머리를 수면 위로 내놓고 있는 사람은 하나도 없었다. 하지만 이 녀석은 최소한 거짓말은 하지 않고 있다. 리스트에 1번으로 쓰여 있는 사람은 아직 저 욕조에 들어가지도 않았으니까.

---

5) 지그문트 프로이트의 [꿈의 해석] 참조.

"알아요."

눈을 감았다 뜨자 내 발목에 무겁고 시커먼 돌덩이가 매달려있다. 돌덩이에는 이연휘라고 똑바로 쓰여 있다. 옆에서 예수가 내 등을 세게 민다.

나는 그만 미끌미끌한 욕조 내벽으로 떨어진다. 그리고 물에 빠진다. 돌이 너무 무겁다.

더 이상 수면 위에 올라가 있을 기운이 없다. 내 코와 입에서 나오는 공기 방울들이 뺨을 스쳐갈 때마다 간지럽다.

이내 그 간지러움도 흐려지고 폐로 물이 들어가는 끔찍한 느낌이 든다. 헐떡거리면서 팔을 마구 휘저어보지만 그래봤자 여전히 앞서 죽어나간 이들과 다를 게 없다는 걸 나도 안다. 지구에서 퇴장할 때까지 여전히 추한 모습일 운명이었나 보다, 나는.

7. 퇴장할 순 없었습니다

내가 나를 싫어한 건 언제부터인지 모르겠다. 엄청 오래전에, 기억이 반쯤 물에 젖은 듯 번져 있는 그 시점부터 나는 나를 질책하곤 했다. 왜 나는 일등을 또 놓쳐버린 거니? 하면서 말이다.

엄마에게서 물려받은 완벽주의자라는 귀찮은 성격 때문이었을 거라고 생각한다. 그것도 사실은 사치였는데 말이다. 내가 할 수 없는 건 자꾸만 늘어나갔고 어느 순간 나는 완벽주의자라는 타이틀을 버리도록 강요당하고 있었다. 나는 초인(超人)이 아니었다. 어쩔 수 없었다.

손톱을 뜯는 버릇도 분명 유치원 때 생긴 것이었다. 무슨 발표를 하려고 준비를 하고 있었는데, 내 바로 앞 차례가 되어서 갑자기 머릿속이 하얘졌었다.

기억해, 기억해 내, 네가 뭘 준비했었니? 이연휘?

스스로를 혼내며 나는 무의식적으로 손톱을 물어뜯었다. 일종의 징벌 같은 걸로 내 뇌리에 각인되었는지는 모르겠지만 그 이후로도 나는 내가 무언가 실수하고 잘못했을 때 손톱을 물어뜯기 시작했다. 그것이 최근 들어서는 손톱이라기보다는 손톱 밑의 살을 파내는 쪽으로 조금 바뀐 것뿐이었다.

나는 완벽주의자가 아니었고, 그저 할 수 있는 건 손톱 물어뜯기밖에 없는 평범한, 아니 내 기준에서는 기준치 미달의 한심한 얼간이였을 뿐이다.

그래서 나는 지구에서 퇴장했으면 하고 가장 바라는 사람으로 나를 리스트에 가장 먼저 기입했었다.

그래도 마음 한 편으로는 신이라면 간단하게 온오프 버튼을 누르는 걸로 나를 지구에서 퇴장시켜 줄지도 모른다고 일말의 희망을 품고 있었지만 마지막 순간까지 내가 그토록 미워하고 비난하던 신답게 이런 추한 모습을 보이게 했다. 그러면 내가 지금 이렇게 생각할 수 있는 건 여기가 대충 지옥이거나 뭐 그런 류의 장소인거고, 내가 눈만 뜬다면 영혼 상태 같은 걸로 존재하고 있다는 말일지도 모르는 거였다.

눈을 떴다. 지옥인가? 아니다. 나는 지하 5층 층계참에 멍하니 누워있다. 더 이상 연기가 자욱하지도 않았다. 똑, 또옥, 또옥- 하고 다만 물방울 떨어지는 소리만이 조용하게 울려 퍼지고 있었다.

"시발. 이게 뭐야."

입에서 말들이 스멀스멀 흘러나왔다. 이게 뭐냐고. 조금이라도 안식을 찾기 위해서 왔는데 저딴 환각이나 보고.

"이게 뭐야. 이게 뭐냐고."

눈물이 흘러나와서 더 짜증이 난다.

어쩌란 건데 이연휘. 울어도 되는 거 아무것도 없어, 하고 말했던 엄마의 꾸중이 생각난다.

하지만 울 수밖에 없다. 세로토닌을 위해서라도 그냥 울기로 했다. 아무 생각도 하지 않으면서 그냥 눈에서 눈물이 흐르고, 입에서는 이상한 소리를 뱉으면서 웅크리고 앉아있었다.

8. 미워하지 않을 순 있습니다

나는 일약에 유명 인사가 되었다. 물론 안 좋은 쪽이지만. 당연히 학교폭력이니 뭐니 하고 시끄러운 일들이 계속되었고 다들 여전히 나를 제정신이 아닌 애로 보고 있다.

그 앤 내 눈앞에서 익사했어. 아주 그냥 죽어버렸어.

하지만 그렇게 말할 수 있는 사람도 없고 그런 말을 들은 사람은 분명 내가 정말로 제정신이 아니라고 생각할 것이다. 나였어도 그랬을 것이다. 하지만 그 애는 적어도 내 세상에서는 죽어있다.

그것도 아마도 퉁퉁 불어 터진 익사체가 되어서 저기 욕조 바닥에 흉한 몰골로 가라앉아서 천천히 분해되고 있을 것이다. 그리고 그 애와 몇 센티 떨어지지 않은 곳에 나도 있다.

나 역시 그 애와 별로 사정이 다르지 않다. 스스로를 욕조에서 천천히 분해시키고 있을 것이다. 언젠가는 거기에 있는 모두가 결국에는 미네랄의 일종으로까지 분해되어서 모두 다 같은 '물'이 되어 있을 것이다.

우리 모두 다 제지퇴 리스트가 하나씩 있다. 아마도 그 애의 리스트에는 내가 있을 것이다. 그 애의 환각에서 나는 그 애가 내 환각에서 그랬듯이 추한 몰골로 첨벙대다가 이내 가라앉고 있을 것이다. 아님 이미 가라앉아 있거나. 내겐 그 애가 그런 상상을 한다고 해서 무어라 할 수 있는 권리는 없다. 다만 폐에 천천히 물을 채워갈 뿐이다.

"연휘야, 그때 상황을 설명해 줄래? 네가 왜 서윤이에게 그랬는지 이유가 있니?"

"박서윤이 제 뒷담을 했습니다."

죽은 사람은 내 리스트에 있을 필요가 없기에 이제 내 리스트에는 그 누구의 이름도 적혀 있지 않다. 모든 사람의 이름에 빨갛게 줄이 그어져있다. 그들이 죽을 때 사실 찔리는 것도 있었고 무엇보다 전혀 기쁘지도 않았다. 얼마간 지루한 일들이 이어지고 어찌어찌 합의인가 하는 것에 우리 부모님이 다행이라는 듯 한숨을 쉬었을 때 나는 더 이상 그 애에게 죽어버려라, 하고 저주하는 버릇을 고치게 되었다. 그리고 손톱 물어뜯는 버릇도. 그리고 누군가를 미워하는 습관도.

누군가를 미워한다는 건 생각보다 에너지 소모가 심한 일인가 보다. 응, 그런가 봐, 하고 우반구인지 나인지 모르겠는 쪽이 속삭였다.

박서윤이 지나가면서 내게 차가운 시선을 던졌다. 나는 내 마음속에 있는 욕조 안에서 그 애에게 약간 측은하게 웃어보였다. 너도 누군가를 싫어하는구나. 힘들게 사네.

"야, 이연휘. 뭐 잘못 먹었음? 네가 쟤를 보면서 웃다니."

정하랑이다. 하랑이에게 전부 말할 수는 없었지만 그래도 사이가 나빠지지는 않아서 다행이라고 지금도 생각한다.

"어...아냐. 그냥."

"너 요즘 되게 이상하다. 무슨 애가 맨날 실실 웃고 앉았냐. 좋은 일 있냐? 니 얼굴에 남친 생겼을 리는 없고."

"정하랑 너무한 거 아니냐."

"아니, 맞는 말 하는데 왜 이의 있냐?"

"아냐, 너가 하는 말 다 맞아. 제가 졌습니다, 졌어요."

하랑이가 웃었다. 나도 따라 웃었다.

나는 적당히 살아가기로 했다. 튀는 인생이라면 튀는 인생대로, 누군가에게 찍히는 인생이라면 찍히는 대로. 내가 바라는 건 더 이상 누군가를 마음에 담아놓고 싫어하지 않는 일이다. 싫어하는 건 나름대로 힘든 일이니까.

이미 수십 명을 담아놓은 커다란 욕조 하나로 족했다. 그 욕조 안에서 나는 천천히 분해되고 있다. 나와 함께 나의 미움과 증오와, 그런 것들도 다 함께 천천히 녹아가고 있다. 더 이상 나는 나를 싫어하지 않는다. 나는 그저 나일 뿐이고 나대로 적당히 살아갈 뿐이다. 굳이 잣대를 들이대지 않아도 잘못했다는 사실은 이미 알고 있고 징벌하지 않아도 스스로 자책하는 나일뿐인 거다, 초인 같은 게 아니고. 이것이 내가 우반구에게 답한 내용이다. 우반구는 만족한 듯 더 이상의 반응은 일체 보이지 않았다. 어쩌면 우반구가 내게 말했다고 생각하는 것조차도 터무니없는 공상이었는지 모른다. 한데 그런 게 중요한가? 내게 중요한 건 그 질문들에 제대로 답할 수 있다는 거였다. 살자. 미워하지 않으면서 유감스럽지 않을 정도로 살자. 그것이 내가 내린 단순한 결론이었다.

Epilogue

"야, 이연휘! 진짜 오랜만이다. 사람이 달라졌네."

"그렇게 봐주면 고맙고? 새사람이 된 이연휘입니다, 와아-."

모두가 깔깔거렸다. 몇몇은 맥주를 홀짝였다. 그리고 내 뇌리에서 아직 남아 있는 그 애도 보였다.

"꽤 성공했나 보네? 귀티가 아주 좔좔 흐르신다."

그 애의 첫 말이었다.

"크크크. 네 눈에도 보이나 봐?"

오래전에 내가 욕조에 빠뜨린 아이. 그 애가 내 말에 웃음을 터뜨렸다. 내 욕조에는 이미 사람의 형체라곤 볼 수 없을 정도로 모두가 분해되어 있다.

그렇게 분해되었던 그 애가 진심으로 즐겁게 내 눈 앞에서 웃고 있었다.

우리 가족

꿈꾸는 책벌레 3학년 · **권민경**

작가 소개

　나는 3학년 5반 5번 권민경이다.

　이 학교에 들어와서 쓰는 세 번째이자 마지막 자기소개가
될 거다.

　작년과 마찬가지로 난 아직 정해진 꿈이 없고 행복하게 살
거다. 3달 반만 있으면 졸업이란 게 믿기지가 않고 빨리 고등
학교에 가서 빨리 졸업해서 어른이 되고 싶다.

　이 소설은 1인칭 주인공 시점이고 얘 이름은 나도 잘 모르
겠다. 실제의 나랑은 좀 거리가 있는 것 같다. 아직 입학식 날,
예비소집일(?)까지 기억나는데 곧 졸업하면 좀... 세월을 실감
할 것 같다.

　어쨌든 난 어딜 가든 행복하게 살 것이다.

우리 집 식구는 모두 네 명이다. 아빠, 엄마, 오빠, 나. 가정적이진 않지만 회사에서 열심히 일해서 연말에는 항상 보너스를 많이 받아오시는 아빠, 요리 솜씨가 그리 좋진 않지만 그래도 열심히 집안일도 하고 직장 일도 하시는 엄마, 사회성 떨어지고 성격은 까칠하지만 공부 하나는 기막히게 잘하는 오빠, 그리고 잘하는 것 하나 없지만 적응력 강한 나.

누가 봐도 우리 집은 평화로워 보인다. 하지만 나는 이 속에서 모든 가족의 구박과 인정을 받지 못한 채 찬밥 신세로 오늘도 힘겹게 살아가고 있다. 거실에 걸린 사진 속에서 엄마 손을 잡고 웃고 있는 6살짜리 여자아이에 대한 기억은 없다. 나는 태어나면서부터 구박을 받고 또 구박을 받으며 살아가고 있다. 나의 소원은 첫째도 독립이요, 둘째도 독립이요, 셋째도 이 집에서 빨리 독립하는 것이라고 말할 것이다.

오늘도 아침에 늦잠을 잤다. 아침부터 식탁에서 엄마의 잔소리와 아빠의 눈치를 보며 밥이 입으로 들어가는지 코로 들어가는지 모르게 먹고 있다.

"너 어제 몇 시에 잤는데 또 늦잠이니? 엄마 들어올 때 자는 것 같던데?" 엄마 말에 오빠는 냉큼 한마디 거든다.

"초저녁부터 책상에서 졸길래 자라고 했더니 바로 자러 가던데." 눈치 없는 오빠의 한마디는 불난 데 기름을 붓고 말았다. 엄마의 잔소리에 아빠의 따가운 시선. 아빠의 따가운 시선보다는 엄마의 잔소리가 차라리 낫다.

"너는 도대체…. 너 오늘 학원 숙제는 다 했니? 다 했을 리가 없지. 또 재시 걸려오면 너 학원 끊든지 해야겠다. 오빠 얼굴 봐서라도 놔두려고 했는데 도저히 안 되겠다."

"새벽에 오빠 알람 소리 때문에 잠이 깨서 잠을 설쳤단 말이야. 알람 없어도 일어나면서 왜 자꾸 켜는 거야?"

"얘가? 오빠 반만큼만 해봐라. 내가 널 업고 다니겠다."

그 후로도 엄마의 잔소리는 5분간 계속됐다.

오늘도 나는 "침묵은 금이다."라는 가르침을 안고 학교로 갔다.

학교로 가는 길은 항상 즐겁다. 숨 막히는 집에서 해방도 되고 나랑 대화가 통하는 친구들이 있다는 게 참 좋다. 그래서 오늘은 내가 제일 싫어하는 체육이 들었지만 그래도 좋다.

교문 앞에서 은혜가 내 책가방을 툭 친다.

"야, 너 수학 숙제 다 했니?" 당연한 걸 물어 보기는...

"아니, 너 다 했으면 나 좀 빌려주라."

"너는 공부 잘하는 오빠 있으면서 좀 도와 달라고 하지. 나는 도저히 안 풀려서 그러는 거고 너는 오빠한테 해 달라고 하면 금방 할 텐데. 너네 오빠 이번에도 전교 1등이지?"

"너는 나보다 우리 오빠한테 관심이 더 많구나." 은혜는 내 말에 얼굴을 붉히며 더 이상 아무 말도 하지 않았다.

수학은 4교시에 있고 체육은 3교시다. 그래서 나는 체육 시간에 어떤 핑계를 대면서 빠질까 생각 중이다. 그리고 그 시간에 나는 다한 애 수학 숙제를 베끼면 된다.

나의 레이더에 제일 먼저 걸린 건 혜림이다. 잘난 척이 좀 있어서 짜증은 나지만 숙제도 잘 해오고 무엇보다 글씨를 참 잘 쓴다. 그래서 베끼는 사람도 참 편하다. 체육 선생님한테는 교무실에 가서 머리가 너무 아프다고 말씀드리고 허락을 받았다.

2교시가 끝나고 애들은 체육복 갈아입느라 정신없지만 나는 혜림이의 수학 노트를 받아들고 뿌듯하게 애들을 지켜보고 있다. 은혜는 입이 삐쭉거리면서 거짓말 아니냐고 하지만 거짓말은 아니다. 수학 생각을 하니 머리가 아픈 것 같다.

숙제를 할 때는 시간이 많이 걸리지만 베끼는 데는 5분이면 충분하다. 다른 반은 수업 중이라 복도를 함부로 돌아다닐 수 없어서 교실에 계속 있으려니 지겨워 혜림이의 노트를 제자리에 갖다 놓고 애들 자리를 구경하니 나름 재미있었다. 교실을 돌아다니는데 3교시 끝나는 종이 울리고 애들이 교실로 들어왔다.

4교시 수학 시간에 선생님은 숙제 검사를 하는 대신에 수학 문제 풀이를 시키겠다고 하신다. 최대한 몸을 숙여 선생님의 눈에 안 띄려고 해 보지만 수학 선생님은 공부 잘하는 오빠의 동생으로 나를 기억하신다. 선생님은 내 이름은 몰라도 내가 누구 동생인지는 알고 계신다. 결국 오빠와 나를 비교하시는 선생님의 말씀을 한 귀로 듣고 한 귀로 흘려야 했다.

그리고 보니 오늘 영어 학원 숙제를 안 했다. 학원을 빼 먹고 싶지만 엄마도 그건 용서 안 해 주실 거다. 매일 단어 시험을 치고 또 매일 성적을 엄마에게 문자로 날리는 이 학원은 정말 피곤하다.

오늘은 학원이 10시에 끝나는 날이라 늦게 집에 왔다. 엄마는 학원에서 온 상담 전화를 받고 있다. 오빠랑 같은 학원에 다니니 엄마의 톤을 들어 보면 지금 누구랑 통화하는지 알 수 있다. 통화 중 가끔씩 웃으면서 환하게 통화를 하는 걸 보니 오빠 상담 중인가 보다. 좀 있으면 얼굴 안 좋아지시겠네.

기왕 하려면 나부터 하지. 그래야 끝에 기분 좋게 통화가 끝나야 내가 좀 덜 혼나는데.

엄마한테 걸려서 또 잔소리 듣기 전에 방에 가서 책을 펴야 한다. 아무리 그래도 잔소리로 시작해서 잔소리로 끝나는 하루를 맞고 싶지 않다. 엄마는 잔소리하러 내 방에 들어오다가도 오랜만에 책 펴고 있는 딸에게 잔소리하진 않을 것을 안다.

오늘은 공휴일이다. 오랜만에 늦잠을 자도 되는 날이 절대 아니다. 딴 애들은 주말이나 공휴일에 12시까지 잔다던데 우리는 왜... 라는 생각을 안 하게 된 지 오래됐다.

엄마는 아침 일찍 오빠랑 학원 상담을 가버렸다. 아빠랑 같이 있으면 할 말도 없고 가급적 아빠 눈에 안 띄는 게 상책이다. 그래서 방에 틀어박혀 핸드폰만 만지고 있는데 전화벨이 울렸다. 혜림이었다.

평소 나랑 전화 통화할 정도로 친한 사이도 아닌데 얘가 웬일인가 싶었다.

"혜림아, 웬일이냐?"

"응.... 뭐... 물어볼 게 있어서..."

얘가 왜 이렇게 뜸을 들이나 싶어 이상했다. 옆에서 혜림이 엄마의 다그치는 목소리도 들렸다.

"뭔데?"

"너, 혹시 어제 내 시계 못 봤니?"

"너 시계?아...... 어제 애들이 몰려가서 보던 거? 나는 수학 숙제 베끼느라 제대로 못 봤는데.. 왜?"

혜림이는 어제 외삼촌이 외국에서 사 온 시계라며 시계를 들고 와서 친구들에게 자랑을 했다.

"아니, 체육 시간에 시계 책상에 넣어 뒀는데 없어져서 혹시 네가 봤나 해서 물어봤어. 알았어." 혜림이는 그러고는 급히 전화를 끊었다.

얘도 참... 정신을 어디 두고 다니느라 이렇게 깜박거리나 싶었다.

오후에 엄마가 오빠랑 학원에서 돌아왔다. 엄마는 오빠 상담만 갔다 오면 기분이 좋다. 당연히 그럴 것이다. 공부를 잘하는 건 오빤데 왜 엄마가 칭찬을 듣는지 모르겠다.

하지만 평화롭던 나의 오후는 나의 성적표로 인해 깨졌다. 잠깐 외출하셨던 아빠가 학원에서 보내온 성적표를 들고 들어오셨다. 아빠는 나의 성적표를 보신 후 얼굴을 찡그리셨다.

나의 성적은 사실 하루 이틀 일도 아니고 또 그것 때문에 내가 얼마나 집에서 차별을 받고 있는데 이제 와 그것 때문에 또 이렇게 혼나는 것도 억울하다. 나는 나도 모르게 마음속으로만 생각하던 말을 입 밖으로 내고야 말았다. 한마디로 불난 데 기름을 부어버렸다.

눈치 없는 오빠도 자기 방으로 가버리고 엄마는 어쩔 줄 몰라 했다. 아빠는 붉으락푸르락 한 얼굴로 나의 지난 15년간의 잘못을 다시 읊으신다. 하지만 요약하면 나는 게으르고 성실하지 못하고 결론적으로 학생으로서 해야 할 공부를 못한다는 것이었다. 나는 내가 무슨 말을 했는지 기억도 안 나지만 계속 말대꾸를 했고 결국 아빠에게 뺨을 맞았다. 너무 억울해서 눈물도 안 나왔다.

나는 집을 나와 버렸다. 돈도 없어서 갈 데도 없고 할 것도 없었다.

집 근처에 있기 싫어서 한참을 걸어서 학교까지 갔다. 공휴일이라 사람도 없고 어둑어둑해져서 조금 무섭기도 했다. 할 수 없이 다시 걸어서 할머니 집으로 갔다. 할머니는 벌써 몇 번 엄마한테 전화를 받으셨는지 상황을 알고 계셨다. 그래서 아무것도 묻지 않는 할머니가 오히려 고마웠다. 엄마가 저녁에 할머니 집에 와서 집으로 가자고 했지만 나는 안 가겠다고 버텼다. 그래서 할 수 없이 엄마는 그냥 가고 책가방만 놔두고 가셨다.

다음 날 학교에 가니 교무실에서 나를 부른다. 아빠가 찾아왔나 하고 순간 당황했는데 가보니 혜림이 엄마가 와 계셨다. 혜림이 엄마는 학교에 자주 찾아오기 때문에 얼굴은 안다.

담임 선생님은 다소 난감한 표정으로 앉아서 어제 혜림이가 나한테 물은 것과 같은 것을 물어보셨다. 나는 어제와 같은 대답을 했고 문득 나를 도둑으로 의심하나 하는 생각이 들었다.

혜림이 엄마는 내가 지난주에 체육 시간에 교실에 남아 있는 유일한 사람이었고 또 내가 그때 혜림이 책상 주위를 서성이는 걸 다른 반 애가 봤다는 사람도 있다며 나를 한쪽으로 몰고 있었다. 선생님은 혜림이 엄마를 말리는 듯했지만 나도 믿지 않는 것처럼 보였다. 너무 억울했다. 어제 아빠한테도 맞고도 안 울었는데 갑자기 눈물이 났다. 선생님은 엄마, 아빠를 모시고 오라고 했고 나는 대답하지 않았다.

교실로 돌아오니 혜림이는 나의 눈을 피하고 있고 다른 애들도 나를 이상하게 쳐다보는 것 같았다. 그래서 가방을 들고 교실을 나와 버렸다. 평일 낮에는 길이 조용한 것 같았다. 다 일하러, 공부하러 가서 그런지 길에 차도 별로 없었다. 이대로 집도, 학교도 가고 싶지 않았다.

평일 낮에 교복을 입고 책가방을 들고 돌아다니니 모두 이상한 눈으로 쳐다보는 것 같았다.

무작정 버스를 타고 가다 보니 예전 살던 아파트가 보였다. 내려서 아파트 옆에 있는 공원에 갔다. 유치원에 다닐 때 아빠가 주말마다 이 공원에서 내게 자전거 타는 법을 가르쳐 주셨다. 나는 운동 신경이 없어서 배우기 싫었는데 아빠가 자전거를 타고나면 아이스크림을 사 주셔서 따라 나왔다. 그때는 아빠랑 친했던 것 같다. 오히려 오빠가 나를 놀려서 자꾸 혼났었는데….

아파트 앞을 지나다 경비 아저씨랑 마주쳤다. 이사 온 지 한참이 지났지만 아저씨는 나를 무척 반가워하셨다. 맨날 엄마 뒤만 졸졸 따라다닌다고 엄마 껌딱지라고 놀리시던 아저씨는 엄마, 아빠랑 오빠의 안부도 물으시고 예전에 명절이나 무슨 날마다 삐뚤빼뚤 한 글씨로 그림이랑 편지 써서 아저씨한테 가져다줘서 너무 귀여웠다고 하셨다.

나도 잊고 있던 내 모습을 아저씨에게 들으니 낯설었다. 그때는 엄마, 아빠한테도 자주 편지를 썼다. 특별한 이유 없이 그냥 사랑한다는 말을 많이 한 것 같다. 내가 언제까지 편지를 썼는지는 기억나지 않는다. 그때는 맨날 저녁에 엄마 아빠 오기만 기다렸는데... 문득 엄마, 아빠가 내가 학교에서 나온 걸 알게 되진 않았을까 하는 생각이 들었다.

핸드폰을 꺼내 보니 꺼져 있었다. 배터리가 다 됐나 보다. 어제 할머니 집에서 자느라 충전을 못 했다. 집으로 갈까, 할머니 집으로 갈까 고민하다가 벌써 저녁이 됐다. 저녁 늦게 집에 왔지만 아무도 없었다.

내가 학교에 안 간 걸 아무도 모르는 걸까? 차라리 잘 됐다는 생각도 들었다. 배가 고파 라면을 끓여 먹고 깜빡 잠이 들었다.

전화벨 소리에 잠이 깼다. 오빠 목소리였다. 놀란 듯 화난 오빠는 왜 핸드폰을 안 받냐고 어디냐고 화를 냈다. 핸드폰은 어제 충전을 못 해서 꺼졌고 지금 집으로 전화해 놓고 왜 그러느냐고 지금 야자하고 있을 시간 아니냐고 나도 짜증을 냈다. 잠시 후에 엄마, 아빠, 오빠는 집으로 왔다.

엄마는 오늘 하루 종일 어디 있었냐고 화를 내셨다. 엄마, 아빠는 학교에서 전화를 받고 학교에 가셨다가 무슨 일인지 듣게 되었고 아무 증거도 없이 애를 도둑으로 몰았느냐고 선생님, 혜림이 엄마와 말싸움을 하셨고 엄마는 하루 종일 나를 찾아다니시고 오빠는 혜림이를 만나러 우리 반에 갔다가 은혜가 오빠에게 혜림이가 어제 체육 시간 끝나고 점심시간에 시계를 가지고 있는 걸 봤다고 했단다. 그리고 혜림이는 오빠에게 시계를 고장 내서 엄마한테 혼날까 봐 잃어버렸다고 엉겁결에 거짓말했는데 자기도 일이 이렇게 커질지 몰랐다고 얘기했다는 것이다.

　하루 만에 우리 가족은 모두 10년은 늙은 것 같았다. 하지만 왠지 모르게 기분이 좋았다. 어릴 때 살던 아파트를 갔다 와서 내가 다시 어린애가 된 건지 엄마, 아빠가 예전처럼 다정해 보였고 오빠도 내 오빠 같았다. 엄마가 내일은 토요일이나 씻고 푹 자라고 하셨다.

　일주일이 지났다. 나의 일상은 똑같다. 학교에서 혜림이와 혜림이 엄마, 선생님이 사과하시고 이 문제는 그냥 그렇게 지나갔다. 집에 오니 집에 큰 택배가 와 있었다. 지난주에 찍은 가족사진이 도착한 것이다. 가족사진을 옆에 나란히 걸어두니 닮은 듯 모습들이 참 많이 변해 있었다. 예전 6살의 나와 지금 16살의 나는 무엇이 달라졌는지 찾아봐야겠다. 그리고 26살의 나는 지금 모습과 어떻게 달라질지 궁금하다. 하지만 분명한 것은 지금보다는 더 나은 모습으로 변해 있을 거라고 믿는다.

다시 시작할 수
있다면

꿈꾸는 책벌레 3학년 · **박성은**

작가 소개

동도중학교 3학년 7반 박성은이다.

취미는 소설 읽기, 만화 보기, 덕질하기, 게임하기, 게임 방송 보기 등 다양하다.

요즘 한 게임에 너무 빠져서 1달에 100시간을 넘게 하는 평범한 폐인이다.

장래희망도, 가고 싶은 고등학교도 딱히 없어서 고민이 많다.

사회와 역사 등 암기과목을 가장 싫어하고, 나머지 과목들은 좋아하는 편이지만, 미술과 체육에서 중학교 3년 동안 A를 한 번도 받아보지 못했다.

좋아하는 것에는 겨울, 맵거나 단 음식, 인형 등이 있다.

생일은 1월 27일이다.

여행하는 것을 좋아해 가족들이나 친구들과 자주 여행을 간다.

프롤로그

"난 네가 죽어버렸으면 좋겠어, 서하윤."
충동적인 한마디였다.
그녀를 보자마자 절로 튀어나온, 진심 따위는 담기지 않은.
"나도."
아, 그때 그녀가 무슨 표정을 지었더라?

작품 소개

이 소설은 주로 주인공인 '서하윤'의 입장에서 진행되는 소설이다.
그저 죽지 못해 살아가던 아이가 과거를 극복하고 새로운 가족을 찾아 행복하
게 살아가는 소설을 쓰고 싶었기 때문에 이 소설을 쓰게 되었다.
여담으로, 하윤이가 엄마와 시현이에게 받는 메리골드의 꽃말은 '반드시 올 행복'
과 '이별의 슬픔'이다. 이 작품에서 이 꽃은 두 가지 의미를 모두 내포하고 있다.

#1

"응애, 응애!"

"여보, 우리 아이가 태어났어요, 예쁜 딸이에요! 그러니 눈 좀 떠봐요, 네?"

한 남자의 절규가 방안을 울렸다. 이미 사랑하는 이의 죽음 예감한 눈은 절망만이 가득했다.

2000년 1월 21일, 아무에게도 축복받지 못한 아이가 태어났다.

#2

"아 아빠?"

다섯 살쯤 되어 보이는 아이는 한 남자를 조심스럽게 부르다 급히 자신의 입을 틀어막았다. 그녀의 아버지는 그녀에게 아버지라는 호칭을 허락하지 않았기에.

하지만 늘 그녀에게 화를 내던 목소리는 들리지 않았다. 그저 정적뿐이었다.

"이게 무슨."

5살. 죽음을 이해할 만한 나이는 아니었지만 아이는 무언가가 이상하다는 것을 알아차렸다. 천장에 매달린, 한때 그녀의 법적 보호자였던 사람은 이미 차갑게 식어있었기에.

#3

"안녕, 아이야. 아줌마는 엄마의 친구란다. 편하게 연우 아줌마라고 불러주렴. 너는 이름이 뭐니?"

"하윤이에요. 서하윤. 그런데 저에게도 엄마가 있었나요?"

"당연하지! 네 엄마는 아주 좋은 사람이었단다. 너를 보았다면 자랑스러워하셨을 거야, 하윤아. 오늘부터는 우리와 함께 사는 게 어떻겠니? 아줌마라도 괜찮다면, 너의 엄마가 되어주고 싶어."

처음 보는 사람이었다. 단정한 옷차림과 친절한 미소.

이런 사람이 나의 엄마가 되는 건가? 그럴 수만 있다면, 나도 가족을 가질 수 있는 걸까. 나도 드디어 행복해질 수 있는 걸까.

"네."

홀린 듯이 그녀의 손을 잡았다.

그러지 말았어야 했는데.

#4

아파, 너무 아파

귓가에서는 이명이 끊임없이 들렸고, 시야는 온통 붉었다.

본능적으로 깨달았다. 이건 내 피가 아니야. 그럼?

"하윤아, 행복하게 살아야 해. 아줌마의 몫까지."

아줌마? 안 되는데, 이러면 안 되는데. 목소리가 나오지 않아.

정신을 차려보니 집이었다. 옆에는 검은 옷을 입은 아저씨가 있었다.

"아저씨? 아줌마는요? 괜찮으신 거죠?"

"나는 나가 있을 테니 이 옷으로 갈아입으렴."

"아저씨, 옷을 잘못 가져오신 거죠? 검은색 말고 다른 색은 없나요?"

"하윤아, 제발."

아저씨가 너무 힘들어 보이셔서, 아무 말도 할 수 없었다. 아무 생각도 없이 옷을 갈아입고, 밖으로 나갔다. 아저씨의 차를 타고 처음 보는 곳으로 갔다.

"여기가 어디예요?"

"납골당이란다. 내 말 잘 들으렴, 하윤아. 너는 1달간이나 의식을 잃고 있었고, 그리고 연우는 이미 이 세상을 떠났단다."

"…."

"재촉하지 않을 테니 천천히 있다 나오렴."

여전히 아무 생각도 하지 않으며, 하지 않으려 애쓰며 움직이지 않는 다리를 질질 끌며 걸었다. 처음 와보는 곳이었다. 간간이 사람이 보였지만, 행복해 보이는 사람은 보이지 않는, 삭막한 곳. 그곳에 아줌마가 있었다.

아줌마는 이곳에 어울리지 않는데, 늘 누구보다도 밝고 찬란하게 웃던 사람이었는데, 다 나 때문이야. 나 때문에…

행복했던 나날들이, 10년간의 기억들이 조각조각 부서졌다. 너무 아파서, 두 눈을 뜨고 밝게 웃고 있는 아줌마의 사진만을 바라보고 있었다. 시야가 흐릿해서, 아줌마가 잘 보이지 않아서, 더 서러웠다. 더 아팠다.

"아줌마, 저예요, 하윤이. 있죠, 감사해야 하는데, 그래야 하는데, 아줌마가 너무 원망스러워. 왜 나를 두고 먼저 가셨어요? 엄마가 되어준다면서요!"

집으로 어떻게 돌아왔는지, 잘 기억이 나지 않았다.

"벌써 아침이네."

잠에서 채 깨어나기도 전에, 방문이 거칠게 열렸고 현이가 들어왔다.

"좋은 아침이야, 현아."

"좋은 아침? 넌 행복하니? 하긴, 살아있으니 즐겁겠지. 네가 그러고도 사람이야? 생각해봐, 대체 너 때문에 몇 명이 죽은 거야? 네 부모로는 충분하지 않았어? 그래서 어머니까지 죽였어?"

아무 생각도 들지 않았다. 슬프지도, 화가 나지도 않았다. 그저, 아팠다.

"난 네가 죽어버렸으면 좋겠어, 서하윤."

시현이의 날카로운 말이 비수가 되어 나를 찔렀다. 무의식적으로 튀어나온 한마디.

"나도."

아, 그때 내가 무슨 표정을 지었더라?

#5

"하윤아, 유학을 가는 게 어떻겠니?"

나는 아무 말도 하지 않고 아저씨를 바라보았다. 아저씨는 나를 보고 있지 않았다.

"현이도, 나도 솔직히 너를 보기가 힘들구나. 미안하다. 네가 잘못한 것은 없다는 건 아저씨도 알아. 아는데."

"네, 갈게요, 유학."

그의 말을 더 듣고 있기가 힘들어 급히 그의 말을 끊었다. 그렇게 나는 유학을 가게 되었다.

#6

"여보세요, 아저씨. 5년 만이죠?"

"그래, 하윤아. 오랜만이구나. 그동안 연락이 되지 않아, 많이 걱정했었단다. 벌써 스무 살이 되었구나."

"네, 그래서 말인데 이제 독립을 하려 해요. 그동안 감사했다는 말씀을 드리고 싶어서 전화 드렸어요."

"그래도 한 번쯤은 집에 방문 해주지 않겠니? 미안했다는 말은 직접 하고 싶구나. 시현이도 네게 사과하고 싶어 하고 말이야."

"네, 그럼 아주머니의 기일 때 찾아뵙도록 할게요."

"그래, 고맙구나. 그럼 그날 보자."

기분이 이상했다. 5년이라는 시간이 지났다고 해서 그 모든 일이 없던 일이 되는 것이 아닌데도 마치 그렇게 된 것만 같았기 때문이다.

1달 정도의 시간이 흐르고, 아주머니의 기일이 되었다. 떨리면서도 두려운 마음에 새벽부터 일어나 준비를 하고 한때는 집이었던 곳으로 갔다.

초인종을 누르자, 예상치 못한 사람이 문을 열어주었다.

"오랜만이네, 서하윤. 들어와."

"진시현? 오랜만이다. 잘 지냈어?"

"아니. 사실은, 5년 전의 일을 모두 사과하고 싶었어."

"무슨 소리인지 모르겠어, 현아. 네가 나에게 잘못한 건 없었어. 네가 나에게 화를 냈던 건 당연한 일이었는걸."

"아니야, 당연하지 않아. 너에게 화를 내고 상처를 주었던 일을 사과하고 싶었어. 아무리 너에게 화가 났어도 그 일은 네 잘못이 아니었어. 그런 식으로 말을 하면 안 되었는데. 그리고 그 엄마는 너를 보호하려 하신 거고, 그건 엄마의 선택이었어. 진심으로 미안해. 아, 이 꽃은 사과의 표시야."

시현의 손에 들린 메리골드를 보는 순간, 나는 불현듯 깨달았다. 아, 너는 전혀 변하지 않았구나. 내가 유학을 하며 여러 사람을 만나고 더는 나 자신을 전혀 미워하지 않게 될 동안, 너는 여전히 처음 만났을 때의 그 모습 그대로, 다정했던 너로 남아주었구나.

깨졌던 조각들이 다시 붙기 시작했다.

#7

5살의 나와 5살의 너는 너무나도 달랐다. 사랑을 한 번도 받아보지 못한 나와는 달리, 너는 주변의 모두에게 사랑받았다. 거부당하는 것이 일상과도 같아 늘 소심했던 나를, 한 번도 거부당한 적이 없었던 너는 이해하지 못했다. 너의 그 모든 모습이 지독히도 부러웠고, 지독히도 미웠다.

나에게는 아무것도 없었는데, 너는 내가 원했던 그 모든 것을 가졌기에.

너를 노골적으로 피해 다니던 나 때문에 우리는 초등학교에 갈 때까지 서로 말 한마디 하지 않는 사이였지만, 초등학교에 다니고 같은 반이 되면서 나의 벽은 너라는 사람에게 너무나도 쉽게 허물어졌다

어린아이들은 순수하였고, 잔인하였다. 초등학교 1학년 때, 같은 반 아이가 우연히 우리가 같은 집으로 들어가는 것을 보았고, 이 사실은 우리 반 전체에 소문이 났다. 반 아이들은 나를 부모도 없는 거지라며 놀렸었는데, 이때 유일하게 나를 도와준 사람이 너였다.

"야, 너네 그만해."

"왜? 얘, 네 집에 얹혀 산다면서? 사실이잖아!"

"아니야! 얘도 우리 가족이야!"

머리를 세게 맞은 기분이었다. 나는 태어날 때부터 가족이 없었다. 나는 늘 나를 사랑해 줄 수 있는 가족을 원했지만, 겨우 어린 나이의 치기와 열등감 때문에 내가 그리도 열망했던 가족을 잃을 수도 있었다는 것을 깨달았다. 그날부터 나는 너에게 마음을 열었고, 우리는 금방 친해졌다.

그래, 그 일 전까지는.

그날은 2015년 1월 21일, 나의 생일이었다. 친아버지와 함께 살 때 내 생일은 곧 어머니의 기일이었기 때문에 축하받기는커녕 늘 아버지의 눈치를 보아야 했던 날이었지만, 그런 나의 생일이 이 집에서는 모두에게 축하를 받는, 즐거운 날이 되었다는 사실이 나는 늘 기꺼웠고, 나는 어느덧 내 생일은 당연히 축하받아야 한다는 생각을 은연중에 했던 것 같다.

그래서였을까. 나는 아줌마가 생일선물을 준비하는 것을 잊었다고 말씀하셨을 때 서운함을 숨길 수 없었고, 아줌마가 미안하다며 함께 선물을 사러 가자고 하셨을 때 뛸 듯이 기뻐했다.

선물을 다 사고 차를 타고 돌아가던 중, 우리 뒤의 차가 갑자기 차선을 이탈해 우리 차를 들이받았고, 아줌마는 온몸으로 나를 감싸셨다. 사고가 난 지 1달 뒤 정신을 차렸을 때 이미 아줌마는 돌아가신 후였다. 내가 건강을 거의 다 회복했을 때, 아저씨가 모든 사실을 말씀해주셨다. 사실 아줌마는 내 생일

을 까먹지 않으셨고, 깜짝 생일파티를 준비하는 중이셨다고. 아줌마가 나를 위해 준비하셨던 마지막 선물인 메리골드 꽃다발은 이미 시들어 있었다.

#8

"아저씨, 오랜만이에요."

"오랜만이구나, 하윤아. 보고 싶었단다. 사실 그동안 너에게 사과하고 싶었단다. 너를 갑작스럽게 유학 보냈던 일 말이야. 사실 네가 제일 힘들었을 텐데, 너무 나와 시현이의 입장에서만 생각해서 정말로 미안했다."

"아니에요. 오히려 사과해주셔서 감사해요."

"사실, 나와 시현이가 준비한 것이 있단다. 아니, 정확히는 나와 현이, 그리고 연우가 5년 전에 함께 네 생일선물로 준비했던 거란다."

아저씨가 나에게 내미는 봉투를 조심스럽게 들어 올려 안에 있던 종이를 꺼냈다. 봉투 안에는 입양허가신청서, 양친가정조사서 등의 서류들이 들어있었다.

"아저씨, 이게 다 무슨."

"보다시피 입양에 필요한 모든 서류란다. 물론 네가 원하지 않는다면 거절해도 괜찮단다. 우리는 네가 무슨 선택을 하든지 간에 네 선택을 존중할 것이란다."

나는 아저씨가 침착한 척을 하고 계시지만 그 목소리는 옅게 떨리고 있다는 것을 알아차렸다.

"네, 좋아요. 아저씨. 아니 아빠. 잠시만, 지금 우시는 거예요?"

"미안하구나. 그냥 너무 좋아서."

#에필로그

"엄마, 저희 왔어요. 윤아, 너도 인사드려."

".......엄마, 엄마, 엄마...."

금방이라도 울듯이 일그러지는 하윤의 얼굴을 보며 시현은 자리를 피했다. 문 앞에서 시현은 자신의 아버지를 보았다.

"시현아, 너 정말로 괜찮겠어?"

"뭐가요, 아빠?"

"너 생일 9월이잖아. 이제 하윤이한테 누나라고 해야 할 텐데...픕."

"아, 진짜! 웃지 마세요!"

"아 그러고 보니 그렇구나, 누나라고 불러봐, 내 동생."

"뭐야 언제부터 있었어?"

"아까부터. 빨리 누나라고 부르라니까?"

"나 먼저 갈 거야!"

시현은 괜히 화난 척을 하며 도망가고 있었고, 그 뒤를 하윤이 밝게 웃으며 따라가고 있었다.

행복한 가족의 모습이었다.

sequence

꿈꾸는 책벌레 3학년 • **이나연**

작가 소개

동도중학교 3학년 이나연이라고 합니다.

1학년 때 선배들의 홍보를 보고 시험을 치고 면접도 보고 들어왔던 제가 곧 졸업을 하고 고등학교를 간다는 것이 참 믿을수가 없네요.

내년에도 도서실에 와서 사서쌤이랑 놀고, 전일제도 가고, 책쓰기를 싫어하면서도 원고를 제출할 거 같은데, 이 모든 게올해가 마지막이라는 것이 시원하면서도 불안하네요.

이제 제 소개를 해보려고 합니다. 저는 제 일상을 가볍게 전환 시키는 것들을 좋아해요. 예를 들면, 간식이나 문구류, 혹은 노래방같이 돈을 얼마 들이지 않고 절 행복하게 만드는 걸좋아합니다.

취미는 노래 듣기, 책 읽기, 스키 타기 등등.

장래희망은 내 공간 마련하기입니다. 지금은 직업으로 장래희망을 특정하기가 어려운 거 같아요.

애증의 책쓰기였지만 올해가 마지막이니까 즐기며 써보려고 노력했습니다.

글 즐겁게 봐주세요.

그리고 사서쌤, 감사하고 사랑합니다.

작가의 말

  이 글은 에피소드식 소설입니다. 올해 주제인 '다시, 시작'은 집단, 그리고 상황에 따라 다양하게 해석될 수 있을 것 같아서 친구, 연인, 가족 이 세 가지로 나눠서 글을 썼습니다. 학교폭력을 겪은 주인공 수진이가 터닝 포인트가 될 다희를 만나 새로운 마음가짐으로 다시 시작하는 내용의 '친구' 부분, 헤어졌지만 일상생활 속 우연히 만나 서로 좋은 추억으로 남기고 각자의 삶을 다시 시작하는 '연인' 부분, 멀어졌지만 상담을 받고 다시 시작해보는 '가족'의 이야길 담아봤습니다. 재미있게 읽어주셨으면 감사하겠습니다!

친구

"새로운 환경, 새로운 사람들, 모든 것이 새로운 것 투성이인 이곳에서 나는 잘 적응할 수 있을까. 그곳에서 도망쳐 나온 게 옳은 선택일까?"

나는 이전 중학교에서 집단 따돌림을 당하다 더 이상 견디기가 힘들어 이곳으로 전학 왔다. 등교할 때부터 하교할 때까지 이유 없이 욕먹고 놀림당하는 것은 오랫동안 당했지만 도저히 익숙해지지 않는다. 매일매일 불행만이 날 반기는그곳에서 내 꿈, 친구, 학교생활이 짓밟혔다. 제발 이곳에서는 새로 시작할 수 있길.

"여러분, 오늘 전학생이 왔어요. 자기소개해볼까?"
"안녕, 내 이름은 권수진이야. 잘 부탁해."
"수진이는 저기 앉고, 전학생 잘 챙겨주도록 해요. 다들 이제 수업 준비합시다!"
"안녕? 난 윤다희라고 해! 혹시 오늘 나랑 같이 밥 먹을래?"
"아... 그래. 같이 먹자."
"알았어! 수업 열심히 들어!"

오랜만에 사귄 친구라 얼떨결 해하며 아까 대화를 곱씹어 보기도 하고 바뀐 환경이 어색해 주위도 둘러보고 반 친구들과 인사를 나누다 보니 벌써 오전수업이 끝나고 점심시간이 다가왔다.

"수진아! 밥 먹으러 가자!"
"그래. 가자."

밥을 먹고 남은 시간 내내 다희의 이야기를 들으며 맞장구치고 서로의 취향을 공유하며 그 순간을 즐겼다. 그동안 못한 학교생활을 하는 것 같아서 정말 즐거웠다. 한쪽만 계속 말하는 일방적인 대화가 아니라 서로 듣고 말하며 내가 하는 이야기와 다희가 하는 이야기가 사이좋게 얽혀 좋은 대화를 만들어 냈다. 매일 같이 느끼던 외로움이 그때만큼은 어떤 것이었는지 기억이 나지 않을 정도로 다희와의 대화에 푹 빠졌다.

"근데 수진아 나 궁금한 게 있는데, 전학 오기 전에 학교는 어땠어?"
"아... 딱히 좋은 기억은 아닌데..."
"껄끄러우면 말 안 해도 돼!"
"괜찮아. 나 사실 이전 학교에서 따돌림을 당해서 이 학교로 전학 온 거야. 이유도 없이 왕따 당하는 거에 지쳐서..."
"아... 그렇구나. 미안해. 내가 너한테 민감할 수 있는 걸 건드린 거 같아."
"아냐. 사실 나도 누구한테 털어놓고 싶었어. 말하기 힘들었으면 나도 말 안 했을 거야. 미안해 안 해도 돼."
"다행이다. 너도 내가 어느 정도 편해진 거라고 생각할게! 그래도 지금까지 정말 수고 많았고 이제 여기선 나랑 행복하고 즐거운 나날만 가득했으면 좋겠어. 내가 수진이의 행복은 책임질게!"
"고마워. 다희야."

이전 학교에서 오랫동안 날 봐도 미워만 하던 그들과 다르게 얼마 보지 않았지만 나를 조건 없이 좋아해 주는 다희가 너무 신기했다. 지금 다희가 내게 큰 힘이 되듯이 나도 언젠가 다희가 나한테 기댈 수 있도록 강인한 사람이 되고 싶다는 생각을 했다. 오랜만에 머릿속에 긍정적인 생각들로만 가득 차니 내 마음이 맑아지는 기분이다. 부정적인 내 시선과 한 없이 낮기 만한 내 자존심을 앞으로 조금씩 고쳐나갈 것이다. 나도 누군가에게 긍정적인 영향력을 줄 수 있는 사람이 되길.

연인

"하진 씨. 남자친구가 사랑이 식은 거 같아요. 저 어떡해요?"
"서율 씨 저 지금 그 이야기 수백 번은 들은 거 같아요."

악착같이 대학을 졸업해서 나름 일찍 취업해서 현재 신입 사원인 나는 입사 동기인 서율 씨의 말을 들어주고 있다. 하루 종일 이 이야기만 듣고 있으니 이제는 공감도 안 되고 서율 씨의 이야기가 귀에 안 들어오니까 갑자기 내 전 남자친구가 생각났다. 거의 내 대학교 생활을 전 남자친구로 가득 채웠는데.

나와 그가 헤어진 건 다들 겪는다던 권태기에서 시작되었다.

원래 작은 것에도 연락이 잘 되던 남자친구가 언젠가부터 연락의 드문드문 해지다가 끊기고, 꼭 일주일에 한 번이라도 만나서 데이트했던 우리가 이젠 서로가 바빠서 한 달에 한 번도 만나기 힘들고 점점 데이트하는 시간이 짧아지는 것을 보며 의미 없는 이 관계를 이어가기가 벅차서 이별 통보를 했다. 그 땐 그와의 추억이 너무나도 많아서 다른 생각을 하려고 해도 안돼서 힘들었지만 지금은 시간이 많이 지나 정말 가끔씩 생각이 난다.

그런 후회를 자주 했다. 너와 내가 조금만 서로를 배려하고, 조금만 서로를 위했더라면 지금 결과는 달라졌을까? 뭐가 그렇게 바빠서 내 주변을 챙기지 못했을까.

불쑥 이런 후회들이 떠오를 때가 있다. 그도 지금 나처럼 후회하고 있을까 아님 모두 떨쳐냈을까?

"하진 씨! 점심시간 끝났어요!"
"아! 네네 이제 들어가요!"
"뒤에 미팅 있지 않으세요?"
"네, 준비하고 갔다 오려고요."
"열심히 하고 오세요. 파이팅!!"

"고마워요. 서율씨도 너무 우울해하지 말고요."

회사에 들러 준비를 하고 대리님과 외근을 나왔다. 대리님과 일 이야기를
하다 보니 미팅 장소에 도착했다. 정신없이 미팅 준비를 하고 숨을 고르니 회
의실에 들어오는 그가 보였다. 아... 왜 같은 과였단 걸 잊고 있었을까. 연애
할 때 나중에 같은 직종에서 일하며 만나는 우리를 상상하곤 했는데.
　내 앞에 그는 나와 달리 평화로운 태도였다. 미팅할 땐 대리님이 우리 회사
입장을 이야기하시고 나는 옆에서 돕기만 해서 미팅 동안엔 그와 말을 하지
않았다. 각 회사 간 의견 조율이 끝나고 이제 미팅을 마치곤 회사에 다시 돌
아갈 준비를 하니까 대리님께서 미팅하느라 수고 많았으니 회사로 돌아가지
말고 바로 퇴근해도 좋다고 하셨다. 집에 가서 휴식할 생각을 하며 기쁜 마음
으로 회의장을 나서니 나를 기다리는 듯 그가 내 눈에 비쳤다.

"오랜만이야, 하진아."
"너두. 너가 이 회사 다니는 줄은 몰랐네. 너희 회사가 준비한 것도 잘 들
었어."
"아, 고마워. 사실 여기서 일한 지 그렇게 오래되지 않았어. 앞에서 너 기
다린 이유가 있는데, 혹시 지금 나랑 카페 갈 수 있어?"
"어. 나 회사로 다시 안 돌아가도 돼서 가능할 것 같아."
"우리 구내 카페 맛있어. 넌 아직도 녹차 라떼 마셔?"
"어"
"나 너한테 사과하고 싶었어. 내가 헤어지기 전에 너무 무심했던 것 같아.
상처받았으면 미안해. 사실 돌이켜보니까 내가 너무 나만 생각한 거 같아."
"아냐, 내 잘못도 있는걸. 그래도 이렇게 이야기해줘서 고마워."
"이렇게 오랜만에 보니까 그때 생각난다. 우리 그래도 행복하게 연애했잖
아."
"그치."

"나한테 행복한 기억 만들어줘서 고마워. 앞으로 너도 행복하길 바랄게."

"너도 진심으로 행복하길 바랄게."

"나 그럼 이만 갈게. 난 회사로 돌아가야 해서. 잘 지내."

"어. 너도!"

짧은 대화였지만 묵은 감정들이 한순간에 씻어 내려가는 느낌이다. 너도 내 생각하면서 후회했구나. 우리 서로 탓하지 말자. 좋은 사람 만나 행복하길 바랄게. 이젠 너와의 추억을 조금은 담담히 좋은 추억으로 남겨둘 수 있을 것 같아.

가족

보통의 가족들의 주말을 떠올려보자면 같이 아침을 먹고 바깥으로 같이 놀러 가서 추억을 쌓고 이야기를 도란도란 나누겠지만, 우리 가족의 주말은 정적이다. 밥을 같이 챙겨 먹는 날은 드물고, 주말에는 자기 일을 하느라 바쁘고, 대화를 나누려고 해도 왠지 모를 어색함과 대화의 주제를 찾지 못하겠다.

우리 가족은 나, 언니, 엄마, 아빠로 구성되어 있다. 사실 내가 중학교 입학하기 전에는 우리도 화목한 가족이었지만, 어느 순간부터 다들 예민하고 작은 것에도 화를 내다보니 이제 다들 지쳐 대화를 나누지도 않는다. 언니, 엄마, 아빠의 생각은 어떨지 모르겠지만 가끔 난 이 침묵이 더 힘들고 지친다. 우리도 3년 전처럼 돌아갈 수 있을까?

"예주야, 혜주야 이번 주 토요일 비워둬. 우리 상담 한 번 받으러 가보자."

"응? 갑자기 웬 상담?"

"가족들이 받으면 좋을 상담이 있대. 엄마 친구가 추천하길래 엄마가 토요일에 상담 잡아놨어. 아빠도 간다니까 다들 그날 비워둬."

상담을 까먹고 있다가 토요일이 되었다. 당일이 되니까 그 상담이 뭔지 궁금해지고 우리 가족이 정말로 상담이후에 괜찮아 질 수 있을지 생각하며 기대도 되었다.

"안녕하세요. 심리상담가 박서연입니다!"
"네. 안녕하세요."
"자 그러면 어떤 이유로 상담 받으러 오셨나요?"

엄마가 상담사 선생님께 설명하는 동안 나는 우리가 왜 이렇게 됐는지 이유를 생각해보려고 했다. 근데 다시 되돌아보니까 정말 사소한 것들이었다. 서로 배려만 했으면 됐을 텐데.

"제 생각에는 너무 서로가 서로에 대해 잘 안다고 착각했던 것 같아요. 아무리 가족이더라도 서로 모르는 부분도 있을 수 있는데 서로에 대해 다 안다고 생각하고 서로를 알려고 하지 않거나, 혹은 상대가 자신의 맘을 다 알 거라고 생각하고 행동해서 그런 것 같습니다. 요즘 이러한 이유로 상담 오시는 손님들이 참 많아요. 전 이런 이유로 오시는 분들에게 다 똑같은 이야기를 해드리거든요. 바로 서로 여가 시간을 가지세요. 서로의 취향을 공유하며 대화도 나누며 서로에 대해 다시 알아가세요. 처음은 어렵겠지만 금방 익숙해지셔요."

상담사 선생님의 말을 듣자마자 이유를 깨달은 느낌이었다. 가족이라고 다 아는 건 아닌데 서로가 착각해서 이렇게 된 거 같다. 선생님 말씀처럼 여가시간을 같이 보내다 보면 우리 다시 가까워질 수 있겠지? 출발점을 찾아 다시 시작할 수 있을 것 같은 기분이다. 이 길의 끝은 행복이길 바란다.

다시 시작

꿈꾸는 책벌레 3학년 · 송수민

작가 소개

이름 : 송수민

작가는 동도중학교에 재학 중이며 '책쓰기반'이라는 동아리
에서 활동하다 기회가 되어 이 책을 쓰게 되었다. 이 작가의
요즘 관심 분야는 심리 분야이며 살아가며 꼭 이루고 싶은 것
은 세계 일주하기 이다. 이 작가는 이 책을 통해서 '작가'라는
직업에 한 발짝 더 가까워지게 되었다.

작가의 말

　나는 책을 써서 진짜로 출판해 보는 게 소원이었다. 그런데 참 신기하게도 그 기회는 동도중학교 책쓰기반이라는 동아리에 들어가면서부터 실현할 수 있게 되었다. 그래서 나는 이 책을 그 기회로 정말 즐겁게 썼다.

　이번 책 쓰기 주제는 '다시 시작'이었다. 처음에는 다시 시작이라는 말을 들으니까 뭔가 새로운 시작점이나 좋지 않은 엔딩에 대해 먼저 떠올랐다.

　나는 어떤 주제로 이야기를 쓰면 좋을까 하다가 중학교 3학년인 내가 자연스럽게 고등학교에 대한 궁금증이 생기고 막연한 기대가 떠오르는 나 자신을 보고 고등학교 진학에 대해 써보기로 결정했다.

　일기 형식으로 쓰면 주인공이 자신의 이야기를 더 솔직하게 표현할 수 있을 것 같다는 생각에 일기 형식에 도전해 보았다. 나는 이 책을 보는 독자들이 책 뒤에 자신의 내용을 더해서 자신만의 책이 됐으면 좋겠다는 생각으로 끝이 정해진 소설이 아닌 끝을 모르는 소설로 썼다.

　나중에 독자들이 자신의 책을 펼쳐보았을 때 독자들만의 이야기가 적힌 다 다른 책으로 변신해 있기를 기대해본다.

　사실 이 이야기는 내가 직접 겪어보지 못한 일이거니와 내 기대가 더해져서 완성된 이야기이므로 실제로 고등학교에 재학 중인 독자들이 읽었을 때 그저 웃음만 유발하는 책이 될 수도 있다고 생각한다. 하지만 이렇게 부족한 내 책이 후에 고등학생이 된 나도 또 독자들도 이 책을 읽으면서 현실에서 벗어나 잠시 웃을 수 있는 책이 되었으면 좋겠다.

2019. 9. 1.

나는 대한민국의 평범한 중3이다. 모든 중3 여자애들이 그렇듯 친구들과 노는 게 세상에서 제일 재밌다. 나는 주변 사람들한테도 나 자신도 스스로 나는 세상 긍정적인 사람이라고 생각한다. 나는 항상 안 좋은 일이 생겨도 괜찮아 다음에 잘하면 되지, 뭐 라는 생각으로 살아왔는데 이런 나에게 요즘 큰 고민이 생겼다. 그것은 바로 고등학교 진학이다.

사실 중학교 진학 때는 '나는 중학교 와서도 잘하겠지'라는 생각으로 왔는데 글쎄 중간고사, 기말고사를 하나씩 칠 때마다 성적이 오르지 않고 더 떨어지는 건 뭔지. 오늘 개학한 나는 오늘 담임 선생님과 상담을 받고 왔는데 2학기여서 그런지 선생님께서 1학기 상담 때보다 더 구체적으로 내 성적에 대해 말씀해 주셔서 이제야 실감이 난다.

사실 우리 부모님은 내 성적에 크게 관여하시지 않으셨는데 요즘에는 자꾸 공부하라고 잔소리하고 이러면 안 된다고 말하니까 더 공부하기가 싫어진다. 상담하고 나서 반에 와보니 애들 표정이 다 안 좋았다. 역시 나만 발등에 불 떨어진 게 아니구나 하는 생각이 들어 살짝 안심이 됐다. 나는 선생님께서 중간고사 때보다 성적이 더 떨어졌다고 하셨다. 그래도 인문계를 못 갈 성적은 아니니 이제부터 고등학교 준비를 해야 될 것 같다고 말씀하셨다. 하... 정말 앞으로는 너무 힘들 것 같다. 오늘은 이만하고 자고 내일부터 열심히 해야겠다. 아 그리고 이제부터는 정말 열심히 매일매일 하나씩 일기를 쓸 것이다!! (내일부터 당장 안 쓰게 되지는 않겠지???)

2019. 9. 15.

아 정말 큰일 났다. 중간고사가 9월 31일인데 나는 지금까지 뭐하고 있었던 건지 잘 모르겠다. 이제부터는 진짜 시험공부도 한 달 전부터 하려고 상담

후부터 마음을 먹었었는데 이놈의 핸드폰은 재밌는 게 왜 이렇게 많은지ㅜㅜ 나는 첫날 매일매일 일기를 쓰기로 마음을 먹고 계속 까먹고 오늘은 꼭 써야지 하다가도 잠들어버리고 해서 결국 오늘에서야 일기를 쓰게 되었다. 사실 그 동안에 많은 일이 있었는데 오늘은 다 쓰고 자야겠다.

먼저 3일쯤에는 내가 엄청 좋아하는 밴드 공연을 보러 갔었는데 정말 얼마나 멋있는지!!! 그날은 종일 그 생각만 한다고 아무것도 하지 못했다. 괜찮아 다음날부터 열심히 공부하면 되지 뭐 했던 다짐들이 무색하게 다음날에는 친구들과 만나서 노느라 그 다음날에는 또다시 월요일이라 너무 피곤해서 이런 이유들로 아무것도 하지 못했다 정말 큰일 났다. 사실 오늘도 학교 시험이 얼마 남지 않았다는 사실을 잊고 있다가 학교에서 시험 시간표와 범위를 알려주는 바람에 알게 되었다. 정말 오늘은 수학 공부부터 하고 자야겠다. 그럼 오늘은 이만:)

2019. 10. 3.

이틀 전 중간고사가 드디어 끝났다. 사실 '드디어'를 붙일 만큼 내가 열심히 했는지는 잘 모르겠지만 중간고사가 끝나서 얼마나 기쁜지 모른다. 이틀 동안 시험 기간에 못 잔 잠이랑 못 논 시간 동안 엄청 놀고 또 엄청 자느라고 시간이 정말 금방 갔다. 사실 이번 시험은 1학기 때보다 훨씬 더 열심히 준비했는데 결과가 어떨지 잘 모르겠다. 며칠 후면 시험 결과가 나올 텐데 정말 떨린다. 3학년 기말고사는 중간고사 끝나고 바로 한 달 뒤라 바로 준비해야 하는데 그래도 2주 정도만 놀고 준비해야겠다. 엄마가 고등학교 가면 체력싸움이라고 운동하자는데 너무 하기 싫다. 수영하자는데 초등학교 때 배우고 안 배운 수영을 가면 잘 할 수 있을까. 엄마가 당장 내일부터 가자는데. 오늘 밤은 너무 긴장 돼서 잠을 못 잘 것 같다. 아 그리고 엄마가 엄마 친구들에게 물어보고 나한테 알려줬는데 무슨 고등학생들은 잠을 거의 안 잔다고 한다.

나는 하루에 10시간 자도 잠 오는데 어떡하지? 엄마 말로는 내가 채소도 안 먹고 운동도 안 해서 그런 거라고 한다. 결국 나는 운동을 해야 하는 운명인 가 보다. 어제랑 그저께 그렇게 잤는데도 잠이 또 오다니. 오늘은 여기까지만 적고 이만 자야겠다.

2019. 10. 30.

이제 기말고사가 정말 얼마 안 남았다. 한 20일인가 거의 3주도 안 남은 상태다. 나는 또 발등에 불이 떨어져서 방금 국어 공부를 하다가 갑자기 일기 장이 생각나서 적고 있다. 중간고사 점수가 나온 지 좀 된 지금 중간고사 점 수를 말하자면 음…. 망했다. 진짜 점수를 듣자마자 바로 헛웃음이 나왔다. 그래서 기말고사 준비는 더 열심히 하자고 마음먹었었지만.. 결국 또 이렇게 되고 말았다. 기말고사 끝나고 이제 고등학교 원서 쓴다는데 어디 갈지 아직 도 모르겠다. 사실 요즘 고등학교 내용도 준비해야 해 중학교 내신도 준비해 야해 고등학교 원서도 생각해야 해 정말 머리가 터지지 않고서는 살 수가 없 을 지경이다. 그 전에 이야기 했었던 수영 말인데 그때 새벽 6시 10분 반을 신청했었는데 뭐 결과적으로는 아직 잘 다니고 있다. 처음에 갔을 때는 어색 하기만 하던 선생님과도 뭐 그럭저럭 많이 어색하지 않고 있다. 뭐 물론 나 혼자만의 생각일 수도 있지만 말이다. 또 아침반이어서 그런지 아주머니들이 많이 오셔서 모두 혼자 온 나한테도 말 걸어주시고 힘들면 쉬엄쉬엄하라고 말씀해 주셔서 너무 잘 적응하고 있다. 사실 아침에 일어나기 싫어서 엄마한 테 투정 부리고 한 날이 웃으면서 간 날보다 훨씬 더 많긴 하다. 엄마 말대로 진짜 아침엔 일어나기도 싫고 힘든데 막상 수업을 끝내고 나면 너무 개운해 져서 이 맛으로 수영 다니는 것 같다. ㅋㅋㅋ 아 다시 고등학교 이야기로 돌 아가서 나는 아마도 고등학교를 로스 고등학교에 원서를 쓰게 될 것 같다. 왜 냐면 그 고등학교가 집에서 제일 가까워서이다. 집에서 조금 먼 중학교에 와

보니 알겠다. 정말 학교는 가까운 게 최고인 것 같다. 초등학교 다닐 때는 집에서 학교까지 걸어서 5분밖에 안 걸려서 엄청 여유롭게 갔었는데 중학교는 일찍 일어나서 준비하고 또 가는 데 시간이 걸리니까 그동안 일찍 일어났다. 지금도 이렇게 일찍 일어나는 게 힘든데 고등학교 가면 얼마나 더 피곤하고 힘들지 상상도 안 된다. 그래서 역시 학교는 가까워야 편한 것 같다. 내 생각대로 될지는 잘 모르겠지만 정말 내 생각대로 됐으면 좋겠다. 이 기말고사가 동도중에서 치는 마지막 시험이 될 텐데 정말 결과가 좋았으면 좋겠다. 그럼 남은 기간도 아자 아자 하면서 오늘은 이만해야겠다.

2019. 11. 30.

오늘은 담임 선생님이 고등학교 원서 종이를 주시면서 집에서 부모님이랑 주말 동안 고민해서 월요일에 들고 오라고 하셨다.

'정말 드디어 고등학교 원서 쓰는 날이 왔구나'하고 새삼 기분이 묘해졌다. 나는 저번에 이야기했던 것처럼 로스 고등학교를 1지망으로 쓸 것 같다. 그러고 보니 기말고사가 끝난 후 첫 일기네. 나는 중간고사가 끝났을 때처럼, 다시 말해 세상이 곧 멸망할 듯이 자고 또 놀았다. 그렇게 2주를 보내고 나니 기말고사 성적이 나왔고 그래도 결과는 노력했던 것만큼은 나온 것 같았다. 그래도 늦게 시작하고 범위도 많아서 이번 점수는 진짜 안 나올 줄 알았는데 생각보다 잘 나와서 기분이 좋았다. 이 점수를 보자마자 고등학교 가서도 진짜 노력한 만큼만 나왔으면 좋겠다는 생각을 진짜 많이 했다. 고등학교에 이미 간 아는 사람들은 원래 중학교 3학년 기말고사가 끝난 이후부터가 진짜로 공부해야 할 시기라고 해서 나는 요즘 고등학교 준비를 열심히 하고 있다. 고등학교 가서도 내가 한 만큼만 나오면 좋을 텐데. 그래도 중간고사 이후부터 운동을 한 효과가 있는지 요즘에는 옛날보다 덜 피곤한 것 같다. 뭐 요즘 잠을 시험 기간 때 덜 잔만큼 그 배로 자고 있어서인지는 잘 모르겠지만 말이다. 이번 주말은 정말 너무 바쁘고 머리가 터질 만큼 생각을 많이 하면서 보낼 것 같다.

2019. 12. 25.

오늘은 크리스마스다!!! 사실 그동안 학교에서도 거의 영화 보여주고 다 같이 이야기하면서 놀고 축제 준비하느라고 거의 놀긴 했지만 정말 학교를 안 가니 이렇게 좋을 수가 없다. 이제 나는 산타를 믿는 나이는 지나서 산타할아버지한테 선물은 받지 못했지만 선물 못 받아도 즐거운 날이 크리스마스 아닌가? 어쨌든 오늘은 가족들이랑 백화점 가서 새 옷도 사고 영화도 보고 외식도 하고 친구들이랑 시내에 가서 놀기도 했다. 오늘이 2학기 중에서 가장 열심히 돌아다닌 날인 것 같다. 내일 또 학교에 가야 한다니 너무 슬프다. 어제는 크리스마스 이브여서 가족들이랑 밤늦게까지 놀다가 늦게 자고 오늘은 크리스마스여서 늦게 일어나서 엄청 좋았는데 내일 또 학교 가려고 일찍 일어나야 한다니. ㅜㅜ 요즘 방에 보일러 틀어놓고 자면 얼마나 따뜻하고 포근한지 아침에 일어나기가 싫어진다. 힝 오늘은 일찍 자야겠다.

2019. 12. 30.

오늘은 학교 축제다. 오늘은 다른 날과 달리 엄청 일찍 눈이 떠졌다. 역시 나는 노는 데만 재빨라진다니까. 우리 학교는 1학년은 그냥 학교 돌아다니고 2학년은 벼룩시장을 3학년은 음식을 팔고 테마를 정해서 그 테마 대로 반을 꾸민다. 내가 음식 팔면서 음식 한입씩 먹는 3학년 선배들이 그동안 얼마나 부러웠던지. 드디어 오늘 그걸 내가 해봤다!! 사실 3학년쯤 되니까 이제 다른 반들이 어떤 테마로 할지 안 봐도 뻔히 보여서 별로 탐험하고 보는 재미는 없었지만 그래도 직접 해보니까 너무 재미있었다. 마지막에 무대에서 다른 학교 춤 공연과 1.2학년들 뮤지컬 노래 등을 보니까 너무 재미있었다. 그런데 또 한편으로는 내가 3년 동안 다니던 학교를 이제 곧 졸업한다는 사실이 더욱더 느껴져서 마음 한켠이 찌르르했다. 친구들과도 웃으면서 지내던 이 일상이 곧 깨진다고 생각하니까 더 슬펐다. 같이 다니던 친구들이랑 다른 고등학교를 원서에 내서 그런지 요즘 따라 이런 생각들이 자주 드는 것 같다. 이제 진짜 졸업이 보름도 안 남았다니 앞으로는 친구들과 추억을 하루에 하나씩 만들어봐야겠다!

2020. 1. 1.

오늘은 2020년이 된 날이다. 2018년도 말하기 어색했었는데 벌써 2020년이라니 정말 시간이 너무 빠른 것 같다. 이제 고등학교에 입학 하는 거니까 TV로 보던 그 종치는 장면이 작년과 다르게 더 무겁게 다가왔다. 정말 낯 많이 가리는 내가 고등학교에 가서도 잘 지낼 수 있을지 걱정이 이만저만이 아니다. 그냥 이대로 졸업 안 했으면 하는 생각도 요즘 든다. 작년만 해도 계속 졸업하고 싶다 그랬었는데. 이 일기장을 쓰면서 일기를 연달아 이틀 동안 쓴 적이 이번이 처음인 것 같다. 처음 시작할 때는 매일매일 쓰기로 다짐했었는데 ㅎㅎ 사실 17살이 되는 게 너무 싫어서 오늘 아침이었던 떡국을 먹고 싶지 않았다. 진짜 공부는 중학교 기말고사 후라는 게 맞는 말인 것 같다. 요즘 학원 선생님들도 학교에서 진도 안 나간다면서 학원 진도를 엄청나게 빼고 숙제도 그전의 2배가 된 것 같다. 엄마 말로는 이렇게 하면 고등학교 때 도움된다는데 정말 그렇겠지?? 다음 주면 진짜 졸업이다. 아쉽기는 하지만 내일 학교 가서 친구들이랑 1분 1초가 아깝지 않게 열심히 놀아야겠다. ㅋㅋ이제 2020의 첫날밤을 마무리해야겠다.

2020. 1. 3.

오늘은 동생 생일이다. 아침부터 일어나 동생의 깜짝 생일 파티를 해주고 학교에 갔다. 동생은 이제 한 살 더 먹는다면서 좋아라 했지만 막상 이제 나도 1살 더 먹었다는 생각이 들어 기분이 좋지만은 않았다. 나도 이제 17살이라니.. 너무 징그러운 것 같다. 나 자신도 이런데 부모님은 오죽하겠어. 요즘 너무 추운 것 같다. 여름에만 해도 더운 게 너무 싫어 땀 흘리는 것보다 차라리 껴입는 게 더 포근하면서 좋을 것 같아 이런 생각들을 많이 했는데 막상 겨울이 되고 하루가 다르게 추워지면서 껴입는 게 귀찮아서 점점 봄이 더 빨리 오기를 기다리고 있다. ㅜㅜ 어쨌든 오늘은 학교랑 학원 갔다 온 후에 집에 와서 달달한 딸기 케이크를 먹어서 기분이 좋았다. 곧 졸업인데 졸업식하고 뭐 먹으러 가자고 할지 고민하면서 잠들어야겠다.

2020. 1. 8.

오늘은 졸업식 날이다. 오늘 아침에는 알람을 듣지 않았는데도 엄청 일찍 일어나졌지만 바로 일어나면 더 빨리 졸업하게 되는 것 같아서 계속 늦장 부렸다. 결국 학교에 도착하고 울지 않고 즐겁게 웃으면서 끝내려고 했지만 마지막 담임 선생님의 말씀을 듣고는 결국 울음이 터지고 말았다. 근데 다른 친구들도 그랬던 건지 다 마지막에 눈물을 흘렸다, 뭐 아닌 친구들도 있었다. 졸업식을 마치고 가족들이랑 점심을 먹고 친구들이랑 다시 만나서 하루 종일 놀았다. 우리는 앞으로도 자주 많이 보자고 약속하면서 헤어졌다. 오늘은 뭔가 마음 한구석이 허전한 날이다. 오늘은 일찍 자야겠다.

2020. 2. 3.

오늘은 두구두구두구 드디어 고등학교 결과가 나온 날이다. 나는 엄청 떨리는 마음으로 확인했고 다행히 내가 원하던 로스 고등학교에 됐다!!! 너무 좋았다. 사실 중학교 올때도 엄청 운 좋게 걸린 것이어서 다른 사람들도 나보고 정말 학교 운은 좋다고 말했었는데 진짜였나 보다.

사실 고등학교 이름을 딱 보자마자 내가 적은 곳이 됐다 하는 기쁨과 안도감보다는 오히려 내가 가서 잘할 수 있을까 하는 걱정부터 들었다. 중학교에서는 이 시험 쳐보고 망하면 다음 시험. 다음 시험도 망하면 수행평가 이렇게 조금은 마음 놓고 할 수 있었는데 이제 고등학교는 모든 게 다 입시고 대학과 관련되어 있다는 말을 주변에서 많이 들어서인지 너무 걱정되는 마음이 제일 컸다.

두 번째로는 이번 겨울 방학(방학이라고 하는 게 맞나???)에는 엄청 열심히 공부해야겠다는 생각이 들었다. 중학교보다 고등학교에서 더 잘하는 사람들도 있다는데 나도 그랬으면 좋겠다.

사실 고등학교 내용을 봤을 때 너무 어려워서 그럴 일은 없을 것 같다는 게 훨씬 더 현실적인 것 같다. ㅜ 어쨌든 앞으로 잘하고 열심히 하면 되는 거니까 (열심히 하면 되겠지..?)열심히 해야겠다. 오늘은 저녁에 수학 공부를 더 하고 자야겠다. 벌써 2월이라니 이러다 눈 감았다 떴는데 3월이 아니었으면 좋겠다.

2020. 3. 2.

오늘은 고등학교 개학 날이다. 남은 2월 동안 가족여행으로 해외로 갔다오고 중학교 때 친구들이랑 만나서 서로 어떻게 지냈는지 이야기 나누면서 놀고 논만큼 공부도 열심히 했다. 진짜 내 인생에서 이렇게 공부를 열심히 한 적은 처음인 것 같다. 앞으로 고등학교 가면 더 열심히 그리고 더 많은 양의 공부를 해야 될 텐데 괜찮을지 살짝된다. 지금 쓰고 있는 이 일기를 쓰기 전에 그 전에 쓴 일기들을 다 읽어봤는데 중학교 다닐 때 참 공부 안했구나하는 생각이 들었다.

그리고 수영도 아직 잘 다니고 있다. 사실 처음에 시작했을 때에는 교정반이어서 계속 트랙만 도는 것이 너무 힘들었지만 요즘에는 그래도 조금 적응해서 아침에 일어나는 것도 처음만큼 힘들진 않다. 실제로 몸이 더 가벼워진 것 같은 느낌도 든다. 이 일기를 보고 있는 미래의 나야 몸이 무거우면 수영을 해 진짜 최고야.

저번 일기에 썼던 것처럼 진짜 눈 감았다 뜨니까 오늘이 되었다. 아침에 일어났을 때에는 너무 가기 싫었고 무서운 마음도 있었지만 막상 가보니까 또 친구들도 여럿 사귀고 반 분위기도 너무 괜찮은 것 같고 담임 선생님까지도 너무 좋았다. 사실 집에서 가까운 게 가장 마음에 들었다. 그래도 고등학교 내용을 조금 공부하고 가서 부담이 덜 되는 것도 있었다. 진짜 내일이 너무 기대된다. 사실 아직 고등학교 첫날이라 기대되는 마음이 이렇게 클 수도 있겠지만 내일이 빨리 됐으면 좋겠다. 그럼 보일러 틀고 따뜻하게 자야겠다.

리코민치아레
다 카포

꿈꾸는 책벌레 2학년 · **김린아**

작가 소개

  저는 동도중에 다니는 김린아입니다.

  저는 1학년 땐 3반이었고, 지금은 2반입니다.

  학교에 오면 저와 잘 맞는 친구들이 많고 도서부에도 재밌는 친구들이 있어서 너무 좋습니다.

  비록 수요일마다 하는 도서부 일을 땡땡이치고 싶은 날도 많지만 그래도 열심히 일을 합니다.

  저는 이 열심히 일을 하는 끈기를 길러서 57세까지 열심히 일하다가 60세가 되면 시골이나 제주도로 가서 느긋하게 농사를 짓는 것이 꿈입니다.

  지금부터 그 꿈을 실현하려고 노력해야겠습니다.

작가의 말

  이 책은 어려서 부모님이 돌아가셔서 이모와 함께 사는, 신데렐라 같은 삶을 사는 '양하린'의 이야기입니다.

  주인공은 14세라는 어린 나이에 외국으로 떠나게 되지만, 그곳에서도 엄마의 도움으로 잘 살아갈 것입니다.

  이 책은 '구야, 조선 소년 세계 표류기'라는 책을 읽고 영감을 받아서 쓴 소설입니다. 그리고 이 책의 제목은 '다시 시작'을 이탈리아어로 한 말입니다.

  '국제 가출.'

  흔하지 않은 일이라서 더욱더 재밌게 보실 수 있을 것 같습니다.

다시, 시작

엄마가 세상을 뜨신 지 3개월 만에 아빠도 돌아가셨다. 나는 이모네 가족과 함께 살게 되었다. 이때 내 나이 6살이었다.

이모는 어려서부터 엄마를 잃은 나에게 엄마가 어떤 존재인지, 어떤 의미인지, 가족이 어떤 존재인지, 어떤 의미인지를 알려 주셨다. 이모는 예쁜 옷도 사주시고 맛있는 밥도 해주셨다. 게다가 내게 가족의 의미를 알려주시기도 하였다, 아니 그랬었다. 사촌 동생 승찬이가 태어나기 전까진.

내가 12살이 되던 해, 이모가 임신을 하시고, 내가 13살이 되던 해에 승찬이가 태어났다. 나는 동생이 생겨서 정말 좋았다. 승찬이를 친동생처럼 아껴주려고 다짐하였다. 그런데 점점 이모가 이상하게 느껴진다. 점점 거리감이 들고, 요샌 나에게 별것 아닌 일에도 짜증을 내시고 화를 내신다. 그래서 난 '그것'을 꺼내 보고 싶다.

그래도 8년이라는 긴 시간 동안 나를 잘 보살펴 주신 고마운 분들이니 투정을 부리거나 말대꾸를 하지 못했다. 이모가 짜증을 내어도 난 가만히 듣고만 있다가 '죄송해요'만 할 뿐이었다. 그리고 14살이 되던 해, 당시 나는 중학교에 입학해 처음 교복을 입는 거라 많이 기대했었다. 그런데 기대와 다르게 이모는 돈이 없으며 돈이 부족하다고 교복을 사주지 않았다. 그래서 나는 무료 교복 나눔을 간신히 찾아 교복을 받았다.

나는 정말 이모가 돈이 부족한 줄 알았다. 하지만 교복을 사려고 했던 날로부터 3일 뒤, 이모는 백화점에 다녀오셨다. 알고 보니 승찬이의 옷들과 가방을 산 것이다. 이때부터 내가 이모가 나를 싫어하는 것을 아닐까라는 의문이 들었다. 그래도 난 8년 동안 봐온 정이 있는데 이모가 그렇게 날 싫어하거나 미워할 리는 없다고 생각했다.

어느 날 밤, 모깃소리에 잠이 깼다가 너무 더워 물이라도 한잔 마시려고 거실로 나왔다. 시원해서 거실에서 자려고 누웠는데 어디서 말소리가 들리는 것이다. 조금 무서웠지만 궁금증이 더 컸던 나는 소리의 근원을 찾아 헤매었다.

그 결과, 소리의 근원지는 안방이었다. 어떤 얘기인지 듣고 난 후, 나는 적지 않은 충격에 휩싸였다.

"요즘 왜 이렇게 힘들까요?"

"진짜 8년 전의 내가 왜 그랬는지 모르겠어요! 후회된다고요!!"

'8년 전? 그렇다면... 혹시 내 얘기인가? 에이, 설마 그럴 리가.. '

"전 더는 하린이 책임 못 져요!!"

순간, 나는 망치로 머리를 얻어맞은 느낌이었다. 설마가 역시가 된다더니, 그 말이 사실인가보다. 이젠 나에게 아무것도 없다. 나름 이모가 나의 가족이라 생각했지만, 이모에게는 내가 짊어지고 가야 할 짐이었나 보다. 머릿속이 너무 복잡했다. 지금 내 나이는 14살. 집을 나가면 독립이 아니라 '가출'로 여겨지는 나이다. 하지만 나는 이 집에서 꼭 나가야만 한다. 그래서 나는 14살의 8월에, '가출'을 하기로 결심하였다.

기나긴 여행의 준비

나는 이제 평생이 될지도 모르는, 내 마지막이 될지도 모르는 나의 첫 여행을 떠나려고 한다. 아직 아무에게도 말하지 못했고 어떻게 준비해야 하는지도 모르지만, 이제부터 차근차근 준비해보려 한다. 내 낭만적인 가출에 현실적인 문제, 돈. 문제는 돈이 없는 내가 어떻게 비행기나 배를 타고 가는지가 문제였다.

플랜 A, 이모에게 용돈을 달라고 한다. -이모에게 용돈을 받기는 싫다-

플랜 B, 돈 없이 무작정 집을 나간다. 아무리 생각해도 플랜 B가 나은 것 같다. 그래서 나는 일단 이민을 갈 나라를 생각하기 시작했다. 우리 엄마가 좋아하셨던 스위스가 좋을 것 같다.

그래서 그때부터 난 스위스로 가는 커다란 배를 알아보기 시작했다. 배가 많았지만 어떻게 배를 타느냐가 문제였다. 한국-스위스행 배는 너무 비싸서 내가 아르바이트한 돈으로 내기엔 너무 큰 돈이었다. 그때 좋은 생각 하나가 떠올랐다. 내가 배에 잡일거리를 공짜로 도와주면서 스위스까지 데려가 달라고 하는 것이다.

그래서 무작정 항구로 갔다. 항구에서 내가 구인 광고를 본 배를 찾아가니 여자는 필요 없다는 것이다. 그래서 난 포기하지 않고 사정을 말하며 간절히 부탁하였다. 그 사람은 고민하다가 자기 선원들이 오면 함께 상의해 보겠다고 하였다. 그래서 바닷가에 앉아 바닷바람을 쐬고 있는데 한 사람이 다가왔다.

"네가 양하린이냐?"

초면에 반말만큼 불쾌한 것은 없지만 이번에는 내가 을의 입장이니 참기로 하였다.

"네 제가 양하린입니다."

"그래 넌 무슨 여자애가 이런 뱃일 견딜 수 있겠냐? 못할 것 같으면 배에 타지를 마."

사실 많이 고민되었다. 차라리 여기서 포기하고 한국에서 6년 동안만 조용히 살다가 20살이 되자마자 독립할까?

"네. 맡겨주세요. 최선을 다해서 하겠습니다."

어디를 가더라도 난 더는 잃을 게 없고 이제 두려운 것이 없다.

"출발은 내일 아침 9시다. 시간 꼭 맞춰서 와라. 아니면 그냥 간다."

내일 9시면, 다시 집에 들어가야 한다. 아직 오후 5시. 오늘 밤부터 내일 새벽 사이에 짐을 챙겨야 한다. 그리고 집에서 반드시 6시에 몰래 빠져나와야 한다. 이제 만반의 준비가 끝났다. 그럼, 이제 준비해야 할 시간이다

탈출 아닌 탈출

다음날 아침 5시에 일어나 조심 조심히 가방을 싸고 먼저 밖으로 나와 아무도 없는지 확인하였다. 아무도 없는 것을 확인한 뒤, 식탁 위에 쪽지를 하

나 남겨두었다. 그럴 일은 없겠지만 혹시나 이모가 걱정하실 수도 있으니, 라는 기대를 하면서. 나갈 때 현관문 소리가 나면 모두가 깨니까 현관문의 도어락의 건전지를 뺀 후 조심스럽게 나왔다. 그래도 8년간 살았던 집인데 막상 떠나려 하니 조금은 슬펐다. 어디선가 사람 소리가 들린다. 이모가 깼나 보다. 들키기 전에 빨리 나가야 한다.

일단 나와서 모아둔 돈으로 구매했던 고속버스의 티켓을 찾은 후 지하철을 타고 고속버스 터미널에 갔다. 이렇게 집 밖으로 멀리 나와 본 건 처음이라 정말 신나기도 하고 한편으론 긴장되었다. 이제 나를 챙겨줄 사람이 없다는 사실에 눈물이 나려 했지만 나는 이제 울지 않기로 했다. 버스에 타서 많은 생각이 들었다.

내가 스위스에 가서 잘 할 수 있을까? 스위스에 간다고 해서 뭐가 달라질까? 어젯밤에 잠을 못 잤던 탓인지 너무나도 졸린다. '아.. 자면 안 되는데'라는 생각이 들어도 어쩔 수 없이 나는 서서히 잠에 빠져들었다.

드디어 바다로!

'학생! 학생!!'

누군가가 나를 흔들어 깨우는 소리에 눈을 떠보니 어떤 아주머니가 계셨다. "아유, 어린데 혼자 놀러 왔나 봐? 우리 딸 생각나네. 이거 내가 먹으려고 가져온 건데 이거 줄게. 이게 초콜릿 컵케이크인데 우리 딸이 만들어줬거든 진짜 맛있어! 아 참 ! 이것도 있고 이것도."

이런 따스함 얼마 만에 느껴보는 걸까. 내가 아주머니를 웃으면서 바라보자 아주머니께서 말씀하신다.

"어머! 미안해요. 내가 너무 말이 많았네. 우리 딸이 엄마 말 좀 그만하라고 했었는데."

"아니에요. 전 엄마 생각도 나서 좋은걸요. 이거 다 저 주시는 거예요? 감사합니다. 아주머니!"

"혼자 어디 놀러 온 모양인데 다치지 말고 항상 조심 또 조심해, 학생. 도착하면 꼭 부모님께 연락하고! 알았지?"

"네 감사해요. 그럼 전 가볼게요. 안녕히 계세요."

저 아주머니 정말 좋으신 분이다. 아! 늦진 않았겠지? 시간을 보니 8시 48분이다. 버스 터미널에서 항구까지 10분, 배를 찾는데 5분. 한마디로 지각이다! 늦으면 배를 타기도 어렵다. 그래서 나는 전속력으로 뛰었다. 뛰어서 항구에 도착하니 다행히도 53분이었다. 배를 찾으려 하니 배가 없는 것이다! 깜짝 놀라 근처에 있던 직원에게 물어보니 이렇게 말하였다.

"아! 다행이도 이 배 아직 출발 안 했네요. 그런데 항구 위치가 바뀌어서 저기 3번 쪽으로 가시면 돼요."

"아. 감사합니다."

그래서 나는 뛰었다. 뛰고 또 뛰니 항구 앞이었다. 다행히 도착했다. 결국, 한소리 들었지만 무사히 배에 탑승하였다. 내가 배에 타니 배가 출발하였다. 뒤를 돌아보니 점점 멀어지는 육지가 보인다. 그래도 내가 태어나고 자랐던 곳을 이렇게 떠나니까 조금은 슬픈 것 같다. 조금은.

행복 시작?

네덜란드에 도착하기까지는 한 달에서 한 달 반 정도 걸린다고 한다. 하아. 왜 한숨을 쉬냐고? 지금 내 눈앞에는 바다가 아닌 산같이 쌓인 빨랫더미, 설거지거리가 한가득이다. 게다가 밥은 퍼석한 빵 하나가 전부다. 게다가 배에 탄 사람들은 무섭기까지 하다! 도저히 불평을 못하겠다. 또다시 깊은 한숨을 쉬었다. 하아아.

"무슨 일인데 그렇게 한숨을 쉬어?"

화들짝 놀라서 두리번거리니 아무도 없다. 뭐지? 무서운 마음에 말을 더

들었다.

"누, 누, 누구 계세요?"

갑자기 천장에서 사람이 뛰어내렸다. 진짜 이 뱃사람만 아니었어도 화내는 거였는데.

"놀랐다면 미안. 난 홍시윤이라고 해."

"안녕하세요. 전 양하린이에요."

"아참! 난 14살이야, 너는?"

"어! 저도 14살이에요."

"에이, 뭐야 그럼 너도 말 편하게 해."

"그럴까?"

그렇게 해서 양하린 인생 첫 친구이자, 최고의 친구인 시윤이를 만나게 되었다. 시윤이는 아빠가 이 배에서 일하신다고 한다. 그래서 시윤이를 장기간 혼자 집에 둘 수 없어서 이렇게 같이 뱃생활을 하는 것이라고 한다. 시윤이는 이런 배를 타 본 것이 한두 번이 아니라고 한다. 시윤이에겐 배의 모든 것이 익숙하고 친근한 것들이겠지만 나에게는 모든 것이 낯설고 적응이 되지 않는다. 그리고 배에서 살면서 일한다는 건 생각보다 힘든 일이었다. 내가 지내는 방에선 커다란 쥐도 나오고, 습했다. 게다가 비가 많이 오는 날이면 젤 아래층인 내 방에 습기가 차고 바닥과 모든 것들이 축축해졌다. 배를 타기 전엔 정말 절실하게 배를 타고 싶었지만, 요즘엔 너무 혼란스럽다. '과연 한국에 돌아가도 이모가 반겨 주실까, 괜히 나왔나'라는 생각들이 자꾸만 든다. 그럴 때마다 시윤이가 곁에 있어 주면 든든하다. 매일 사람들 눈치를 보고, 산더미 같은 일을 단시간에 하는 건 내게 너무나 힘들었다. 그런데, 이것은 시작에 불과했다.

'진짜' 뱃생활

어느 날 새벽이었다. 난 많은 일의 양에 지쳐 곤히 잠들어 있었다. 그런데 갑자기 누군가가 내 방문을 크게 두드리며 소리쳤다.

"나와!! 빨리 나오지 못해!"

너무 무서웠던 나는 아무 소리도 못 하고 침대에 얼어 있었다. 내가 아무 대답이 없자 더 크게 문을 두드린다.

"못 들었어? 나와! 나오라고!"

대답을 안 하면 억지로라도 문을 부수고 들어올 것만 같았다. 흐르려던 눈물을 꾹 참고 물었다.

"왜... 왜 그러세요?"

"긴급 상황이다!"

"네? 무슨 상황인데요?"

"시간이 없다! 빨리 나와서 도와!"

일단 준비를 하고 밖으로 나갔다. 밖으로 나가니 많은 사람들이 물을 퍼내고 있었다. 그래서 나도 얼른 가서 물을 펐다. 주위를 둘러보니 시윤이도 있었다. 그래서 난 시윤이 쪽으로 가서 물을 퍼내기 시작했다.

"시윤! 무슨 일이야?"

"밤 동안 비바람이 세져서 파도가 너무 높아졌거든, 그것 때문에 들어온 물을 퍼내는 중이야."

"그렇구나."

"거기! 빨리 빨리하지 못해!"

"네! 죄송합니다."

4시라는 꼭두새벽에 시작해서 아침 8시에 끝났다. 평소보다 더 힘들고 몸이 천근만근이었다. 그래도 난 일을 더 해야 했다. 언제쯤 이 지긋지긋한 뱃생활을 끝낼 수 있을까. 그날 밤이었다. 그날은 유난히 잠이 잘 오질 않았다. 그래서 난 침대에 누워서 천장을 보고 누워있었다. 그런데 갑자기 너무 답답한 것이었다. 저 깊은 바다에 빠진 것 같이 숨을 잘 쉴 수가 없어서 갑판으로 나왔다. 올라와서 걷고 있었는데 어떤 사람을 보았다. 이 배의 승객인 것 같았다. 한 할아버지였다. 왠지 함께 대화하고 싶었다. 그래서 난 그 할아버지

곁으로 다가갔다.

"안녕하세요, 할아버지."

이런, 실수를 저지른 것 같다. 오똑한 콧날, 초록색 눈동자까지.. 정말 완벽한 외국인이었다.

"오, 아 아임 쏘리."

그러자 그 할아버지는 정말 호탕하게 웃으셨다.

"하하하 그럴 필요 없어요. 난 17년간 한국에 있어서 이젠 한국어가 자연스러워요."

순간 너무 부끄러웠지만 그냥 웃어 보였다.

"17년 동안 한국에 있다가 지금 고향으로 돌아가시는 거예요?"

"네. 드디어 그리워하던, 네덜란드로 돌아갑니다. 이젠 너무 늙고 많은 시간이 흘러버려서 남아있는 게 있을지 모르겠지만요. 전 아무리 텅 빈집이라도 남의 집보단 내 집이 편하더라고요. 학생은 유학이라도 가나 봐요?"

"아니요, 전 이민 가려고요. 그리고 말씀 편하게 하세요."

그렇게 나는 로데릭 할아버지에게 내 모든 이야기를 해주었다. 할아버지가 좋은 말동무이신 건지, 내 이야기를 모조리 말하고 나니 속이 후련했다. 다음 날부터는 나와 시윤이, 할아버지가 함께 밤마다 이야기를 나누기 시작했다. 그러다 보니 할아버지와 시윤이에 대해 많은 것을 알게 되었다. 할아버지는 일찍이 아내가 죽어서 한국으로 온 것, 시윤이네 부모님은 이혼을 하셔서 엄마와 같이 살지 않는 것, 그리고 나는 부모님이 안 계시는 것. 이렇게 '가족의 빈자리'라는 아픔을 잘 아는 우리는 서로의 가족이 되어 아픔을 감싸주었다.

버킷리스트

이제 딱 일주일이다. 일주일. 일주일만 지나면 이제 내 인생에도 변화가 올까? 좋은 쪽이면 좋겠지만, 마지막 일주일 동안, 나는 일이나 새로운 시작에

다시 시작

대한 건 잠시 다 잊어버리고 배에서 이룰 수 있는 나의 꿈을 하나씩 하나씩 이루어 나가기로 했다. 먼저 갑판에서 일출과 일몰 보기. 섬 하나 보이지 않는 바다 한 가운데에서의 일출, 일몰은 보기 힘든 광경이니 지금 봐두기로 했다. 바다 위에서의 일출일몰은 생각보다 훨씬 예뻤다. 이때까지의 고생과 피곤함, 외로움이 한 번에 다 보상받고 해소되는 느낌이었다.

D-3.

이제 3일 밖에 남지 않았다. 오늘의 꿈은 하루 종일 설렁설렁 일하며 쉬는 것이었다. 벌을 받아서 나머지 날에 하루 종일 일하면 안 되니까 최대한 주방장님의 눈을 피했다.

그래도 결국 일을 안 하고 놀다가 들켜 혼이 났다. 하지만 어떨 땐 스파르타 같지만 어떨 땐 따듯하신 주방장님께 이야기하니 이해해 주셨다. 이제 곧 이런 분과 이별을 해야 해서 조금 섭섭했다.

D-2.

이제 딱 이틀이 남았다. 오늘 해야 할 일은 내가 사랑하는 친구들과 작별인사를 나누는 것이다. 이제야 겨우 친해지고 서로를 알게 되었는데, 벌써 헤어져야 한다니. 역시 새로운 시작에는 많은 이별이 따르는 법인가보다. 드디어 밤이 되었다. 로데릭 할아버지, 시윤이, 내 친구들과 나는 이제 보름달을 보면 서로를 떠올리기로 했다. 이젠, 진짜로 이 기나긴 여정이 끝이 나는 걸까, 하고 실감이 났다.

D-1

오늘은 이 배에서 마지막 날이다. 정들었던 배, 이 바닷바람과 바다냄새를 잊지 못할 것이다. 오늘은 누구나 다 바쁜 날이었다. 착륙 준비 때문에 모두가 짐을 챙기고, 다시 한번 되돌아보고, 열심히 움직였다. 나도 혼자 배제될 순 없어서 그 무리에 섞여서 움직였다. 열심히 일하다 보니 어느새 저녁 식사

시간이 되었다. 이 퍽퍽하고 딱딱한 빵 한 조각, 이것도 마지막, 이 식사도 마지막, 모든 게 마지막이었다. 오늘은 나의 마지막 버킷리스트를 달성하는 날이다. 오늘 밤은 꼭 조용하고 파도가 잔잔했으면 좋겠다. 라는 생각을 하고 있었는데 어느새 깜빡 잠이 들었나보다. 일어나보니 캄캄하고 잔잔한, 딱 내가 원하던 분위기와 시간대였다. 그래서 난 서둘러 옷을 챙겨 입고 밖으로 나갔다. 하지만 '그것'을 빠뜨리고 나와서 다시 들어갔다.

내게 '그것'은 무엇보다도 소중하나 존재이다. 하지만 나도 '그것'에 대해서 잘 모른다. 그래서 지금, 난 '그것'을 알아보려 한다. '그것'은 우리 엄마가 나에게 남겨주신 선물이라고 한다. −이모가 전해주셨다− 조금은 설레고 조금은 두려운 마음으로 그것을 열었다. 열어보니 갑자기 예쁜 소리가 났다. 그렇다. 오르골이었다. 근데 좀 이상했다. 난 음악을 그렇게 좋아하지도 않는데, 엄마는 왜 이걸 선물하셨을까? 그 오르골을 이것저것 만지다 보니 갑자기 어떤 부분이 돌아가는 느낌이 들었다. 그래서 돌려보니 종이가 있었다. 엄마의 편지였다.

'딸, 지금 넌 아주 많이 컸겠지! 엄마는 네가 행복하게 살았으면 좋겠어. 이모가 힘들게 굴면 엄마가 혼내 줄게! 그리고 우리 딸, 언제든 엄마가 좋아하는 곳에 가서 하얀색에 꽃이 많은 집에 사시는 아주머니를 찾아가렴. 마을이 그리 크지 않아서 괜찮을 거야. 참, 그리고 강 바로 옆이야. 엄마는 우리 하린이가 잘할 거라고 믿어. 엄마가 많이 사랑해.'
−엄마가−

난 엄마가 좋아하는 장소에 대해 들은 적이 없다. 그냥 엄마가 네덜란드를 좋아하셨다는 것만 알고 있다. 그래서 너무 속상하고 이때까지의 노력이 다 물거품이 되었다는 사실이 너무 화가 나서 방에 들어와서 오르골을 던져버렸다. −엄마의 유품이라 망가지면 안 되니 당연히 침대 위에 던졌다.−

그런데 오르골 밑에 글씨가 쓰여 있었다. Utrecht, 위트레흐트? 이곳은 유명한 관광지이다. 설마. 내가 아는 그 관광지? 일단 내일 걱정은 내일 하고, 먼저 자기로 했다. 그렇게, 나는 그 배에서의 마지막 밤을 보냈다.

기나긴 여행의 끝

오늘이다. 웬일인지 오늘은 눈이 일찍 떠졌다. 오늘이 드디어 땅을 밟는 날이다. 이제 시윤이, 로데릭 할아버지와 작별할 시간이다.

"할아버지.. 할아버지와 같이 있는 2주 동안은 진짜 행복했어요. 할아버지, 고마워요. 할아버지는 제게 '진짜가족'이에요. 할아버지, 저는 이제 네덜란드에서 지낼 거예요. 꼭 놀러갈게요."

그리고 난 시윤이에게 말했다.

"시윤아."

이러면 안되는데 자꾸 눈물이 나올 것만같다.

"시윤아 넌 내 소중한 친구야. 너 곧 한국으로 돌아가지?"

"응.. 아마 그럴 것 같아."

"그러면, 우리 꼭 연락하고 지내자. 나중에 연락 먼저 끊긴 사람이 벌금 오조오백만 원 내는 거다? 꼭! 약속해!"

"그래! 약속"

우리는 아쉬움을 뒤로하고 헤어졌다. 그리고 난 네덜란드가 이렇게 여유롭고 활기찬 나라라서 더욱더 마음에 든다.

.

.

"여기까지가 양하린의 이야기.. 이다. 지금 난 하린 마르테냐 크리스티나로 새로운 이야기를 써 내려가는 중이다."

원고지 위의
높은음자리표

꿈꾸는 책벌레 2학년 · **권영신**

작가 소개

저는 올해 2학년이 된 권영신입니다. 일단 저는 불과 1년 전만 해도 그렇게 활발했었는데요.. 요즘은 그렇게 움직이기가 싫더라고요. 방학이기도 하니까 나갈 일도 잘 없고.. 그래서 좀 덜 활발해진 느낌이고 요즘 잠이 너무 많이 옵니다..

저의 취미...! 취미는 딱히 거창한 걸 찾을 필요가 없죠. 그냥 쉬는 날에 하는 일이라던가, 하면 흥미를 느낀다던가..

방탄 덕질이 제 취미입니다. 취미라고 하기엔 좀 그렇긴 한데 덕질을 하면 행복해지는걸요. 그리고 그림 그리는 것도 꽤 좋아하고요(잘 그린다고는 하지 않음).

아 그리고 영화 보는 것도 좋아합니다. 오늘도 '브링 더 소울' 보러 갔다 왔습니다!

마지막으로 굳이 더 찾아보자면 글 쓰는 거 되게 좋아합니다. 막 이런 의무적인 거 말고 쓰고 싶은 소재가 생각날 때마다 쓰고 혼자 만족합니다. 뭔가 되게 잘 썼다 싶을 때는 친구들한테 보내고 평가 좀 해달라고 할 때도 좀 있습니다.

아 너무 주저리가 길었나요...?

흠..... 일단 저는 현재 장래희망은 없고 옛날에는 꿈이 드라마나 영화 시나리오 작가였습니다. 요즘에는 딱히 흥미를 느끼는 게 없거든요. 아, 지금 삶의 목표는 올해 10월 말 방탄 콘서트 추첨제에서 좋은 자리 걸려서 엄청 가까이서 보기고요.. 그러면 콘서트 보고 자랑 좀 하다 죽어도 한이 없을 듯합니다.

아, 맞다. 어제 롯데 패밀리 콘서트에 갔다 왔습니다. 거기서 방탄을 보고 왔고요. 기분이 너무 좋네요ㅋㅋㅋㅋㅋ 무대 장치로 꽃가루도 챙겨왔답니다ㅋㅋ

여기까지 소개 끝!

작가의 말

이 이야기의 주인공인 은별은 어렸을 적부터 피아니스트를 꿈꿔 왔습니다. 예고에 들어가기 위해 필사적으로 노력했고, 자신의 인생에서 피아노가 사라진다는 그런 생각을 한 번도 해 본 적 없는 그런 아이였습니다. 그러던 어느 날 은별에게 불행이 찾아옵니다. 피아노를 못 치게 되었죠. 은별이가 일반고로 전학 간 이후에 어떤 한 아이에 의해 희망을 얻는 게 일단 사건의 전개 중에 중요한 부분이라고 생각이 되고요. 그 시련을 이겨내고 새로운 꿈을 찾아 미래로 나아가는 그런 당당한 은별의 모습이 보고 싶었습니다.

일단 저는 6살 때부터 취미로 피아노를 배워 왔는데요.

저는 앞으로 피아노를 전공할 생각은 없지만 제일 오랫동안 다뤄 온 악기가 피아노인 만큼 피아노는 제게 조금 소중한 물건..? 이라고 해야 하나요. 그런 것 같습니다. 그래서 다시 시작이라는 키워드를 들었을 때 다시 희망을 가지고 일어난다 이런 주제로 써 보고 싶었습니다. 은별에게 희망을 준 아이는 은별과 비슷한 상황이었고 자기 혼자 이겨낸 그런 아이였으면 좋겠습니다.

마지막 결말을 어떻게 끝내야 좀 신박하고 임펙트 있게 끝낼 수 있을까 하고 생각했는데... 꽤나 만족스러운 결과가 나올 것이라고 조심스레 짐작해 봅니다.

재밌게 읽어주세요.

01. 연습벌레

솔   레   파   미

도

도   미   레

나는 어제도 오늘도 계속 피아노 연습만을 하고 있었다. 나는 어렸을 적부터 피아노를 쳐 왔다. 5살.. 때부터였나. 베토벤의 비창 3악장을 치는 도중 내 손가락에서 작은 통증이 느껴졌다.

"아."

갑자기 왼쪽 검지가 아려왔다.

요즈음 계속 피아노만 쳐서 그런가.

똑똑- 노크 소리가 들려왔다. 후... 내가 분명히 엄마한테 연습하고 있을 때는 방에 들어오지 말라고 했었던 것 같은데 말이다.

"은별아, 엄마 들어갈게."

"엄마. 내가 피아노 연습 중일 때는 들어오지 말라고 했잖아! 왜 말을 못 알아들어!"

"엄마가 미안. 은별이가 요즘 밥도 안 먹고 밖에도 잘 안 나가고 그래서 엄마는 걱정이 돼서 그랬지.. 엄마가 과일 깎아 왔는데 이거 좀 먹으면서 해."

"화내서 미안해. 과일은 잘 먹을게. 근데.. 예고 들어가려면 엄청 열심히 연습해야 해. 근데 엄마 아, 아니야."

"나중에 말하고 싶어질 때 말하렴. 엄마가 항상 응원하는 거 알지?"

-그해 겨울

오늘 결과 나오는 날이네. 너무 긴장된다. 발표는 오후 2시에 나온다고 공지사항에 떴고 지금은 오후 1시 59분이다.

유난히도 내 기대가 컸던 것일까, 시계 초침은 참 느리게 흘러갔다. 지금만큼은 1초가 1년 같은 느낌이 들었다.

－오후 2시

딱 정각이 되었다. 나는 떨리는 마음으로 공지사항을 살펴봤고, 그곳에는 그동안의 고생을 보답해주기라도 하듯 나의 이름이 떡하니 자리 잡고 있었다.

'김은별'

그것도 맨 첫 번째로 말이다.

－뚜루루루루 뚜루루루루

－여보세요?

"엄마! 나야 은별이!"

－그래 우리 은

"나 전체 수석이래 엄마!!"

－별, 뭐??? 전체 수석?? 우리 딸 고생 많이 했다. 엄만 네가 참 자랑스러워.

"엄마 엄마 나 오늘 떡볶이 해줘!"

－알겠어. 일찍 들어와.

어제는 나쁜 일만 계속 일어났던 것 같다. 지나가던 길에 내가 내 다리에 걸려 넘어지기도 했고, 지나가는 길에 개똥을 밟았으니. 하지만 오늘의 행복을 위한 액땜이었는지, 뭔지는 잘 모르겠지만 예고에 붙었다. 이제 김은별의 파란만장한 라이프가 날 기다리고 있을 거야! 난 무조건 세계적인 피아니스트가 될 거니까!!!!

그날은 맨날 바쁘시던 아빠도 나를 축하해주러 오셔서 오랜만에 가족이 다 모여서 함께 식사를 했다. 예고도 붙고, 보고 싶었던 아빠도 보니 정말 좋았던 것 같다.

02. 생각을 전하는 피아니스트

　시간은 흘러 고등학교에 입학할 시즌이 되어버렸다.

　그 학교는 기숙사가 마련되어 있었기 때문에 나는 기숙사 생활을 하기로 했다. 내가 붙은 학교가 생각보다 좀 유명한 학교였는지 기숙사가 무슨 호텔 같았다. 아 물론 밥은 맛이 없었다. 이 학교에서는 신입생들끼리 모여서 한 명 한 명씩 피아노를 남들 앞에서 치면서 친해지는 그런 자리가 있다고 들었다. 사실상 말이 친목 도모지, 자신을 뽐내고 서열을 정리하는 자리라고 볼 수 있다. 원래는 가지 않을 생각이었지만 새로 사귀게 된 친구인 나리가 거기에는 무조건 가야 한다며 가지 않으면 왕따가 된다고 했었다. 나는 조용히 사는 건 좋아하지만 귀찮게 사는 것은 싫어하기 때문에 그냥 가기로 했다.

　"이 친구는 전체 수석으로 들어왔네요. 1학년 4반 김은별 양입니다!"

　짝짝짝짝짝

　모두가 표정을 굳힌 채로 나에게 박수를 보내고 있다. 분할 만도 하겠지. 나처럼 크게 눈에 띄지도 않는 애가 떡하니 전체 수석을 먹어버렸으니. 게다가 2등은 그 유명한 재벌 3세 뭐 이렇다던데. 그래서 그런 건지 갖가지 루머가 많았었다. 무슨 내가 이사장 딸이라던가 돈 많은 부자라던지 루머가 많았었다. 하지만 다 과거형일 뿐.

　나는 강당 단상 위를 당당히 걸어갔다. 정정당당하게 실력으로 이 자리를 쥐었을 뿐, 나는 켕길 게 없었다. 연주를 하기 전, 나는 의자 위에서 나를 향한 시선들을 쳐다본 뒤에 연주를 시작했다. 나의 당당함이 그들에게 전해지기를.

　피아노 연주를 마친 뒤 나는 대강당 안에 앉아 있는 같은 1학년생들을 쳐다보았다. 대강당 안은 쥐 죽은 듯 조용했다. 심지어 분위기를 이끌어가야 할 사회자와 심사위원으로 참석하신 선생님들까지. 뭐가 잘못되었는가 하고 물으면 당당하게 'NO'라고 말할 수 있었다. 난 내가 할 수 있는 선에서 최선을 다했거든.

짝짝짝짝

강당 안의 한 사람이 박수를 치기 시작하자 박수가 전염되듯이 강당 전체로 퍼져나갔다. 간혹가다 환호를 하는 학생이 있었는가 하면, 내 연주를 듣고 우는 학생도 있었다. 이들의 표정을 보니 나도 감정이 벅차올랐다. 300명 남짓 되는 이렇게 많은 사람들 앞에서 언제 또 이렇게 만족스러운 공연을 할 수 있을까. 꼭 다시 해내고 말 거다. 이런 환호를 또다시 듣고 싶어졌다. '관객들에게 나의 생각을 전해주는 그런 피아니스트가 되고 싶다.'라고 생각하게 된 계기였다.

03. 선의의 경쟁

이제 시험 기간이 다가왔다. 예고에서의 시험 기간이라고 하면 실기를 떠올릴 것이다. 아주 정확하다. 요즘 애들이 눈에 불을 켜고 밥도 안 먹고 잠도 안 자고 연습만 죽어라 하고 있으니. 나도 그들과 다를 바가 없는 폐인 상태였다. 내가 선택한 곡은 'liszt tarantella'라는 곡이다. 첫 실기인 만큼 단단히 준비를 했던 것 같다. 그리고 D-Day. 기다리고 기다리던 평가 날. 오늘의 시험으로 또다시 한 번의 순위가 매겨진다. 솔직히 말하자면 순위를 왜 매기는 건지는 잘 모르겠다.

이번 평가는 낮은 등수부터 거슬러 올라갔기 때문에 나는 제일 마지막에 연주하게 되었다. 하지만.. 내가 너무 안일하게 생각했던 것인지, 2등하고 곡이 겹칠 거라는 생각은 미처 하지 못했다. 윤지는 박수갈채를 받으며 연주를 끝냈고 나는 그 모습에 위축되면 안 되겠다는 생각이 들었다. 나는 내가 연습한 만큼, 내가 발휘할 수 있는 최대한의 열정을 쏟아부었다. 연주가 끝난 뒤 친구들은 아무 말도 하지 않았다. 음악 시간이 끝난 뒤 그 애들은 나에게로 와서 설마 민윤지가 네 곡 따라 한 것이냐고 묻기 시작했다. 그 소문은 걷잡을 수도 없이 빨리 퍼져 주변 친구들 사이에서는 윤지가 가십거리가 되어버렸다.

"은별아, 민윤지가 네 곡 따라 했다며? 진짜 기분 나쁘겠다.."

"맞아!! 걔 처음에 칠 곡 쓸 때 월광 치겠다고 썼었잖아! 나 걔 그렇게 안 봤는데 진짜 영악하다."

"걔.. 한 거 아니야."

"뭐라고?"

"걔 나 따라 한 거 아니라고. 걔는 애초에 준비기간 동안 나랑 만난 적이 없어."

생각해보니 애초에 윤지는 나랑 친하지도 않았고 딱히 말 섞을 일도 없었는데 내가 어떤 곡을 치는지 알 리가 없지. 결과적으로는 내가 잘못한 게 되는 건가.

"뭐? 그럼 애먼 사람 잡은 거야? 정말 우리만 나쁜 사람 됐네! 일찍 일찍 좀 말해주지!"

역시나 예상대로네. 남 탓으로 돌리는 거랑 재빨리 아무 일도 없었던 것처럼 입장 바꾸는 거 전형적인 나쁜 유형인데.나는 재빨리 음악 선생님께로 달려갔다.

"하아, 하아... 선생님... 윤지 말인데요."

"아아 안 그래도 좀 이따 부르려고 했는데. 은별이는 윤지가 따라 해서 기분 매우 나빴니?"

"걔... 저 따라한 거 아닌데."

"뭐? 따라 한 게 아니라니 조금 더 자세히 얘기해 주겠니?"

나는 선생님과 30분 동안 긴 이야기를 나누었다. 사건의 진실에 대하여.

나는 그대로 음악실에서 나와 윤지가 자주 가 있는 빈 교실로 갔다. 예상대로 윤지는 그 곳에 있었고, 꽤나 슬프게 보였다. 지금 그 안으로 들어가면 안 될 것 같은 느낌이 들어서 밖에서 계속 기다렸다. 점심시간이 곧 끝나갈 때 즈음, 윤지가 교실에서 나왔다.

"어? 김은별이네. 너도 내가 네 곡을 따라 했다고 생각해?"

"아니. 난 네가 그렇지 않을 거라고 생각해. 내가 그 곡 쳐서 너만 누명 쓰고. 미안해."

"아니야. 네가 미안할 게 뭐가 있어. 잘못은 증거도 없이 날 까내린 애들 잘못이지."

"그래도 미안. 앞으로는 내가 이런 건 빨리빨리 말할게."

"큭큭 그럴 필요 없어, 네가 잘 쳐서 그런 얘기가 나온 거니까. 내가 너보다 못 쳤으니 그런 얘기가 나왔겠지? 내가 만약 너보다 잘 쳤으면 정반대가 됐을 거고."

이 아이는 긍정적인 에너지를 가지고 있는 친구 같았다. 악착같이 한 목표를 바라보고 살아 온 나와 달리 모든 것을 다 가지고 태어난 아이. 이 아이 특유의 여유로움이 있었다. 윤지는 나에게 손을 내밀었다. 무언가를 달라는 건가. 나 아무것도 안 가지고 있는데..

"나 돈 없어."

"ㅋㅋㅋㅋ 돈을 달라는 게 아니고 악수, 큭 악수하자고."

"아, 악수. 그래."

"앞으로 선의의 경쟁 하는 거다?"

"응!"

그날 이후로 윤지와 나는 좋은 의미의 라이벌이 되었다.

04. 건초염

우리는 몇 달 동안의 수행평가와 실기를 쳤고, 방학 전의 마지막 실기를 앞두고 있었다. 지난번에는 윤지에게 밀렸으니 이번에는 더 열심히 해서 꼭 1등을 쟁취해야 했다. 저번 실기 때는 모두가 같은 곡으로 시험을 쳤는데, 걔가 제일 느낌을 잘 살렸기 때문에.. 2등을 했다. 아, 사실 실기는 자유곡, 지정곡 순으로 번갈아 가면서 한다고 한다.

각 학년의 상위 5명에게는 개인 연습실이 수행과 실기 기간에 주어지는데, 그 탓에 나는 개인 연습실을 쓸 수 있게 되었고 지금 같은 시즌 때 항상 거기서 틀어박혀 있을 수 있었다. 실기와 수행 기간에는 수업도 안 들어가도 되고 연습만 계속할 수 있으니까.

끼익- 오랫동안 사용하지 않았던 방이어서 그런지 문을 열 때 시끄러운 소리가 났다. 그 방에 들어가니 나무 향기들이 나의 콧속을 파고들었다.

"좋은 냄새다."

나는 피아노 의자 위에 앉아 눈을 감은 뒤 나무 냄새를 즐겼다. 30분 동안을 그 자세로 있었고, 피아노를 치려고 건반 위에 손을 올리고 음 하나를 눌렀다.

"아...!"

전에 한번 아팠던 적이 있던 손가락이 아팠다. 차원이 다른 아픔이었다. 나는 덜덜 떨리는 손을 잡고 바로 엄마에게 전화를 걸었다.

-뚜루루루 뚜루루루

-여보세요? 은별이니?

"아.. 엄마."

-응, 무슨 일 있니?

"나 왼쪽 검지가 아파. 전에도 이런 적 있었는데."

-뭐? 손가락이? 오늘 조퇴해. 바로 병원 가보자.

"응."

학교가 끝난 후 나는 바로 정문에 주차되어 있던 엄마의 차를 타고 근처의 정형외과로 갔다. 평일이라 사람이 많이 없던 탓인지 바로 진찰을 받을 수 있었다.

"김은별님, 혹시 손가락 자주 쓰시나요?"

"네. 피아니스트가 꿈이에요."

"아, 에. 지금 손가락 상태가 좀 안 좋습니다. 되도록 에, 피아노 쓰지 마시고요. 충분한 휴식이 필요합니다.”

나는 머릿속이 멍해졌다. 손가락이 좀 안 좋다고. 하지만 곧 1학기 마지막 월말 평가가 있는데. 월말 평가를 위한 조금의 연습은 괜찮겠지. 그럼.

손에 붕대를 얇게 감고 피아노를 치니 통증이 덜해졌다. 그렇게 한 달 남짓의 시간 동안 그렇게 연습을 했다. 그리고 대망의 평가 날. 한 달 동안 손에 감고 있던 붕대를 풀었다. 그 순간 붕대로 잊고 있던 통증이 물밀 듯이 밀려왔다.

“아....으... 너무 아파...... 엄마... 나 검지가 너무 아파...”

이전의 손떨림과는 비교도 되지 않을 정도로의 떨림이 느껴졌다. 나는 그날 월말 평가를 치러 학교에 나가지 못했고, 정형외과에 가게 되었다.

“엄마 나 이제 안 아파. 월말 평가 치러 학교 가야 해. 나 학교로 태워다 줘.”

“안 돼. 오늘은 엄마 말 들어. 네 손가락 상태가 그런데 그렇게 피아노가 치고 싶으니? 그러면 가서 쳐! 다신 손가락 못 쓰고 싶으면!!”

“.....”

엄마가 그렇게 화내는 건 처음 봤다. 엄마는 항상 나긋나긋하게 내 얘기를 잘 들어줬는데. 오늘따라 우리 엄마가 우리 엄마가 아닌 것 같았다.

그렇게 나는 엄마와 전에 방문했던 정형외과에 또다시 방문했고 그 의사선생님은 나를 알아보셨다.

“흠... 김은별 양, 또 오셨군요. 일단 엑스레이 찍고 다시 오세요.”

이제 왼쪽 검지는 살짝 움직이는 것조차도 아팠다. 본능적으로 알 수 있었다. 이게 간단한 문제가 아니라는 걸.

“김은별 양, 안타깝지만 피아노를 더 이상 치실 수 없습니다. 에, 손가락에 건초염이 생겼는데 전부터 손가락에 열이 나고 아프고 그랬죠?”

“네.”

“예 그게 건초염 초기 증상이고요, 에. 피아노를 계속 치시면 영원히 손가락 못 쓰실 수도 있으니까 피아노 그만 치시는 걸 추천 드립니다.”

“그러도록 할게요.”

나는 그대로 자리에서 일어나 진료실을 빠져나왔다. 어렸을 적부터 쳐 오던 피아노를 못 치게 된다니. 나는 피아노가 없는 삶은 상상해 본 적이 없었다. 나는 세계적인 피아니스트가 되는 꿈을 가졌고, 모두가 그럴 거라고 생각했다. 그런 내가 피아노를 못 치게 된다고? 앞길이 막막했다.

05. 나의 롤 모델

일단 나는 예고에서 일반고로 전학을 가기로 했다. 전학 수속을 밟기 전, 정들었던 학교를 다시 눈에 담기 위해 학교로 향했다. 지금쯤이면 수업 시간일테니 밖에는 아무도 없겠지. 나는 운동장부터 체육 창고 등 학교의 구석구석을 살펴보았다. 그리고 어느 순간 나는 윤지와 처음 얘기해 본 장소까지 오게 되었다. 이 학교에 들어오는 것이 오늘이 마지막이라면, 그 아이에게는 작별 인사를 하고 싶은데. 발뒤꿈치를 조심스레 들어 안쪽을 보니 윤지가 안에 있었다. 그는 피아노 연습 중이었고, 나는 그런 그 애를 한참 동안 바라보았다. 나의 시선이 느껴졌던지 치고 있던 곡을 멈추고 그 애는 나를 향해 웃어 보였다. 마치 나를 기다리고 있었다는 듯이.

"안녕 은별아. 오랜만이야."

"오랜.. 만이야."

"월말 평가 때 안 왔던데. 무슨 일 있었어?"

"나... 전학 가. 손가락에 건초염 생겨서."

"뭐...? 건초염..?? 너 피아노 엄청 잘 치고 좋아했었잖아... 슬프지 않아?"

"당연히 슬프지. 내 삶의 전부였는데... 당연히... 흡."

울지마. 그 애는 나의 등을 두드려 주었다. 그게 위로가 되었는지, 나는 괜히 더 서러워져 눈물을 펑펑 쏟아냈다. 눈이 퉁퉁 부어 눈물이 더 이상 나오지 않을 정도가 되어서야 눈물을 그칠 수가 있었다. 그 아이의 입꼬리가 점점 올라갔다.

"왜 웃어."

"아니.... 얼굴이..."

그 애는 말없이 휴대폰 카메라를 켜 나에게 건네주었다.

"아 미친. 아."

얼굴 꼴이 말이 아니었다. 아 이게 뭐야... 윤지는 더 크게 웃기 시작했다.

아 씨 웃지 말라고!! 악ㅋㅋㅋㅋ 미안 미안.. 안 웃을게ㅋㅋㅋㅋㅋㅋ

윤지 덕분에 슬프고 서러웠던 감정이 조금 덜어졌다. 나랑 친구 해 줘서 고마워 윤지야. 앞으로 세계적인 피아니스트가 되길 바랄게.

다음 날 나는 바로 집 근처 일반 고등학교로 전학을 가게 되었다. 2학기가 시작되고 전학을 온 나를 보고 아이들은 되게 궁금해 했다. 그래서 자기소개가 끝난 뒤 내 자리 주변으로 몰려들어 어디서 왔어? 왜 온 거야? 취미가 뭐야 등 많은 질문을 쏟아냈으나 나의 시시한 반응에 금방 재미를 잃었는지 다시 자리로 돌아갔다. 나는 수업에 집중하지 못했다. 예고에서 일반고로 환경이 180도 바뀌어버렸는데. 그 누가 버젓이 생활할 수 있을까.

학교가 마친 뒤 나는 집으로 걸어갔다. 앞으로 내가 무엇을 해야 할지 모르겠다. 내가 공들여 쌓아왔던 것이 한순간에 무너져 버리니 방황을 하지 않을 수가 없었다. 그때였다. 축구공이 내 앞으로 굴러왔다.

"저기! 공 좀 여기로 차 줘!"

나는 공을 발로 찼다. 나에게 소리친 그 남자아이는 어린아이들과 축구를 하고 있었다. 축구를 하는 내내 그 아이의 얼굴에는 웃음이 끊이질 않았다. 내가 피아노를 칠 때도 저런 표정을 짓고 있었을까.

다음 날, 학교에서 그 아이를 볼 수 있었다. 그 아이는 우리 반이었고, 서강윤이라는 아이였다. 그리고 방과 후에 어쩌다 보니 그 아이와 하굣길을 함께 하게 되었다. 그리고 정적을 깬 건 그 아이였다.

"너 말이야, 어제 공 차 줬던 친구지?"

"아, 응."

"들어보니까 너 예고에서 전학 왔다며? 왜 왔는지 물어봐도 돼?"

"사실 내가 손가락에 건초염이 생겨버려서. 원래는 피아니스트가 꿈이었는데 건초염이 심해지면 영원히 손가락을 못 쓸 수도 있다고 해서서.. 전학 오게 됐어."

"나랑 너 되게 비슷하다ㅎㅎ"

"어떤.. 점에서?"

두근 두근 두근 나의 이야기에 공감해주는 사람이 있다는 건 큰 행운이다. 나와 같은 동질감을 느낄 수 있고... 그로 인해 친해질 수 있으니까. 강윤이는 예전에 나름 알아주는 축구 유망주였고 여러 축구팀에서 너도나도 스카우트 하려고 했다고 한다. 또, 여러 대회에서 상도 많이 탔다고 했다. 그만큼 그 애는 축구를 잘했다는 점에서 나와 동질감을 느낄 수 있었다. 내 입으로 말하기는 뭣하지만 나도 나름 피아노를 꽤 쳤으니까. 하지만 어느 날 그 애는 경기 중에 심하게 넘어지게 되면서 근육이 파열되어서 그 애는 축구선수라는 꿈은 포기해야 했고.. 지금은 어린 친구들이 축구를 할 수 있게 도와주고 있다고 한다. 이로 인해 꿈이 축구선수에서 축구 코치로 바뀌었다는, 그런 말을 하는 강윤이가 되게 멋져 보였다. 사람들이 롤 모델을 각자 갖고 있듯이, 강윤이가 나의 롤 모델이 된 계기가 아니었나 싶다.

06. 다시 시작

오늘은 2학기가 되고 첫 국어 수행평가 날이었다. 국어 시간에 장영희의 '괜찮아'를 배우고 수필 쓰기 수행평가를 친다고 공지를 하셨다. 나는 나의 인생에 대해 적어내려 갔다. 글을 다 쓰니 뭔가 뿌듯함이 밀려왔다. 마치 피아노곡을 완성 시켰을 때의 그런 느낌. 나는 뿌듯하게 나의 글을 내고 아무 생각 없이 일주일을 흘려보냈다. 그러던 어느 날.

"은별아, 국어쌤이 너 부르시는데 가 봐."

"아 알겠어, 고마워."

잘못 한 건 없는데 무슨 일로 부르신 거지..? 아 혹시 내가 수필을 잘못 써서 혼내시려는 건가? 아니면 수필을 다 쓰고 잔 것 때문에..? 나는 교무실 문을 열고 그 안으로 들어갔다.

"선생님, 부르셨다고.."

선생님은 나에게 종이를 한 장 주시며 웃었다.

"은별아, 내가 네 수필을 읽어봤는데 너는 글쓰기에 재능이 있는 것 같구나. 혹시 이 대회에 나가 보지 않을래?"

"네? 제가요?"

그렇게 나는 글쓰기 대회에 나가기로 했다. 형식은 자유였고 '다시 시작'이라는 주제였다. 나는 고민 끝에 수필로 쓰기로 했다. 어렸을 때의 나의 이야기, 초등학교 때의 나의 이야기. 중학교 때의 이야기, 마지막으로 고등학교 때까지의 이야기. 나는 나의 이야기가 이 주제에 아주 적합하다는 생각이 들었다. 나는 글을 쓰기 시작한 지 일주일 정도밖에 되지 않아서, 그냥 시간 내에 내 수필을 다 쓰는 걸로 만족하기로 했다. 그리고 나는 글을 시간 내에 다 썼고, 그날은 집에 일찍 들어가 일찍 잠에 빠졌다. 그로부터 약 한 달 후, 국어 선생님께서 또다시 나를 부르셨다. 선생님은 되게 기쁘고 뿌듯한 표정을 짓고 계셨다.

"은별아! 네가 대상을 탔어!"

"대상이요??"

글쓰기의 입문 단계 밖에 되지 않는 내가 대상을 탔다니 이건 말이 되지가 않았다.

"진짜 제가 대상이라고요? 저는 글을 쓰기 시작한지 얼마 되지도 않았는걸요?" "내가 저번에 너 글 쓰는데 소질이 있다고 했었잖아. 내 눈이 정확했나 보구나."

"감사합니다, 선생님. 덕분에 제가 앞으로 할 일이 무엇인지 깨닫게 해주셨어요."

"고맙긴 뭘. 당연히 선생으로써 해야 할 일을 했을 뿐인데."

그 후로 나의 시간은 순조롭게 흘러갔다. 여느 고3처럼 공부를 하고, 수능을 쳤다. 남들이 가는 대학교에 갔고, 내가 원하는 출판사와 계약을 했다.

'다시 시작'

그 두 단어는 나의 마음속에 깊이 스며들었다. 나는 건초염 때문에 평생의 절반을 허무하게 살았지만, 건초염 덕분에 남은 삶을 의미 있게 보낼 수 있게 되었다. 나는 '세계적인 피아니스트'가 아닌, '세계적인 작가' 김은별이 되었다.

−전화 왔어요!! 전화 왔어요!!

−여보세요? 김은별 작가님! 원고 다 완성하셨나요?"

"방금 완성 시켰어요. 지금 바로 보내드릴까요?"

−그러시면 좋고요. 오늘 안으로만 보내주세요.

"그러도록 할게요."

달칵

'[파일] 원고지 위의 높은 음자리표를 저장하시겠습니까?'

달칵

'예'

inner side

꿈꾸는 책벌레 2학년 · **구혜림**

작가 소개

저는 2학년 3반 구혜림입니다.

1학년 때도 글을 쓰긴 했지만 역시나 아직은 글을 완벽하게 완성해내기엔 힘든 것 같습니다.

저는 친구들과 노는 것을 정말 좋아합니다.

현재 나의 장래희망은 정해지지는 않았습니다. 딱히 끌리는 과목도 없고 잘하는 과목도 없습니다.

하지만 아직 장래를 정하고 추진하기까지 충분한 시간이 있을 것 같아 지금은 편안하게 놀려 합니다.

작가의 말

안녕하세요 저는 앞에서 말씀드렸다시피 구혜림이라고 합니다.

이 책은 주인공 '나'가 친구들과 다투면서 성장해나가는 과정을 보이는 성장소설입니다. 이 책에서는 꼭 친구가 정해져 있는 것은 아니라는 것을 암시하고 있습니다. 친구와 싸웠다고 해서 그 친구와 꼭 화해해야 하는 것도 아닙니다.

아닌 건 아닌 거죠,

제가 이 책을 쓰게 된 계기는 딱히 없습니다. 하지만 친구들과 크게 싸운 누군가라면 이 책을 읽게 된다면 위로가 되진 않더라도 이 책을 읽고 다시 새로운 마음가짐과 함께 시작할 수 있으면 좋겠습니다.

동도중학교 졸업식;

아현: 야. ㅠㅠ 엄청 떨린다. 그치?

서윤: 그니까... 2학년 때 첨 만난 게 엊그제 같은데ㅎㅎ

예지: 인정 인정 ㅋㅋㅋㅋㅋㅋ ㅈㄴ 보고싶을거당

서윤: 응 얘니얘 징글징글한것들... (띠리링) 야 나 잠만 전화 좀

여보세요? 재환아(서윤의 남친) 나 지금 강당입구 근처야 이쪽으로 온다구? 알았엉ㅎㅎ

아현: 헐 허서윤 김재환이랑 얘기할 때 랑 우리랑 얘기할 때 랑 너무 다른 거 아니가 ㅋㅋㅋ 솔직히 좀 섭섭한뎅 ㅋㅋㅋ

소미: ㅋㅎㅋㅎ 허서윤 1학년 때 나한테 와가지고 자기가 2반 김재환 좋아한다고 말했는데 바로 다음 날 김재환이 지한테 고백해가지고 막 애 겁나 울면서 ㅋㅋㅋㅋ

서윤: 야 그걸 왜 말하는데.

그때 서윤을 뒤에서 안으면서 재환이가 물었다.

"뭘 말해?"

나래: 아니 허서윤이 니한테 고..배ㄱ...읍ㅂ

서윤은 급하게 나래의 입을 틀어막았다 그리곤 재환이의 손을 잡고 나가면서 말했다.

서윤: ㅎ우린 먼저 가볼 게 방학 때 만나. 가자 재환아

재환: 얘들아, 방학 잘 보내.

서윤: 인사 하지 마.

900일이 다되어 가는 둘의 모습을 보니 지금에서야 시간이 많이 지나갔구나 하고 실감하게 되었다. 지금 내가 할 이야기는 행복하기도 했고 막막하기만 하기도 했고 힘들던 파란만장한 중1의 이야기다.

중1

초등학교 6학년 생활을 끝냈다는 해방감과 중학교에서 3년을 더 지내야 한다는 막막함 그리고 이제는 중학생이라는 떨림, 설렘과 함께 중학교 입학식을 마쳤다. 운 좋게도 6학년 때 썩 친하진 않았지만 반 친구였던 선지영이라는 애와 같은 반이 되어서 같이 지내기로 했다. 어쩌면 운이 안 좋았던 걸지도 모른다. 성격이 밝고 쾌활한 나와는 달리 선지영은 소극적이고 좀 조용한 성격이었다.

그렇게 어느 정도 각반에서 무리가 지어지고 그 무리에 속하는 인싸, 속하지 못하는 아싸를 구별해낼 즈음, 나와 선지영도 다른 친구 2명을 포함해 무리를 만들었다.

그 친구들의 이름은 정예영 그리고 송지선. 정예영은 놀 거 다 놀지만 공부는 잘하는 그런 재수 없는 타입이다. 안 좋게 말하면 계획적인 성격도 있고.. 반면 송지선은 공부를 잘 하지는 않고 걍 그저 그렇게 살아가는 애다.

낯을 가리는 선지영은 나에게 딱 붙어서 다니곤 했지만 어느 날 선지영과 송지선은 같은 유치원에 같은 반이었다는 것을 안 후 그 둘의 관계는 이전에 비해 훨씬 돈독해졌다. 사실 살짝 질투 나긴 했었지만 그건 소유욕이 강한 내 성격 때문인 것 같아 그냥 그렇구나 하며 지냈다.

3월 24일

드디어 내 생일이 되었다. 전날 밤 내일 어떤 일이 생길까 하고 기대에 미쳐 잠도 설쳤다. 3월 13일 생이라서 아직 '친구 만들고 서로 돈독해지기' 과정을 거칠 시기기 때문에 확실히 선물 받기에는 애매하고 또 이른 시기다.

그래서 유난히 이번 생일에 더 매달렸지만, 다음날 학교에 갔을 때 는 아무것도 없었다. 그저 하리보 젤리 몇 개 뿐... 내가 너무 예민했던 것 같아서 그냥 또 지나갔다. 그러다 9월 선지영의 생일이 다가왔다. 선지영 또한 학교에 왔을 때는 다른 선물이 없었다. 나는 나한테만 그런 것은 아니었구나 하면서 안도의 한숨을 쉬었다.

그런데 그다음 날 선지영에게서 알게 된 사실이 있다. 선지영의 생일 당일 밤에, 송지선과 정예영이 집 앞이라며 나오라고 한 후, 자기들 둘이서 돈을 합쳐 엄청 큰 인형과 과자를 사서 선물을 줬다고 했다.

나는 정예영과 송지선에게 가서 왜 둘이서만 다니고 내게는 연락하지 않았냐며 얘기를 했지만 둘에게서 돌아오는 말은 "너희 집이 멀어서 밤에 불러내기가 조금 미안해서 그랬어" "전화 못 한 거는 그냥.. 고민하다가 안 했어" 등 시답잖은 변명들뿐이었다.

나는 어이가 없었지만 괜히 왕따 당하는 것처럼 보일까봐 괜찮다고 장난이다, 한번만 더 그래봐라 라고 농담처럼 말했다. 그때 선지영은 입꼬리를 살짝 올리고 있었다. 마치 이런 나로부터 우월감을 느끼는 것 같았다.

설렘

요즘 들어 반에 호감 가는 남자애가 생겼다. 남자애의 이름은 시유원이었다. 장난 잘 치는 애고 운동 잘하고 키 크고 재밌는 애라 천천히 호감이 생겼었다. 또 공부를 잘하는 편이 아니라서 더 나랑 잘 통했다. 그 애랑 친해지고 싶어서 일부러 선톡도 하고 먼저 말도 걸고 그랬다.

그러다 걔가 선톡이 오는 날은 속으로 "미친 미친미친미친 XX XX!!"온갖 난리를 치면서 나 혼자서 설레발을 쳤다. 내가 머리를 단발로 자르고 왔을 때 롤링페이퍼 돌리기를 했었다. 나는 시유원이 날 어떻게 생각할까 하며 시유원 글씨체를 찾았을 땐, 이렇게 적혀져 있었다.

'운동 겁나게 잘하시는 분ㅋㅋ 그런데 머리가 좀 ㅋㅎ' 그렇게 적혀있었다. 나는 이걸 빌미 삼아 걔한테 가서 "ㅋㅋ이거 먼데"이러니까 시유원의 답은

"난 줄 어떻게 앎? 아 그리고 내 말은 니 머리 이쁘다고 ㅋㅋ" 그때 그 순간 만큼은 애가 날 좋아하나하는 생각이 들 정도로 떨렸다.

얼굴은 빨갛게 물들었고 심장은 미칠 듯이 뛰었다. 그런 일 이후에 또 하나 더 있다. 그날은 어마무시하게 비가 내리는 날이었는데, 하수구는 막혀 물이 점점 불어 오르기 시작했고, 천둥·번개는 마구 마구 내리치는 그런 날이었다. 그때 어떤 언니 두 명이서 내게 다가왔다. 언니들은 나에게 성원교회에 다니라면서 사탕을 줬다.

나는 "감사합니다."라고 말한 후, 신호등 신호를 기다리고 있었다. 그런데 그 언니들이 내게 와서는 계속 질문을 던지는 것이다. 그렇게 해서 20분 동안 질문을 받다가 짜증나기 시작해서 엄마가 기다린다는 핑계로 급하게 나왔는데 나 다음으로 그 언니들에게 걸린 사람이 바로 시유원이었다. 시유원도 나처럼 계속 설교와 질문을 받고 있었다. 시유원이 고개를 돌렸을 때, 나와 눈이 마주쳤다. 시유원은 입모양으로 '나 좀 살려줘ㅠㅠ' 라고 보여줬다. 하지만 나는 일부로 '응, 아니야.'라고 말하고 버스 정류장으로 걸어갔다. 언니들이 너무 시간을 끄는 바람에 혼자 버스 정류장에서 버스를 기다릴 수밖에 없었다. 천둥이 엄청 가까이 있는지 너무 소리가 커서 진짜 눈물이 나왔다.

벼락에 맞아 죽을 확률은 코딱지를 파다 죽을 확률만큼 드문 일이지만 이상하게도 그 극소수의 희생자가 내가 될 것만 같은 느낌이었다. 그렇게 조금 질질 짜고 있었는데 시유원이 다가오더니 "니 왜 여기 있음? 324타면 같이 타고 가자."라고 말했다. 그래서 같이 타고 갔다. 나는 집이 멀리 있어서 오래 타고 가야 했다. 시유원은 자신이 먼저 내리게 되자 나에게 손을 흔들었다. 이렇게 보니 별거 아닌 것 같지만 그때는 정말 이게 설레었다.

위기

우리 반에는 조금 시끄러운 무리가 있다. 남자애들은 여도완, 시유원, 김진구, 김채경 여자애들은 김희은, 김다현, 박서진, 최혜선. 시끄럽다고 했던 여자애들은 좋게 말하면 지나치게 활발한 거지만 나쁘게 말하면 날라리다. 하지만 나는 이 무리 애들과 어느 정도 친하게 지냈기 때문에 팔공산으로 수련원을 갔을 때도 같은 팀이 되어 같은 텐트에서 자고 그랬다.

그때 들은 게 김희은이 여도완을 좋아한다는 거였다. 여도완도 수련원 밤이 되면 우리 텐트로 와서는 김희은의 손을 잡고 막 꽁냥대는 거를 보니 누가 봐도 좋아하는 거 같았다. 그래서 조만간 둘이 사귀겠거니 하고 생각했었다.

근데 1달 후 여도완이 2학년인 어떤 선배와 사귄다고 연애중을 올렸다. 하지만 얼마 가지 못하고 여도완과 선배는 헤어졌다. 일반적으로 여친과 헤어지게 되면 센치해진다거나 울적해지기 마련인데 걔는 무슨 똥품을 잡는 건지 진짜 행복한 건지 도대체가 알 수 없다.

그때부터가 이상하다. 계속 말을 걸고 유치하게 지우개 같은 필기구 훔쳐가서 장난치고 계속 하교할 때마다 땅딸아 키 좀 커 하며 머리를 때리고 튀는 것이다. 그래서 상메로 저격을 했다.

'난 땅딸이도 아니고 머리 좀 그만 치지?'

다음날 아침부터 시끄러운 카톡 소리에 저절로 눈이 떠졌다. 정예영이 여도완의 상메를 캡쳐해서 보여주며 막 자기 혼자 호들갑을 떨고 있었다.

"야 니네 먼데ㅋㅋㅋ"

"아 머가___"

"여도완 상메말이야. 니랑 겹침"

여도완의 상메는

'뭔 소리? 땅딸이는 니 맞잖아ㅋㅋ'였다.

"아 이상한 소리 지껄이지 마셈--"

간단하게 카톡은 끝이 났지만 학교에 도착했을 땐 왠지 모를 위화감이 느껴졌었다.

찝찝함 속에서 갑자기 정예영하고 선지영이 니네 무슨 사이냐며 졸졸 따라다니기 시작했다. 나는 무슨 소리냐 그냥 잠시 내용이 겹쳤을 뿐이다 라고 말했지만 둘은 귓등으로 들을 뿐이었다. 둘은 이동 수업 때 나를 여도완 옆으로 밀기도 했고 놀리기도 했다.

너무 짜증난 나머지 목소리를 높여 "야 좀 작작해라"라고 말했다.

선지영은 "왜ㅋ 좋잖아"라고 말했다.

어이가 없기도 했지만 그 싸하고 의미심장한 말투에 순간적으로 멍해졌다.

"야. 야. 장난이야"라며 말하는 정예영을 바라보며 나는 어떻게 해야 될지 몰랐다.

여태까지 한 번도 받아본 적 없었고 그럴 일이 있을 거라는 생각을 해본 적도 없었는데 예기치 못하게 찾아왔다.

학교 UCC 찍는 날

여자 4명 남자 2명이 한 조가 되어 영상을 찍는 프로젝트가 있었다. 나와 정예영 선지영 송지선은 당연하다는 듯 한 조가 되었고 거기에 전성윤과 김 승재를 추가해 한 조가 되었다. 정예영이 감독을 맡았고 나는 카메라 감독, 송지선은 스태프, 김승재와 선지영, 전성윤은 주인공을 맡았다. 그렇게 해서 촬영이 시작되었고 우리는 주말에 모여 찍기로 했다.

내가 찍으려고 카메라를 건네받자 송지선이 자기가 하고 싶다면서 카메라를 가져가서는 나 대신 카메라맨 역할을 하고 있었다. 짜증 났지만 어차피 하루니까... 하지만 그 하루하루는 계속되었고 나의 역할을 송지선이 당연하다는 듯하고 있었다. 그래서 안 되겠다 싶어서 송지선에게 "이번에는 내가 찍을게"라며 말했다. 송지선은 "알았다"고 하였고 나는 촬영 준비에 들어갔다. 하지만 송지선은 내가 카메라로 비디오 촬영을 시작하기도 전에 배우 역할의 애들을 밖으로 끌고 나갔다.

결국 내가 이 프로젝트에서 한 것은 스태프도 아닌 그냥 잠시 영상에 나오는 카메오 뿐이었다. 이럴 거면 역할을 왜 나누는 건지 이해할 수 없었다. 속으로 나는 송지선을 마구마구 욕했지만 이런 내 모습이 너무 찌질하게 생각됐다.

이런 생각을 한다는 거 자체가 너무 창피하고 속상했다. 하지만 더 충격적이었던 건 영상 발표하는 날이었다. 우리가 아니, 송지선이 찍은 영상들은 정예영이 편집하였다. 그렇게 시작하는데 딱 첫 장면에 (2조 조원: 정예영 송지선 선지영 전성윤 김승재)라고 적혀 있었다. 내 이름이 없었다. 아무 생각도 안 들었고 우리가 만든 영상들이 눈에 들어오지도 않았다. 앞은 점점 어두워졌고 깜깜해졌다. 어떻게 대처해야 할지 대책이 서질 않았고 '지금 당장 가서 따져야 하나?'하고 생각했지만 그러면 괜히 애들이 이상하게 볼까 봐 그럴 용기가 나질 않았다. 왕따 또는 은따라는 타이틀이 붙을까 내심 두려웠던 것이다.

우리 조가 하필이면 촬영상을 받는 바람에 촬영한 사람 즉 카메라맨이 그 상을 타게 되었다.

타이틀 상 카메라맨은 나였지만, 촬영을 한 건 송지선이었다. 투표를 한 결과 다수결로 송지선이 촬영상을 타게 되었다.

'촬영을 하는 역할은 난데 왜 송지선이 촬영을 하는 거지'라는 생각을 한 게 한두 번이 아니었다. 그런데 설상가상으로 송지선이 상까지 타버리니 정말 송지선이 밉고 짜증 났다.

하지만 송지선뿐만 아니라 선지영까지 내 말을 곱게 곱게 씹어 먹고는 모른 체하며 무시하는 것을 보니 더 이상 가만히 있어서는 안 될 것 같았다. 그래서 나름 복수라며 한동안 그 무리(송지선 정예영 선지영)를 벗어나 다른 친구들(박가연 석민지 김지서)과 함께 급식도 먹고 놀며 지냈다.

절정

그렇게 무리 이동을 하고 지낸 지 2달이 다 되어 갈 즈음이었다. 급식당번 인지라 급식실에서 배식을 하고 밥 먹고 나오면 점심시간이 한 10분 정도밖에 남지 않는다. 그렇게 밥을 먹고 도착했을 때 우리 반 여자애들의 대부분이 구석에 몰려 무슨 얘기를 하고 있었다. 내가 무슨 일인가 하고 근처에 가니까 그제야 여자애들이 뿔뿔이 흩어졌다. 여도완과 상태 메시지가 겹쳤을 때 느꼈던 감정과의 기시감을 또 한 번 지금 느꼈다. 나는 구석에서 얘기한 애의 중심이었던 정예영에게 다가가 물었다.

"무슨 얘기 한 거야?"

"별 얘기 안 했어 ㅎㅎㅎ"

"별 얘기가 먼데 말해봐"

"아 싫어 니가 몰라도 되는 얘기야."

라고 말하더니 나와 같이 급식 당번 일을 하고 온 여자애(박가연)를 데리고 가더니 또 귓속말로 알 수 없는 얘기를 했다.

그리고 5교시 음악 시간이 되었다. 나는 가연이와 민지 그리고 지서와 함께 올라갔다. 올라가서도 같이 얘기하고 웃었다. 그런데 유독 가연이의 태도가 오늘따라 차가웠다. 아니 딱 점심시간 이후로.... 6교시 때에는 가연이뿐만 아니라 민지, 지서 또한 태도가 서서히 변하기 시작했다.

정예영 무리에 있을 때도 그렇고 가연이 무리에 있을 때도 그렇고 둘다 태도가 변한 것을 보면 나에게 가장 주된 원인이 있는 게 아닐까 하는 생각이 들었다. 그 생각은 나 스스로를 되돌아보게 했지만 전혀 모르겠다.

그렇게 점점 내 스스로를 탓하고 절망하기 시작 할 즈음, 겨울 방학이 시작되었다. 지겹게 입던 교복도 안 입어도 되고 누구와 지내야 할까하는 고민도 잠시 동안은 안 해도 된다는 생각에 마음이 후련했다. 그렇게 뒹굴거리면서 허영부영 일주일을 보냈다. 그런데 그날 밤, 유도를 배우고 차량을 타며 돌아오는 길이었는데, 갑자기 선지영에게서 전화가 한통 왔다.

"여보세요?"

"지금 혹시 전화 가능해?" 부드러운 목소리에 나에게 사과하는 건줄 알고 잠시 착각 할 뻔 했다.

"지금은 학원 차 안이라서 좀 힘들 것 같아."

"아 그러면 라인으로 연락 좀 줘 집에 도착하면 말해."

"응."

선지영이 먼저 연락을 줬다는 사실에 기쁘기도 했지만 무슨 말을 할까 궁금했고 한 편으론 더 크게 싸우게 될까봐 걱정도 되었다. 집에 도착해서 다 씻고 핸드폰을 옆에 나두고 숙제를 펼쳤다. 그때 [띵띵!]하고 알림 소리가 들렸다. 알림 소리의 주인공은 다름 아닌 선지영이었다.

선지영: 야 니가 정예영 뒷담까고 다녔다며? 예영이한테 다 들었어.

나: 뭐래 내가 걔 뒷담을 왜 까.

선지영: 니가 정예영보고 너 코 높아서 좋겠다. 그런데 콧대는 낮네 라고 말하고 너 손 커서 엄청 부럽다. 근데 손 크면 남자애들이 안 좋아하지 않나? 라고 말했다며.

나: 왜 너네끼리 소설 쓰는 건데... 나는 그런 말 한 적이 없는데... 그리고 내가 그 말을 해서 내가 득 되는 것도 없잖아.

선지영: 그럼 예영이가 거짓말을 했다는 거야?

나: 나도 걔가 왜 그런 말을 했는지는 모르겠지만 그런 것 같아. 근데 너는 나랑 지낸 기간이 훨씬 길었는데도 불구하고, 정예영이 한 말을 바로 믿은 거야?

선지영: 사실 예영이는 공부도 잘하고 얼굴도 화장 안 해도 이쁘고, 키 크고 마르니까, 우상 그런 거였는데 니가 콧대는 낮다니 같은 그런 말을 했다는 점에서 조금 짜증 나서 그 말을 바로 믿었던 것 같아... 제대로 확인도 안 하

고 정예영 말을 바로 믿은 점 정말 미안해.

　나는 그 상태에서 톡을 더 이상 보낼 수가 없었다. 순간을 피하기위한 선지영의 변명일 수도 있겠지만 그 순간만큼은 그 사과에 울컥했다.

　나: 괜찮아. 내가 예영이랑 얘기해볼게.
　선지영은 계속 예영이가 자신에게 거짓말을 했다니 충격이라며 호들갑을 떨고 있었다.
　나는 곧바로 예영이에게 전화를 걸었다.
　[달칵]

　정예영: 여보세요.

　나: 예영아 니가 혹시 내가 니 뒷담 깠다고 애들한테 얘기하고 다녔어?

　정예영: 애들 다는 아니고 지영이랑 지선이 가연이한테만.

　'뭘 잘했다고 저렇게 당당한 걸까? 지영이랑 지선이면은 나를 제외한 우리 무리에게 다 말했다는 건데.... 심지어 새로 사귄 가연이한테도'

　나: 내가 너 콧대 낮다고 말한 적도 없을뿐더러 내가 니 손이 커서 남자애들이 싫어한다고 이야기할 이유도 없어. 왜 있지도 않은 이야기를 지어냈냐고.

　정예영: ....일단 콧대 이야기는 내가 잘못한 게 맞아.. 너랑 나랑 얘기한 게 학기 초반이어서 서로 막 칭찬해 주는 분위기였는데 그때 니가 나보고 콧대 높다고 칭찬해줬어. 그러다 우리끼리 웃으면서 서로 장난치는 그런 분위기였는데 니가 나한테 콧대는 낮다라며 장난쳤었거든... 근데 내가 가연이한테 말

다시시작

할 때는 앞뒤 말 잘라먹고 그때가 장난치는 분위기였다는 걸 말을 안 했어.

나: 나는 그런 이야기를 한 기억이 없는데? 그리고 가연이한테는 왜 말한 거야?

정예영: 가연이한테는 말하려고 한 건 아닌데.. 지선이랑 지영이랑 이야기할 때 갑자기 끼어드는 바람에... 그리고 너 콧대 이야기 한적 있어.

나: 없어.

정예영: 있어. 니가 기억을 못 하는 거야.

나: 없다고!! 야 그리고 내가 만약에 설령 내가 그렇게 말을 지껄였다고 해도 그걸 다른 사람한테 말을 하면 안 되는 거 아니야? 니가 쉴드 쳐줘도 모자랄 판에 니가 뒷담 까는 어투로 말을 하면 다른 애들이 나를 어떻게 보냐고. 반대로 생각해봐. 내가 니 뒷담을 까서 속상하다고 애들한테 말했다는 거는 결국 우회적으로 돌려서 깐 거 아냐?

정예영: ....

'끝까지 미안하다는 말을 안 하네.'

정예영: 사실 니가 우리랑 안 지냈을 때 그 소문(정예영 뒷담을 깠다)이 터져서 '니가 정예영 뒷담을 깐 게 들키니까 일부로 다른 애들과 지낸다'라고 반에서 이야기가 돌아다녔어. 내가 가연이하고 지선이 지영이 그리 반 애들한테 다시 제대로 말해 놓을게.
'울고 싶었다. 내가 고민을 해도 친구 때문에 고민할리라곤 생각해 본적이

단 한 번도 없었다.

다시 시작

새해를 맞아 사촌 언니가 우리 집에서 일주일 동안 지낸다고 부산에서 올라왔다.

언니는 나보다 2살 위였지만, 키도 나랑 비슷하고 성격도 비슷해서 친구처럼 지내는 언니에게 고민상담을 했다. 언니도 마찬가지로 고민이 있다며 나에게 얘기를 했다. 언니도 부산에서 나와 비슷한 일을 겪었다고 했다.

언니의 친구가 남친과 헤어지고 1달 후 그 전남친이 언니와 잠시 만나서 이야기 하는걸 보고는 화가 나서 언니를 제외한 나머지 애들한테 언니 뒷담을 깠다고 했다. 그 이후로는 언니는 급식도 안 먹고 항상 책상에 엎드려 잠만 잤다고 했다. 근데 언니 친구들이 언니가 엎드려있는 책상에 엉덩이를 걸치면서 괴롭히기도 하고 남자애들이랑 같이 "누구는 남자 많아서 좋겠네" 라며 비꼬기도 했다고 했다. 나도 미친 거 아니냐고 언니의 친구들을 욕해 줬고 언니도 내 친구들을 함께 욕해줬다. 만약 언니가 나와 친구였다면 얼마나 좋을까..?

지난 2018년이 지나고 새해, 2019년을 맞이하며 제하의 종을 향한 카운트 다운이 시작되었다.

3....2.....1....

"2019년이다!!" 언니랑 나는 서로 마주 보며 싱긋 웃었다. 2019년은 좋은 일만 있기를..!

겨울방학이 끝나고 잠시 학교에 다녀야 한다. 예영이와 일도 어느 정도 마무리 지었고 지영이와도 화해 했기에 모든 오해는 풀렸겠거니 했다. 방학 전 학교에 갔을 때 모두 나를 보며 싸한 표정과 말투를 보였을 때 아닌 척 가식적인 변명을 만들어냈을 때 학교에 다니기 싫었다. 짜증나서 모든 걸 부숴버리고 깨고 찢어버리고 싶었다. 이번에 학교에 갔을 때 반 분위기가 싸한 건 아니었다. 하지만 그렇다고 반가워하는 것도 아니었다. 정예영과 선지영 송지선도 딱히 달라진 모습은 없다. 오히려 이번일 이후로 더 피한 것 같기도 하다. 하지만 이제는 그냥 애네랑은 같이 다닐 운명이 아닌가 보지하면서 더 이상 좌절하지 않고 울컥하지도 않는다.

띠리리링— 띠리리링— 알람이 울렸다. 오늘을 3월 2일, 개학이다. 어제까지만 해도 방학이었는데 벌써 개학이라는 게 안 믿긴다는 걸, 퉁퉁 부은 눈과 피곤함으로 알 수 있었다.

이번엔 날 이해해줄 수 있는 친구를 사귈 수 있을까? 라는 생각을 하기도 전에 좋은 친구들이 생겼다. 새로운 2학년 생활을 새로운 친구들과 새로운 마음으로 새롭게 다시 시작할 것이다.

현재

"야 빨리 와 사진 찍어야지…!!"
"아 응응 ㅎㅎ"

[[찰칵]]]

가장 행복한

꿈꾸는 책벌레 2학년 · 김인아

작가 소개

동도중학교에 재학하고 있습니다.
노래 듣기와 책 읽기를 좋아합니다.
종종 혼자 사색에 빠지는 것을 즐깁니다.
혼자일 때의 적막과 고요함을 좋아하고요.
사람들과 있을 때의 그 웃음과 분위기도 좋아합니다.
웃는 게 예쁜 한 소년의 끊임없는 도전을 응원합니다.
공부를 즐기면서 하려고 노력은 하는데 잘 되진 않네요.
오래된 책 냄새를 좋아해 도서관과 오래된 책방을 좋아합
니다.
조금 서툴지만 글 쓰는 게 좋아 손편지를 자주 쓰기도 합
니다.
한 사람이라도 기쁘게 할 수 있는 사람이 되는 게 꿈입니다.

감사합니다.

01

딩동댕동, 쉬는 시간을 알리는 종이 울리자마자 모두 약속한 듯이 수빈의 자리로 모였다.

"수빈아, 오늘..."

"수빈아, 너..."

수빈아, 수빈아 친한 척해대며 말을 거는 반 아이들이 가증스럽다고 수빈은 생각했다. 다들 돈, 외모 그리고 자신의 유명세 때문에 빌빌 길고 비위를 맞추는 게 역겨워서 아무 생각 없이 일어나 애들을 헤치고 밖으로 나왔다.

"수빈아, 어디 가?"

"운동장."

그걸 또 못 참고 누군가 따라왔다. 같은 모둠이었던 거 같기도 한데.. 자세하게 기억나지는 않았지만 얼굴이 익숙한 걸 보니 아까 그 많은 애들 중 하나인가 보네.

"있잖아,"

"왜."

"아니.. 아니야."

무슨 말을 하려는 걸까 딱 1초 동안 궁금했지만 다시 옆에서 자기 얘기를 주구장창 늘어놓는 게 귀찮아서 귀를 닫았다.

자기를 '김우석'라고 소개한 그 애는 알고 보니까 우리 반 실장이었다. 얼굴이 익숙하다 싶더니 실장이어서 그랬나 보다. 그날 이후 김우석은 나를 유독 더 따라다녔다. 그리고 김우석 친구 겸 부실장 겸 체육부장 겸 겸 겸... 이라고 하는 이진혁이라는 애까지. 둘이 옆에서 쫑알대는 게 시끄럽긴 했지만 하라는 건 잘해서 뭐, 그건 내가 참기로 했다. 나는 정수빈이니까.

02

"수빈아! 너 있잖아…"

오늘도 어김없이 수빈의 자리로 찾아오는 아이들이다. 아, 시끄러워. 항상 있는 일이지만 왜 오늘따라 더 짜증 나는 건지.

"수빈아!"

잠깐 찡그린 걸 또 눈치를 챘는지 이진혁이 나를 불렀다. 나이스 타이밍. 이진혁을 따라 나간 복도에는 김우석이 책을 읽고 있었다. 그렇게 아무 말 없이 셋이 가만히 복도에 서 있다가 이진혁이 말을 꺼냈다.

"수빈아 다리 안 아파?"

"아파."

"헐 어떡하지? 다시 들어갈까?"

"저기에? 미쳤어?"

"그런가.. 애들이 다시 너 자리로 몰리려나? 그럼 매점 갈까?"

"……"

"아, 그건 더 몰리려나? 그럼 어떡하지?"

"하.. 그냥 서 있을게."

복도에 나온 지 한 5분쯤 됐을까, 다리도 슬슬 아프던 차에 이진혁이 시끄럽게 하니 골이 아파서 또 미간을 찡그렸다. 그러니까 둘 다 내 눈치만 슬슬 보더라. 그때 종이 울렸다.

"애들아 들어가자."

이때다 싶었는지 김우석이 들어가자고 했고, 이진혁 표정은 급격하게 밝아졌다. 그리곤 다시 떠들기 시작했다.

"어휴, 종 쳐서 다행이다. 그치?"

"응."

"와, 오늘 완전 나이스 타이밍. 오늘 운 완전 좋을 듯. 인정하냐??"

그런 이진혁의 설레발은 선생님이 오면서 깨졌다.

"그래 인정이다 짜샤. 아침부터 아주 나이스 타이밍이네."

"아 쌤;; 짜샤라뇨;; 진짜 옛날 사람."

"뭐래니;; 얼굴만 보면 네가 더 옛날 사람."

장난치는 이진혁이나 그걸 맞받아치는 쌤이나 다 한심했다. 쌤이라는 사람이 저렇게 유치하다니, 싫기도 하고. 이진혁이 너무 밝다는 생각도 하고. 이런저런 생각을 하며 자리에 앉았다.

03

쉬는 시간. 다음 시간이 음악이었다. 음악실에 가야 하는데 김우석과 이진혁이 화장실에 가서 돌아오지 않고 있었다. 이제 곧 종 치는데 데리러 가야하나? 귀찮게 또 왜 안 오는 거야. 속으로 구시렁대면서 화장실로 가봤다. 그러다 얼마 지나지 않아 이진혁과 김우석을 발견했다. 화장실이 아닌, 그 옆 계단에서. 둘만이 아닌, 누군가와 함께.

"야 정수빈 진짜 짜증나지 않아?"

"그니깐. 너네랑 맨날 다니면서 부려먹기만 하고 해주는 건 없잖아."

"너네를 친구로 생각하긴 할까?"

"정수빈은 그냥 지 백 믿고 나대는 도련님이잖아. ㅋㅋ"

쟤네 둘은 저기서 뭐 하는 거야? 아무 말도 안 하고 듣기만 하고. 좀, 개 같네.

"야. 다시 말해봐."

"응? 지 백만 믿고 나대는.."

"이진혁. 김우석. 너네도 말해봐. 내가 너네 꼬붕으로 쓰는 도련님 같냐? 어?"

"아니.. 그게.."

"그건 그렇잖아. 그럼 니가 우리를 한 번이라도 친구로 여겨본 적 있어? 그렇게 대해준 적 있냐고."

김우석이 대답했다. 그냥 평소처럼 찌질하게 미안하다고 하고는 다시 올 거라고 생각했기에 조금 당황한 건 사실이다.

"그럼 내가 너네한테 지금까지 한 거는 호구 짓이었네."

"그게 우리를 친구로 여겨서 한 행동은 아니잖아."

"허, 친구 좋아하네. 너네도 친구를 바라고 나한테 접근한 건 아니었잖아. 안 그래?"

"그건…"

"난 너희한테 내가 할 수 있는 최고의 호의를 베풀었어. 이래도, 아니라고?"

"참나, 대체 뭐가 호의였는데? 명품 선물들? 아니면 비싼 음식들? 연예인 사인?"

"주니까 웃으면서 받았잖아. 그리고 받아서 기분 좋았잖아. 싫은 소리도 안 하고. 그럼 호의지."

"하, 그게 같아?"

"그럼 달라?"

슬슬 화가 많이 나기 시작했다. 지금까지 잘 숙였으면서 갑자기 뭐가 아쉬워서 이러는 건지.

"야, 김우석! 그만해. 그리고 수빈아, 너도 지금 흥분했어. 너희도 뒤에서 깐 거 잘못한 거고 우리도 안 말린 거 미안해. 다들 잘못 하나씩 했으니까 쌤쌤치고 이제 들어가자, 응?"

이진혁의 애원 섞인 중재로 애들은 뿔뿔이 흩어져 자신의 반으로 돌아갔다. 싸움이 그쳐서 다행인 건지, 흐지부지 끝나서 불행인 건지.

그 후로 수빈은 혼자가 되었다. 그렇게 싸운 후에도 영향력이 어딜 가진 않았는지 아님 이때다 싶었던 건지 아부를 더 하면 했지 개기는 애는 없었다. 그런데 김우석과 이진혁은 그 후로 말 한 번을 하지 않았다. 철저히 나를 피했다. 급식 먹을 때나 체육 시간이나, 이동수업 등등. 서로 존재하지 않는 것처럼 굴었다. 그래서 나도 무시했지. 너네 없어도 난 잘 먹고 잘산다는 걸 과시하기 위해서랄까. 걔네 없어도 심부름하겠다는 애들은 많았다. 김우석처럼 내 취향을 꿰고 있거나 이진혁처럼 눈치가 빠른 건 아니었지만 참을 만했다. 뭐, 지금 생활도 나름 괜찮은걸.

이렇게 생활한 지 한두 주 됐을까. 학교가 너무 가기 싫어서 무작정 걸었다. 왜 학교가 가기 싫었는지는 잘 모르겠지만, 어쨌든 처음 너무 가기 싫었다. 그렇게 걷다가 마포대교까지 오게 됐다. 핸드폰을 꺼내 보니 모르는 사이에 전화가 엄청 많이 와 있었다. 학교에는 연락을 했는지 학교에서 온 전화는 없었지만 엄마, 아빠, 병찬이 형 등등 온갖 집사람들이란 사람들은 다 연락을 한 것 같았다. 그때 내 옆에 검은색 차 한 대가 멈춰 섰다. 딱히 번호판을 보지 않아도, 운전하는 사람을 보지 않아도. 심지어는 차 소리도 듣지 않아도 알 거 같았다. 아, 망했다. 아빠다. 말도 안 했는데 이렇게 알고 온 걸 보면 내 폰에 위치 찾는 앱 깔아놨나 보다. 그때 창문이 내리고 예상을 조금도 빗나가지 않은 얼굴이 보였다.

"타."

어후, 그 한마디가 얼마나 무섭던지. 엄청 쫄았다.

"왜 그랬니."

"학교 가기 싫어서요."

"왜 학교 가기 싫었니."

"그냥요."

"친구들이 괴롭히니? 병찬이 보낼까?"

다시시작

"아니, 그런 거 아니에요."

"그럼 전학 갈래? 아니면 유학이라도."

"괜찮아요. 오늘 잠깐만 그런 거예요."

평소에는 나에 대해서 1도 관심 없는 사람이 갑자기 왜 이렇게 관심이람. 근데 진짜 나 있는 데는 어떻게 알았을까.

"저번에 폰에 위치 추적 앱 깔아놨으니까 딴 생각 하지 말고 학교 똑바로 다녀라. 다음에 또 이런 일 있으면 가만 안 놔둔다."

"....."

"대답 안 해?"

"네."

와, 진짜였어? 난 진짜 장난이었는데. '왠지 네가 있을 것 같았다.' 이런 드라마틱 하고 감동적인 것까진 아니더라도, '서울 다 뒤져봤다.' 이런 집착남 같지만 감동적인 것까진 아니더라도. 아무거나 상관없으니까 이런 것만은 아니길 바랐는데. 조금 슬펐다. 학교에 내리니까 더 그랬다. 원래였으면 애들 가득히 복작복작할 운동장도, 복도도. 나 혼자 있으니 완전 적막하고 쓸쓸하고.. 에이 씨, 갑자기 중2병 도졌네. 눈물이 찔끔 나길래 좀 울었다.

그러다가 갑자기 종이 치길래 정신이 번쩍 들었다. 아, 교무실 가야 되는데. 아, 애들 나올 텐데. 그런 생각들로 가득 차 얼른 교무실로 갔다.

"선생님, 여기 진단서요."

"응, 수빈이 왔니? 왜 아파 가지고..."

그렇게 길어지는 선생님 훈화 말씀을 네네 거리며 듣는 척하다 종이 치니까 그냥 인사하고 나왔다. 으, 반에 가기 싫다.

반에 들어가니까 역시 관심이 쏟아진... 게 아니라 왜 아무도 관심을 안 가지는 거지? 왜 내 자리에 다들 몰려있는 거지? 알고 보니까 내 자리가 아니라 내 '옆'자리였다. 그 어렵다는 고3에 전학을 왔다더라. 보기 어려우니까 관심이 쏟아졌나 보네. 뭐, 난 관심 안 받고 좋지 뭐.

"어? 수빈이다!"

"수빈이? 수빈이가 누군데."

"아, 수빈이 니 옆자리에 앉는 앤데 오늘 아파서 늦게 왔대."

"아, 맞나. 안녕 수빈아. 난 한승우야."

내가 어느새 '전학생 옆자리에 앉는 애'로 전락했나 보네. 근데 지방에서 왔나, 말하는 게 왜 저렇게 어색하지.

"야야! 다들 자리로 가! 종 친지가 언젠데 이것들이."

쌤이 와서 몰린 애들은 다 자기 자리로 갔다. 근데, 혼자 앉다 옆에 누가 있으니까 되게, 뭐랄까 되게 거슬리네. 전에 짝들은 안 그랬던 거 같은데 말야.

"그만 쳐다봐."

"아, 부담스럽나. 미안. 너무 예쁘장하게 생겨 갖고."

얘는 뭔 말을 그렇게 하는지. 나한테 작업 거나, 하는 생각도 했다.

그렇게 전학생이랑 말을 끝내고 다음 쉬는 시간. 역시 아까 그건 잠깐 호기심이었는지 다시 내 자리로 몰렸다. 아, 귀찮아.

05

하, 아까부터 전학생이 계속 나를 따라다닌다. 친구도 많으면서 왜 이러는건지. 진짜 귀찮고, 짜증 나고, 거슬린다.

"야, 전학생."

"한승우."

"뭐라고?"

"한승우. 내 이름 전학생 아니고 한승우라고."

"그래, 어쨌든. 한승우. 왜 따라오는데."

"음, 친구가 없어서?"

"거짓말하지 마. 너 친구 널리고 썰렸잖아. 친화력 쩔던데?"

"고마워!"

진짜 칭찬인 줄 알고 이러고 있다. 순진한 건지, 착한 건지, 무식한 건지.

"아니, 어쨌든. 진짜 왜 따라다니냐고."

"음, 딱히 이유는 없는뎅."

와, 진짜 나 좋아하나 봐. 남자도 꼬시고 진짜 정수빈 대단하다, 대단해. 매력이 얼마나 철철 넘치면. 이런 쓸데없는 생각들을 하면서 데리고 다녔다. 뭐, 나 좋다고 따라다니는데 버릴 순 없잖아. 난 좋다는 애 일일이 쳐내면서 거절하고 상처 주는 그런 쓰레기는 아니니까. 남자든, 여자든.

그렇게 한승우랑 다닌 지도 며칠. 응? 뭔가 데자뷰 같은데. 아니겠지. 그건 기억하지 말자. 뭐가 예쁘다고 걔네 생각을 하고 그래. 정수빈도 한물갔나, 왜 추억 회상하면서 질질 짜려고. 애써 자기합리화를 했다.

"수빈아, 무슨 생각 해?"

"아니, 그냥 생각."

"그니까 무슨 생각?"

"아무것도 아니야."

"그럼 난 너한테 아무것도 아니야?"

와.. 이거 봐. 또 작업 건다. 또 인소 대사 친다. 또또 또. 같이 다니는 며칠 동안 이런 인소 대사를 몇 번이나 들었는지 모르겠다.

"아니, 빨리 말해달라고. 응?"

"있어, 옛날 애들."

"친구들 생각하는데 왜 그렇게 표정이 어두워."

"누가 친구래?"

"그럼. 친구 아니게?"

그렇게 계속해서 추궁을 하는 한승우에 홀려 나도 모르게 다 불어버렸다. 진짜, 미쳤지 정수빈. 이야기 들어주는 사람이 너무 오랜만이라 그랬나..

그 얘기를 하고 나서 한승우는 매시간, 매분. 아니 매초 사과하라고 난리다. 아니, 내가 뭘 잘못했는데. 걔네가 잘못한 거지 그게 내 잘못이야? 어이 없어서. 걔네가 무릎 꿇어도 봐줄까 말까 하는데. 그래서 한승우한테 정떨어졌다. 계속 같이 다녀주니까 또 선 넘는 거 봐.

"수빈아, 빨리 사과하고 화해해."

"내가 뭘 잘못했냐고. 내가 왜 먼저 사과해."

"가끔, 너 볼 때면 5살짜리 사촌 동생이랑 얘기하는 거 같아."

또 뭐라는 거야. 나 열아홉인데 다섯 살에 비교를 해? 대체 날 뭐로 보길래 그러는 거야.

"야. 너 뭔 소리 하는 거야. 진짜 점점 너 싫어지니까 얘기 똑바로 해."

"봐봐, 자기감정 하나 제대로 못 다스리고. 네가 그렇게 싫다는 돈, 외모, 명성에 항상 기대서 살고. 수빈아, 이걸 받아주는 애는 우석이 말처럼 친구가 아니라 부하야. 안 그래?"

지금 얘는 김우석 편드는 거야? 진짜, 싫다. 친구라는 게 어떻게 저럴 수 있는 거지.

"뭐가 안 그래야."

"친구는, 쌍방이어야 해. 그리고 같은 관계여야 하고. 근데 그땐, 누가 봐도 네가 윗선이었어. 누가 봐도 네가 명령을 내리는 관계였다고."

"아니... 누가 뭐래? 쌍방이었어. 걔네도, 나도 윈윈하는 관계였다고. 제대로 알지도 못하면서."

"그래, 내가 제대로 알진 못하겠지. 근데 이렇게 일 난 거 보면 쌍방은 아니었던 거 같은데?"

조금 찔려서 아무 말 할 수 없었다. 마지막 그때 화내는 김우석과 이진혁의 표정을 보면 결코 쌍방이었던 거 같진 않았었거든.

"......"

"그리고 수빈아. 당하는 사람 입장에선, 절대 윈윈이 될 수 없어. 마음의 상대는 마음이 되어야지 절대 물질이 되어서는 안 돼."

"네가 그걸 어떻게 알아?"

"지금 너와 나의 관계는 내가 당하는 사람이니까. 그때도 지금도 넌, 대하는 사람이었고 바뀐 건 전혀 없어."

다시시작

"그래서. 그래서 너도 그 핑계 갖고 날 떠나겠다고? 그러던가. 나도 너 필요 없어."

"야. 그런 게 아니잖아. 너, 이렇게 나랑 끝내면 다음번에 또 이런 일 생겨. 또 싸우고 또 혼자되고. 그건 싫잖아. 그치?"

맞다. 또 혼자돼서 다시 애를 골라야 하는 게. 그런 일 한 번 더 있으면 다시 마포대교 가서 중2병 걸려가지고 막 현타 오면서 그럴 생각에 아찔했다.

"...... 응."

"뭐라고?"

"싫다고."

"뭐가 싫은데?"

이 새끼가 나 놀리나. 진짜 죽이고 싶다.

"아, 친구 없는 거 싫다고! 다 들었으면서 그만 좀 물어봐! 진짜 짜증 나게. 아 이러니까 그냥 혼자 다니겠다 하는 거 아냐. 진짜 한승우 완전 싫어 한승우 완전 짜증 나 한승우 그냥 세상에서 제일 싫어 한승우 진짜 으.. 끔찍해."

"ㅋㅋㅋㅋㅋㅋㅋㅋㅋㅋㅋㅋ"

06

그렇게 인간관계에 대해 한승우가 많이 가르쳐줬다. 친구는 물질로 살 수 있는 게 아니니까 진심으로 대해줘라, 뭐든 돈이나 얼굴로 때우려고 하지 마라, 힘들 땐 친구한테 기대라 대신 친구가 기댈 때 너도 위로해 줘야 한다, 등등 뭔 법정 스님이 멈추면 비로소 보이는 것들에 썼을 법한 그런 오글거리는 말들. 어쨌든 그런 말들에 많이 배웠다면 많이 배웠고, 많이 바뀌었다면 많이 바뀌었다. 그리고 드디어 배운 걸 실천할 날이 왔다며 어느 날 한승우가 말을 꺼냈다.

"뭘 실천해 갑자기."

"뭐긴, 이진혁이랑 김우석한테 가야지!"

"아, 뭐래;; 진짜 싫어."

"왜? 지금까지 한 거 다 걔네 때문에 한 거잖아! 다시 안 친해질 거야?"

"아니.. 그건 아니지만.."

"그럼 빨리. 어? 저기 있으니까 빨리 가 봐."

저 멀리에 있는 이진혁과 김우석에게 등 떠밀고 내빼는 한승우를 보고 진짜 속으로 별별 욕이란 욕은 다 했다. 저 나쁜 놈이 진짜..

"저기, 비켜줄래? 지나가야 해서."

"아, 5분만."

"5분만 뭐."

"5분만 나랑 얘기하자고."

"그러던가."

무심하고 냉랭한 김우석의 말투가 전과는 달라 조금 놀랐다. 이럴 거라고 예상은 했지만 옛날과 너무 달라서 더 놀랐던 거 같다.

" ..... "

"할 말 없어? 그럼 간다."

"아니, 잠깐만! 잠깐만."

와, 진짜 미치겠네. 정수빈 도련님 이미지에 금 가는 소리 들린다. 완전 미련 남고 찌질한 전 남친 같잖아. 나 정수빈인데.

"아니, 미안하다고.."

"뭐라고?"

"아니.. 미안하다니까?"

"잘 안 들려 수빈아. 크게 말해줘."

와.. 진짜 한승우 같아. 진짜 싫어. 애 목소리 들으니까 화 다 풀렸는데 계속 이 난리야. 짜증 나.

"야, 작작 해라."

"ㅋㅋㅋㅋ 수빈 도련님 사과하는 건 누구한테 배우셨어요."

"이진혁. 나댄다."

"네네 ㅋㅋㅋㅋ"

"이제 수빈이 이미지 다 망가졌어. 자존심 내세울 거면 끝까지 자존심 내세웠어야지. 안 그래?"

"그래서. 사과한 거 무르라고?"

"아니, 그게 아니잖아!"

정색하고 말하니까 또 바보 같은 이진혁은 믿고 이런다. 바보. 그래도, 옛날같이 이렇게 돼서 좋네. 다 한승우 덕분이네.

"어때. 사과, 할 만하지?"

호랑이도 제 말 하면 온다더니, 한승우였다.

"뭐, 나쁘진 않네.

+

"야! 정수빈! 나가자!"

밖에서 들리는 이진혁의 목소리에 웃음이 먼저 나왔다.

"어? 왜 웃어."

"바보 같아서."

"너 왜 우리 진혁이한테 그래?"

"넌 왜 우리 수빈이한테 그래?"

김우석이랑 한승우가 또 장난기 올라서 이런다.

"야 이 새끼들아, 머리 울려."

"야, 수빈 도련님 머리 아프시단다! 빨리 조용하지 못할까!"

"어후, 진혁아 니가 더 시끄러."

"왜 나한테만 그래! 진짜 싫어."

"ㅋㅋㅋ 진혁아 왜 그러겠어."

"왜?"

　"니가 제일 만만하니까 그러는 거 아닐까?"

　갑자기 또또 쓸데없이 한승우랑 김우석이 장난기 붙어서 이진혁을 놀리기 시작했다. 진짜 골 때리는 녀석들. 하루하루가, 매일 매 순간이 이 시끄럽고 장난기 많고 잘 삐지고 가끔은 짜증 나는 이 친구들과 함께해서 행복하다.

　"어? 정수빈 웃는다! 왜 웃냐?"

　"그냥, 행복해서."

앨리스와 잭

꿈꾸는 책벌레 2학년 · **정유진**

작가 소개

안녕하세요. 저는 정유진입니다.

저는 현재 동도중학교 2학년이며 15살입니다. 우리 가족은 부모님과 9살 차이 나는 대학생 오빠와 저 이렇게 네 식구입니다.

저의 장래희망은 이비인후과 의사입니다.

그리고 저는 수영이나 스케이트, 배드민턴 같은 운동을 좋아하고 축구나 야구 경기를 관람하는 것도 좋아합니다. 그리고 피아노 연주를 듣는 것을 좋아하고 영화 보는 것도 좋아하고 여행하는 것도 좋아합니다.

이 글은 제가 두 번째로 쓰는 소설로 저의 첫 번째 소설은 '꿈꾸는 책벌레'라는 우리 동아리가 쓴 '달콤함에 대하여'의 '소민이의 달콤한 학교생활'입니다.

이 소설은 제가 중학교 1학년 때 쓴 글입니다.

이 소설은 비행기 조종사가 되고 싶어 하는 앨리스라는 여자아이에 대한 이야기입니다. 앨리스는 꿈을 키우는 동안 수많은 시련을 겪습니다. 앨리스는 어렸을 때 아버지를 잃는 힘든 일을 겪지만 어머니와 서로 의지하며 꿈이 있기에 그나마 하루하루를 살아갑니다. 이 소설을 통해 제 또래인 앨리스가 어떻게 성장해나가고 그 과정에서 좋은 사람들을 만나 발전해나가는 삶을 보여주고 싶었습니다. 그래서 우리가 가진 꿈들이 어떤 의미이며 어떻게 만들어나가야 될지에 대한 하나의 예시를 보여주고 싶었습니다. 이 소설의 주인공인 앨리스는 15살로 7살 때 아버지가 돌아가시고 난 후 어머니와 단둘이 살고 있습니다. 그러던 중 한 사건을 계기로 아버지에 대한 슬픔이 커집니다. 하지만 잭과 그리즐리 할머니 그리고 나중엔 엄마의 도움으로 이 시련을 극복합니다.

아버지와의 추억

내 이름은 앨리스이다. 나는 로스캐롤라이나의 작은 마을에서 어머니와 단둘이 살았었다. 내가 대학을 들어가고 나서부터는 독립을 해 어머니와 따로 살게 되었다. 현재 나는 결혼을 해 아들과 딸이 한 명씩 있고 행복하게 잘 지내고 있다. 지금부터 내가 할 이야기는 어젯밤 우리 아이들에게 들려준 이야기이다.

사실 나는 내가 7살까지만 해도 아버지, 어머니, 나 이렇게 세 식구가 살았었다. 아버지는 하나밖에 없는 딸인 나를 무척이나 사랑하셨다. 그래서 나는 다른 친구들과 달리 나는 아버지와의 추억이 정말 많다.

아버지는 직업이 비행기 조종사이셨다. 아버지는 그 일을 나만큼이나 좋아하셨고 또 자랑스러워하셨다. 아버지의 어렸을 적의 꿈을 이뤘다면서 말이다. 아버지의 어릴 적 꿈은 사실 어머니가 만들어 준 것이나 다름없지만 말이다.

아버지와 어머니는 초등학교 때부터 같은 동네에 살던 친구이셨다. 어머니의 말로는 아버지가 아버지의 아버지 즉, 할아버지의 사업이 어려워지셔서 로스캐롤라이나로 이사를 왔는데 집들이를 할 때 옆집에 살던 소녀였던 어머니를 보고 첫눈에 반했다고 했다. 그 후로 아버지는 학교 다니는 내내 어머니를 쫓아다녔다고 했다. 사실 어머니는 그 당시에 예쁘다고 동네에 소문이 나서(그 덕분에 스튜어디스도 될 수 있었다.) 어머니를 좋아하던 사람이 꽤 많았었다고 했다. 아버지도 그중 한 명이었던 것이다.

하루는 수업시간에 장래희망에 대한 발표가 있었는데 어머니는 스튜어디스라고 했다. 그 발표를 들은 아버지는 정말 철없이 '그럼 나는 비행사가 돼서 어머니와 같이 일하고 싶다'고 생각해서 그 자리에서 바로 장래희망을 비행사로 바꿔 써서 그때부터 늘 한결같은 꿈을 가지게 되었다고 했다. 물론 이런 사실을 전혀 몰랐던 어머니는 결혼하고 나서야 아버지한테 이 이야기를 들었다고 했지만 말이다. 이런 일이 있고 난 후 어머니는 이사를 가게 되었고 아버지는 비행사라는 직업이 정말 좋아지게 되어서 결국은 두 분 다 대학교에서 다시 만나게 되어 사귀다 결혼을 하게 되신 거다. 그러고 보면 아버지는 첫사랑이랑 결혼을 한 거다. 아버지는 비행기로 여러 나라를 돌아다니느라 집에 붙어있으시는 날이 별로 없었다. 그래도 주말이면 꼭 집에서 나와 놀아 주셨다. 나는 아버지와 역할 놀이 하는 것을 되게 좋아했는데 항상 비행기가 괴물을 만나 추락하게 되는데 비행사가 폭탄으로 괴물을 물리치고 승객들과 비행기를 구하는 시나리오였다. 아버지는 그때마다 비행사가 얼마나 멋진 직업인지 칭찬을 늘어놓으셨다. 나는 매번 듣는 얘기가 지겹긴 했지만 영웅같은 비행사만은 정말 멋진 사람이라고 생각했었다. 나는 일주일 중 아버지와 만나는 주말을 항상 손꼽아 기다렸다. 가끔씩은 역할 놀이 말고도 레이크 크래트리 카운티 공원 (Lake Crabtree County Park)에 가서 자전거도 타고 크래트리 호수(Lake Crabtree)에 가서 낚시도 하고 카약도 탔다. 나는 아버지와 함께하는 것이라면 무엇이든 좋았다. 항상 바빠서 주말에만 볼 수 있는 아버지였기에 아버지와 보내는 시간이 더 소중하게 느껴졌던 것 같다.

하지만 그때까지 만해도 아버지와 했던 역할 놀이가 순 엉터리였다는 걸 그런 식으로 깨닫게 될 줄은 몰랐다.

내 생애 첫 장례식

그날은 금요일이었다. 나는 내일 아빠가 집에 돌아오실 생각에 실컷 들떠 있었다. 아버지는 그대 영국 런던에서 저녁에 출발해 여기 로스캐롤라이나 롤리 더럼 공항(raleigh durham airport) 에 내일 아침 도착할 예정이셨다.

그날 영국에는 비가 오고 있었다. 하지만 그 비는 비행기 운항을 못 할 정도의 비가 아니었고 안개도 그 정도면 충분히 이륙할 수 있었다. 그래서 아버지는 예정대로 비행기에 약 150명 정도의 승객을 태워 런던에서 오후 8시에 출발 하였다.

비행 두 시간 동안은 안정적으로 비행했다. 그러던 중 비행기가 난기류를 만나게 된 것이다. 이 사실은 사실 아버지도 이미 알고 있었다. 아버지는 자주 런던과 로스캐롤라이나를 왕복하기 때문에 이 구간에 대해서 너무 잘 알고 있었다. 아버지는 항상 그래왔던 것처럼 비행을 했다. 그때였다. 평소보다 심한 난기류에 엔진이 고장이 났다. 비행기에는 경보음이 울렸고 아버지와 보조비행사는 무척 놀란 눈으로 서로를 쳐다보았다. 비행기는 난기류에 휩쓸리고 있었던 것이다.

한 승무원이 조종실에 들어와 "무슨 일이죠?"라고 물었다. 아버지는 침착하게 정신을 가다듬고 "엔진에 고장이 났습니다. 착륙하는 데 문제가 없겠지만 이대로 비행하기엔 오래 버티지 못해요." 그러곤 잠시 지도를 보고 생각을 한 뒤 "나는 이 비행기를 바다에 착륙시킬 겁니다. 그러니 어서 승객들에게 구명조끼를 입히고 대피 준비를 하세요." 라고 말했다. 이 근처엔 공항이 없었고 착륙시킬 만한 넓은 공간도 없었던 것이다.

아버지는 한 번도 바다 위에 착륙해 본 적은 없지만 지금으로서는 어쩔 수가 없었다. 아버지는 방송을 통해 승객들에게 "승객 여러분, 안녕하십니까? 저는 기장인 앨버튼입니다. 저희 비행기는 조금 전 난기류로 인해 약간의 흔들림과 엔진이 불가피하게 고장이 나게 되었습니다. 승객 여러분은 모두 침착하시고 제 이야기를 끝까지 들어 주시기 바랍니다. 저희 비행기는 바다에 착륙할 예정입니다. 여러분은 모두 침착하게 승무원의 지시를 들어 주시기 바랍니다. 감사합니다."라고 말했다.

그러곤 롤리 더럼 공항에 현재 상황을 알리고 바다에 착륙할 계획임을 알렸다. 공항 관계자는 위험한 선택인 걸 알지만 그들이라고 다른 방도가 있는 건 아니었다. 공항 사람들은 모두가 손 모아 기도하는 것밖엔 할 수 있는 방법이 없었다. 아버지는 서서히 바다를 향해 내려가기 시작했다. 바다엔 파도가 심하게 일어나고 있었다. 도저히 착륙은 불가능했고 아버지는 최대한 바다 가까이에서 비행해 배를 먼저 띄워 그 안으로 승객이 뛸 수 있게 하는 방법으로 계획을 변경했다.

다행히 거의 모든 승객이 안전하게 탈출을 하고 약 20명 정도의 승객만 남은 상황이었다. 그때 파도가 더 높아져 엔진이 고장 난 쪽을 덮쳤다. 그러자 엔진에 불꽃이 치솟기 시작했다. 조금만 더 있다가는 엔진이 폭발해 바다에 탈출해 떠 있는 사람들이 다칠지도 모르는 상황이었다. 아버지는 무언가를 결심을 하곤 20명의 승객과 나머지 승무원들 그리곤 보조비행사까지 구명보트에 태우곤 자신은 얼른 조종실로 돌아갔다. 그러곤 비행기는 이륙을 하여 공중에서 폭발하고야 말았다.

그렇게 아버지가 좋아하시던 비행은 그날로 마지막이 되었다. 나와 어머니는 그 사실을 저녁에 자고 있던 중에 듣게 되었다. 처음에 나는 그 사실을 믿지 않았다. 아니, 믿을 수가 없었다. 믿고 싶지가 않았다. 하지만 어머니의 표정을 보니 그게 현실이란 걸 깨닫게 되었다. 나는 아직도 그 표정과 어머니의 울음소리를 잊을 수가 없다. 그 후 사람들은 아버지를 150명을 구한 영웅이라며 뉴스에서, 전국에서... 온 나라에서 떠들어 댔다. 나는 그 말은 순 엉터리라고 개나 소나 하는 말이라며 믿지도 듣지도 않았다.

그날 이후 우리 집 우체통은 항상 가득 차 있었다. 우리 아버지를 추모한다고 말이다. 방송국에서도 인터뷰를 해달라는 요청이 끊이지가 않았다. 그렇게 우리 아버지는 죽은 뒤 하루아침에 나라를 구한 용사처럼 영웅이 되었다. 그렇지만 나는 아버지가 하나도 자랑스럽지 않았다. 그렇게 역할 놀이 할 때는 영웅이라는 것이 자랑스럽고 멋지기만 했는데......하지만 그 주인공이 우리 아버지가 되니 오히려 원망스럽기만 했다.

아버지의 장례식은 생각보다 초라했다. 내 말은 손님이 별로 없었다는 말은 아니다. 물론 우리가 친척이 별로 없긴 했지만 그 자리는 오히려 친척이라기엔 너무 많은 사람들이 전국 각지에서 아버지를 추모하기 위해 왔다. 또 미국항공협회에서 아주 높은 분들도 많이 오셨다. 다만 아버지의 시신을 찾을 수가 없었다. 그 텅 빈 관 안이 너무 초라하고 허전하고 원망스러웠다.

오늘 만나기로 했으면서 어떻게 마지막인 오늘 얼굴 한번 안 보여 주냐고 아니, 왜 못 보여 주냐고 이 사실은 그땐 내가 너무 어렸기에 아무도 알려주지 않았지만 소문이란 건 빠르니 그런 것쯤은 어린 애인 나도 쉽게 알게 되었다. 하긴 시신이 있는 것 자체가 이상했다. 공중에서 폭발했는데 있다니...... 정말 말도 안 되었다. 근데 왜 그런 말도 안 되는 일이 하필 우리 아버지한테 일어난 걸까. 그리고 영웅은 원래 안 죽는데. 현실은 다른 많이 다른 것 같다. 이렇게 내 생애 첫 장례식은 우리 아버지 장례식이 되었다.

새로운 전학생

그렇게 8년이란 시간이 흘러 난 15살이 되었다. 나는 8년이란 시간이 흘렀지만 여전히 아버지의 빈자리가 느껴진다. 그래도 어머니를 위해 잘 지내보려고 노력해보고 있다. 오늘 아침은 내가 너무 늦게 일어나 지각을 한 날이었다. 원래는 어머니가 출근하실 때 깨워 주시곤 하는데 아마도 내가 다시 잠들었나 보다. 그래도 요즘은 지각을 거의 안 했는데...... 나는 서둘러 가방을 챙기고 학교로 갔다. 내가 조심스럽게 뒷문으로 들어간 순간 칠판 앞엔 어떤 아이가 선생님과 서 있었고 반 친구들의 눈은 모두 나를 향해 있었다. 순간 나도 너무 놀라 그 자리에 가만히 서 있었다.

선생님을 나를 보며

"앨리스 빨리 자리에 가서 앉으렴." 그러면서 선생님은 "앨리스, 얘는 오늘 전학 온 잭이야. 반장인 너가 잘 챙겨주렴. 잭, 앨리스 옆자리가 비었으니 저쪽에 가서 앉으렴."이라고 말씀하셨다.

잭이 먼저 나에게 말을 걸어왔다. "안녕 앨리스."

"나도 만나서 반가워, 잭."이라고 대답했다. 수업이 끝나고 점심시간이 되었다.

"앨리스 점심 같이 먹을래?"

"그래"

나는 갑작스런 제안에 당황했지만 내가 잘 챙겨주어야겠다는 생각이 들어

흔쾌히 승낙했다. 나는 문득 점심을 먹다 궁금증이 들어 "잭, 근데 왜 갑자기 나랑 먹자고 한 거야?"라고 물었다. 잭은 한참을 생각하더니 "그냥 난 아직 여기 아는 사람이 너밖에 없으니깐."라고 답했다. 그 후로 나와 잭은 집에도 같이 가게 되었다.

알고 보니 오늘 아침 옆집에 있던 이사차가 잭네 이사를 돕던 차인 것이었다. 그렇게 나와 잭은 소꿉친구가 되었다. 물론 잭도 다른 친구를 사귀게 되면서 같이 점심은 못 먹게 되었지만 집에서 학교까지 오고 갈 때는 항상 같이 다니게 되었다.

그렇게 한 학기가 지나고 우리 반은 수학여행을 가게 되었다. 우리는 비행기를 타고 하와이로 갔다. 가서 와이키키 해변도 구경하고 신나게 놀았다. 우리는 여행 두 번째 날 반 단체로 해변에서 술래잡기를 하게 되었다. 나는 숨는 팀에 속했다.

나는 술래 팀들이 숫자를 세는 동안 바다와 맞닿은 동굴에 숨게 되었다. 동굴은 밖과 달리 무척 시원해 숨기에도 딱 편하고 좋았다. 그러다 30분이 지났고 나는 서서히 졸리기 시작했다. 시원하기도 하고 어젯밤에 애들과 실컷 이야기하고 자다가 늦게 잤으니 말이다. 그 시각 술래팀은 제한 시간이 지나서야 겨우 모든 숨은 사람을 찾았다. 물론 나는 제외하고 말이다. 그렇게 나는 모두의 기억 속에서 잊혀져 갔다.

그날 저녁 잭이 숙소로 나를 찾아왔다. 어머니가 한 전화를 내가 받지 않자 잭에게 부탁해 전화를 하라고 나에게 전하러 온 것이었다. 룸메이트들은 "어! 잭 무슨 일이야? 앨리스?! 우린 너랑 같이 있는 줄 알았는데..."

"뭐? 그럼 앨리스가 여기 없단 말이야? 얘는 혼자 어딜 간 거야..;;"

그러자 룸메이트들 중 한 명이 갑자기 말했다. "헉. 앨리스 아까 술래잡기 한 뒤부터 안 보였지 않아? 앨리스 숨는 팀이었는데!"

"뭐 그럼 앨리스가 아직 해변에 있다고?! 일단 너희는 빨리 쌤한테 알리고 경찰한테 신고해! 나는 먼저 나가서 찾고 있을게."

그 후 잭과 선생님 그리고 경찰들을 나를 찾아다녔다. 결국 잭이 나를 발견했다. 나는 곧장 응급실로 옮겨졌다. 다행히 다친 곳 없이 멀쩡하게 깨어났다. 내가 깨어났을 땐 옆에는 잭이 잠들어 있었다. 그때가 새벽 4시였다. 10분 뒤 선생님이 들어오셨다.

"어! 앨리스 일어났니? 다행이구나 어디 아픈 곳은 없지?"

"네."

"아, 잭은 잠들었구나 하긴 벌써 새벽 4시니까... 원래는 내가 네 옆에 있으려고 했는데 잭이 자기가 있겠다고 떼를 써서 말이야 마침 내가 잭과 교대할 시간에 내가 일어났구나. 내가 의사를 불러올 테니 조금만 기다리렴."

그 후 나는 아무 문제 없이 퇴원했다. 숙소로 돌아가니 룸메이트들이 나를 반갑게 맞이해 주었다. 그날은 수학여행 마지막 날이어서 파티가 있었다. 하지만 나는 의사 선생님의 소견으로 혹시나 탈수증세가 나타날 수 있으니 그날 저녁에는 숙소에서 쉬기로 했다.

마음의 상처

그렇게 나는 파티를 창문으로 구경만 했다. 그때였다. "똑똑" 노크 소리가 들렸다. 문을 열러 갔다. '선생님이신가? 누구지' 하지만 뜻밖에도 내 앞에 서 있는 건 바로 잭이었다. 나는 순간 당황했지만 심심했던 차였기에 반가웠다. "웬일이야? 안 그래도 심심했는데 너는 파티에 안 가?" "......" 잭은 답이 없었다.

"아 그리고 나 찾아줘서 고마워. 너 아니었으면 아직도 해변에서 자고 있었을 걸 나도 진짜 바보 같다 어떻게 잘 생각을 했지. ㅋㅋㅋㅋ"

"응"

"야! 너 왜 이렇게 말이 없어? 평소 같지 않게......"

"너 그나저나 갑자기 왜 온 거야?"

"나 사실 할 말 있어서."

"응? 뭔데."

"너 내가 하는 말 잘 들어."

"야 갑자기 왜 분위기를 잡냐? 긴장되게."

"나 사실 예전에 너희 아버지 만난 적 있었어. 너도 전학 와서 처음 알게 된 거 아니고"

"어? 우리 같은 동네에 산 적 있었어? 너무 어릴 때라 내가 너를 못 알아 봤..."

"아니 그게 아니라 나 그 비행기 탔었어. 네가 얘기해 준 아버지 비행기 에......"

잭은 자기가 그 비행기에 가족여행을 갔다 돌아올 때 탔다고 했다. 그리 고 자기가 제일 마지막으로 내린 승객이었다고. 잭은 그때 "아저씨는 안 내 려요?"라고 물었는데 그때 아버지가 의미심장한 미소를 지으며 "아저씨도 곧 내릴 거야."라고 말했다.

잭은 아버지를 보며 나지막이 말했다. "아저씨 고마워요."

그때 아버지는 잭에게 "너 이름이 뭐니?"라고 물었다고 한다.

"잭이예요."

"아저씨가 고마우면 아저씨 부탁 하나 들어줄래?"

"뭔데요?"

"아저씨한테 아주 소중하고 예쁜 딸이 하나 있어. 앨리스라는 애인데 딱 너 만 한 여자아이야. 나중에 그 애를 만나면 그 애를 네가 옆에서 지켜줄래? 아 저씨는 이제 그 애랑 자주 못 만날 거 같거든."이라고 말했다고 했다.

나는 잭의 말을 듣고는 방에서 뛰쳐나와 옥상으로 올라갔다. 잭도 나를 따 라 올라왔다.

"이거 너희 아버지 거야."

그러면서 내게 목걸이를 주었다. 목걸이 속 사진에는 우리 가족의 옛날 사진이 찍혀 있었다. 나는 눈물을 참을 수 없었다. 여태까지 잘 참아왔는 데...... 막상 그 일이 또다시 다가오니 나는 아직 내 마음속에 상처가 남아

있다는 것을 알게 되었다.

"넌 왜 이걸 이제 말해. 나는 네가 정말 좋은 애라고 생각했어. 처음에도 네가 먼저 나에게 다가왔으니까. 어제도 다들 네가 제일 열심히 찾아다녔다고 하더라 나를...... 근데 그건 그냥 네 죄책감에 한 일인건가 봐. 정말 소름 돋는다. 넌 그동안 재밌었겠다 나는 네가 정말 좋은 애라 생각해서 친구한텐 너에게 처음으로 아버지 얘기도 해봤는데...... 난 이런 줄도 모르고. 하......" 그때 잭이

"말할 시기를 놓쳤어. 너한테 말할..."

"뭐? 내가 아버지 얘기할 때 같이 말해줬으면 되잖아!"

"네가 너무 힘들어했으니까. 그때 네가 우는 걸 처음으로 봤으니까. 그리고 그러면서도 네가 울음을 참으려고 하는 게 보이니까 옆에 있는 나도 힘들더라. 또 그 상황에 내가 말하면 우리 사이가 멀어질까 봐 친구로도 못 지낼까 봐 계속 미뤄왔었어. 이렇게 네가 또 힘들어할까 봐." "그리고 항상 말해야 된다는 생각이 있었는데 네 곁에 친구로 지내니까 너랑 멀어지는 게 두려웠어."

나는 할 말을 잃었다.

"그럼 왜 이제 와서 이러는데 이젠 네가 어제 나 구해줬으니까 죄책감이 좀 덜었나 봐? 아님 내가 용서라도 해주길 바라는 거야?"

"아니, 이제 너를 지켜줄 자신이 생겼으니까."

"어제 너를 보니까 확신이 들더라. 내가 너를 이제 지켜줄 수 있다는."

나는 아무 대답도 못 하고 방으로 들어갔다.

그리즐리 할머니

다음날이 되었다. 앨리스와 잭은 버스에서 만났지만 서로 모른 척했다. 앨리스가 먼저 잭 옆에 다가와 옆자리에 앉았다.

"어젠 내가 너무 심하게 화냈던 거 같아. 미안해."

"아니야, 나도 더 빨리 말해주지 못해서 미안해. 아직 너 몸도 안 좋을 텐데 괜히 더 힘들게 한 거 같아."

그리곤 둘 사이에 적막이 흘렀다.

"내가 저번에 아버지 얘기할 때 나 원망 안 한다고 했잖아. 아버지를 근데 사실 나 원망하면 안 된다는 생각은 하면서도 마음속으론 항상 원망해왔어. 어제 너가 얘기를 다 끝내고 나서 나 혼자 방에 돌아가서 정말 많이 생각해봤어. 그리고 나 스스로한테 아직도 아버지를 원망하느냐고 수만 번도 넘게 물어봤어. 나는 어릴 때 아버지가 왜 나를 버렸나 하고 되게 싫어했거든. 근데 아버진 나를 버리고 엄마를 버리고 우리 가족을 버린 게 아니었어. 우리 가족만큼이나 소중한 사람들을 살려주신 거였어. 자기 자신을 희생하면서까지 그 덕분에 나도 너를 만날 수 있었고 나 지금은 아버지가 정말 고맙고 미안해 내가 너를 만나게 해줘서 고맙고 여태까지 원망하고 오해했던 게 너무 미안해."

앨리스는 이슬 같은 눈물을 흘렸다. 잭이 말했다.

"앨리스, 나는 네가 지금이라도 아버지를 이해할 수 있게 되어서 정말 다행이라고 생각해. 그리고 나를 이해해줘서 진심으로 고마워. 그리고 어제 네가 나한테 죄책감 때문이냐고 그랬잖아. 물론 너희 아버지 일 때문에 너한테 관심이 간 건 사실이야. 근데 이젠 정말 네가 좋아졌어. 친구 이상으로."

앨리스가 말했다.

"나도."

그렇게 우리의 연애가 시작되었다. 원래 잭과 친구였지만 남자친구로서는 또 다른 느낌이었다. 우리는 가끔 사소한 걸로 싸우기도 했지만 그리 오래가지 않아 화해를 했다. 나중엔 엄마도 그리고 잭네 어머니도 이 사실을 알게 되고는 그럴 줄 알았다면서 축하해주셨다. 물론 아버지 이야기는 빼고 말이다.

그로부터 일주일 후 사귄 지 2년이 되는 날, 나는 잭에게 비행기 조종사가될 거라고 말했다. 잭은 살짝 당황하는 기색을 보였지만 내 선택을 존중해 주었다. 그날 저녁 나는 엄마에게도 말했다. 엄마는 화를 내었다. 당연히 나도이 정도쯤은 예상하고 있었다. 딸을 남편처럼 잃고 싶진 않을 테니까. 하지만 내 결심은 이미 굳어졌고 나는 포기를 몰랐다. 결국 나와 엄마의 싸움은 크게 번졌다. 엄마는 계속 이렇게 내 고집대로만 할 거면 집을 나가라고 하셨다. 그런 말을 들은 나는 내 마음을 몰라주는 엄마가 너무 서운하기도 하고 꼭 이렇게 막 나가는 엄마의 태도에 화가 나 홧김에 집을 나섰다.

막상 나오고 나니 나는 갈 곳이 없었다. 잭의 집에 가기에는 분명 나를 다시 집으로 돌려보낼 것 같았다. 그때 나는 그리즐리 할머니가 생각났다. 그리즐리 할머니는 나의 친할머니의 친구분이시다. 할머니가 살아계셨을 적에 그리즐리 할머니는 어린 나를 무척 귀여워해 주셨다. 나는 옛 기억을 더듬어 그리즐리 할머니 집을 찾아갔다. 아버지가 살아 계실 때만 해도 아버지가 그리즐리 할머니를 친할머니처럼 대하셔서 나도 자주 놀러 갔었는데 아버지가 돌아가신 후로는 한 번도 찾아간 일이 없었다. 그래서 아버지 장례식에서의 만남이 마지막이었다. 그로부터 10년이 지난 지금 '나를 알아보실 수 있을까?' 하는 걱정도 되었고 '아직 여기 살고 계실까?' 그리고 '혹여나 너무 늦은 시간이라 불편해하실 수도 있겠다'는 생각이 들었다. 하지만 현재의 나로서는 달리 갈 곳이 없었기에 서슴지 않고 나는 벨을 눌렀다. 다행히 열린 문 앞에 선 사람은 내 기억 속의 그리즐리 할머니 그대로였고 할머니도 바로 나를 알아보셨다. 나는 10년이 지난 지금도 나를 바로 알아보시는 할머니가 내심 감사했다.

그리즐리 할머니는 나를 반갑게 맞이해 주셨고 따뜻한 코코아를 주셨다. 그러곤 정말 많이 컸다면서 칭찬도 아끼지 않으셨다.

"그런데 앨리스 이 시간에 어쩐 일이니?"

"사실 그게 엄마랑 싸워서 집을 나왔어요."

나는 여태껏 있었던 일을 자초지종 설명했다. 할머니는 고민하는 듯한 표정을 지으셨다. 할머니는 "앨리스 일단 오늘은 시간도 너무 늦었고 그러니 오늘은 여기서 자렴."이라고 말씀하셨다.

다시 시작

다음 날 아침이 되었다. 나는 잭한테 학교에서 보자고 한 뒤에 아래층으로 내려갔다. 그리즐리 할머니는 이미 아침을 준비하고 계셨다.

"일어났니? 앨리스." "학교 가야지 늦겠다. 어서 와서 아침 먹으렴."

"네."

아침 식사 동안 우리는 아무 말도 없었다. 나는 할머니가 혼도 안 내시고 하는 것이 이상하게 느껴졌다.

"왜? 안 혼내세요?"

"내가 혼낼 이유가 있니?"

"네?"

"너희 엄마한테 다 들었단다."

"엄마가요?"

"그래 내가 오늘 아침 전화했지. 밤샜는지 바로 받더구나."

"근데도 왜 안 혼내세요?"

"그야 네가 잘못한 게 없으니 그러지."

"제가 집 나온 것도요?"

"그래, 오히려 난 네가 잘했다는 생각이 들더구나. 난 자기 고집도 있고 뚝심 있는 얘가 좋거든."

그러면서 슬쩍 미소를 지으셨다. 나는 엄마가 새벽에 가져다 놓으신 책가 방을 들고 집 문을 나섰다. 그때 그리즐리 할머니가 말했다.

"얘야, 나는 네 꿈을 응원한단다. 그리고 내가 아까 잘했다고 한 것 네 고집을 칭찬한 게 아니야. 엄마한테 생각할 시간을 줬다는 게 잘했다는 거야 물론 네가 의도한 건지는 잘 모르겠지만 말이야."

나는 아까 그리즐리 할머니가 그랬던 것처럼 나도 미소를 짓고 학교로 향했다. 나는 잭에게 그리즐리 할머니 얘기와 이렇게 됐다는 얘길했다.

"어쩐지 오늘 아침에 너희 어머니가 우리 집으로 전화가 왔거든."

잭은 나에게 격려를 해주었다. 학교가 마친 나는 그리즐리 할머니 집으로 갔다. 잭은 나를 바래다주겠다며 같이 걸어왔다. 그때 마당에서 화초를 가꾸고 있는 그리즐리 할머니와 만났다. 나는 예상치 못한 일이었지만 가만히 서 있기도 뭐해서 할머니에게 잭을 소개했다. 잭도 꾸벅 인사를 했다. 그리즐리 할머니는 아침때처럼 잭에게 미소를 지으시곤 다시 화초 가꾸기에 몰두하셨다. 나는 잭과 작은 목소리로 인사를 하곤 집 안으로 들어갔다.

저녁시간이 되었다. 그리즐리 할머니는 잭이 남자친구냐고 물었다. 그냥 친구라고 소개했던 나는 솔직하게 그렇다고 말했다. (뭐, 내가 거짓말을 한 것도 아니지만) 그 애는 어떠냐고 물어보셨다. 나는 자신 있게 정말 좋은 애 라고 했다. 그리고 잭과 있었던 일들을 다 말했다.

"아 그리고 잭이 아버지……"

나는 순간 멈칫했다. 어쩌다보니 이 얘기까지 하게 되었다. 말을 해야 할지 고민이 되었다. 그리즐리 할머니는 아버지의 등장에 살짝 놀란 듯 무척 궁금 하다는 표정으로 나를 바라봤다. 나는 '그리즐리 할머니라면 이 또한 이해하 실거야.'라는 생각으로 이야기를 이어나갔다. 이야기를 끝낸 후의 그리즐리 할머니의 표정은 또 그 표정이었다. 고민하는 듯한 표정. 할머니는 조용히 입을 떼며 말했다.

"앨리스, 정말 많이 컸구나. 나는 네가 7살 장례식에서 한 말이 아직도 잊어지지 않는 단다. 아빠가 너무 밉다한 그 말이. 계속 귀에 맴돌더구나. 하지만 그땐 내가 설명을 해도 네가 이해하지 못 할 거란 걸 알고는 시간이 해결해 줄 거라 생각했어. 그래도 가끔 네 생각이 날 때는 네가 혹시나 아직도 그런 생각을 할까 봐 걱정했어. 근데 이렇게 기특해지다니……"

할머니는 눈물을 흘리셨다. 나는 갑작스런 눈물에 그리고 진심이 담긴 따뜻한 말씀에 놀랐고 나도 모르게 눈물이 났다.

다음날 토요일 아침 엄마는 나를 데리러 오셨다. 나는 팅팅 부은 눈을 하고 선 엄마를 바라보았다. 엄마는 "풉ㅋㅋ"이라고 자신도 모르게 웃었다. 그리곤 집에 오는 길에 차에서 미안하다는 말씀을 하셨다. 나는 눈이 부어서 놀란 눈을 지었지만 별로 놀란 낌새가 없는 것처럼 보였다. 나는 이제 엄마와 그리 즐리 할머니 그리고 잭까지 나를 응원해 주니 다시 시작이란 생각이 들었다.

지금의 '나'

앨빈이 물었다.

"엄마 그래서 어떻게 됐어요?"

"그러고 나서 앨리스는 비행사가 돼서 꿈을 이뤘지."

"엄마 그럼 잭은 어떻게 됐어요?" 롤리가 물었다.

"잭도 일 년 뒤에 비행사가 되기로 결심하고는 비행사가 되었지."

"우와!" 앨빈과 롤리가 동시에 감탄을 했다.

"근데 이거 실화죠?" 앨빈이 물었다.

"물론이지." 그때 애들 아빠가 들어왔다.

"너네 아직 안 자고 뭐하니?"

"엄마가 아빠랑 이름 똑같고 직업도 똑같은 사람얘기 들려줬어." 롤리가 말했다.

"당신 또 내 욕했지?"

"아니거든, 오랜만에 좋은 얘기 좀 들려줬어."

"맞아 엄청 감동적이고 멋진 얘기였어."

"웬일이래?" 남편은 이렇게 말했다.

"자! 이제 다 같이 불 끄고 자자."라고 말하며 남편은 불을 껐다. 침대에 누우니 아이들을 위해 붙여뒀던 야광별이 반짝였다. '저 별 하나하나가 꿈이라면 너희들을 밝혀 줄 거야.' '그리고 다른 사람의 별까지 지켜준다면 그럴 날이 온다면 저 애들도 어른이 되어 있겠지.' 나는 앨빈과 롤리를 바라보았다.

아픈 손가락

꿈꾸는 책벌레 2학년 • **이승혜**

작가 소개

저는 현재 동도중학교 2학년에 재학 중인 이승혜입니다. 중학교 1학년 때 도서부에 들어와 책 쓰기를 처음 한 순간과는 또 다른 느낌으로 설렘이 있는 것 같습니다. 매년마다 책을 쓰면서 항상 성실해지는 기분이 들고, 직접 이야기를 구사하면서 더 꼼꼼한 사람이 되어가는 것 같아서 기분이 좋습니다. 저의 장래 희망은 육군 장교입니다. 저는 운동하는 것을 좋아하며, 친구들과 함께 있는 것을 좋아합니다. 또 저는 잘 웃고 긍정적이며 지나치게 활발하지만 소심한 성격입니다. 저는 이번에 책을 쓸 때 '다시 시작'이라는 주제를 받고, 제 성격과 맞는 글을 쓰기 위해 많은 생각을 했습니다. 저의 장래 희망에 대해 써 내려 나간 것은 아니지만, 누구나 한 번쯤 생각해 보았을 훗날 성공했을 때의 감동적이고 뿌듯한 모습, 친구와의 진실한 사이에 대해 나타내기 위하여 노력했습니다. 이 소설을 읽고, 모든 사람들이 제 각자의 꿈을 생각해보았으면 좋겠습니다.

─ 한 거대한 연주홀. 어두컴컴한 공간과 대비해 불빛들이 쏟아져 나오는 무대 위에는 '돌아오다, 피아노의 소녀'라는 커다란 글씨의 팜플렛이 걸려있었다. 그리고 그 아래 넓은 공간을 빼곡히 채운 수많은 사람들. 그들의 시선은 한곳으로 모여 있었다.

'나의 미래에,'

그 시선의 끝에 있던 한 여인. 기다랗고 윤기 나는 검은 머리카락과 너무나도 깊어 바라보고 있으면 빠져들 것만 같은 그런 눈동자를 가진 여인이었다. 그녀는 그에 어울리는 하얀 실크 드레스를 입고 있었다. 계속 이어진 침묵 속에서 그녀는 악장의 제 첫 마디를 위해 그녀의 길고 얇은 손가락을 건반 위에 살포시 올렸다.

'밝은 빛만 있기를.'

이제 30세가 되는 피아노의 천재, 유소망의 영원한 바람과 함께 새롭게 연주되던 그 곡이었다.

하얗고 부드러운 손가락은 피아노 건반을 가로질러 물 흐르듯이 곡을 연주하고 있었다. 피아노 독주곡으로 유명한 이 곡은 청중들의 귀에 익숙하게 들려왔다. 하지만 그들은 알고 있었다. 그들의 귀에는 분명히 다른 멜로디가 들린다는 것을. 같은 곡과 다른 느낌. 음정, 강도, 박자, 그리고 그 속에 숨은 감정. 연주자의 감정에 따라 이 모든 것이 좌우되고 있었다.

곡을 시작할 때와는 다른 그녀의 눈동자. 그 눈동자 속에는 어떤 것들이 뒤섞여있었다. 아픔, 고통, 노력, 시간 그 모든 것들이. 사람들은 시간이 빠르게 지나가는데도 그것을 느끼지 못하고 연주에만 몰두 되었다.

눈을 감은 그녀는 피날레가 가까워지는 곡에 영혼을 쏟아부었다. 그녀가 마지막 건반을 강하게 내려쳤을때에도 홀은 고요로 가득 차 있었다.

'나는 피아노를 위해서 살아왔다.'

침묵을 산산조각 내는 커다란 박수갈채 소리와 곳곳에서 브라보를 외치는 소리. 그녀는 여전히 피아노 앞에 앉은 채로 고개를 들고 무대의 빛을 응시했다.

'엄마, 아빠, 내가 드디어 해냈습니다.'

저 군중들 속에는 나를 지켜봐 준 사람들이 있을 테지. 그리고 나의 손가락을 보며 더 이상 희망이 없다고 했던 그 사람들도. 그녀는 고개를 돌려 자신을 향해 환호하는 사람들을 바라보았다.

'제가 드디어 15년의 아픔과 피, 땀과 눈물을 벗어던지고 돌아왔습니다.'

다음으로 그녀의 눈에 들어온 것은 팸플릿의 검은 글자들. 피아노의 소녀. 그녀가 불렸던 과거의 낯익은 듯 아직도 익숙하지 않은 부끄러운 이름이었다. 그런데 지금만큼은 반가웠다.

그녀는 천천히 자리에서 일어나 무대 앞으로 가서 드레스의 끝자락을 잡고 인사했다. 더욱 많은 환호성과 박수갈채가 귀를 가득 채웠다. 무대 뒤에서 그녀의 가족들이 달려 나와 그녀를 껴안았다. 그 숨 막히던 고통을 모두 이겨내고 15년 만에 이 자리에 다시 선 것이다. 다시 새롭게 시작하는 것이다.

'다시 새롭게 시작하자.'

긴 시간 동안 보이지 않았던 예전의 따뜻하고 포근한 그녀의 미소가 다시 얼굴을 환하게 빛내고 있었다. 하지만 그녀의 사람들은 알고 있었다. 그 환한 미소 속에 가려진 아픔이 그녀를 감싸고 있었다는 것을……

"소망아!!! 오늘 우리 놀러가자!"

"미안. 오늘도 연습 가야해서"

"무슨 연습을 시험 끝나는 날까지 가냐??"

"미안해,,,,"

나는 3학년 때 별로 원하진 않았지만 학교 방학 숙제로 연주회를 보러가야 했다. 나는 친구들과 함께 쇼팽의 연주회를 보러갔고, 피아노에 연주자의 때 묻은 손이 건반 위로 올라가기 전까지 나에게 이 연주회를 보는 것은 그저 귀찮은 숙제 중 하나였다. 하지만 연주자가 이어나갈 쇼팽의 '즉흥환상곡', 그 아름다운 선율이 나의 귀에 울려 퍼졌고, 나는 알게 되었다. 이 멋진 곡을 소화하기 위한 연주자의 땀과 노력은 매우 가치 있었던 일이라는 것을. 그리고 그 노랫소리가 내 귀를 감싸 안는 동시에 나는 마음 한구석에 깊은 울임이 전해졌음을 깨달았다.

나는 이때 나의 꿈을 모든 사람들에게 깊은 감동과 울림을 주는 멋진 피아니스트가 될 것으로 정했다. 나는 그 꿈을 이루고자 3학년 2학기 때부터 계속 자신이 원하는 진로를 적는 칸에다가 한 번도 빠짐 없이 '피아니스트'라고 적었고, 이런 열정을 보시고 나의 부모님 또한 나의 꿈을 후원해주시기로 하셨다. 나는 하루도 빠짐없이 매번 피아노학원에서 학교 마치고 피아노 앞에서 피아노를 끊임없이 연주했으며, 이런 노력에 보답하듯 6학년이 올라갈 때쯤 나는 웬만한 유명 작곡가들의 피아노 연주곡은 완벽하게 숙지 된 상태였다.

중학교 2학년 때 처음 반에 들어갔을 때 나는 끊임없이 피아노에 대한 생각뿐이었고, 내 짝이 누군지, 친구들은 괜찮은지에 대한 생각은 하지 않았다. 그날 진로 시간에 선생님께서 짝과의 대화 시간을 주셨다. 나는 그때 내 짝 김절망이 나와 같은 피아니스트라는 꿈을 가지고 있다는 것을 알게 되었다.

절망이는 그녀의 부모님이 모두 피아노를 하셔서 자연스레 피아노를 접하게 되었고, 그런 피아노에 매력을 느껴 피아니스트가 되기로 결심했다고 말했다. 나도 내가 피아니스트를 꿈꾸게 된 계기를 말해주고, 피아노라는 관심사에 대해 이야기 하다 보니 나는 절망이와 절친이 되었다. 우리는 그 덕분에 반에서 피아노 자매라고 불리기도 했다. 나는 피아노를 치는 아이와는 처음으로 친구가 되어서 나랑 같은 길을 꿈꾸는 동반자를 만난 기분이 들어 절망이가 더욱 소중하게 느껴졌다.

나는 여느 때와 다름없이 학원에서 피아노 연습을 하고 있었다.

"소망아! 혹시 쇼팽국제피아노콩쿠르 나가지 않을래?"

"네???"

나는 그 말을 듣고 설렘 반, 기쁨 반, 당황함 반이었다. 내가 처음 피아니스트라는 꿈을 가지게 해준 쇼팽의 곡을 그 환한 피아노를 내리쬐는 불빛 아래에 앉아서 나 혼자 치는 모습이 상상이 되었다. 나는 솔직히 두려웠다. 내가 그 정도의 실력이 되는지, 나는 나를 믿을 수가 없었다. 폴란드 바르샤바에서 5년마다 한 번씩 열리는 피아노 콩쿠르. 쇼팽의 곡으로만 실력을 겨루며, 차이콥스키국제음악콩쿠르, 퀸엘리자베스국제음악콩쿠르와 함께 세계 3대 음악콩쿠르로 꼽히는 전국의 피아노 천재들이 모이는 곳에서 내가 잘 해낼 수 있는지 장담하지 못했다.

"제가 잘 할 수 있을까요?"

"너라면 충분히 할 수 있어, 소망아. 넌 내가 본 중학교 2학년 중에서 최고의 피아노 천재야. 너를 믿어!"

그 말을 들으니 힘이 났다. 나를 이토록 믿어주고 응원해주는 사람이 있다는 것만으로도 가슴이 따뜻해졌다.

"그래서 할 거지?"

"네!! 한 번 도전 해볼게요!",

"예선은 한 달 뒤에 서울에서 이루어 질 거야. 그때까지 열심히 해보자!"

"넵!"

나는 콩쿠르에 나가기로 결심하고, 바로 신청서를 제출했으며, 그 시간 이후로 피아노 앞에 기본 18시간 동안 앉아 있었고, 피아노에 중독된 사람 마냥

매일매일 피아노에 내 손을 올리고 떨어뜨릴 생각을 하지 않았다. 내가 예선 곡으로 정한 피아노곡은 내 꿈을 피아니스트로 결심하게 해준 쇼팽의 '즉흥 환상곡'이었다.

나는 내가 처음 들었던 쇼팽의 '즉흥환상곡'의 그 아름답고 화려한 분위기를 따라 할 수는 없었지만 내가 가졌던 느낌을 그대로 내 손가락 끝의 움직임으로 표현했다. 매번 연습에 매진하고 있을 때 예선까지 남은 시간이 어느덧 20일 밖에 남지 않았다. 학교에서 나는 우연히 절망이도 콩쿠르 예선에 나간다는 소식을 전해 들었다. 우리는 서로 학교에서 의기투합하여 서로 잘 예선을 잘 치르기로 다짐했다. 나는 예선을 치르는 전날 떨려서 잠들지 못했다. 그때 나에게 한 통의 문자가 날아 왔다.

"소망아! 나 절망이야. 떨려서 잠이 안 온다,"
"나도 그런 것 같아, 절망아. 우리 내일 열심히 해보자!"
"그래, 내일 보자!"

나는 이렇게 대회 당일 전날까지도 함께 고민을 털어놓을 수 있는 사람이 있음이 정말 감사했다.

예선을 치르는 당일.

나는 절망이와 함께 기차역에서 만나 서울로 올라가기로 했다. 우리는 이 때를 기다리면서 보냈던 시간들과 노력들에 대해 이야기하면서 서울에 도착했다. 서울에 내디딘 발가락에서 나는 온몸이 떨리는 것을 느꼈고, 몇 시간 뒤에 있을 예선에 대하여 가슴이 쿵쾅거리며 빠르게 뛰기 시작했다. 나는 절망이와 곧바로 예선이 열리는 연주회 홀에 갔고, 발끝까지 닿는 반짝이는 파란색 드레스를 입은 내 자신이 절대로 실수하지 않기를 거울에다가 기도하고 있었다.

"참가번호 44번 유소망씨 들어와 주세요."
"유소망 파이팅!"

나는 절망이의 힘찬 응원과 함께 피아노 하나만이 올려진 큰 무대 위로 올라갔다. 심사위원들은 피아노에서 비치는 후광 때문에 잘 보이지 않았다. 나는 떨리는 마음을 조금 절제하고 가쁜 숨을 몰아쉬며 피아노 앞에 앉았다.

나는 내 손가락 끝을 피아노에 살짝 가져다 놓고 연주를 시작했다. 아름다운 선율이 그 큰 콘서트홀에 울려 퍼졌고, 나는 초등학교 3학년 때부터 이 곡을 완벽하게 치는 것을 다른 이들에게 보여주기 위하여 노력한 나의 시간들이 내 머릿속에 스쳐 지나가며 이 곡을 치고 있는 자신이 너무 대견스러워 눈물 핑 돌았다. 연습하면서 매일 이 곡을 치는 것을 들었지만, 오늘 치는 쇼팽의 '즉흥환상곡'은 연습 때랑은 느낌이 달랐다. 나의 혼신을 담은 피아노곡 연주가 끝나고, 나는 절망이가 치는 피아노곡을 들었다.

절망이가 치는 피아노는 내가 그려나가는 선율과는 좀 다른 느낌이었다. 뭔가 시원시원한 느낌으로 조금씩 흰 도화지에 악보를 채워가는 느낌이 엄청 인상 깊었다. 예선이 끝나고 나와 절망이는 집으로 가 초조한 마음으로 결과를 기다렸다. 예선일로부터 일주일 뒤 결과가 발표되었다. 나는 떨리는 마음으로 눈을 반 정도 뜬 뒤에 결과 공고 링크를 클릭했다.

그 첫 번째 줄에는 '유소망'이라는 이름이 1등 란에 올라가 있었다. 나는 하늘을 날아갈 듯이 펄쩍 뛰어올랐다. 결승에 간 것도 아니었는데 괜히 설레고 1등이라는 말이 전국에서 내가 그래도 실력을 증명받았다는 것이니 내심 뿌듯했다. 나는 이때까지의 노력이 너무 감사하게 느껴졌다. 나는 내 이름 뒤에 바로 2등 란에 적혀 있는 '김절망'이라는 이름이 너무 마음이 쓰였다. 내가 1등을 해서 혹시 속상해 하지는 않은가... 라는 생각이 들기도 전에 절망이에게서 문자가 왔다.

"소망아! 1위 축하해! 너 피아노 치는 거 보니까 따라잡을 사람이 없어 보이더라! 진짜 축하해! 우리 같이 손잡고 본선에서 열심히 해보자!!"

"절망아! 너도 정말 멋있었어! 우리 열심히 연습해서 같이 본선에서 최고의 무대 보여주자!"

나는 절망이와 함께 본선에서 함께 할 것을 약속하고, 연습에 매진했다. 본선은 지금으로부터 2달 뒤에 폴란드의 바르샤바에서 열린다.

　　나는 정말 쉬지 않고 연습했다. 해외로 나가서 한국인이라는 이름을 걸고 피아노의 아름다운 음악을 펼쳐나가는 것이 꽤 부담이 되긴 했지만, 그만큼 나를 응원해주고, 믿어주는 이들이 더 많을 것이라는 생각을 가지고 매일매일 연습을 했다.

　　쳤던 곡을 또 치고, 또 치고, 이런 과정들의 반복으로 인해 점점 완벽에 가까운 경지에 다다랐다. 저번 예선 때는 1달이라는 촉박한 시간 안에 곡을 완벽히 연주하려고 하니 그것은 조금 불가능했었다. 이번 기회에 내 꿈을 키워줬던 연주곡을 마무리하는 것도 보람 있는 일이라는 것을 깨닫게 되었다.

　　매일 밤 꿈에 쇼팽국제피아노콩쿠르에서 쇼팽의 '즉흥환상곡'을 치고 있는 내 자신이 나왔다. 아름다운 발목을 살짝 드러내는 하얀 드레스를 입고, 가느다란 손목과 긴 손가락으로 피아노 건반을 지배하는 것 같은 손가락의 움직임이 내내 꿈속에서 펼쳐졌고, 나는 매번 연주하는 곡이 끝날 때마다 박수갈채를 받으며 입가에는 미소가 퍼졌다. 나는 이런 상상들로 연습으로 지친 하루하루를 위로하며 본선 당일을 기다렸다. 나는 SNS에서도 꽤 유명인사가 되었다. 쇼팽국제콩쿠르 예선전 1등이라는 명목아래에 학교에서나 주위에서 날 알아보는 시선들이 많아졌으며, 내 피아노 치는 영상이 떠돌아다니기도 했다. 그리고 이런 영상들 밑에 달린 위로의 말 또한 나의 힘이 되어주었다. 그렇게 난 본선의 디데이를 기다리고 또 기다렸다.

　　절망이와 나는 폴란드에 있는 대회장으로 향하였다. 우리 둘은 서로 떨리는 마음을 부여잡고 예민한 심경으로 비행기에 올라탔다. 평소와 다르게 절망이는 몹시 떨리고 무서워하는 마음이 얼굴에 드러나 있었다. 대회장으로 향하던 도중에 비행기 안에서 나는 떨려하는 절망이에게 예선에서 들은 그녀의 피아노 연주에 대해서 말해주었다.

　　"절망아! 네가 치는 피아노는 시원시원한 음을 형성하면서도 부드러운 피아노의 느낌을 살리는 그런 방식이더라. 나는 이렇게 겉과 속이 다른 방식이 멋있어 보였어. 나랑은 확실히 다른 방식으로 피아노의 아름다운 선율을 만들어지는 것이 너무 멋있었어!"

"너 지금 내가 겉과 속이 다르다는 말을 비꼬아서 하는 거야?"

"아니 그게 아니라......."

"맞잖아! 진짜 겉과 속이 다르건 너 아니야? 너 항상 나랑 친한 척하면서 애들한테 네가 나 이기고 1등 했다고 자랑했잖아! 내가 그거 모를 줄 알아? 그래도 난 너랑 절친이니까 네가 나에 대해 그렇게 애들한테 말해도 너 응원해주고 칭찬해주고...."

"아니야! 나 너에 대해 그렇게 말한 적도 없고 난 네가 나보다 피아노를 잘친다고 생각해!"

"그런 말 하는 것 자체가 나한테는 네가 나에게 하는 험담이고 모욕이야."

이렇게 절망이는 나에게 마지막 말을 남기고 폴란드에 도착한 비행기에 내려 나보다 먼저 공항을 나왔다. 나는 절망이의 말에 충격을 받고 그녀가 예민해서 그랬을 것이라고 생각했다. 그리고 나는 곧바로 절망이를 따라서 공항을 나왔다. 나는 이미 멀리 떠나버린 절망이를 찾을 수는 없었다. 그래서 나는 절망이가 혹시 다른 데로 가진 않았을까, 다친 건 아닐까.... 라는 생각을 하다가 어차피 대회장으로 올 절망이니까 그곳으로 가기로 했다.

아니나 다를까 본선 시작 3시간 전 절망이는 건너편 횡단보도에서부터 모습을 드러냈다. 나는 절망이에게 손을 흔들었지만 절망이는 차가운 얼굴과 눈빛으로 나를 외면했다. 절망이는 두 귀에 에어팟을 꽂고 횡단보도의 불빛이 바뀌기를 기다리고 있었다. 그 순간 횡단보도의 불빛이 초록색으로 바뀌었고, 절망이는 자신에게 다가가는 나의 얼굴을 피하며 횡단보도를 건너고 있었다.

나는 그런 절망이의 모습을 보고 순간 죄책감이 들었다. 내가 실력을 비교하고 평가하려고 절망이에게 그런 이야기를 꺼낸 것은 아니었지만, 그런 나의 말들이 절망이에게는 하나의 칼이 되어 그녀의 마음에 날카롭게 꽂혔을 수도 있었겠다는 생각이 문득 들었다. 나는 나를 외면하며 걸어오는 절망이에게 나는 한 발짝 더 가까이 다가갔다. 그 순간 절망이의 옆에 피아노 독주를 하는 피아니스트에게 비춰지는 하나의 원뿔 같은 빛보다 훨씬 더 밝은 빛이 반짝였다. 절망이는 자신을 비추는 섬광과 같은 빛에 눈을 저절로 감았고, 나는 그런 절망이를 향해 온 힘을 다해 달려갔다.

"정신 차려!!!!!!!"
내가 눈을 떴을 때는 부모님의 걱정스러운 얼굴을 마주할 수 있었다. 그리고 그 옆에 나를 미안한 마음으로 바라보고 있는 절망이를 볼 수 있었다.
"소망아! 정신이 드니?"
"여, 여기가 어디야?"
"어디긴....여기 병원이야. 한국이고"
"한국? 나 폴란드에 있어야하는 거 아니야? 헉, 시간 봐봐. 나 대회장 들어가야 하는데... 이럴 시간 없는데?!"
"소망아... 기억 안 나?"
"뭐가?"
그때 나는 내 오른쪽의 손 전체에 미동이 없음을 느끼게 되었다. 그리고 내 왼쪽 팔에는 어깨까지 붕대가 채워져 있었고, 다리는 무릎에까지 올라오는 깁스를 하고 있는 것을 알았다.
"나... 왜 이런 거야?"
"야, 유소망! 네가 나 대신에 차에 뛰어들면 어떡해!! 내가 얼마나 놀랐는지 알아?!"
"아.... 야, 김절망! 내가 너 때문에 못 살겠다. 그때 그럼 내가 달려들지 가만히 너 혼자 차에 치이게 놔두라고? 아무리 그렇게 나랑 싸우고 나가더라도 우리 사이가 그 정도 밖에 안 됐었냐?"
"소망아....."

그 날, 15살 갑작스러운 사고로 인하여 나와 절망이는 오해를 풀고 더욱 돈독한 사이가 되었고, 나는 더 이상 피아노의 수많은 건반들 위에 손을 올릴 수 없게 되었으며 절망이는 피아노에 대한 트라우마로 피아노를 더 이상 치지 못하게 되었다.

나는 몸 군데군데에 붕대를 감고 있으면서도 피아노를 치고 싶은 마음이 절대 가시지 않았다. 나는 이후 내 몸을 온전히 내 힘으로 다스릴 수 있게 되는데까지 오랜 시간이 걸렸고, 피아노를 더 자연스럽게 옛날 나처럼 접할 수 있게 되도록 되기까지도 많은 시간이 걸렸다.

내가 그 사고를 당하고 대회를 나가지 못하게 되자 '피아노 천재 소녀 대회 직전 사고로 출전 부재'라는 기사가 떴다. 이에 많은 사람들이 나에 대한 격려와 응원을 보내 주었고, 나는 이런 댓글들에 힘을 업어 더욱 열심히 해 다시 사람들에게 멋진 피아노의 아름다운 선율을 선물로 주겠다고 다짐했다.

내가 30살이 되었을 때 나는 그만큼 충분히 재활 치료를 하며 피아노에 다시 전념하게 되었고, 이제 나를 기다렸던 사람들에게 나를 다시 보여야겠다는 생각에 복귀 연주회를 열기로 했다.

한 거대한 콘서트홀에서 열린 나의 복귀 연주회 피아노 앞에 꿈에서 본 흰 드레스를 입은 내가 자랑스럽게 서 있었으며, 나는 나의 손가락 끝에서 그려지는 음표들로 하나하나씩 음악들에 맞추어져 나갔다.

나의 마지막 연주곡은 나에게 아픈 기억인 쇼팽의 '즉흥환상곡' 이었다. 나는 이 곡을 치기 전 많은 생각들이 스쳐 지나갔다. 내 머리 한 켠에 그려진 장면은 절망이의 웃는 모습이었다. 나는 저 수많은 자리에 앉아있는 관객들 중 한 명일 절망이에게 이 노래를 전해주는 마음으로 연주를 시작했다. 나의 손가락은 분주하게 피아노 건반 위를 돌아다녔고, 이런 음들은 관객들의 귀에 하나하나 꽂히며 깊은 인상을 주었을 것이다. 내가 초등학교 3학년 때 그랬던 것처럼 그런 기분을 모든 관객들이 느꼈기를 바랐다. 나의 마지막 피아노곡 연주가 끝나고 나는 일어나서 마이크를 잡았다.

"안녕하세요. 저는 피아니스트 유소망입니다. 저는 피아노를 초등학교 3학년 때 접하게 되었고, 중학교 2학년 때 사고로 인하여 피아노를 몇 년 동안 마주할 수 없게 되었습니다. 때로는 절망스러웠지만, 저는 지금까지 약 15년 동안 피아노 옆에 포기라는 생각을 띄우지는 않았습니다. 요즘에는 사람들은 눈대중으로 보고 무슨 일이 일어날 것인지를 판단하고 행동합니다. 하지만 저는 피아노를 다시는 칠 수 있는 상황이 아니었지만 그럼에도 포기하지 않고 끝까지 저를 믿고 피아노에 대한 꿈을 저버리지 않았습니다. 저에게 있어서 저에게 아픈 손가락입니다. 여러분에게 있어서 아픈 손가락은 무엇인가요?"

리셋

꿈꾸는 책벌레 2학년 · **김민우**

작가 소개

저는 현재 동도중학교에 다니고 있는 김민우입니다. 평소에 친구들한테 제 성격이 되게 밝다는 소리를 많이 듣는데, 저 스스로가 느끼기에는 그렇게 밝지는 않은 것 같습니다. 스스로가 보는 나와 남이 보는 나는 언제나 조금 다른 것 같습니다.

저의 취미는 영화 관람입니다. 책으로써 어떤 이야기를 읽는 것보다, 영화의 움직이는 생동감 있는 영상과 그 소리에 매료되어 이야기를 보는 것이 조금 더 재미있는 것 같습니다. 영화는 대부분의 장르는 다 좋아하지만, 코미디는 별로 안 좋아합니다. 제가 지금껏 본 영화 중 가장 인상 깊었던 영화는 '나는 내일 어제의 너와 만난다'라는 영화였습니다. 이 영화의 설정부터 시작해서 마지막의 엔딩까지 모든 게 다 완벽했던 것 같습니다.

저는 나중에 어른이 되면 꼭 의사가 되고 싶습니다. 물론 돈을 벌기 위한 목적도 있겠지만, 저는 의사라는 직업의 특성과 하는 일이 정말로 멋져서 쫓게 되는 꿈이라고 생각합니다. 세속적인 목적만이 아닌, 의사 그 자체로의, 이타적인 목적을 추구한다는 점이 저에게 있어서 그 꿈을 선택하게 해준 계기가 되었던 것 같습니다.

작가의 말

 살아가면서 어른들은 저희에게 항상 이런 말을 하곤 합니다.

 '그 때가 제일 좋은 때다.'

 이 말을 들으면서 저는 한 가지 의문점이 생겼습니다. 그럼 과연 내가 어른이 되었을 때, 나는 학생 때로 돌아가고 싶을까? 사실 그 질문에 대한 대답은 현재의 저로서는 할 수 없을 것 같지만, 어른이 된다면 분명히 가능해질 것이라 믿습니다.

 사실 이번 소설을 쓰게 된 계기는 위의 생각이었습니다.

 '만약 어떤 미지의 존재가 나의 과거를 바꿀 수 있도록, 내가 과거로 돌아갈 수 있도록 한다면, 나는 과연 승낙할까?'라는 생각에 소설을 써 보았습니다. 많은 후폭풍, 단점, 후유증이 있을 수도 있겠지만, 과거로 돌아가 그 잘못을 바꿀 수만 있다면 그 무엇보다도 이끌리는 질문이 아닐까 싶습니다.

임종

귀에 거슬릴 정도의 물방울 소리. 내가 수도꼭지를 잠그지 않았나? 일어나서 확인해볼까? 아니다. 나는 지금 그럴 힘이 없다. 입을 열 힘도, 일어설 힘도. 며칠 전부터, 아니 여기에 있을 때부터, 나는 지쳤다. 그 무엇도 할 힘이 없다. 나는 그저, 지금, 조금 쉬고 싶은 것 뿐이다. 그런데 아까부터 내 눈에 보이는, 저 이상한 것은 무엇일까.

'말해봐. 원하는 게 뭔지.'

리셋

끔찍한 인생을 살아왔다. 학생 시절에는 동네에서 유명한 싸움꾼이었고, 그것은 어른이 되어서도 마찬가지였다. 20대에는 알바를 뛰며 전전긍긍하며 살아가다, 30대에는 도박으로 모든 돈을 탕진했다. 그나마 옆에서 나를 도와주던 아내도 그 일 이후 나의 곁을 떠났다.

50대가 되니 갑작스럽게 암이 찾아왔다. 사실 딱히 놀라운 일은 아니었다만, 다만 한 가지 문제는 내 수중에는 아무런, 병원에 입원할 정도의 돈도 없다는 것이었다.

그래서 나는 치료를 거부했다. 어차피 이렇게 살 바에는, 그냥 죽는게 낫다는 생각에. 신기하게도, 나는 60대까지 살아남아, 지금 마지막을 이 병원에서 보내고 있는 것이다. 그런데.

'원하는 건 뭐든지.'

그 '이상한 것'을 바라보니, 갑자기 그것은 꿈틀거리더니 단숨에 내 앞으로 달려왔다. 그러면서, 나에게 그런 말을 하다니. 지금 누굴 순 멍청이로 보나? 그리고, 어차피 죽을 때도 다 됐는데, 원하는 건 무슨.

'원하는 건 뭐든지.'

원하는 것이라. 물론 지금 내 눈앞에 있는 '저것'을 믿지는 않는다. 기괴한 옷차림의 외눈박이 대머리. 누가 봐도 인간은 아니었지만, 그래도 천사의 모습과는 달라도 너무 달랐다. 하지만…. 만약에 진짜라면? 진짜로 천사가 나에게 와, 내 딱한 처지를 보고 도와주는 것이었다면? 내 소원은?

"절…. 과거로 돌려보내 주세요."

이 말도 안 되는 요구도 받아줄까? 이것을 할 수 있다면 그냥 미친 소리를 하는 놈이 아닌, 어쩌면 구원자일 지도 모른다. 그러자, '그것'은 씨익 웃더니 나에게 말했다.

'바라는 대로.'

이것은 현실에 일어날 수 없는, 아니 일어나서는 안 되는, 그런 나의 이야기다.

학창시절

종소리에 눈을 떴다. 내 주위로 들리는 엄청난 소음, 특히 아이들의 웃음소리. 눈을 떠보니 이것은 마치, 꿈과도 같은 풍경이었다. 눈앞에 보이는 초록색 칠판. 그 앞에 있는 수많은 책상들. 그 사이를 달리며 놀고 있는 교복 입은 아이들까지. 마치 이것은 나의 학창시절 모습과도 같았다.

'진짜로 내 소원을 이루어준 건가?'

만약에 이게 나의 꿈이 아니라 진짜라면, 그렇다면 나는 지금 몇 살로 돌아간 거지? 지금이,

"야! 일어나 있는 놈들 다 뒤로 나가!"

쩌렁쩌렁한 소리가 나의 귀를 파고든다. 아, 역시 선생님이군. 선생님으로 볼 때 여기는 적어도 중학교쯤은 되려나. 선생님의 훈계가 끝이 난 뒤, 선생님은 교탁 앞에 서더니 숨을 가다듬고는 말했다.

"이 반, 주번이 누굽니까?"

주번? 아, 하긴 학창시절에는 주번도 있었지. 너무 옛날 일이라 기억도 제대로 나지 않는다. 그런데, 왜 날 쳐다보는 거지?

"너! 정신 안 차려?"

선생님은 나를 보더니 엄청난 고함과 함께 앞에 불러 세웠다. 내가 이번 주 주번인가? 하지만, 내 예상은 완벽하게 빗나갔다.

"내가 목걸이 빼고 오라고 했지! 지금 선생님 말이 장난이야?"

목걸이? 내가 이 나이 때에 목걸이를 하고 다녔다고? 지금도 내 목걸이, 아니 팔찌 하나 살 돈도 없는데?

"이거 압수고, 3학년 올라갈 때 줄 거야. 부모님하고도 통화했으니까 변명은 듣고 싶지도 않으니까, 말할 거면 부모님이라 같이 와. 어차피 오늘 네 부모님 오시기로 했잖아."

아, 하긴 나는 중학교 때 소위 말하는, 일진이었다. 사실 일진이라기보다는 정신 나간 망나니라고 해야 할 것 같다. 싸움을 하진 않았지만, 나는 그 대신에 선생님들이 하지 말라는 짓은, 다 하고 다니는, 그런 녀석이었다. 이것 때문에 부모님은 항상 학교로 오셨고, 매번 나를 수치스럽게 여기셨다. 뭐 어때, 지금 나는 그 실수를 반복하지 않기 위해 지금 이러는 건데.

"야! 집중 안 해? 어쨌든, 너는 벌점 더 받을거고, 오늘부로 선도위원회에 회부될 거야. 그렇게 알고 있어."

잠깐, 선도위원회? 내가 기억하기에는, 그 선도위원회 때문에 나는 대학 면접에서 떨어졌다. 만약에 지금 선도위원회에 회부되면, 나는 과거로 온 이유가 없어지는 것이다.

"쌤! 잠깐만요!"

내가 선생님을 부르자, 반의 모두가 나를 쳐다봤다.

"내가 아까 변명은.."

"아니 그게 아니라! 한 번만 기회를 주세요. 교내봉사라도 할게요!"

그러자, 선생님은, 마치 엄청난 반전을 본 듯한 얼굴로, 나를 쳐다보며 말했다.

"....언제는 또 안 하고 싶어 하더니... 일단 벌점은 들어갈 거고, 교내봉사 얘기는 나중에 쉬는 시간에 해.. 빨리 들어가!"

왜 저렇게 놀란 얼굴로 나를 쳐다보시는 거지? 내가 교내봉사를 하고 싶다고 한 게 그렇게 충격적인가?

수업시간이 지나가고, 나는 학교 마치고 찾아오라는 선생님의 말을 듣고 건물을 나섰다. 운동장에는 많은 아이들이 축구를 하고 있었다.

'참, 좋을 때다.'

나도 이 나이 저랬겠지. 세상 물정 모르고, 놀고, 하고 싶은 거 다 하면서. 물론 지금은 다 부질없는 짓임을 알지만, 그때에는 왜 그 간단한 걸 몰랐는지, 뼈저리게 후회한다.

"야, 너도 같이 뛰셈! 너 없으니까 게임이 안 됨!"

운동장에 있던 놈이 나에게 말을 걸었다. 하긴, 이 나이 때에는 이렇게 축구를 좋아했었지. 그때 내가 잠시 미쳐 축구선수가 되고 싶다는 꿈까지 있었으니까.

나는 자리에서 일어나 축구 경기를 하러 들어갔다. 축구 경기를 하니 그때의 꿈이 다시 생각나는 기분이었다.

오랜만에 하는 축구는 예상외로 별로였다. 일단 시합을 져서기도 하지만, 이상하게 축구를 해도 내 몸이 개운해지는 기분이 아니었다. 그 이유는 아마, 나는 지금 60대의 할아버지이기 때문일까. 그 당시의 동심으로는 절대로 돌아갈 수도 없을 것 같았다.

다시 교실로 들어가며, 나는 한 가지 생각이 들었다. 내가 여기에 오는 것이 좋은 선택이었을까. 내가 이 과거를 바꾼다 할지도, 20대, 그리고 30대의 인생은 바꿀 수 없을지도 모른다. 그럼 또다시 그 긴 고통을 견디며 나는 살아가는 수밖에 없다.

20대에, 나는 마치 개과천선이라도 한 인간처럼 살았다. 일단 첫 번째로 돈을 벌기 위해서는 어쩔 수 없이 남 앞에서 굽신거려야 했고, 내 성질을 죽여야지만 나는 내 나름대로의 인생을 살아갈 수가 있었다. 그렇게 살아가니,

나는 처음으로 여자와 연애라는 것을 해 보았다.

연애를 하니 모든 것이 꿈만 같았다. 힘이 들기는 했지만, 배우자를 만나니 조금은 걱정이 줄어들었다. 내 아내도 일을 하는 사람이었기에, 더더욱 부담은 줄어들었다.

하지만 그 긴 연애와 결혼도, 돈 앞에서는 모든 것이 무력했다. 30대가 되니 알바로는 도저히 먹고 살 방법이 없었다. 갈수록 돈은 부족해져만 갔고, 아내의 성격은 날이 갈수록 안 좋아져만 갔다. 결국, 돈이 너무 궁핍한 나머지, 나는 손대서는 안 될 것을 손대고 말았다.

흔히 도박은 패가망신의 지름길이라고 한다. 나 역시 그것에 동감한다. 초반에는 잘 풀렸다. 모든 것이 완벽했고, 돈은 계속해서 불어났다. 하지만, 어느 순간, 그 돈은 말도 안 되는 하락세를 치기 시작하더니, 이내 없던 빚까지 만들어내는 지경에 이르게 됐다. 그런 나를 아내는 도저히 용서할 수가 없었는지, 그날 이후로 얼굴을 보지 못했다.

그렇게 나는 사채업자들에게 쫓기며 살아갔다. 결국 힘들게 일해, 돈은 다 갚았지만, 문제점은 그날 이후 내가 담배를 피우게 됐다는 것이었다. 너무 고된 삶을 살아가며 나는 담배 하나에 의존할 수밖에 없었다. 그렇게 담배를 피우다 보니, 어느새 폐암까지 생기게 되었다.

'이렇게 보니, 참 비참한 인생이었군.'

괜찮다. 어차피 이 인생을 바꾸기 위해 이 선택을 한 것이니까. 지금부터 열심히 살아가면 되는 것이고, 이 뭣 같은 인생은 바꾸면 되는 것이다.

교실에 도착해 책상에 앉은 뒤 교과서를 폈다. 평소 나의 행실을 알던 반 아이들은 까무러치게 놀랄 행동이었지만, 어차피 이곳에서 나의 친구는 존재하지도 않았고, 나는 그래서 남들의 시선 따위는 신경 쓸 필요가 없었다.

교과서를 보니 글자는 내 머릿속에 들어오지도 않았다. 60대의 머리라 그런지, 글자는 계속해서 나의 머릿속에서 튕겨 나가는 기분이었다.

'하긴, 평생 글자도 안 읽던 사람이 갑자기 이렇게 공부를 하려 하니 될 리가 있나.'

결국 교과서를 덮어버리고, 나른한 오후의 낮잠을 청했다. 뭐, 어차피 시간은 많으니까 말이다. 멀어져가는 의식 속에서, 나에게 드는 생각은 오로지 하나였다.

'뭐가 참 허전하단 말이지.'

중독

사람들은 흔히 이렇게 말한다.

"어차피 나는 쉽게 끊을 수 있는 사람이야. 이런 거는 쉽게 참는다고."

그딴소리 개나 줘버리라 해라. 그게 가능했으면 지금 현재 우리나라 흡연율은 바닥을 치고 있을 테니까. 그리고 애초에 그랬으면 금연을 도와주는 보건복지부는 도대체 뭐하는 곳이 되는 거냐 말이다.

지금 나는 내 일생 최악의 고통을 겪고 있다. 금단현상이라 불리는 것은 상상을 초월했다. 병원에서는 거의 의식이 멀어지기 일보 직전이라 상관없었지만, 말끔한 정신으로 버티려 하니 그 고통은 상상을 초월했다.

손발이 떨리고, 머리고 띵했다. 제대로 된 사고를 할 수가 없었고, 수업내용은 귀에 들어오지도 않았다. 수업이 끝나고, 담임에게 갈 때에도, 나는 아까 나의 다짐이 물거품이라도 되는 듯 온통 신경질적이고 사나웠다.

교무실 문을 힘겹게 열고, 선생님을 보자마자 나는 기분이 더러워졌다. 나보다 10살은 더 어려보이는 놈이, 이렇게 나에게 훈수를 두는 것이 영 마음에 안 들었다. 선생님의 훈화 말씀이 길어질수록, 나의 집중력도 바닥을 치기 시작했다. 니코틴에 빠져 사는 나에게 필요한 것은 그 매캐한 연기였다. 선생님의 얼굴을 쳐다보던 중, 나는 나의 시선이 단숨에 쏠릴만한 물건을 발견했다.

'선생님의 책상 앞에 있는 흰 곽.'

그때부터, 나의 정신은 온통 그것에 쏠려있었다. 그러다 선생님께서 동의서를 가지러 옆으로 도는 순간,

'딱 한 대만.... 딱 한 대만!'

리셋

매캐한 연기가 나의 시야를 뒤덮는다. 강한 화학물질에, 머리가 어지러웠다. 그 나이 때에 이것에 손댄다는 것은 사실 이제 글러먹었다는 것과 같았다.

'그래. 글러먹었군.'

사실 이 모든 것을 예상하지 못했던 건 아니었다. 그 누구보다도 같이 있던 시간이 많았는데, 내가 나 자신조차 예측하지 못할 리는 더더욱 없었다. 다만, 나는 그 사실을 부정하고 싶었을 뿐이었다. 내가 이런 인간일 리가 없다는 생각에, 나는 결국 결말을 뻔히 아는 이야기를 지어내었을 뿐이었다.

이제 나는 나락으로 떨어질 일만 남았다. 어차피 인간은 변하지 않음을, 나도 잘 알고 있었지만, 이제 와서 그것을 후회하는 것은 아무 쓸모없는 짓이었다. 탁한 연기로 내 폐가 가득 찰수록, 더욱더 나의 마음도 탁해지는 것 같았다. 마치 내 몸속까지 연기가 차오르는 기분이었다.

"야! 너도 빨리 와서 시합 같이하자!"

그때의 그 놈이 또다시 나에게 말을 건다.

"가라. 할 마음 없으니까."

"왜?"

그러더니, 이내 그 아이의 모습이 괴상하게 변했다. 아니, 애초에 '그것'이 아이의 모습을 하고 있었던 것이다.

'이제 와서 갑자기?'

소름 끼치는 목소리가 나의 귀에 맴돈다.

'애초에 이런 선택을 하는 게 아니었어.'

'....'

'그것'은 이내 웃더니, 나에게 이렇게 말한다.

'왜지? 어차피 이 선택을 한 건 너잖아? 그럼 그 선택을 한 너를 비난해야 하는 거 아닌가?'

...그래. 아무래도 그게 맞는 것 같다. 애초에 이 생각을 한 건 전부 나였고, '저놈'은 그것을 이뤄준 것뿐이니까.

"혹시, 그때 그 약속, 없던 일로 할 순 없을까?"

'없던 일로? 음....'

짧은 적막 뒤에, '그것'은 말을 꺼냈다.

'기억은, 지울까? 아니면 그대로?'

한참을 고민하다, 나는 겨우 말을 꺼냈다.

'....지워줘. 내가 이런 인간이었다는 것도 모르게. 그냥 원래대로 살아갈 수 있도록.'

그러자, '그것'은 씨익 웃더니 나에게 말했다.

'바라는 대로'

이것은 현실에 일어날 수 없는, 아니 일어나서는 안 되는, 그런 나의 끔찍한 회고록이다.

임종

귀에 거슬릴 정도의 물방울 소리. 내가 수도꼭지를 잠그지 않았나? 일어나서 확인해볼까? 아니다. 나는 지금 그럴 힘이 없다. 입을 열 힘도, 일어설 힘도. 며칠 전부터, 아니 여기에 있을 때부터, 나는 지쳤다. 그 무엇도 할 힘이 없다. 나는 그저, 지금, 조금 쉬고 싶을 뿐이다. 그런데 아까부터 내 눈에 보이는, 저 이상한 것은 무엇일까.

'말해봐. 원하는 게 뭔지.'

카오스 스토리
오브 앨런

꿈꾸는 책벌레 2학년 · 이도연

작가 소개

안녕하세요, 이번에 처음 책을 쓰게 된 이도연입니다.

처음 책을 써보는 것인 만큼 많이 부족한 실력이지만 그래도 열심히 썼습니다.

저는 장편 소설 읽는 걸 좋아하는데, 그중에서도 논픽션 소설을 읽는 것을 좋아합니다.

제 꿈은 돈을 많이 벌어서 강남 200평짜리 주택에서 5마리의 강아지와 함께 사치스런 생활을 보내며 살아가는 겁니다.

직업은 편하고 방학이 있는 그런 직업이 좋을 것 같네요.

작가의 말

이 책을 읽는 모든 독자들에게 당부의 말씀 전합니다.

이해하려고 노력하지 마세요. 작가인 저도 이해 못 했습니다. 이걸 이해하려면 아인슈타인 뺨치는 천재가 되거나 4차원에서 윤회설을 믿고 환생해서 온 앨런 라스타릭스(본편 주인공입니다)가 아니면 이해 못 할 겁니다.

제가 평소에 다양한 장르의 소설을 읽는 것을 좋아하는데, 제가 쓰는 소설에는 뭘 넣어야 할지 몰라 다 넣어 봤습니다. 아 참고로 로맨스는 뺐으니 걱정 마세요.

제가 이 글을 쓰게 된 이유는 대중의 재미를 위하여 웃기면서도 슬프고, 또한 즐거우면서도 화나는 책을 만들고 싶었기 때문입니다. 사실 딱히 이유는 없네요.

1장

평화로운 오후 6시. 오늘도 집 한 채를 사고 오는 길이었다. 오늘은 나의 강아지를 위한 120평짜리 복층 건물을 하나 사주었다. 나의 53번째 강아지 쭌이가 행복해하는 모습을 보니, 나의 기분도 한껏 들떴다. 오늘은 장교 회의를 하기 위해 8시까지 군 본부에 가야 한다. 이번 회의에서는 적국, '레스파니오르'의 침공 대비 작전을 세우기 위해 국왕과 각 본부의 장관들 또한 모일 예정이다.

호화로운 마차를 타고 2시간 가까이 달리니, 145층짜리 군 본부가 보였다. 겉으로 보기에는 웅장한 건물처럼 보이지만, 사실 삼엄한 보안 시스템을 갖추고 있는 이 건물은 일반인이 들어갔다가는 무기징역으로, 빛 한 줄기 없는 독방에서 평생을 보내야 할지도 모른다.

따라서 아무리 높은 계급의 사람이라도 이곳의 존재를 함부로 발설하면 그의 일가족과 친인척 모두 처형될지도 모른다. 하지만 나는 다르다. 나는 이 나라의 최고 귀족이자 군의 최고 장관, '앨런 라스타릭스'이다. 이 나라에서 내가 못하는 것이란 없다. 국왕조차 나에게 명령을 내리지는 못한다.

2장

"회의에 참석해주신 모든 분들께 감사의 말씀을 표하고 싶습니다. 오늘 회의는 아시다시피 저희의 영원한 적국 '레스파니오르'의 침공에 대비하여 세울 계획을 의논하기 위해 결정된 것입니다. 좋은 의견 있으신 분은 말씀하여 주십시오."

그 후 사람들은 각자 의견을 표했고 의논을 하였다. 하지만 나는 그런 저급한 것들의 대화는 차마 역겨워 들어줄 수가 없었다. 그래서 나는 그들을 가볍게 무시하고 이번에 나의 54번째 강아지에게 사줄 집을 웹서핑하고 있었다.

"앨빈 장관님! 신성한 회의장에서 지금 뭐 하시는 겁니까?"라며 회의장이 나의 웹서핑에 대해 토를 달았다. 나는 그의 말이 어처구니가 없어 크게 소리쳤다.

"내가 강아지의 집을 쇼핑해주겠다는데 네가 무슨 권리로 나의 귀여운 54번째 강아지 오거스트에게 뭐라 하느냐 말이다! 나는, 이 나라의, 최고 귀족이자, 최고 장관이란 말이다!! 너 따위가 뭔데 감히 나한테 이래라저래라하느냐! 죽고 싶지 않으면 닥을 좀 치거라!"

나의 말에 모두가 황당해서 아무 말도 하지 못했다. 나는 나의 권위와 발언에 뿌듯해하며 다시 자리에 앉아 웹서핑을 했다. 그런데, 그 때 엄청난 굉음이 울리며 방 전체의 스크린에 경고 표시가 떴다.

"아니. 이게 뭐란 말이냐..... 이 엄청난 보안을 자랑하는 나의 건물이... 뭐하는 거냐! 나를 보필하라!"

그 때, 회의장과 몇 명의 하등한 생물들이 총을 꺼내 들고 나의 머리에 겨냥하였다. 주위를 둘러보니 나머지는 모두 이미 죽은 상태였다.

"지금 이게 뭐 하는 것이냐! 목숨이 아깝지 않은 것이냐!"

회의장이 말했다.

"지금 이 나라에 필요한 것은 혁명이자 위대한 제국 '레스퍄니오르'와의 협력이다. 그대들은 그것을 이루기 위해 필요한 일종의 제물이었을 뿐이다. 하하하!!"

그 후 나는 뒤에서 내리쳐 온 둔탁한 흉기를 피하지 못하고 그대로 쓰러지고 말았다.

3장

정신을 차려보니 빛 한 줄기 없는 감옥 안이었다. 뒤통수가 얼얼한 걸 보니 아까의 기억이 꿈은 아니었던 것 같다. 손이 갑갑한 걸 보니 내 손에 수갑을 채운 게 분명했다. 나는 이제 죽을 것이다. 아니 고통스럽게 천천히 고문을 당하며 모든 것을 실토해낸 후 비참하게 죽어갈 것이다. 공포감과 절망감이 나를 휩쓸었다. 그리고 나는 생각에 빠졌다.

'이곳을 어떻게 해야 탈출할 수 있을까?'

하지만 내가 할 수 있는 것은 아무것도 없었다. 방에는 나 자신 이외에는 아무것도 없었고, 빛조차도 없어 나는 희망조차 가지지 못했다.

그렇게 누워 자포자기하며 생각을 하고 있을 때, 발소리가 들려오더니 이내 군사처럼 보이는 사람이 와서 나를 데리고 갔다. 그리고는 고문실처럼 보이는 곳에 넣은 다음 나를 묶고 고문을 하기 시작했다.

처음은 간단했다. 손톱 밑으로 바늘을 찔렀을 때는 너무 아파서 소리를 질렀다. 끔찍한 고통에 몸부림치며 정신을 놓고 있을 때, 이번에는 물로 고문을 하기 시작했다. 기도가 막히고, 코로 뜨거운 물이 들어오는 기분은 마치 바다 한가운데에 빠진 기분이었다. 말로는 형용할 수 없는 고통을 계속해서 느끼고 있으니 정신은 이미 까마득히 날아간 지 오래고, 그저 이 시간이 지나가기를 기다리며 버텨갈 뿐이었다.

몇 시간의 고문이 지난 후, 고문관이 드디어 입을 열었다.

"이제 정신이 좀 드시나, 앨런. 이런 누추한 곳에 귀한 분이 오시다니, 이전에는 상상할 수도 없었겠군."

고개를 들어 쳐다보니 그 고문관은 내가 잡히기 직전에 회의를 진행하던 회의장이었다. 나는 그에게 엄청난 증오와 분노, 혐오감을 느꼈다.

"감히! 네가 나를 배신해! 너는 천벌을 받을 것이야!"

"아직도 자신이 어떤 처지에 있는지 모르시군요. 좋습니다. 지금껏 겪어보지 못한 고통을 안겨드리죠."

"크으윽"

"우리 고귀하신 장관님……"

그 후 나는 계속해서 고문을 당했고, 정신적으로도 신체적으로도 너덜너덜해져서 다시 방으로 돌아왔다.

"크흡 흐어어엉엉 내 인생아~! 언제 이렇게 된 거니~! 으헝헝헝"

비참한 나의 모습을 보며 나는 더 이상 이렇게 살 바에는 죽는 게 낫다고 생각했다. 하지만 목숨을 끊을 만한 도구가 없기에 이내 포기하고 다시 눈을 감았다. 혀라도 깨물까 생각을 해보았지만 이렇게 비참하게 죽기에는 나 자신이 너무 불쌍해서 결국 포기했다.

"그냥 다 불어버리고 끝낼까?"

이와 같은 생활이 하루라도 더 지속된다면 나는 죽어버릴 것이 분명했기에 우리의 본국에는 많이 슬픈 일이지만 모든 것을 발설하기로 마음을 먹었다.

4장

그로부터 10년 후, 나는 소확행을 누리며 행복한 삶을 살아가고 있었다...고 믿고 싶지만 사실 세상은 너무나도 참혹했다. 가장 낮은 계급이라는 이유만으로 차별받고 멸시받으며 일자리를 구하지 못하고 돈을 못 벌어 결국 중노동에 시달리며 하루 16시간이라는 말도 안 되는 시간을 일하며 밥 한 끼마저도 못 사 먹을 돈을 얻어가며 살아가고 있었다.

사실 이 삶도 겨우 얻은 것이다. 10년 전, 모든 것을 다 불어버리고 난 후 나는 포로에서 겨우 벗어나 평민 중에서도 가장 낮은 계급으로 살아가게 되었기 때문이다.

어쨌든, 오늘도 그렇게 끔찍한 하루를 보내며 살아가고 있었다. 2유로의라는 잔인하리만치 적은 돈을 급여로 받아 하루하루를 편의점에서 라면을 먹으며 살아가고 있는 나를 보니 너무나도 슬퍼 눈물이 났다.

그렇게 생각하며 길을 걷던 중, 어느 잘생긴 남자가 나에게 다가왔다.

"안녕하세요. 혹시 앨런 장교님?"

5장

"아니 미천한 저를 어찌 알아보시고 그런 말씀을 하시는 겁니까?"

"아 맞군요! 저 혹시 기억하고 계십니까?"

응? 나는 지금껏 저렇게 잘생긴 사람은 나 이외에는 본 적이 없는데. 무슨 소리를 하는 걸까?

"어........ 아 그분이시군요! 다시 만났네요. 반가워요!"

"......"

그 남자는 황당하다는 듯이 나를 쳐다봤다.

"........죄송합니다. 사람 잘못 봤네요"

"아니요 아니에요. 살려주세요. 저 좀 살려주세요. 저 여기서 나가고 싶어요."

"...죄송합니다~"

그러고는 다시 갈 길을 가는 것이었다. 나는 그를 따라가면 이 더러운 시궁창 같은 나라에서 빠져나갈 수 있을 것이라는 희망을 가지고 그를 쫓아갔다. 그런데!

"...경찰서?"

사실 그는 현 군을 돌고 있는 경찰청장이었던 것이었다. 그러더니 그 남자는 나에게 말했다.

"저희 경찰서에서 일할 생각 있으십니까?"

'응? 뭐지 이 뜬금포 스카웃은? 뭐라고 반응해줘야 하지?'

"혹시... 제가 포로였다는 사실을 알고 계셨나요?

"아 그런가요? 마침 자살특공대 모집하고 있었는데!"

"네??"

"아 장난이에요. 저희는 사실 경찰이 아닙니다. 저희는 이 나라를 고치기 위해 노력하는 테.러.범입니다."

뭐지 저 미친 사람은. 빨리 갈 길 가야겠다.

"아, 죄송합니다. 제가 번지수를 잘못 짚었네요. 저는 죽을 생각은 없어서."

"아, 진짜 장난입니다. 사실 저희는 당신의 전생을 보고 찾아온 맨인블랙입니다. 저희와 함께 가시죠."

"............ 죄송합니다. 갈 길 갈게요."

수만 번의 회유 뒤, 나는 내가 전생자라는 걸 알았다. 나는 사실 죽기 전 맨인블랙 특파 전투견이었던 것이었다.

나는 그 당시 부원의 엘리트견이었고, 웬만한 사람 뺨치는 실력으로 모든 외계인들을 잡았던 것이었던 것이었다. 하필 내가 개라니, 고양이도 아니고, 물론 나는 개가 더 좋긴 하지만, 고양이가 좀 더 나았을 텐데.

"그래서 제가 뭘 하면 되는 거죠?"

"다시 저희의 개가 되어 주십시오!"

"응 싫어 ^^"

"..... 할 수 없군요. 제가 이 방법까지는 쓰기 싫었는데.... 각오하십시오."

그러고는 몽둥이를 빼 들었다.

6장

"잠시만요. 이 전개 뭐죠? 갑자기 잘생긴 청년이 이 훈훈하게 늙은 늙은이를 치려고 한다니. 경찰청장이 이 꼴이니 이 나라고 이런 시궁창 같은 겁니다."

"괜찮아요. 1초면 될 거예요. 아픈 건 잠깐이에요. 잠시만 있으면 모든 게 괜찮을 거예요."

"....튀자!!!"

나는 전생의 강아지의 본능을 깨워 경찰서를 벗어나 엄청난 속도로 어떤 이상한 건물 안으로 들어갔다.

'후, 여기는 어디지?'

145층짜리 건물이라. 꽤 볼만하군. 마치 나의 옛 미적 감각을 사용해 지은 나의 글로리어스한 145층 본부가 생각나는군. 잠만, 145층? 이 건물 이름이 뭐지?

앨런의 글로리어스한 밀리터리 헤드쿠어터 −들어오면 데드^^입니다.−

'…….'

생각났다. 여기는 내 원래 본부였어! 다행이다. 나의 원래 주거지로 가아겠어!

띵!

엘리베이터가 열리는 소리가 들리더니, 이내 그 안에선 회의장이 제복을 입은 채로 걸어 나왔다.

"아니…쟤가…장교라니….장교라니…!!!"

나는 다시 강아지의 본능을 깨워 그를 향해 달려들었다.

콰직!

……이빨이 부러진 것 같다. 나도 모르고 있던 사실인데 우리 제복은 방탄 조끼였던 것이다. 멍청하게 그걸 물려고 하다니. 나도 참으로 멍청한 것 같구나..하하하하하하

"아니! 너는! 누구더라."

"그게 말이냐! 나는! 이 나라의 장관! 앨런 라스타릭스이다! 감히 나를 잊어버리다니! 네가 나를 배신한 탓에 내가 지금껏 얼마나 끔찍한 고통을 느낀 줄 아느냐! 이런 괘씸한!"

"후후후…..제가 그대를 잊었을 리가 없지 않습니까? 그런데 당신, 그 나라에서 어떻게 빠져나온 것인가요. 무슨 수라도 쓴 건가요?"

"후후후. 나도 모른다. 내가 뭘 했는지 알 순 없지만 하나 확실한 건 너의 목숨이 지금 얼마 남지 않았다는 것이다! 이제 최악의 고통을 느낄 준비를 하거라!"

"당신이 뭔 소리를 하는 건지는 모르겠지만 하루빨리 포기를 하는 게 좋을

겁니다. 당신은 저를 절대로 이길 수 없습니다. 제군들, 총을 꺼내거라."

'안 돼!'

탕!

엄청난 총소리가 들려왔지만, 이상하리만치 나의 몸은 멀쩡했다. 사실 나 대신 죽은 것은 따로 있었다. 바로 경찰청장이었다.

"아니 왜 네가 뜬금포 희생인데! 네가! 총에! 총에!!!!!!"

"나 사실 이거 방탄복이야."

"........"

나는 너무 황당해 그 자리에서 기절했다.

7장

눈을 떠보니 나는 침대 위였다. 옆을 보니 아무도 없었다. 여긴 어디지? 시계를 보니 오후 7시였다. 내가 쫓긴 게 아침 6시쯤 됐으니, 최소 반나절은 잔 것이겠군. 하지만, 달력을 보니, 생각이 달라졌다.

"7월 7일! 그럼 한 달 뒤잖아! 도대체 며칠 동안 잔거야!"

"아. 그 달력을 잘못 넘겼군요. 사실 6월 7일입니다. 놀라지 마세요."

"으아앙악!"

옆을 보니, 어느 잘생...기지는 않은 남자 경찰청장이 내 옆에 있었다.

"네가 왜 내 옆에 있는 것이냐?"

"그것보다 지금 당신 처지나 생각하시죠."

"아니, 설마 내가 총에라도?"

"아뇨 당신은 총 '소리'에 기절했습니다. 겁쟁이 ㅋ"

"이런 괘씸한! 감히 나에게 그딴 저급한 장난을 치다니! 너의 사지를 분질러 버릴 것이다!"

화를 내며 방문을 열고 밖을 나갔다. 그런데, 밖은 내가 예상하던 것과는 달랐다. 눈앞에는 인간의 형상으로 보긴 힘든 생물체들이 넘쳐나고 있었고, 그 사이에서 일반 사람들은 소리를 지르며 달아나고 있었다.

"이게 무슨..?"

"제가 아직 말씀을 드리지 않았군요. 밖은 외계인의 침공으로 이미 불바다가 되고, 인류는 멸망하기 일보 직전입니다. 혹시 그 이유가 궁금하십니까?"

"아니 됐다. 어차피 알아봤자 도움 되는 내용은 아닐 게 뻔하니. 그보다, 지금 중요한 건 여기서 우리가 살아가는 것이다."

8장

"하. 어떻게 돌아갈 방법은 없는 건가? 우리 지금 최소 15km는 걸은 것 같은데."

"사실 있습니다. 최후의 방법이. 하지만, 그 방법을 쓰면 우리 둘 중 한 명만 살아갈 수 있습니다."

"그럼 내가 살아가야겠군. 그 방법이 무엇인가?"

"……일단 알려는 드리죠. 그 방법은! 광고 보고 오시죠!"

퍽!

"...죄송합니다. 사실 이 근처에는 탈출용 선함이 있습니다. 하지만 문제는 일단 그것이 1인용이라는 것이고, 조금이라도 조종에 실패하면 그대로 폭파해버린다는 것입니다."

"흠.."

확실히 이건 좀 문젠 것 같군. 나는 살고 싶지만, 정작 선함은 한 번도 조종해본 적이 없으니 말이다.

"그렇다면 내게 방법이 있다!"

"무슨?"

"일단 니가 그 선함을 타서 도망치거라! 그리고, 다시 돌아와 나를 구해주면 되겠군!"

"..지금 그걸 말이라고 하는 겁니까? 선함이 아무리 빠르더라도 다시 오는 데에는 최소 반년은 걸립니다!"

"나도 알고 있다! 다만 내가 선함을 조종하지 못하니, 니가 가서 새로운 선함을 들고 나를 구하러 오면 되겠군! 내 말에 의의가 없으면 당장 떠나거라!"

결국 선함에 타게 된 경찰청장은 나에게 말했다.

"혹시 못 구하러 오더라도 봐주세요."

"..."

"장난입니다. 꼭 구하러 오겠습니다."

그렇게 선함은 바다를 내달렸다. 그런데, 갑자기 선함이 진동을 하기 시작하더니, 폭발하는 것이었다!

"응...?"

삶이란 끊임없는 고통의 연속이다. 희망이란 존재하지 않고, 이전에 일어났던 일은 절대로 다시 시작되지 않는다. 나는 그걸 왜 지난 22년간 몰랐을까. 그렇게 난 뒤에서 오는 총을 맞고 그대로 바다로 떨어지고 말았다.

9장

정신을 차려보니 침대 위였다. 생각해보니 지금까지의 이야기는 모두 꿈이었던 것이다. 나는 여전히 장교로서, 그리고 귀족으로서 살아가고 있었고, 이전의 전쟁 따위의 이야기는 모두 허구였던 것이다. 하지만 나는 달라질 것이다. 그런 일이 일어나는 것을 미연에 방지하기 위해서라도..... 나는 지금 이 삶을 충분히 누리려고 한다. 조금 더 악랄하게 살아가 내가 설령 죽더라도 여한이 없도록 놀 것이다!!!!

거름

꿈꾸는 책벌레 1학년 · **김나혜**

작가 소개

저는 동도중학교 1학년 김나혜입니다. 학교 동아리 활동으로 '다시 시작'이라는 주제로 글을 쓰게 되었습니다. 처음에는 글을 쓴다는 게 그냥 하면 되는 거 아닌가?라고 생각했는데 생각보다 오랜 시간이 걸렸고 이야기를 이어나가는 것도 어려웠습니다.

그래도 이렇게 하나의 이야기를 풀어나갔다는 것에 대해 뿌듯하고 자랑스럽습니다. 어릴 때 꿈이 소설가였던 적이 있는데 이번 기회를 통해 조금이라도 이룬 것 같아 좋았습니다.

제가 가장 좋아하는 책 분야는 추리소설인데 그중에서도 히가시노 게이고 작가의 책을 좋아합니다. 항상 끝에는 반전이 있어 즐겁고 책이 엄청나게 많은데도 겹치는 소재가 없어서 항상 신선하다고 느꼈습니다.

나중에 또 소설을 쓰게 된다면 그땐 꼭 추리소설을 써보고 싶습니다.

이 책은 중학생들의 친구 관계와 그로 인한 성장을 다룬 이야기입니다.

주인공은 많은 사람들의 관심을 받으며 살고 있지만, 자신의 마음을 잘 드러내지 않고 그 사람들도 진심으로 자신에게 다가오는 게 아닐 거라고 생각합니다.

또한, 자신의 진정한 친구라고 생각하는 사람은 별로 없었습니다.

그런데 그렇게 생각했던 친구와 사이가 멀어지고 오해가 쌓이면서 혼자 아픔을 느꼈습니다. 어릴 때도 버림을 받은 적이 있어서 더 힘들어하다가 시간이 약이라는 말처럼 점점 잊고 살아가게 됩니다. 그런데 그 친구를 다시 만나게 되고 변화된 친구의 모습에 주인공은 한 번 더 성장합니다.

이 책을 통해서 주변 사람들로부터 상처를 받고 힘들어해도 그로 인해 성장한 자신의 모습도 찾을 수 있을 것이란 말을 하고 싶었습니다. 그럼 같은 실수를 반복하지 않기 위해 노력할 것이고 달라진 자신과 주변을 발견할 수 있을 것입니다.

하지만 아무리 오랜 시간이 지나도 명쾌한 해답을 찾을 순 없을 것입니다. 인간관계에서 상처받지 않고 살아갈 수 있는 사람은 없다고 생각합니다.

점점 성장해서 덜 상처받고 덜 아파하며 사는 게 가장 명쾌하다고 할 수 있는 해답이지 않을까요?

관심

"빈정아! 뭐해?"

"우빈정~"

"빈정아 이것 좀 봐."

"빈정아 너 어디 갔었어?"

"우빈정 뭐 해?"

나는 어딜 가나 중심에 있다. 내 이름은 우빈정. 우정중학교 1학년 5반. 우리 학교에서 우빈정이라는 이름을 모르는 사람은 없다.

처음엔 그냥 얼굴 예쁜 애로 알려져 있었다. 그 후 5월이 되어 중학교 첫 중간고사를 치고 전교 1등을 해 얼굴도 예쁜데 공부까지 잘하는 애로 알려졌다.

우리 학년뿐만 아니라 선배, 선생님 할 것 없이 나를 안다. 내가 지나가면 다들 수군거리기에 바쁘고 몇몇은 친해지고 싶다며 먼저 말을 건다.

페이스북에 프로필 사진을 올리면 좋아요 1000개는 기본이고, 댓글엔 '예뻐요.' '친해져요.' 등 진심인 듯 진심이 아닌 것 같은 말이 많다. 익명으로 질문을 할 수 있는 에스크에는 '너 예뻐서 친해지고 싶은데 펨(페이스북 메시지)해도 돼?' '너랑 친해지고 싶어.' 난 네가 누군지 모르는데. 문자, 카카오톡, 페이스북 메시지는 항상 밀려있다. 내 마음은 이런데도 항상 누군가가 다가와 친해지자고 하면 그러자며 웃으면서 말한다.

그 애의 그 선배의 이름, 반 아무것도 아는 게 없는데. 나중엔 얼굴도 잊어버린다. 그래도 누군가가 다가와서 인사하면 웃는 얼굴로 받아준다.

"우빈정."

이유람이다. 중학교에 입학하고 처음으로 친해진 유람이는 내 얼굴이나 성적을 보고 다가온 게 아니다. 입학식 날 번호대로 자리에 앉은 탓에 우리는 짝이 되었고 꽤 친해졌다. 사실 난 입학 전부터 SNS를 통해 1학년 내에선 유명인사였다. 그래서 다가오지 못하는 애들도 많았지만, 오히려 친해지려고 노력하는 애들도 많았다.

유람이는 공신폰(인터넷이 안되는 폰)을 사용하고 집에서도 학교 숙제가 아니라면 쉽게 컴퓨터를 사용하지 못해서 SNS가 어떤 건지도 잘 모른다. 그래서 내가 이런 애라는 것도 나중에서야 알았다고 한다. 이런 애라는 게 정확히 어떤 건지는 나도 잘 모르겠지만 예쁘고 공부 잘하고 친구 많고 착한 애로 알려져 있다고 알고 있다. 내가 생각해도 웃기지만 남들 눈에 그렇게 보이는 게 나쁘지만은 않았다.

"야! 무슨 생각해?"

"어? 왜?"

"아 진짜. 밥 먹으러 가자고."

점심시간에도 사람들의 시선은 끊기지 않는다.

밥 먹는데 힐끔힐끔 쳐다보며 속삭이는 말들, '야 쟤 우빈정 아니야?' '아 그 예쁜 1학년?' '생각보다 안 예쁜데.' 이젠 익숙하다.

그럴 때면 유람이가 나한테 말한다. "야, 저 사람들이 뭔데 너에 대해 평가해? 어이없어."

그러면 나는 말한다. "괜찮아."

안 괜찮은데. 나도 기분 나쁜데. 하지만 내 생각을 말하면 한순간에 얼굴 믿고 나대는 애가 될 게 뻔하니까. 어떤 쪽이든 평가받을 텐데 좋게 평가받는 게 나으니까. "넌 정말 착해서 탈이야. 내가 너였으면...." 나 안 착한데. 너랑 같은 생각인데. 이렇게 대신 속상해해주는 게 너무 고맙다.

나에 대한 관심도 점점 식어가고 어느새 6월이 되었다. 학교에선 숙제도 수행평가도 왜 이렇게 많은지 하루하루가 고단하다. 오늘도 여느 날과 같이 학교 쉬는 시간에 유람이와 수다를 떨고 있었다. 그러면 친구들이 모여든다. 그리고 얘기를 나눈다.

"빈정아 넌 오늘도 예쁘구나."

"고마워."

정말 쓸데없고 지겨운 얘기다. 고마운 건 진심인데 계속 그 말만 하면 나랑 친해지기 싫단 건가.

"빈정아 나 궁금한 게 있는데…"

"뭔데?"

"너는 왜 화장 안 해?"

화장을 왜 안 하냐고? 당연히 해야 한다는 걸 전제로 깔고 말하는 건 뭐지?

"얘는 안 해도 예쁘잖아."

내가 대답이 없자 옆에서 다른 애들이 말하기 시작했다.

"원래 예쁘면 더 하는 거야."

"그럼 너는?"

"야!"

그 친구들이 가고 유람이가 물었다.

"너 화장하고 싶어?"

"아니."

0.1초도 지나지 않아 대답했다.

"그럼 그렇게 말하지. 딱 잘라 안 말하면 소문이 이상하게 퍼질 수도 있단 말야."

"상관없어."

상관없지는 않았다. 근거 없는 소문의 피해를 몸소 느껴봤으니까.

6월 마지막 주, 기말고사가 있다. 중간고사 전교 1등인 나에게로 관심이 쏠 릴 수밖에 없었다. 우정중학교는 시험이 어렵다고 소문이 나 있기 때문에 더 그런 것 같다.

"유람아, 기말고사 준비할 때 같이 독서실 갈래?"

"좋아."

그렇게 우리는 시험 4주 전부터 독서실을 다녔다. 한 달로 끊어놓고 매일 매일 주말에도 쉬지 않고 갔다. 2주 정도 남았을 때는 학교 끝나고 곧장 독서 실로 달려가 공부를 하다가 중간에 나와 함께 밥을 먹고 공부를 더 했다. 덕 분에 나는 이번 기말고사에서도 전교 1등을 했다. 유람이는 원래 공부를 잘 하는 편은 아니었다. 하지만 이번 시험에서는 우리 반 4등을 해서 공부 잘하는 애로 낙인찍혔다. 나와 유람이는 기분 좋게 6월을 마무리하고 여름방학만을 기다리며 학교를 다니고 있었다.

길었던 1학기가 지나고 여름방학이 시작되었다. 한 달이 채 되지 않지만 너무 신나고 즐거웠다. 거의 집에서만 시간을 보내며 적당히 공부도 했다. 반 친구들끼리도 한 번 모여서 밥을 먹었다.

"빈정아, 너는 집 어디야?"

"나는 집이 좀 멀어. 버스타고 30분 정도."

"뭐? 왜 그렇게 멀리서 와?"

그냥 웃고 넘겼다. 엄청 친하진 않아도 많은 친구들과 함께 시간을 보내고 친해진다는 게 좋았다. 비록 그 중 목적이 다 보이고 정말 싫은 애도 있지만 재밌었다.

길다면 긴, 짧다면 짧은 여름방학이 지나고 8월 중순 개학했다. 날씨는 정말 더웠다. 햇빛이 너무 강해서 타는 게 아니라 익는 것 같았다.

"애들아, 오늘 개학해서 힘들지?"

"네~"

"오늘 우리 반에 전학생이 왔어. 힘든 마음은 이해하겠지만 잘 대해줘."

"우와" 앞문이 스르륵 열리고 한 여학생이 들어왔다.

머리는 길게 묶은 생머리에 갸름한 얼굴라인 큰 키에 긴 다리, 보기만 해도 예쁘다는 생각이 들었다.

"안녕? 난 강세빈이야."

… 강세빈?

"나는 장미중학교에서 전학왔고 미소초등학교를 졸업했어."

강세빈이다. 내가 아는 그 강세빈이다. 심장이 너무 빨리 뛰었다. 얼굴은 새빨간 사과처럼 변했다. 고개를 숙였다. 그리고 책상에 엎드렸다. 제발 날 몰라줘. 아는 척하지 말아줘. 우린 모르는 사람이어도 되는 사이잖아.

"미소초등학교면 좀 먼데 아는 사람 있어?"

항상 나를 쏘아대던 그 목소리.

"우리 반에 미소 출신 있잖아. 누구였더라."

"이유람 아니야?"

"유람아 너 쟤 알아?"

"빈정이가 미소초등학교 나오지 않았어?"

"강세빈 알아?"

몰라. 나한테 하는 얘기도 잘 들리지 않았다.

그냥 이 시간이 빨리 지나갔으면. 그리고 모른 척하면 되는 거다. 쟤도 나도 많이 변했으니까. 다행히 그때 종이 쳐서 자기소개 시간은 끝이 났다. 애들은 강세빈한테 많은 관심을 보였다. 예쁘다, 키 크다, 어디 학교에서 왔다고 했지... 여기저기서 강세빈한테 질문을 던졌다. 그중 내 얘기만 없었으면.

"우빈정!!!"

"아... 유람아"

"뭐야. 왜 그래?"

"..."

"전학생이랑 아는 사이야?"

"..."

"말해봐."

말하고 싶다. 하지만 그럴 수 없다. 그러면 안 된다. 나도 똑같은 사람이 될까 봐. 과거 일은 과거로만 묻어두는 건 역시 안 되는 거야? 도대체 왜? 다른 중학교에 갔다면 쟤를 만날 일은 없었을 텐데... 일부로 쟤를 피해서 먼 곳으로 왔는데.

"아무것도 아니야."

"1교시 컴퓨터실이야. 가자"

컴퓨터실에선 번호대로 앉기 때문에 유람이랑 짝이다. 평소엔 항상 이야기하면서 노는데 오늘은 왠지 유람이도 표정이 안 좋아 보였다. 나 때문만은 아닌 것 같은데.

아픔

"빈정아, 여기서 열만 세고 있어봐. 엄마가 아이스크림 사올게."

"신난다!"

1, 2, 3, ... 10

"엄마 아직 안 오셨나보네"

11, 12 .. 99, 100

"이제 더 아는 숫자 없는데..."

얼마쯤 지났을까. 어느새 놀이공원을 닫을 시간이 되어 직원이 엄마, 아빠는 어디에 있냐며 물었다. 그때 뭐라고 답했었는지는 모르겠지만 울고 있었다. 하염없이. 나는 고작 4살의 나이였지만 엄마를 다시는 만날 수 없다는 걸 느꼈던 걸까. 놀이공원 직원의 도움을 받아 난 경찰에게로 넘겨졌고 기쁨보육원에 오게 되었다. 그곳에서 처음 만난 원장님은 친절하셨다.

하지만 난 엄마를 잊을 수 없었다. 그때 떠난 엄마의 마지막 모습을 마지막이라고 받아들이는 데에는 오랜 시간이 걸렸다. 그 후로 자연스럽게 원장님을 가장 따르게 되었고 엄마를 차츰 잊어갔다. 아니, 더 이상 나에게 엄마라는 존재는 없었다.

보육원 생활도 나쁘지 않았다. 시설도 깨끗하고 친구들도 착했다. 무엇보다도 원장님이 제일 좋았다. 나를 보면 항상 활짝 웃어주셨다. 나는 보육원에서 가장 가까운 미소초등학교를 다니게 되었다. 보육원 애들 모두 미소초를 다녀서 친구도 많았다. 그중 가장 친했던 건 강세빈이었다. 내가 처음 보육원에 들어왔을 때, 가장 먼저 말을 걸어준 애다. 그래서 나는 세빈이를 참 좋아했다. 좋아했었다.

나는 초등학교 때도 공부를 잘했다. 특별히 시험공부란 걸 하지 않아도 올백도 자주 받았다. 그 덕에 선생님한테도 사랑받았다. 그런데 내 외모가 주목받기 시작한 건 초등학교 4학년 때부터다. 사춘기가 시작되면서 외모에 대한 관심이 높아지고 누가 예쁘니 잘생겼니 이런 얘기가 끊이질 않았다.

나는 언제나 예쁜 애로 손꼽혔다. 그게 그렇게 거슬렸나 보다. 애들은 예쁜 애랑 친해지고 싶어 한다. 그래서 내 주변에는 친구들이 많았다. 하지만 진정한 친구라고 생각하는 건 세빈이밖에 없었다. 등하교도 항상 같이하고, 매일 점심시간마다 수다를 떨었다. 그런데 어느 날부터 세빈이가 다른 친구들이랑 더 어울렸다. 그럼 나도 그 친구들이랑 어울렸다. 그 친구들은 나를 좋아했다.

세빈이는 그걸 싫어했다. 항상 자기를 중심으로 친구들이 모이고 맛있는 게 있으면 자기한테 먼저 가져다주는 그런 걸 원했다. 하지만 점점 친구들은 나를 중심으로 모였고 나한테 맛있는 걸 나누어 주고 나한테 말을 걸었다. 그런데 어느 순간부터 점점 친구들이 떠났다. 나를 찾지 않았다. 내가 다가가도 피했다.

더 이상 친구들한테 다가가기가 힘들었다. 용기를 내서 세빈이한테 말을 걸었다. "세빈아 요즘 왜 그래?" "뭐가?" "나랑 말도 안 하고..." 할 말은 많았지만 감정에 복받쳐 금방이라도 울 것 같았다. "나 너 싫어. 눈치도 없냐?" 그 이후 세빈이한테 말을 걸지 않았다.

나는 혼자가 되었다. 너무 슬펐지만 그렇게 힘들지 않았다. 뒤에서 내 욕하는 건 다 들렸지만 그걸 노리는 것 같다는 생각도 했다. 보육원에서도 세빈이랑 말하는 일은 없었다.

2주일쯤 지나자 다른 반 애가 찾아와 나에게 말을 걸었다.

"너 강세빈 싫어해?" "갑자기?"

정말 당황했다. 그런데 차마 싫어하지 않는다는 말이 목구멍에서 넘어오지 않았다.

"걔가 너 예쁘고 인기 많아서 질투하던데. 그러면서 니 욕하고." 응? 세빈이가? "무슨 소리야..." 말끝이 흐려졌다.

그 친구는 나에게 강세빈이 나에 대해 했던 얘기를 자신이 기억나는 대로 다 얘기해줬다.

"아..." 정말 할 말이 없었다. 걔가 뒤에서 내 얘기를 하고 있다는 건 알고 있었다. 내가 지나갈 때마다 옹기종기 모여서 웃는 애들 대놓고 손가락질하는 애들 그 중심엔 항상 강세빈이 있었다. 그런데 도대체 누구 뒷담을 한 건지 모르겠다. 걔가 하는 말의 주인공은 내가 아는 내가 아니었다. 나는 그런 말도 행동도 한 적이 없는데 세빈이는 그런 나를 말했다는 건가. 정말 사람을 새로 만든 수준이었다.

"네 말을 다 믿을 수는 없어." 저 친구 말을 어떻게 곧이곧대로 다 믿어... 어쩌면 믿고 싶지 않을 걸지도..

"그래. 하지만 난 강세빈 피해자야. 걔가 요즘 애들한테 내 얘기 하고 다닌다니까? 내가 너한테 거짓말할 이유가 뭐 있어."

억울한 표정으로 그 친구가 말했다. 하지만 저 친구의 말이 사실이라면 강세빈이 내 뒷담을 할 때 아무 말 없이 지켜보고만 있었다는 거잖아.

"너도..... 걔가 내 얘기 할 때 아무 말 없이 지켜만 봤어?"

"...그래서 이렇게 말하러 왔잖아."

"그럼 나한테 말하지 말고 강세빈한테 직접 말하지. 나한테 말한다고 뭐가 달라지진 않잖아."

"그래. 도와주려고 해도 난리야. 네가 강세빈 찾아가서 따지든가 말든가 알아서 해. 내가 방금 한 얘기는 전부 사실이니까."

그 친구는 어이가 없다는 듯한 표정을 지으며 교실 밖으로 나갔다. 나도 이렇게 얘기할 생각은 없었다. 다만 그 친구도 똑같이 내 욕을 했으면서 아닌 척하는 게 너무 싫었을 뿐이다.

"강세빈 나랑 얘기 좀 해." 보육원에서 아무도 없을 때 불렀다. "왜." 걔는 무덤덤하게 반응했다. "우리 할 얘기가 많은 것 같은데." 정말 내 진심을 담아 싸늘한 표정으로 말했다. 세빈이한테 단 한 번도 보여준 적 없는.

"난.. 난 없어." 적잖이 당황한 기색을 보였다.

"내가 뭐 잘못한 게 있으면 말을 해. 그래야 사과를 하든 말든 하지."

"니가 내 친구들 다 뺏었잖아. 어떻게 대놓고 그래?"

"뭐? 나는 그냥 친하게 지냈을 뿐인데. 그걸 뺏었다고 표현하는 건 뭐 어떻게 받아드려야 하지?"

"발뺌하냐? 됐어. 어차피 니 편은 이제 없어.""니가 원하는 대로 돼서 좋겠네."

다음 날, 학교에 가자 이상한 기분이 들었다. 애들의 쑥덕거림이 더 심해졌고 나를 향한 화살이 아니었다. 강세빈은 그 중심에 있지 않고 혼자 엎드려 있었다. 무슨 일이지? 어제 나한테 말을 걸었던 그 친구가 찾아왔다. "야. 너 강세빈이랑 같이 산다며?" 보육원 말하는 건가? 아무한테도 말한 적 없는데. 특히 세빈이는 자신이 보육원에서 자란다는 걸 알리고 싶어 하지 않아 했기 때문에 직접 말했을 리가 없다. 그래서 보육원 애들한테도 절대 말하지 말라고 신신당부를 하며 학교에 입학했다. 근데 그 소문이 퍼진 건가?

"무슨 말인지 설명해줄 수 있어?"

최대한 차분하게 물었다.

"강세빈이랑 너 보육원에 산다며. 이미 그렇게 소문 다 퍼졌어."

역시. 그랬던 거였구나. 내가 여기서 대답하면 세빈이가 더 싫어하려나. 알게 뭐야. 근데 왠지 맞다고 하면 안 될 것 같았다. 나는 그냥 그 자리를 박차고 일어나 강세빈한테 갔다. "뭔데.""…" 대답이 없었다.

학교 끝나고 집 오는 길에 세빈이를 봤다. 옛날에는 함께 걸었었는데.

"우빈정. 너지?""뭐가?" 싸늘하게 대답했다. "보육원."

그 말에는 슬픔과 분노가 동시에 담겨 있었다.

"아니. 그 얘기를 할 이유가 없잖아. 나한테 좋을 게 뭐가 있다고."

"나 일주일 후면 입양 가니까 보육원 안 다닌다고 말할 거야. 누가 그런 소문을 퍼뜨렸는지는 모르겠지만."

그렇게 말하면서 나를 노려봤다.

"넌 정말 남의 말은 듣지를 않는구나."

정말 학교에서 강세빈은 자기가 보육원 안 다닌다고 말했다. 울면서. 다른 친구들은 그런 세빈이를 받아줬고 난 그런 이상한 소문은 퍼뜨린 보육원 다니는 애가 되었다. 내가 하는 말은 아무도 들으려 하지 않았고 일주일 후 강세빈이 입양되어 보육원에서조차 볼 일이 없자 걔는 더 막 나갔다. 나에 대한 소문은 점점 더 괴상해졌고, 걔가 하는 말은 모두가 믿었다. 강세빈은 바라는 대로 애들 사이에서 중심이 되었다. 그렇게 그냥저냥 살아오다 초등학교 생활도 끝이 났다. 중학교는 원장님께 부탁해서 일부로 먼 곳으로 갔다. 그 덕에 미소초등학교 애들은 단 한 명도 없었다. 그런데 그 강세빈이랑 다시 같은 학교에 다녀야 한다니. 정말 싫다. 겨우 행복한 삶을 되찾았는데 이걸 잃어버리긴 싫다.

변화

다음날, 학교에 가기가 너무 싫었지만 갔다. 다행히 강세빈 자리는 나랑 멀었다. 근데 왜 걔가 이쪽으로 오지?

"야." 음.....? 나? "무슨 일이야?" 왜?라고 대답하려고 했는데 내 옆에 있던 유람이가 대답했다. "너 이유람이지?" 유람이를 알아? 얘 지금 명찰도 안 달았는데. "응." "미소초 4학년 5반." 유람이 꽃병초등학교 나왔는데. 미소초 나온 건 나지.. "왜." "왜 그렇게 쌀쌀맞냐. 우리 할 얘기가 있지 않냐." "나와." 그렇게 둘은 복도에 나갔다. 무슨 얘기를 한다고. 근데 유람이가 진짜 미소초등학교 4학년 5반이었다고? 나는 그때 7반이었지. 만약 진짜 미소초등학교였다고 해도 모를 가능성이 높다.

"너 이유람 친구지?" 강세빈이 나한테 말을 걸었다. 내 얼굴이나 분위기가 많이 바뀌었긴 하지만 이렇게 가까이서 보는 데 못 알아볼 줄이야. 아니면 그동안 새까맣게 잊고 살았나. 나는 그러지 못했는데.

"응."

나를 알아본다고 좋을 것도 없는데. 그냥 대답만 간단하게 하자.

"이유람이랑 너무 친하게 지내지 마. 쟤 나쁜 애야. 나랑 걔랑 같은 초등학교를 다녔었거든? 근데... 이렇게만 말하면 전학생이 갑자기 왜 저러나 싶겠다." 응. 그래. 근데 나한테 넌 전학생이기 이전에 강세빈이거든. 어릴 때부터 보육원에서 함께 울고 웃던 친구. 그리고 이상한 소문이 퍼져 나를 싫어하게 된 미소초등학교 4학년 7반 2번 강세빈. 내가 아무 말이 없자 걔가 다시 말했다.

"하하하... 진짜 대답이 없네. 넌 이름이 뭐야? 전학왔는데 아는 얼굴이 이유람 밖에 없어. 친하게 지내자." 순간 당황스러웠다. 내 이름 말하는 게 이렇게 힘들 줄이야. 말할 수 없어!라고 하면 많이 당황하겠지... 그 생각에 피식 웃음이 났다.

"우빈정 화장실 가자." 유람이가 와서 다행이다. 아... 내 이름을 불렀네? 알아챘을까?

"이유람 나 애랑 말하고 있는 거 안 보여? 화장실 혼자 못 가니?" 강세빈이 말했다. "딱 봐도 얘가 불편해하잖아." 이유람이 나를 바라보면서 말했다.

"네가 불편하겠지. 내가 얘한테 무슨 말이라도 할까 봐. 아니야?"

그런데 이 둘은 아까부터 분위기가 왜 이래... "어이가 없어. 전학 온 지 하루 만에 인성 드러나는 거 봐." 유람이는 그렇게 말하면서 교실 밖으로 나갔다. 유람이가 말한 대로 강세빈이랑 있는 거 불편한데.

"우빈정? 맞네. 내가 왜 못 알아봤을까. 그래서 아까부터 표정이... 오늘 학교 끝나고 시간 돼? 물론 나랑 얘기하기 싫겠지만 꼭 해야 할 말이 있어." 날 알아보자 하는 말이 시간 있냐니.

"우리 그런 사이 아니잖아."

"그.. 그렇지만"

"알겠어. 학교 끝나고 보자."

"응. 이유람한테는 말하지 마. 너도 찜찜하잖아. 왜 미소초 다녔다는 사실을 말하지 않았는지."

원래 나는 강세빈이랑 말할 마음이 없었는데 나도 모르게 알겠다고 해버렸다. 사실 나도 강세빈이랑 얘기하는 날을 기다렸으니까. 초등학생 때 했던 수많은 시뮬레이션. 어떤 순간에 말을 걸어도 멋있게 대답할 수 있도록 대비했었다. 어제도 혹여나 강세빈이 나한테 말을 걸까 봐 많은 준비를 했는데 역시 다 쓸데없는 것이었다. 내가 왜 이렇게까지 하고 있는지는 나도 잘 모르겠다.

걔랑 친하게 지냈던 날들이 그리운 걸까.

"유람아 오늘 나 갈 곳이 있어서 너 먼저 가."

"그래. 내일 보자." 강세빈 말대로 유람이한테 말을 안 했다.

나한테 미소초 다녔었다는 말을 안 한 것도 그렇고 아까 강세빈과 얘기하던 유람이의 반응도 그렇고 뭔가 미심쩍었다.

"말 안 했네." 유람이가 나가자 강세빈이 나한테 와서 말했다. "얼마나 걸리는데." 최대한 말하기 싫은 척, 바쁜 척을 하면서 관심 없다는 듯이 말했다.

"난 할 얘기 많은데. 너 바빠?" 안 바쁘지. 너도 잘 알잖아. 보육원 가서 할 게 뭐 그리 많다고.

"그럼 어디서 얘기할까?"

"너 편한대로. 여기서 가까운... 로켓놀이터?"

"그래." 로켓놀이터.. 어릴 때 나랑 강세빈이 자주 왔던 곳이다. 보육원 친구들이랑 같이 뛰어놀기도 하고 둘이서 놀기도 했다. 초등학생 때는 같이 하교를 하면서 오는 길에 로켓놀이터 정자에 앉아 한 시간씩 수다 떨다가 온 적도 잦았다.

우리는 말 없이 걸었다. 정말 아무 말도 없었다. 로켓놀이터에 도착해서 자연스럽게 그 정자에 앉았다. 강세빈이랑 멀어진 후로 한 번도 앉아본 적이 없었다. 우리의 시간이 많이 담긴 곳이었지만 시간이 지났으니 추억이지 그 당시엔 악몽이었다.

"초등학교 때 일 미안해." 강세빈이 먼저 입을 열었다.

"그땐 내가 생각이 짧았나 봐. 어린 마음에 그만.. 어리다고 해서 용서되는 건 아니지만 네가 나를 용서해야 할 필요도 없지만 이렇게 사과할게. 미안해."

"니가 나한테 사과하는 상상 수도 없이 했어. 정말로. 어떤 날은 용서해주고 싶다가도 어떤 날은 사과해도 마음은 풀리지 않을 거라고 신신당부했어. 혼자서. 그런데 이런 날이 실제로 오니까 정말 아무 느낌이 안 든다. 너한테 할 말도 없고 용서해주고 싶지도 화내고 싶지도 않아. 아무 생각이 없어."

"그래. 이해해."

"하지만 니가 이 얘기만 하려고 했던 건 아닐거고. 해봐."

"이유람 3학년 초에 우리 학교로 전학 왔던 애야. 걔가 먼저 나한테 말을 걸어서 걔랑 친해졌었어. 근데 2학기에 한 번 크게 싸운 적이 있거든. 기억 나? 그때도 이 정자에서 너한테 말하면서 펑펑 울었었는데... 아무튼 어영부 영 3학년이 끝나고 근데 걔랑은 다른 반이 되었으니 별 볼 일 없었지. 그 후에 내가 너한테 큰 소리 내고 다시 사과하려고 마음먹었어. 넌 잘못 없는데 나 혼자 발끈했다고. 근데 그때 내가 보육원에 다닌다는 소문이 퍼진 거야. 사실 지금 생각해 보니까 보육원에 다닌다고 나를 이상하게 보진 않았어. 그 냥 나 혼자 나를 이상한 애로 만들어 버린 거지. 나는 너한테 사과하려 했던 참이라 네가 더 미워 보였어. 너 말곤 아는 애가 없으니까 당연히 너라고 생 각했고, 자기도 보육원 다니면서 왜 내 소문만 퍼뜨렸나 괘씸했어. 그래서 우 빈정이 보육원 다닌다고 나는 아니라고 말했고 너는 자기가 보육원 다니면서 강세빈이 보육원 다닌다고 거짓말한 애로 소문이 퍼진 거야."

"그리고 뒤에서 내 욕을 했지." 나도 모르게 그 말이 튀어나왔다. 하지만 진심이었다.

"그건 사실이지만 네가 아는 만큼 심한 얘기는 한 적 없어."

"내가 아는 얘기?"

"왜 그때 갑자기 너한테 찾아가서 강세빈이 너 욕했다고 말한 애 있었잖 아."

"아 기억난다."

"걔가 이유람이야."

"응? 걔가?"

"응. 걔는 내가 보육원에 들어가는 모습을 몇 번 보고 확신한 거야. 그리고 소문을 퍼뜨리고 가장 친한 친구였던 너를 건드려서 자기편으로 만들고 나를 어떻게 할 생각이었나 봐."

"뭐라고? 그걸 너는 어떻게 알아?"

"이유람이 그렇게 말했거든. 걔가 전학가기 전날. 근데 너는 걔 편을 들지 않았고 다른 방법이 없었는데 걔는 이제 전학을 간다고 다 말하고 갔어."

"아... 넌 어떻게 했으면 좋겠어? 나랑?"

"남아있던 약간의 오해는 풀었으니 내가 할 말은 더 없지. 화해하자고 강요할 수도 없고 내 잘못이 맞으니까. 하지만 내 마음은 화해하고 싶어."

강세빈이랑 눈을 맞추고 얘기하면 알 수 있다. 진심인지 아닌지. 이건 정말 진심이었다.

"난 일단 이유람이랑 얘기해봐야 할 것 같은데. 세 명이서?"

"그래. 그래야지." 나는 그 옆에 2분도 안 되는 거리에 있는 보육원으로 강세빈은 어딘지는 모르겠지만 자기 집으로 갔다. 강세빈이 많이 착해진 것 같았다. 예전 일을 반성하고 나한테 사과까지 한 걸 보면. 근데 그렇다면 유람이는 나를 알고 다가온 건가. 학기 초에? 자기가 괴롭히려고 의도했는지 안 했는지는 모르겠지만 결국 자기 때문에 소중한 친구를 잃은 나한테 다가온 거야?

"빈정아 나 너한테 할 말 있어. 전학생 관련 이야기긴데.."

다음 날 학교에서 유람이가 날 보자마자 이 말을 했다.

"나?" 언제 온 지는 모르겠지만 강세빈이 와서 당당하게 말했다. "나에 대해 할 말이 있어? 같이 하면 되겠다."

웃으면서 그 말을 하는 강세빈이 왠지 미워 보이지 않았다. 유람이는 짜증나는 표정을 지으면서 한마디 하려고 하는 것 같았는데 내가 먼저 가로챘다. "그러자." 그리고 강세빈이 어제 나한테 다 얘기했다고 말했다.

"너도 알다시피 유람이는 항상 중립이잖아. 너 할 말 있으면 해."

"하하하... 우빈정 너 강세빈이랑 사이 안 좋았잖아. 하하하하. 이렇게 둘이 갑자기 편 먹고 나오면 내가 어떻게 해야 할지 모르겠다."

"이유람 인성 바로 드러나는 거 봐라."

강세빈이 충격받은 나 대신 말했다.

"너 그러면 처음부터 나 알고 다가온 거야?"

당황했지만 침착하게 물어봤다.

"당연하지. 강세빈이 왜 저런 애랑 친했나 궁금했거든. 이제 상관없어. 나 전학 갈 거거든."

"나 때문이냐?"

"푸하핫. 강세빈? 내가 너 때문에 왜 전학을 가? 나 너한테 관심 없거든?"

그렇게 말하고 일어나 나갔다. 나와 세빈이는 서로를 마주 보며 한참 동안 웃었다.

2주 정도 지나고 이유람은 전학을 갔다. 예전 일 때문에 세빈이와 친해질 수 있을지 확신하지 못했는데 정말 친해졌다. 역시 잘 맞는다. 내가 중학교에 오고 많은 사람들의 관심을 한 번에 받는 걸 부담스러워하고 본모습을 의심하게 된 것도 강세빈 때문이었지만 친구와 더 가까워질 수 있는 방법을 깨달은 것도 강세빈 덕분이다. 이 학교에서 세빈이와 화해하고 나서 다른 친구들에게도 더 마음을 열었다.

어느 날, 길을 가다가 이유람을 마주쳤다. 우리는 서로 무시했다. 걔는 날 못 봤을지도 모르지만. 이유람은 나와 어떤 사이가 되고 싶었던 것일까. 강세빈이랑 친하다고 이용하고 싶은 애? 아니면 정말 친한 친구? 뭐가 어떻든 스스로를 반성하고 용서를 구하지 않으면 그 어떤 관계도 좋게 이어질 수 없다는 걸 잘 알았기에 더 다가가려고도 하지 않고 다가오길 기다리지도 않았다.

솔직히 학기 초 이유람과 보내는 시간은 즐거웠다. 걔는 어땠을까. 즐거웠을까? 끔찍했을까? 어느 쪽이든 나와는 상관없는 일이지만 나중에 정말 나중에 걔를 다시 한번 만난다면 충고 한마디는 건네줄 수 있을 것 같다. 모든 일을 자기 뜻대로 되게 하려고 하지 말라고. 그게 니 주위에서 사람들을 떨쳐낼 거라고.

그리고 강세빈 명심해. 나는 우리 사이의 일에 이유람이 끼어 있어서 너를 용서해준 게 아니야. 네가 진심으로 사과했고 반성했기 때문이지. 그 사이 어떤 일이 있었는지는 모르겠지만 네가 많이 변했다는 걸 느꼈어. 그리고 긴 시간이 흘러서 그때의 감정이 덜 아프게 느껴졌을 거야. 결코 너의 잘못이 이유람에 의해 덜어진다거나 화해했다고 없어지는 게 아니란 걸 기억해. 나는 앞으로도 몇 번씩 그때 일이 생각날 거고 아파할 거니까.

이 일은 거름이 되어 나를 정신적으로 성장시켰다. 그리고 시간이 지나면 아마 다른 거름에 의해 묻힐 것이다. 앞으로도 상처받고 또 성장할 일이 많이 생길 거니까. 그때마다 내 몸속 어딘가에 있는 이 일이 떠오를 것이다. 다시 시작이라는 생각은 수없이 하게 되겠지만 결국 지난날이 있었기에 다시 시작할 수 있다는 사실을 알고 있다. 점점 다시 시작이라고 말하는 날도 줄어들겠지. 그럼 나는 점점 커다란 나무가 되어가겠지. 하지만 커다란 나무에도 거름은 필요하다.

DREAM

꿈꾸는 책벌레 1학년 · **김수현**

작가 소개

 저는 동도중학교 1학년에 재학 중인 김수현입니다.

 저는 6학년 때 수성구 만촌동으로 전학을 와서 중앙초등학교를 졸업하고, 동도중학교를 1지망으로 냈는데, 붙어서 현재 등하교 시간만 왕복 1시간이 훌쩍 넘는 거리를 등교하고 있습니다.

 이렇게 집에서 멀어서 처음에 학교에 왔을 때는 아는 친구가 반에 한 명도 없어서 걱정했지만, 지금은 친구들과 굉장히 잘 지내고 있습니다!

 취미는 딱히 뭐 그렇다 할 것은 없지만 음악 듣기 정도인 것 같습니다. 그리고 장래 희망은 아직 없습니다!

 하지만 제 꿈은 진짜로 제가 원하는 것을 찾아 이루는 것입니다.

 이상입니다!

작가의 말

　이 이야기는 4명의 친구들이 방황하면서 자신의 진정한 꿈을 찾아 가는 성장 소설입니다.

　저도 정민이, 태민이, 그리고 이야기 초반의 윤형이처럼 꿈이 없어 서, 친구들의 이야기가 100%는 아니지만 어느 정도 제가 했던 고민 들, 그리고 내린 결론들이 섞어 넣었던 것 같습니다.

　제가 꿈에 대해서 적게 된 까닭은 우선 제가 꿈이 없어서 입니다. 또 중학교 올라오니까 좀 많이 멀게만 느껴졌던 진로문제가 점점 더 가까이 다가오고 있다는 느낌이 들어 불안할 때도 가끔씩 있기 때문 입니다.

　또 제가 좋아하는 꿈에 대한 노래가 〈낙원〉, 〈꿈을 꾸는 동안〉 인 데, 〈낙원〉은 뭔가 위로받고 기운이 나는 노래고 〈꿈을 꾸는 동안〉 은 마음에 안정을 주는 느낌이 들어서 둘 다 자주 듣습니다. 그리고 원래도 소설 쓰는 게 쉽지는 않을 거라고 생각은 했지만, 3번이나 아 예 통째로 갈아엎을 줄은 몰랐습니다.

　솔직히 이것도 좀 아쉬운 부분이 없지 않아 좀 있지만! 내년에 더 잘 쓰도록 노력해보겠습니다. 그리고 원래는 로맨스도 좀 넣으려고 했으나…쉽지가 않더군요.

　이상입니다!

모든 것의 시작

정민

2학년 첫날부터 기분이 참 뭣 같다. 반에는 아는 애가 한 명도 없지, 작년에 같은 반이었던 애들은 손절한 애들이라니, 참 운도 지지리도 없다. 안 그래도 짜증 나는 데, 학생 기초조사서의 장래희망 칸은 안 그래도 심란한데, 더 심란하게 만들고 있다. 그냥 솔직하게 없음. 적으면 안 되나? 학교는 평소에는 나한테 관심 1도 없으면서 학기 초마다 쓸데없이 내 꿈에 관심 가지고 난리야. 하지만 없음 적었다가는 담임과 깊은 상담을 해야 될 것 같아 대충 선생님을 적었다. 물론 내 꿈이 선생님은 아니고 또 선생님이라는 직업에 관심조차 없다. 아무래도 이번 1년, 순탄치 못할 것 같다.

태민

장래희망? 없는데. 아 하나 있긴 하네. 돈 많은 백수. 나는 거짓말을 절대 안 하는 착한 청소년이니 솔직하게 없다고 적어놓고 보니, 시간이 너무 많이 남은 것 같다. 저기 저 여자애는 아무래도 나처럼 꿈이 없는데 지금 열심히 짜내고 있는 중인 것 같다.

그리고 짝꿍 녀석은 굉장히 범생이에 재수 없다. 내가 꿈이 뭐냐고 물어보니까, 나를 한번 흘끗 보고는 "그 시간에 공부나 하겠다."라고 대답하고 고개를 휙 돌려 버리는 것이다. 말투로 봐서는 아마 꿈꿀 시간에 공부나 하는 게 낫다고 생각하는 것 같다.

윤형

짝꿍이 나한테 꿈을 물었다. 작년까지는 교수였는데, 솔직히 모르겠다. 내가 진짜로 교수가 되고 싶은 것인지, 할 수 있기는 한지, 안 그래도 심사가 꼬여있던 터라 나도 모르게 재수 없는 말이 나가 버렸다. 쪽팔린다. 하지만 끝도 없는 학원에 숙제에, 꿈꿀 시간이 없는 건 사실이니까 할 말은 없다.

#윤진

내 꿈은 의사다. 초등학교 2학년 때부터 꿈이었으니 7년째 똑같은 말을 쓰고 있다. 하도 오래되고 많이 말한 꿈이라 그런지, 뭔가 흐려지는 기분이 들지만, 어쨌든 내 꿈은 의사다.

Friends

윤형

나도 얘랑 절친이 될 줄, 얘를 만난 첫날에 상상이나 해봤을까. 놀랍게도 나는 전태민이랑 절친이 되었다. 이 일의 시작은 진로 시간이었다. 전태민은 진로도우미인데, 내 학습지를 걷다가 내가 "지금은 꿈이 없다."라고 적어놓은 것을 보고 "나도 꿈이 없다."라고 했다. 사람이 공감거리가 생기면 급속도로 가까워진다고, 나랑 전태민도 그 시간 이후로 급속도로 친해졌다. 그 시간 이후로 전태민이 엄청 앵기는 것도 확실히 한몫한 것 같다. 그리고 김정민이라는 쌍둥이동생이랑도 친해졌다.

태민

박윤형. 맨 처음에 정말 싸가지 없어 보인다고 생각했지만, 그땐 당황해서 그런 것이고, 사실은 굉장히 낯을 많이 가리고 착했다. 하지만 모범생인 것은 맞았다. 중간고사 석차가 무려 전교 2등이었다. 그래놓고도 1등을 놓쳐 아쉬워했다. 나도 걔의 성적 반이라도 따라갔으면.

박윤형과 나는 둘 다 꿈이 없다. 근데 없는 것도 좀 다르다. 나는 이때까지 그냥 '꿈은 고등학교 가서 정해야지'라고 생각했다면, 윤형이는 자기가 진짜로 하고 싶은 걸 찾지 못해서 꿈이 없는 거라고, 지금도 찾고 있는 중이라고 했다. 솔직히 윤형이를 보고 이때까지 내가 너무 생각 없이 살아 온 것 같아 반성을 많이 했다.

다시시작

윤진

2학년 둘째 날, 혼자 앉아있는 정민이를 봤다. 활달한 나와는 달리 조금 과묵해 보였지만, 다른 극일수록 끌린다는 말이 있듯이 친구가 되고 싶어 다가갔다. 다행히도 정민이는 나를 밀어내지 않았고, 우린 친한 친구가 되었다. 정민이는 생각이 깊은 아이였다. 어른스러운 점이 많아 언니처럼 의지하게 되었다.

정민

솔직히 둘째 날 나에게 다가와 준 윤진이가 눈물 나게 고맙다. 하지만 내가 표현을 잘 못 해서 딱히 내색해주질 못했다. 윤진이는 항상 밝고 나를 웃게 해준다. 그리고 무엇보다도 부러운 점은 장래희망이 확실히 있다는 것이다. 나도 언젠가는 윤진이처럼 확실히 내 길을 찾을 수 있을까? 나는 날 믿는다.

시련은 있는 법

윤진

진짜 심각하게 고민해봤는데, 나 아무래도 이 길이 맞는지 나도 잘 모르겠다. 어릴 때부터 의사를 꿈꿔 왔지만, 이제 확신이 안 든다. 내가 의사가 되기까지의 시간을 포기하지 않고 견뎌낼 수 있을지 모르겠다.

또, 핑계 같지만, 중간고사 성적이 생각보다 안 나온 것도 한몫하는 것 같다. 의대를 갈 수 있을지도 모르겠다.

윤형

솔직히 말하자면 나는 꽤 공부를 잘하는 편이다. 그래서 주변 사람들은 판검사가 되는 건 어떠냐고, 의사가 되는 건 어떠냐, 공부를 잘해야 하는 직업들을 추천해 준다. 공부를 잘하면 선택할 수 있는 직업군이 넓어서 좋겠다고 하지만, 사실 내가 좀 성적과는 관계없는 직업을 갖고 싶다고 하면, 내 성적이 높다는 이유로 딴 길을 생각해보는 것은 어떤지 은근 압박을 준다.

주변 사람들은 그 성적으로는 더 나은 직업을 가질 수 있다고 말하지만, 세상에 직업에 좋고 나쁨은 없는 것 같은데, 한 직업이라도 사라지면 힘들어지는데, 진짜 왜 그러는지 모르겠다.

그리고 이것도 좋은 소식이라면 좋은 소식이겠지만, 요즘 나는 동물미용사에 관심이 많아졌다. 하지만, 부모님과 주변 사람들은 별로 달가워하지 않으신다. 내 소중한 꿈인데, 생긴 지 얼마 되지도 않은 이 꿈을 포기해야 하는 건지 고민된다.

태민

저번에 윤형이의 말을 듣고 곰곰이 생각해봤다. 지금까지 꿈에 대해서 한 번도 제대로 생각해 본 적이 없다. 좀 도움을 얻으려고 이때까지 모은 진로 학습지들을 살펴봤지만, 내가 워낙 오락가락하는 성격이라 정말 성향이 다양한 것 같다.

그리고 꿈을 갖게 되면, 하지만 그 꿈을 이루지 못하면, 주변사람들의 시선, 절망, 좌절.. 두렵다. 또, 꿈이 생겨도 너무 허황된 꿈이란 소리를 들으면 어떡할까 무섭다. 무섭다. 꿈이란 단어가.

답은 나에게 있다

윤진

결국 폭발하고 말았다. 안 그래도 생각이 많은데, 엄마가 너 의대 갈 거라면서 이렇게 멍만 때리고 있어도 되냐고, 성적이 낮아도 되냐고, 공부 안 하냐고 닦달하는 바람에 결국 터지고 말았다. 집에 있다가는 더 화가 날 것 같아 현관문을 닫고 집을 나왔다. 그리고 정민이한테 전화를 걸었다. 대충 집을 잠시 나왔다고 설명하자 정민이는 자기 집으로 오라고 했다. 정민이 집에 가서 정민이한테 모든 얘기 고민을 다 털어놓았다. 꿈이 확신이 안 선다고, 이게 내 꿈인지 모르겠다고 꿈이 없으면 이제 공부하는 이유조차도 찾지 못할 것 같다고. 또 정민이한테 물었다. 너는 꿈이 생겼냐고. 정민이는 조금 다른 이야기를 했다. 꿈의 뜻을 아냐고. 장래희망 아니냐고 대답을 하니까 정민이가 국어사전 스크랩 자료 한 장을 보여 주었다

꿈.【명사】
① 잠자는 동안에 깨어 있을 때처럼 여러 가지를 보고 듣고 느끼는 현상.
② 실현시키고 싶은 바람이나 이상.
③ 공상적인 바람.
④ 현실을 떠난 듯한 즐거운 상태나 분위기.

그러고는 말했다. "꿈이 꼭 장래희망은 아니잖아. 장래희망은 꿈에 포함되는 일부일 뿐이야. 다른 꿈도 있을 수 있지. 네가 지금 꿈에 대한 확신이 서길 바란다는 것도 꿈이라고 할 수 있지. 나도 내가 원하는 것을 찾아 이루는 것이 나의 꿈이고."

진짜 정민이의 말 한마디 한마디가 위로가 되는 느낌이었다. 그러고 나서 정민이랑 신나게 수다를 떠는데 정민이가 꿈에 대한 노래라면서 추천해주었다. 〈낙원〉이라는 노래였는데, "멈춰서도 괜찮아. 아무 이유도 없이 달릴 필요 없어. 꿈이 없어도 괜찮아"라는 가사가 새삼 위로가 되는 것 같아 마음에 들었다.

정민

솔직히 윤진이가 그런 고민이 있다고 했을 때 굉장히 놀랐다. 누구보다 밝고, 자신에 대해 선명히 확신이 서 있는 아이인 줄 알았는데. 생각해보니 요즘 진로시간마다 생각하는 시간이 많아지고 표정도 조금 어두웠는데, 눈치채

지 못했다니 윤진이에게 많이 미안했다. 그래도 나랑 이야기하면서 속이 좀 후련해진 것 같아 다행이다. 윤진이는 다시 집으로 돌아갔다. 그리고 윤진이가 밝은 얼굴로 집에 돌아가 뿌듯했지만, 내심 내 진로에 대한 고민도 더해져 기분이 묘했다. 제발 내 꿈은 공상적인 바람이 아니길.

윤형

윤진이가 물었다. "너 꿈 있냐?" "지가 15분이나 늦게 태어났으면서 오빠라 해봐 오.빠." "에휴..그래 오빠 꿈 뭔데?" 솔직히 당황했다. 왜 갑자기? 그래서 은근슬쩍 대화 주제를 벗어나려고 했지만 실패했다. 그냥 눈 딱 감고 솔직하게 말하자. "나? 반려동물 미용사. 근데 주변에서는 자꾸 판검사, 의사 같은 "사"자 들어간 직업 하라고 한다..휴..." "그거야 오빠가 공부를 잘하니까 그렇겠지" 얘조차도 이 소리다. 차라리 다음 시험에서 다 틀려 버릴까? "근데, 어차피 오빠 장래희망이고, 나중에 오빠가 그 직업을 할 거잖아." 의외였다. 그 순간, 내 마음속의 돌덩이가 하나가 빠져나가는 느낌이었다. 그래 어차피 내 직업이고 내가 할 건데, 내가 원하는 대로 가는 게 맞지. 답은 그리 먼 곳에 있지 않았다. 나에게 있었다. 내가 주변의 압력에도 꿈을 바꾸지 않은 이유는 나는 정답을 알고 있었기 때문이었다. 오늘 부터 내꿈은 반려동물 미용사다.

태민

꿈, 무서운 말이다. 하지만 설레는 말이기도 하다. 그리고 나는 나다. 누구도 내 꿈에 대해 뭐라 할 자격이 없고, 내가 이룰 수 있게 노력하면 더 이상 허무맹랑한 공상이 아닌 것인데, 내가 너무도 조급했던 것 같다. 원래 진짜로 성공하는 사람은 천천히 그렇지만 꾸준히 성공을 향해 다가간다. 아직도 많이 서툰 나지만, 저번보다는 좀 더 나아졌다. 앞으로는 더 나아질 것이다.

Grade of 3

정민

3학년 첫날이다. 아직 어제 2학년 첫날 이었던 것 같던데 벌써 1년이 지났다. 1년 동안 참 많은 일들이 있었다. 올해도 운은 지지리도 없어서 윤진이와 같은 반이 되지는 못했다. 그리고 올해도 역시나 학생 기초조사서를 받았다. 여전히 나는 장래 희망이 없다. 하지만, 장래희망 칸에다 장래희망 대신 나의 직업가치관을 쓴다.

"저는 아직 장래희망은 없지만, 능력 발휘와 창의성과 관련 있는 직업에 대해 관심이 많습니다."

1년 전 선생님이라고 적었던 김정민에 비하면, 장족의 발전이다. 김정민, 잘 컸네.

태민

3학년 첫날, 새로운 1년, 새로운 친구들, 하지만 새롭지 않은 학생 기초조사서. 올해는 장래희망 칸에 없음 대신 지금에 '나에게 부끄럽지 않은 전태민 되기.' 라 써넣는다. 아직 삼고 싶은 직업은 없지만, 찾고는 있다. 하지만 어떤 직업보다도 떳떳하고 멋지게 살아가고 싶다. 지금의 내가 보기에 부끄럽지 않게.

윤진

올해도 학생 기초조사서에 의사라고 써넣는다. 하지만 작년과는 다르다. 작년 한 해 동안 방황을 많이 했지만 결국 다시 돌아온 자리는 여기였다. 내가 어릴 때부터 간절히 원해 왔던 것. 너무 익숙한 나머지 소중함을 잊어버렸었다. 하지만, 나 박윤진, 절대 같은 실수를 반복하지 않을 것이다. 영원히.

윤형

다들 내 꿈이 반려동물 미용사라고 하면 놀란다. 전교 2등 꿈이 반려동물 미용사라니... 하면서 말이다. 물론, 우리 반 애들도 나에게 똑같은 말을 했다. 하지만 나는 당당히 이렇게 말한다. "나중에 내가 할 직업인데, 남이 원하는 것보다는 내가 원하는 걸 하는 게 낫지 않겠어? 그리고 세상에 직업을 좋고 나쁨으로 판단할 수는 없다고 생각해. 내가 진심으로 하고 싶은 직업은 반려동물 미용사야." 그렇다. 아무도 나에게 내 꿈에 대해 뭐라 할 자격은 없다. 나는 나니까.

꿈. 우리 모두의 공통인 한 가지 꿈이 있다. 어제의 나보다는 나은 내가 되는 것. 오늘도 우리는 그 꿈을 공상적인 바람이 아닌 실현시키고 싶은 바람이나 이상으로 만들기 위해 오늘 하루를 최선을 다해 산다. 또 내일은 오늘보다 더 열심히 최선을 다해 살 것이다.

얼음의 저주

꿈꾸는 책벌레 1학년 · **성시윤**

작가 소개

2006년 6월 4일에 대구에서 태어난 대구 토박이다.

8살 때 수성구로 이사를 와 초등학교 1학년 때 아는 사람이 없었다.

경동초등학교를 졸업해 "대덕산 옆에 끼고~"만 들어도 "깃대봉 높이~"가 자동으로 나온다. 자랑을 하자면 5학년 때 전교 부회장을 하기도 했었다.

1지망을 동도중학교로 써서 운 좋게 동도중학교로 왔지만, 매점이 없어서 슬프다. 경신중학교에 간 친구들이 자꾸 학교에 매점이 없으면 그게 학교냐고 놀리고 있다.

그래도 급식이 경동초등학교보다 맛있어서 괜찮다.

봉사 시간 10시간에 낚여 도서부에 들어왔으며, 그 판단에 대한 대가로 도서관의 일꾼이 되었으며, 그래서 지금 이 책을 쓰고 있다.

혈액형은 O형이지만 혈액형 심리학 같은 유사 과학을 싫어한다.

장래희망은 정형외과 의사를 희망하고 있다.

취미는 독서와 기타 연주이며, 도서부에 들어와 책을 7권이나 빌릴 수 있어서 좋다.

어머니, 아버지, 동생, 앵무새, 구피들이랑 베타랑 살고 있다. 집이 일 층이라 바퀴벌레와도 동거 중이라 해야 할지 고민이다.

창문 사이로 아침 햇살이 들어왔다. 창밖에서 새들이 지저귀고 있었다. 오늘은 이상하리만치 고요했다. 정우는 휴대폰을 보고 시간을 확인했다.

'7시…. 7시면 조금 더 자도 되겠지?' 하고 다시 자려는 찰나 불길한 예감이 들었다. 다시 보니 8시였다.

"엄마! 아아아아악, 지금 8신데 왜 안 깨웠어!!"

"엄마는 너 계속 깨웠다. 네가 안 일어난 거지."

엄마의 말에 할 말을 잃은 정우는 그저 자신이 듣지 못한 알람 탓을 할 뿐이었다. 왜 내가 알람 소리를 잘 안 들리는 걸로 설정했을까, 하는 생각과 함께 엉거주춤 일어나 옷을 입었다. 샤워를 하면 학교에 늦을 것 같았다.

'아, 어제도 안 씻었는데……'

정우는 재빠르게 교복으로 갈아입고(넥타이는 매지 않았다. 넥타이를 매면 계속 친구들이 잡아당겨서 풀리기 때문이다) 자신이 낼 수 있는 최대 속도로 학교로 갔다. 교문을 통과하고 나서 종소리가 울려 퍼졌다. 8시 20분이다.

'괜찮아. 오늘 월요일이야. 선생님은 30분에 오실 거야'

교실 안에 들어가서 휴대폰을 제출하고 자리에 앉았다. 그의 눈길은 한 여자를 향했다. 그녀를 그는 개학한 날부터 사랑했다. 그때 옆에서 진주명 목소리가 들렸다.

"야 변승주, 네 남친 이제 왔음."

"야, 너는 좀! 조용히 하라고!"

변승주의 목소리가 들렸다. 정우는 애써 그 목소리를 무시한 채 사물함에 가서 오늘 쓸 교과서들을 가져오려 했다. 그의 사물함 옆에 그녀의 사물함이 있다. 그녀는 그의 옆 번호이기 때문이다. 그녀가 그의 옆에서 교과서를 꺼내고 있었다. 정우는 함부로 그녀를 쳐다보지 못했다. 눈을 마주치면 어떡하나 하는 생각이었다.

갑자기 교실이 조용해졌다. 뒤를 보니 선생님이 오셨다. 정우는 교과서를 들고 책상으로 가서 앉았다. 교과서를 책상 서랍에 넣으며, 정우는 선생님의 말을 듣고 있었다.

발소리가 들려오더니 뒷문이 열었다. 최혜인이 교실로 들어왔다.

"혜인아, 이렇게 늦게 올래?"

"쌤, 28분."

최혜인은 휴대폰을 켜서 선생님께 보여줬다.

"일찍 안 올래?"

"쌤, 내일은 20분까지 올게요."

정우는 피식 웃으며 1교시를 확인했다. 기술이다. 기술 책을 꺼내 놓았다.

'필통, 필통이 어디 갔지?' 정우는 가방 속을 뒤지고 바닥도 보았는데 필통이 없었다. 어디 있지, 하고 책상 위를 보았더니 그 위에 있었다. 그는 필통을 자신이 가방에서 꺼냈단 것을 기억하고 '이 멍청이'라고 생각했다.

그가 딴생각을 하는 사이 선생님이 자리를 바꾼다고 했다. 정우네 반은 이중 제비뽑기로 자리를 바꾼다. 선생님이 먼저 자리에 따라 랜덤 숫자를 배치한 후, 학생들이 숫자가 적힌 종이를 뽑아 그 번호의 자리에 앉는 것이다. 결과는 보통 점심시간에 나온다.

정우도 종이를 뽑아 거기에 다시 자신의 이름을 적고 다시 냈다. 지루하고 지루한 수업이 지나고, 점심시간이 되었다. 정우는 친구들과 함께 학교 뒤편으로 나갔다. 3명 빼고 모든 남자들이 야구를 하러 그곳에 왔다. 사실 야구라기보다 그냥 캐치볼이다.

정우는 온갖 가오를 잡으며 슬라이더를 던졌는데 공이 다른 것으로 날아가서 급식실 옆 철창 뒤로 들어갔다. 위로 넘어가진 못했고 데굴데굴 굴러 철창 밑으로 들어갔다. 장인태가 공을 주우러 간 사이 정우는 다른 애들의 질타를 받고 있었다. 성시윤은 계속 밥을 먹으러 가자고 했다. 이러면 밥 못 먹는다고 못 먹는다고 말했지만, 오늘도 정우 일행은 급식실에 늦게 갔다.

급식은 맛이 더럽게 없었다. 특히 오늘은 더 그랬다. 정우의 자리 근처에 변승주의 자리가 있었다. 또 애들이 놀리고 있다.

"네 동생한테 변승주가 형순가?"

"정우야 저기 가서 앉아라. 변승주가 보고 싶어 하잖아."

여자애들이 더 많이 놀린다.

"정우야 일로와 변승주가 부르잖아."

"승주가 너 보고 싶다고 하는데"

정우는 자신을 놀리는 실장을 향해 "응 박지훈"이라고 대꾸했다. 장지현은 아무 말도 하지 못했다. 여자애들의 관심을 그곳으로 돌렸다.

밥을 다 먹은 후 교실에 가니, 교탁에 애들이 모여 있었다. 뭐지, 하며 가보니, 자리 배치표가 바뀌어 있었다. 이번엔 검은 종이에 흰색 글씨다. 정우는 이정우라는 이름을 찾아 그 옆자리를 확인했다. 임채윤이라고 적혀 있었다. 박지훈이 웃으며 "이정우, 니 짝 임채윤임. 수고하셈."이라고 말했다. 정우의 머릿속은 개판 오분전이었다. 두 명의 생각이 서로 칼을 들고 맞서 싸우고 있었다.

'오, 내가 드디어 그녀와 짝이라니'

'아 젠장 오늘 머리 안 감았는데.... 냄새 안 나나?'

정우는 책상을 자신의 새로운 자리로 옮겼다. 정우는 지금 머릿속이 새하얘졌다. 정우는 오늘 박지훈이 자기한테 발 냄새 난다고 했다는 말이 생각났기 때문이다. 성시윤도 정우에게 머리 냄새난다고 했다.

그날 학원에서 그는 충격적인 얘기를 들었다. 사실 그렇게 충격적이진 않았지만, 정우 입장에선 세상이 무너지는 것 같았다. 별로 중요한 얘기도 아니었고 매우 흔한 얘기였지만 임채윤이 하늘에서 내려온 천사라 믿는 정우는 정말로 충격을 받았다. 정우는 계속 친구들에게 그 이야기를 했지만, 박지훈은 임채윤이 뭐 그렇지, 라는 반응이었고, 장인태는 그래서 어쩌라고, 라는 반응이었고, 성시윤은 너 임채윤 좋아하지, 라는 반응이었다. 성시윤, 김상

현, 변승주, 그리고 김소정은 미술실 청소였기 때문에 점심시간에 미술실에 갔다. 성시윤은 이정우도 끌고 같이 갔다. 거기서 정우는 충격적이지만 충격적이지 않은 얘기를 했다. 성시윤은 그 얘기보단 정우의 그녀에 대한 마음에 더 중심을 맞췄다. 성시윤은 그래서 자신의 이론을 변승주가 듣는 앞에서 설명했다

"야 이정우, 솔직히 말해봐, 너 임채윤 좋아하지. 계속 그 얘기밖에 안 하잖아. 변승주가 널 좋아하는 건 알고 있을 테니…… 변승주 책상에 적혀 있는 대파 사랑의 대파는 이정우라고 확정 났고, 너도 변승주를 좋아하지는 않지만 변승주가 널 좋아하는 걸 아니까 미안해서 그러는 거잖아.(퍽 하는 소리와 함께 변승주의 '너는 좀 조용히 하라'는 소리) 피구 할 때도 변승주 일부러 안 맞추고. 네 마음은 변승주가 아니라 임채윤한테 있던 거지. 강혜성이 임채윤 좋아하는 거, 너도 알잖아. 그래서 너도 양심의 가책을 느끼고……"

그리고 정우는 시윤이에게 헤드락을 걸었다. 성시윤은 그것을 이정우가 임채윤을 좋아한다는 확실한 증거로 받아들였다. 사실 정우는 눈치가 없었기 때문에, 그리고 야영에 가지 못했기 때문에 강혜성이 임채윤을 좋아한다는 것을 몰랐다. (야영에서 한 진실게임에서 강혜성이 얘기했기 때문이다. 정우는 팔이 부러져 야영에 참가하지 못했다.) 그래서 그것에 대한 양심의 가책 따위 없었다. 하지만 그것 외에는 다 사실이었다. 정우는 그래서 교실로 도망갔다.

"네, 다음 뉴스입니다. 최근 북극에서 매머드 미라가 발견되었는데요, 얼음 속에 갇혀 꽁꽁 얼어 있었습니다. 이준우 기자 연결하겠습니다. 이준우 기자?"

"지금 저는 다산과학기지에 와 있는데요, 여기서 상태가 매우 양호한 매머드 사체가 발견되었단 소식 때문에….."

정우는 매머드에 대한 뉴스를 보고 수천만 년 전 빙하기에 지구를 노닐던 매머드를 상상했다.

"매머드가 멸종한 이유가 세 가지가 있어."

상현이가 학교에서 말했던 것이 생각났다. "기후 변화, 질병, 그리고 인간이 사냥했기 때문이지"

"그래서 나보고 어쩌라고." 정우가 말했었다.

"아니 좀 들어 봐."

정우는 그 말을 무시하며 교실 밖으로 나왔었다.

'음…… 인간의 사냥 때문에 매머드가 죽었다…..? 말이 되나?'

정우가 이런 생각을 하고 있을 당시 북극에선 이준우 기자가 다시 한국으로 돌아갈 채비를 하고 있었다.

'북극이 다 얼음일 줄 알았는데, 완전히 다 얼음이 아닌 곳도 있네? 땅이 녹으면서 매머드 미라가 발견됐다…… 신기한걸'

이준우 기자는 열 몇 시간에 걸친 긴 비행을 끝내고 인천 공항에 도착했다. 기내식은 맛있었다. 고국에 돌아오니 좋다는 생각과 함께, 그는 자신의 집을 향해 갔다.

'역시 집이 최고야. 집 나가면 고생이라니까.'

하루 전까지만 해도 북극이 좋다 했던 사람으로서는 꽤 빠른 태세 전환이었다. 이준우 기자는 피곤했는지 바로 침대에 누웠다. 금세 그는 잠에 빠져들었다. 비행기에서 잠을 자지 않고 영화를 너무 많이 봤기 때문에 그가 시차 적응을 하려면 시간이 조금 걸릴 것 같다.

이준우 기자는 다음 날 일어나려 했으나 몸에 힘이 들어가지 않았다. 모든 근육이 아파져 왔고 모는 관절이 아파졌다.

'아 젠장, 몸살이네. 약 좀 먹어야지.'

그는 약을 먹었다. 약을 먹고 나니, 조금 괜찮아졌다. 그는 천천히 방송사로 향해 출근했다.

그리고 일주일 뒤, 이준우 기자는 대구에 친구들을 보러 내려갔다. 그가 대구에 가니 갑자기 안 쓰던 사투리가 술술 나왔다. 이준우 기자는 오랜만에 고등학교 동창들을 만나 술잔을 기울였다. 그는 술을 너무 많이 마신 나머지 주사를 부리기 시작하였다. 갑자기 친구들에게 신세 한탄을 하더니 노래를 부르다가 갑자기 온 술집을 뛰어다니고 바닥에서 뒹굴다가 잠든 그를 김민수 선생이 자신의 집으로 데려갔다. 원래 그는 김민수의 집에서 머물기로 했었다.

다음날, 김민수 선생은 학교에 갔다. 왜 오늘은 월요일인 것인가, 왜 월요일은 월요일인가, 누가 월요일을 만들었는가에 대해 생각하며 학교로 갔다. 그는 오늘따라 수업을 하면서 계속 기침을 했다. 어제 너무 술을 많이 마셨나, 하고 생각하며 그는 계속 수업을 이어 나갔다. 6교시는 1학년 5반이었다.

5반에 서식하는 정우는 월요일 7교시 자율 시간이 왜 있는지 궁금했다. 아니, 불만이 많았다. 자율 시간에 하는 것은 무슨 금연 교육 영상 같은 것을 보여 주는 것이기 때문이다. 정우가 학원에 갔다가 10시에 집으로 돌아왔더니 부모님이 무슨 새로운 질병에 대해 얘기하고 있었다. 정우는 피곤해서 그냥 방으로 들어갔다.

한 달 후, 온 나라가 난리가 났다. 무시무시한 전염병이 온 나라를 덮쳤기 때문이다. 이름하여 NERS, 북유럽 호흡기 증후군이었다. 이 불치병은 우리나라뿐만 아니라 전 세계를 덮쳤다. 과학자들의 조사 결과, 이 질병은 1만 2천 500년 전에 있었던 전염병이다. 매머드가 멸종할 때 있었던 바이러스인 것이다. 과학자들이 한 달 전에 발견한 매머드 사체를 조사한 결과, 그 매머드에게 바이러스가 있었다. 얼음이 녹으며 재앙이 깨어난 것이다. 이 병이 무서운 이유는 전염을 막을 수 없고, 증상이 매우 심각하단 것이었다. 사실 95%의 사람이 이 바이러스를 가지고 있었고, 그중 30%밖에 증상이 나타나지 않았기 때문에 전염을 막기란 불가능했다.

정우는 몸이 이상했다. 열이 40도까지 올라갔다. 머리가 어지러웠다. 토를 했다. 근육이 욱신욱신 아팠다. 정우의 어머니가 정우를 병원에 데려갔다. 정우는 NERS에 걸렸다는 진단을 받게 됐다. 정우는 좌절했다. 정우는 세상이 원망스러웠다. 죽고 싶지 않았다. 살고 싶었다. 그녀를 위해, 그녀를 한 번이라도 볼 수 있으면 죽어도 원한이 없을 것 같았다. 그리고 충격적인 소식이 들려왔다. 그녀가 이 병에 걸려 마지막 여행을 떠났다는 것이었다. 정우를 붙잡고 있던 마지막 생명의 끈이 끊어졌다. 정우는 더 이상 살 이유가 없었다. 그렇게 정우의 심장은 더 이상 뛰지 않았다.

그가 하늘로 올라갈 때 그는 그녀를 봤다. 그가 그녀에게 용기를 내어 말을 걸었다. 그녀가 그의 사랑을 받아줬다. 그 둘은 손을 잡고 새로운 세상으로 가는 여정을 시작했다.

소정이의
중학교 적응기

꿈꾸는 책벌레 1학년 · 신혜림

작가 소개

이름: 신혜림

취미: (아주 가끔) 재미있는 책이 있으면 독서를 하지만
주로 쇼핑이나 친구들과 떠들기를 취미로 삼고 있다.

장래희망: 의사

프롤로그

마침내 길고 길었던 초등학교를 졸업한 소정. 작은 사립초등학교를 다니며 이젠 가족과도 같은 친구들과 6년을 너무 행복하게 보냈던 소정은, 공립중학교로 배정을 받았다. 원래 다니던 초등학교는 워낙 작은 학교라 한 학년 당 한 반씩만 있던 것과는 달리 중학교는 한 학년에 많게는 12반 적게는 9~10반까지가 있는 학교였기에 소정은 새로운 경험을 할 수 있겠다는 생각에 마음 두근거렸지만 한 편으로는 두렵기도 하다. 이런 소정은 어떻게 새로운 학교에 적응하게 될까?

이 책을 쓰게 된 계기

처음 도서부 소설 주제를 받았을 때 '다시시작'이라는 주제여서 어떻게 써야하나 고민을 하던 중 이 주제를 써보면 좋을 것 같다는 주변사람들의 조언에 쓰게 되었다.

이별과 새로운 시작

마침내 길다면 길고 짧다면 짧았던 초등학교 생활의 마침표를 찍고, 나는 중학교에 입학하게 된다. 6년을 동고동락했던 친구들인 만큼 각각 다른 학교에 배정을 받고 더 이상 매일같이 볼 수 없다는 서운함에 졸업식에서 많이 울기도 하고, 졸업식을 하고 공허한 기분에 저기압으로 생활하기도 했지만 중학교에 입학하기 하루 전인 그땐 그런 생각은 밤톨만큼도 없고 그저 기대되고 설레는 감정만 남아있을 뿐이었다. 일단 굉장히 피곤했던 나는 한참을 생각하다 그런 건 내일 생각하기로 하고 잠에 빠져들었다. 삐삐— 삐삐— 아 이런 알람,, 정말 너무너무 싫다 하지만 오늘은 입!학!식! 이기 때문에 무거운 몸을 이끌고 침대에서 일어나 준비를 하기 시작했다. 원체 성격이 낙천적인 나인지라 젯 밤 걱정했던 건 모두 잊어버린 것처럼 준비를 마쳤다. "다녀오겠습니다!" 난 간단히 다녀오겠다는 인사를 하고 같은 중학교에 배정받은 친구들과 만나기로 한 곳으로 출발했다. 더 가까이 사는 친구인 유현이을 먼저 만난 나는 유현이와 함께 현경이를 만나러 학교 근처에 있는 문구점 앞으로 도착했다. 하지만 10분을 기다려도 오지 않는 현경에 나와 유현이는 더 기다리면 늦을 것 같아 대충 먼저 가겠다는 메시지를 남기고 학교로 출발했다. 학교에 거의 도착 할 무렵 현경이로부터 어디냐는 전화가 걸려오고 우리 둘은 거의 다 왔다고 대답했다. 이제 일어나 준비를 하던 현경이는 우리와 함께 가는 것을 포기하고 우리에게 너네 먼저 가라고 했다. 결국 현경을 제외한 나와 유현이는 학교에 도착해 각각 배정받은 2반과 7반으로 올라갔다.

"여기가 1학년 2반인가?" 반에 도착한 나는 설레는 마음으로 문을 열었다. 나는 대충 눈으로 자리를 스캔한 후 여자애 둘이 앉은 자리 뒤에 앉았다. "안녕?" 어떤 아이가 인사를 해왔다. "어 안녕!" 나도 인사했다 형식적인 대화 후 어색한 분위기가 흐르고 같은 반이 배정된 혜주가 들어왔다 "오 김혜주다 여기 앉아" 혜주가 내 옆에 앉은 후 앞에 앉은 애들도 뒤를 돌아봐 본격적으로 이야기를 하기 시작했다. "너네는 어느 초등학교에서 왔어?" "우리는 삼육초에서 왔어! 너네는?" "우리는 성동초에서 왔어!" 우리는 어느 초등학교에서 왔냐부터 취미가 뭔지에 대해까지도 이야기를 나눴다. 이야기를 하다 보니 운동장으로 나가 입학식을 해야 했고 지루했지만 아까 친해진 애들과 이야기를 하다 보니 시간이 금방 갔다. 입학식이 끝나고 선생님께서 간단한 안내 사항을 알려주시고 애들이랑 친해지는 시간을 가진 후 각각 하교했다.

어색한 초반

새 학기 초반의 그 미묘한 어색함.. 그거 정말 견디기가 너무 힘들다. 게다가 입학식에 애들이랑 전화번호까지 교환해서 아직 이름이랑 얼굴이랑 매치도 잘 안 되는데 단체대화방이 생겼다. "하.. 얘는 누구지.." 학원에 갔다 집에 와서도 계속 단체대화방을 보며 애들의 이름과 얼굴을 생각해내려고 노력했다. 정말 정신은 안드로메다에 두고 온 것처럼 애들 얼굴을 외우는 것만 해도 정말 보통 일이 아니다. 6년 동안 같은 친구들과 생활했던 덕에 친구들의 얼굴과 이름을 굳이 외우지 않아도 상관이 없었는데 낯설긴 하지만 나쁘진 않았다. 어쨌든 이름을 외우는 건 외우는 거지만 우리 반에 감도는 그 미묘한 어색함이 좀 (사실 많이) 불편하다. 그래도 시간이 지나면 점점 나아지겠지! 오늘도 난 한참을 생각하다 별 영양가 없는 결론을 냈다. 그런 후 나에게도 주어진 숙제가 있었다는 사실을 까마득하게 망각하고 있었던 나는 2시간 정도 숙제를 하고 곧바로 잠에 빠져들었다. 삐삐— 삐삐— 아 정말 듣기 싫은 알람이다. 하지만 오늘은 새 학기 첫날 이기 때문에 얼른얼른 준비를 시작해야 한다. 일단 꼭 챙겨 먹어야 하는 아침부터 먹고 양치를 하고 세수를 하고 간단히 머리를 묶은 후 옷을 골라 입었다. (참고로 학교 교복은 5월 중순부터 입는다.) 오늘도 어김없이 "다녀오겠습니다!" 인사를 한 후 집을 나섰다. 유현이를 만난 뒤 오늘은 제시간에 문구점 앞으로 도착한 현경이를 만나서 학교로 갔다. 각각 반으로 해산한 뒤 반으로 들어갔다. 왠지 인사를 크게 해야 할 것 같아서 "얘들아 안녕!!!" 이라고 크게 인사를 했다. 애들도 한 3초 정도 당황한 듯 보이더니 내 인사를 받아쳐줬다. "응 안녕 소정아!" 새 학기의 미묘한 어색함에서 한 5퍼센트는 탈출한 것 같아 굉장히 뿌듯했다. 애들의 얼굴을 한번 본 후 자리에 앉았다. 자리에 앉은 후 한 10분 뒤, 조례시간을 알리는 종소리가 울렸다. 종이 울리고 조금 뒤 선생님께서 들어 오셨다. "자자 내 이름은 다들 입학식에 들어서 알지? 알 거라고 믿고 내 소개는 생략하고 싶지만 혹시나 까먹은 애들이 있을까 봐 한 번 더 소개할게. 내 이름은 박경희이고 과목은 기술/가정을 담당하고 있어. 2학기엔 어떻게 될지는 모르겠지만 1학기엔 아마 너네와 가정만 하게 될 거야. 잘 부탁 한다." 어제도 느꼈지만, 우리 담임쌤은 완전 멋있으시다 걸크러쉬 그 자체. "새 학기 첫날이라 딱히 공지할 사항은 없고 곧 동아리 홍보하러 애들 올 거니까 잘 듣고 관심 있는 동아리에 지원하면 될 거 같고 이상 조례 끝" 아주 간단한 조례였다. 오오 그나저나 동아리라니? 어떤 동아리가 있을까? 봉사시간 많이 주면 좋겠다 15시간 채워야 한다던데. 이런저런 생각을 하고 있던 중 저기서 내 이름을 불렀다.

"소정아! 이리와 같이 놀자!"

"그래! 좋아."

재빠르게 대답을 하고 애들이 모여 있는 곳으로 갔다. 한참을 이야기하고 놀던 중, 앞문에서 무슨 소리가 들렸다.

"애들아 주목해줘! 동아리 홍보하러 왔으니까 1분만 집중해줘! 우리 동아리는 도서부라는 동아리인데 봉사시간도 1년에 10시간씩 주고 책을 써야하는 과제가 있긴 하지만 전일제랑 반일제도 재미있는 곳으로 많이 가니까 많이많이 신청해줘!"

헉 도서부라니!! 봉사 시간 10시간이라니!! 이건 신청해야 해! 재미있을 것 같은데?

"나랑 도서부 같이 할 사람?!"

"오 나."

"나도!" 오 좋아 수진이랑 김혜주도 한다니!

"오 야 우리 도서관으로 가면 된대!"

"가자가자."

우리는 도서관으로 가서 신청서와 프린트를 받은 후 신청서를 빠르게 작성하고 사서 선생님께 냈다. 1차는 필기라던데.. 이거 다 외워야겠지? 안 그래도 요즘 애들 얼굴 외운다고 정신없는데 이것도 외워야 한다니 언제 다 외우지, 막막하다 막막해.

나의 개미집, 도서부 합격과정

시간이 흐르고 흘러 마침내 도서부 1차 필기시험 날이 하루 전으로 다가왔다. 애들한테 물어보니 수진이랑 혜주 말고도 유현이랑 현경이도 신청했다던데 생각보다 인기가 많네? 긴장해야 할 필요가 있겠어.. 긴장만 하지 말고 얼른 프린트를 외워야 하는데 외우기가 싫다. 그래도 기본적인 지식들이라니 외워야지 그날 밤, 난 나름 열심히 프린트를 외웠다. 마침내 아침이 밝고 나는 학교 도서관에 도착했다. 도착을 하고 난 뒤 간단히 출석 체크를 하더니 시험지를 나누어 주었다. 1번은 3번 2번은 당연히 5번이고 이때까지만 해도 정말 문제가 쉬운 줄 알고 쭉쭉 풀어나갔는데, 와우 정말 6번부터 서서히 어려워지기 시작하더니 8번에서 정말 너무 어려웠다. 책을 분류하라니! 결국 반은 풀고 반은 찍고 다음 문제로 넘어갔는데 다음 문제는 생각보다 괜찮아서 10번까지 풀었다. 하지만 마지막 문제 11번 진짜 봤는데 이게 뭔지.. 참 작가와 소설을 초성으로 배열해두고 그걸 맞추는 거였는데, 몇 개밖에 몰라서 몇 개만 적고 냈다. 에휴 도서부 합격은 글렀어. 무슨 8명을 뽑는데 지원자 수가 48명이야?!! 근데 문제 난이도는 망했고 다른 동아리나 찾아봐야지라며 포기한 심정으로 교실로 올라왔다.

수진이랑 혜주도 많이 어려웠나 보다. 애들이 얼굴이 20분 사이에 하얗게 질렸어.. 뭐 나도 마찬가지겠지만 그렇게 하루를 지내고 다음 날, 별 기대 없이 도서관으로 가서 1차 합격자를 확인했는데 딱 중간에 전소정이라고 써 져 있었다. 진짜 완전 포기한 심정 이었는데 내가 합격이라니!!

교실로 가서 수진이와 혜주에게 결과를 물었는데, 혜주는 탈락. 수진이는 합격이라고 했다. 혜주가 탈락한 건 아쉽지만 같은 반에서 합격한 애가 나 말고 더 있다는 사실이 반가웠다.

하루 뒤, 도서부 2차 면접. 이번엔 면접이다. 학교가 끝난 후 선생님과 간단한 상담을 하고(상담 주간이었다) 면접을 보러 도서관으로 갔다. 오늘도 어김없이 도서관에서 인원 체크를 하고 면접을 봤는데, 면접내용이 생각보다 그렇게 많이 어렵지는 않았고 나도 대답을 약간 잘한 것 같아 기분이 좋아졌다. 마지막 면접의 하이라이트인 책을 랜덤으로 주고 그걸 서가에 번호에 따라 정리하는 단계가 있었는데 그것도 나름 잘 꽂은 것 같았다. 하여튼 이번엔 뭔가 느낌이 좋다. 합격 할 것 같다.

그날 저녁, 아무리 합격 할 것 같아도 약간 떨리는 건 사실이었다. 그래도 엄마한테 이야기를 하니 합격을 할 것이라고 해서 안심을 한 채 잠자리에 들었다. 다음 날 아침, 정말 내가 할 수 있는 한 최대한 빠르게 일어나서 밥을 먹고 씻고 옷을 입고 학교로 갔다. 학교로 가서 교실에 가방을 놔둘 생각조차 못 하고 바로 도서관으로 갔는데, 아직 합격한 사람 명단이 붙어있지 않아서 교실로 돌아가 가방을 놔두고 애들이랑 이야기를 했다. 왠지 아침 조례가 끝이 나고 공고문이 붙을 것 같아서 아침조례가 끝이 나고 도서관으로 수진이와 함께 내려갔다. 내려갔더니 정말 공고문이 붙어있어서 봤더니 2. 전소정 3. 김수진 이라고 적혀있었다. 진짜 너무너무 행복하고 좋았다. 5일 동안의 고생 아닌 고생이 헛되지 않은 것 같은 기분이었다. 도서부에 합격하고, 이틀 뒤, 도서부 신입생 ot를 한다고 해서 도서관으로 내려갔다. 도서부 선생님 (사서 선생님)께서 도서부 당번을 할 날짜를 쓰라고 하셔서 목요일을 택했다. 그 후 간단한 설명을 듣고 다시 교실로 올라갔다. 앞으로의 동아리 활동이 기대가 되었다.

언제나 즐거운 점심시간

항상 느끼는 거지만 우리 학교의 급식 정말정말 너무 맛있다. 예전에 다니던 초등학교가 급식이 맛이 없어서 그런 거일지도 모르지만 정말 요즘 급식 덕분에 학교에 가는 게 너무 즐겁다. 자자 오늘의 급식은 뭘까? 하면서 급식표를 보는 것도 좋고, 맛있는 메뉴에 형광펜을 쳐놓는 것도 좋다. 카톡! 오 오늘의 급식이 카카오톡으로 전송되었다. 급식메뉴를 알려주는 것을 카카오 친구로 설정해 뒀더니 오늘의 급식메뉴가 아침에 전송된다. 오 오늘은 스파게티네! 우리 학교 스파게티가 또 엄청나게 맛있다. 고기가 들어가서 그런가? 어쨌든 정말 맛있다. 그리고 급식 시간만 되면 애들이 살아나는 걸 보는 것도 나름 웃기다. 우리 반만 그런지는 모르겠지만 우리 반 애들은 정말 급식 시간만 되면 수업 시간은 물론이고 쉬는 시간보다 더 높은 텐션이 끓어 오른다. 나도 그중 하나이고 정말 급식 시간만 되면 뭘 해도 즐겁고 뭘 해도 재밌는 것 같다.

체육대회

이제 드디어 체육대회다. 사실 오늘이 체육대회긴 하지만 덧붙여 영어 학원 레벨테스트도 쳐야 하기 때문에 기분이 그렇게 막 완전 붕붕 뜨진 않지만 그래도 체육대회니까 좋기는 하다. 우리 반 반티는 약간 환자복 느낌의 반틴데 마음에 든다. 생각보다 더 예뻐서 만족한다. 아침에 등교해서 환자복으로 갈아입고 간단히 화장을 했다. 눈 밑에 네일 글리터도 붙였다. 이렇게 꾸미니 나름 괜찮은 것 같아서 기분이 좋아졌다. 어찌어찌 꾸미고 난 후에 교실에 있는 의자를 운동장으로 선풍기, 물과 함께 열심히 옮겼다. 전관, 후관이 나누어져 있어도 전관에 있는 모든 사람이 다 같이 의자를 옮기니 생각보다 굉장히 힘들었다. 하지만 그런 힘듦도 무색하게 체육대회는 정말 상상이상으로 재미있고 신났다.

흥미진진한 체육대회의 전반이 막바지를 달리던 와중에 우리는 단체줄넘기와 2인3각에 참전했다. 단체줄넘기는 연습 때는 잘했지만 실전은 약간 약한 타입 인지 조금 부진했지만, 2인3각은 좋은 성적을 거뒀다. 흥미진진한 오전 체육대회를 마치고 점심시간이 되었다. 열심히 응원도 하고 소리도 지르고 줄넘기에도 참전했던 나는 굉장히 배가 고팠다. 하지만 조금 기다리고 먹어야 했기에 간단히 수정화장도 했다. 눈 화장도 조금 고치고 입술도 다시 덧바른 후, 뒷반에 놀러 가서 잠깐 이야기를 하고 급식실로 가 밥을 받아서 먹기 시작했다. 역시나 앞서 말했듯이 우리 학교 밥은 최고였다.

크으으 밥을 다 먹고 운동장을 좀 걷고 난 후, 댄스부 선배들이 춤을 추는 걸 봤는데 너무너무 멋있었다. 정말 최고였다. 그렇게 시간을 보내고 난 뒤, 오후 체육대회가 시작되었다. 오후 체육대회의 하이라이트! 계주가 기다리고 있었다. 다른 반 계주도, 우리 반 계주도 너무 잘 뛰어서 보는 재미도 있었고, 응원하는 재미도 있었다. 우리 반 전체가 열과 성을 다해 열심히 응원을 한 끝에 우리 반 계주가 1등으로 결승선을 통과했다. 그때의 기분이란.. 정말 설명하기도 벅찬 기분이었다. 계주를 끝으로 우리 학교의 체육대회는 마무리되었고, 우리는 우리 반만의 단체 사진을 하나 남기고 쓰레기를 치우고 의자를 들고 다시 교실로 들어간 뒤 간단히 교실을 청소하고 하교했다.

체육대회, 그 후

모든 점수를 합산하니 1학년 2반, 그러니까 우리 반이 1등을 당당히 차지했다. 학교에서는 우리에게 상금 20만 원을 수여하고, 우리는 그 상금으로 무엇을 할지 학급회의를 하기 시작했다. 먼저 구민이가 의견을 내었다. 햄버거를 사서 먹는 게 좋을 것 같습니다.

오.. 햄버거라 좋은 생각이네 나는 고개를 끄덕였다.

그 뒤 상현이가 의견을 내었다. 우리 반의 시설을 조금 강화하는데 사용하는 것이 더 좋을 것 같습니다.

　오우 이건 아니야 상금을 받았으면 먹을 걸 먹어야지. 다른 애들도 나와 같은 생각인지 구민이의 의견에서는 폭발적인 반응을 보이다 상현이의 의견에선 다소 별로라는 반응을 보였다.

　이 외에도 여러 가지 안건이 나왔지만 한 명 당 하나씩 먹을 수 있고 가격이 저렴한 햄버거를 먹기로 결정하였다. 정말 너무 행복하다. 학교에서 햄버거라니 언빌리버블. 이 결정이 내려진 후 일주일 후, 우리는 햄버거를 시켜서 먹었다. 집에서 햄버거를 못 먹는 것은 아니지만 왠지 학교에서 먹으니 더 맛있었다. 다른 반이 우리를 부러움의 눈초리로 바라보는 것을 보며 먹는 것도 나름 재미있었다. 정말 중학교 와서 초등학교 때 경험해 보지 못한 것들을 정말 많이 해보는 것 같다. 어쨌든 체육대회도, 체육대회 후도 정말 행복한 경험들이었다.

동아리 첫 반일제

　내가 중학교에 와서 정말 충격이었던 것 중의 하나가 동아리 반일제/전일제가 있다는 사실 이었다. 처음 들어왔을 때만 해도 전일제/반일제가 그냥 반끼리 현장체험학습 다녀오는 것이라고 생각했었는데 동아리별로 간다니 정말 신선한 충격이었다. 어쨌든 내 중학교 인생 3년 동안 다시는 돌아오지 않을 첫 동아리 반일제. 우리는 문화체험관으로 간다. 처음 딱 반일제 안내받았을 때 문화 체험관이라고 해서 정말 너무 재미가 없을 것 같아서 약간 실망을 했다. 막상 반일제가 다가오니 일단 수업을 반만 해서 너무너무 기쁘고 들떴고, 기대를 아예 안 하고 가서인지 정말 너무 재미있었다. 나윤이와 함께 다녔는데, 가서 사진을 찍을 것도 많았고, 체험 해 볼 수 있는 체험활동들도 많아서 너무 재미있었다. 반일제 끝에 소감문을 적는 것도 있었는데 정말 재미있었던 것, 인상 깊었던 것이 많아서 꽉꽉 채워 쓸 수 있었다.

동아리 첫 전일제

위에서 이야기했듯, 반일제가 있으면 전일제도 있다. 반일제를 다녀온 지 3주에서 4주 뒤에 전일제 일정이 생겼다. 반일제는 학교에 있다가 오후에 가거나 아침에 가서 오후에 학교로 돌아와서 수업을 하는 거라면 전일제는 수업이 아예 없다. 그래서 아침부터 선생님이 지시하신 곳으로 버스나 지하철을 타고 가야 한다. 이번에 선생님이 모이라고 한 곳은 저번 반일제에 모인 곳과 동일한 교보문고였기 때문에 나는 집이 가까운 정혜와 함께 버스를 타고 교보문고로 갔다. 교보문고에 모여서 우리는 가죽공예를 하는 곳으로 가서 가죽지갑을 만들었다. 가죽이 생각보다 단단하고 가죽지갑을 만들기 위해 꼭 해야 하는 바느질의 난이도도 손재주가 딱히 없는 나에게는 상당해서 생각보다 어려웠지만, 마침내 지갑을 만들어 내니 그 보람은 정말 엄청났다.

가죽공예를 마친 후, 나윤이와 나는 점심을 먹기 위해 근처 떡볶이집으로 들어갔다. 떡볶이의 맛도 맛있었고 양도 많아서 나윤이와 나는 만족하며 먹었다. 떡볶이를 먹고 우리는 시내를 구경하며 돌아다니다 점심을 먹은 후 모이는 시간인 1시 30분까지 교보문고로 다시 가 이번엔 교보문고 안에서 돌아다니며 선생님께서 주신 프린트를 썼다. 이번에는 반일제처럼 길게 써지지는 않았지만 나름 내가 할 말, 하고 싶은 말, 소감 같은 건 잘 간추려 적었다. 전일제도 반일제처럼 정말 재미있었다.

이제는 가족처럼

체육대회도 하고, 반일제도 다녀오고, 전일제도 다녀오니 어느새 6월이 되었다. 3달 사이에 우리는 많이 가까워졌다. 더 이상 앞서 말했듯 함께 있어도 어수선하지 않고 오히려 엄청나게 시끌시끌 시장통 같아졌다. 정말 초반에는 몰랐는데 우리 반 애들이 정말 활발하고 말이 많다. 그래서 선생님들 사이에

선 일명 '초딩반'이라고도 불린다. 우리 반 애들과 3달 정도 같이 생활해보니 정말 우리 반 애들이 성격이 좋다는 걸 깨달았다. 다른 반처럼 무리가 극명하게 나누어지지도 않고, 애들끼리 두루두루 다 친하게 지내기 때문이다. 정말 우리 반처럼 활발하고 분위기 좋은 반은 아마 없을 것이다. (가끔 이렇게 너무 활발한 것이 우리 반의 단점이 되기도 한다) 정말 학기 초에 비해 많이 친해졌고, 이젠 정말 가족 같다. 앞으로 더 친해질 수 있으면 좋겠다.

여름방학

　요즘 나를 포함한 애들이 많이 들떠 있다. 왜냐하면 곧 여름방학이기 때문이다. 방학이 되면 더 빡세게 공부를 하게 될 지도 모르지만, 일단 학교에 가지 않는 건 사실이니 방학이 굉장히 기다려졌다. 이틀 뒤엔 한 달 동안의 길고 행복한 여름방학이 시작된다! 우리 모두가 한마음 한뜻으로 여름방학만 오매불망 기다리니 이틀이 금방 지나갔다.

　그렇다. 우리의 여름방학식이 시작되었다. 이제 이것만 잘 버티면 곧 약 세 달 반 동안 고생한 나에게 주는 한 달 동안의 포상 휴가가 시작 된다. 벌써부터 가슴이 두근두근하는 게 어지간히도 신났나 보다.

　그런데 교장 선생님의 훈화말씀은 언제 들어도 너무너무 지루하다 아 빨리 끝나고 방학이나 시작했으면 좋겠다. "......자 이상입니다." 아싸 교장선생님의 훈화말씀이 드디어 끝이 났다. 이제 방학이 내게로 한 발짝 더 다가왔다. 교장 선생님께 인사를 하고 교가를 재빠르게 부르고 여름방학식이 끝났다. 하.. 신이시여 왜 저에게 이런 시련을.. 여름방학식이 끝나고 바로 집으로 가 여름방학을 즐길 줄 알았지만, 우리에게는 한 교시의 수업이 남아있다. 그래도 이것만 마치면 정말 여름방학이니까 조금만 참기로 했다. 40분의 1분이 1시간 같았던 수업이 끝나고 드디어 종례도 끝이 났다.

　드디어 진정한 여름방학!! 여름방학엔 학원이 훨씬 늘겠지만 아무래도 좋다. 방학이니까!

개학

   아 신이시여.. 왜 한 달은 이렇게 짧은 것입니까. 아침부터 짧게 푸념을 늘어놓은 나는 짐을 챙겨 학교로 등교했다. 근데 정말 한 달 만에 오니까 느낌이 이상하다. 그래도 뭐 생각보단 그렇게 나쁜 기분은 아니다. 교실에 들어가 오랜만에 보는 친구들과 열심히 떠들고 있으니 선생님께서 들어오셨다. 우리는 재빨리 입을 닫고 선생님이 하시는 말씀을 귀담아듣기 시작했다. 선생님은 대청소를 하신다고 하셨다. 이 말에 애들의 입에선 모두 탄식이 흘러나오고 선생님께서는 그게 무슨 상관이냐는 듯 우리를 보며 빨리 청소를 하라는 눈빛을 쏘아대셨다. 그 눈빛을 이기지 못한 우리는 빠르게 쓰레기를 줍고 바닥을 쓸고 창틀을 닦고 복도를 쓸기 시작했다. 15분 정도 뒤 우리는 모든 청소를 마쳤고, 선생님은 만족스럽다는 얼굴로 우리를 바라보셨다. 선생님께서 간단한 안내말씀을 하시고 교실을 나서자 곳곳에서 방학을 언제하냐는 탄식이 터져 나오기 시작했다. 하지만 더 별로인건 오늘이 정상수업이라는 것이다. 개학을 해서 학교에 적응하기도 전에 45분 정상수업이라니 정말.. 그래도 오늘은 학원이 없는 수요일이기 때문에 열심히 수업을 듣기로 마음을 다잡았다. 어느덧 마지막 교시도 끝이 나고 종례도 빠르게 마무리를 해주셔서 우리 반은 어느 반보다 빠르게 하교를 할 수 있었다. 참 힘들고 고단했지만 그다지 나쁘지만은 않았던 개학이었다.

수련회

   오늘은 수련회다. 낙동강 수련원으로 가는 1박 2일 동안의 수련활동. 지금 나는 혜빈이와 함께 (버스 짝꿍이다) 버스에 앉아 낙동강 수련원으로 갔다. 1시간 정도를 달려 도착한 낙동강 수련원, 도착하자마자 엄청난 폭우가 쏟아져 버스에서 잠시 대기한 후 강당으로 가 입소식을 진행하였다. 입소식을 한후, 각자 생활실 방 열쇠를 받아 생활실로 가 휴식을 취한 후 안내 방송에 따라 점심을 먹으러 식당으로 이동했다. 선생님들께서 낙동강 수련원 밥이 정말 맛있다고 하셨는데 정말이었다. 정말 너무 맛있었다. 첫날 첫 급식부터 제육볶음이라니.. 그렇게 행복하게 밥을 먹고 우리는 생활실로 들어와 몰래 가지고 온 젤리를 먹으며 휴식을 취했다. 그러던 중 안내방송이 나와 우리는 강당으로 이동해 봉으로 무언가를 만드는 작업을 했다. 사실 본 일정은 수상활동 이었지만, 비가 와 강물이 불어버려서 안전에 위험이 있어 하지 못했다. 그 활동은 생각보다 재미있었다. 그 활동을 한 후, 우리는 다른 곳으로 이동해 투호를 했다. 투호라니 난 정말 투호나 다트 같은 스포츠를 잘하지 못한다. 결국 나와 친구의 정말 별로인 투호실력 때문에 우리 팀이 투호 경기에서 졌다. 투호가 끝이 난 후 각각 생활실로 이동해 휴식을 취하고 저녁을 먹었다. 저녁을 먹은 후 낙동 축제의 밤 이라는 프로그램을 진행했는데, 너무 신나고 재미있어서 열정적으로 참여를 했다가 그날 목이 나갔다. 중간엔 물이 있어서 어찌어찌 버텼는데 물을 다 먹고 나니 그냥 목이 가버렸다. 이 프로그램도 모두 끝이 나고 각각 생활실로 돌아와 씻고 취침시간을 가졌다. 하지만 말만 취침 시간이지 거의 모두가 밤을 샜다. 다음 날 아침이 밝자 6;30에 일어난 (1시간 정도밖에 안 잤다) 우리는 아침을 먹고 휴식을 취한 뒤 수상활동을 하러 나갔다. 강당에서 간단한 설명을 듣고 낙동강으로 가 래프팅을 했는데 너무 재미있었다.

래프팅이 끝이 나고 우리에게 주어진 씻을 시간은 너무 촉박했다. 그래서 한 명 한 명 대충 씻고 나가 안전교육을 받고 마침내 낙동 수련 과정을 모두 마치고 집으로 귀가했다. 귀가를 했을 땐 너무너무 피곤했지만 정말 재미있고 뜻깊은 경험이었다.

마침내 끝

이것이 나의 1학기 초기~2학기 초기까지의 적응 모습이다. 이렇게 보니 진짜 추억이 많았다는 생각이 든다. 하지만 2학기도 아직 더 많이 남았기 때문에 더 많은 추억을 쌓고 싶다.

다시 시작

꿈꾸는 책벌레 1학년 · **정연경**

작가 소개

정연경이다.

2006년 경북 안동에서 태어났고 1남 1녀 중 첫째이다.

6학년 1학기까지 월암초등학교를 다니다가 경동초등학교로 전학하여 졸업하였고 현재 동도중학교 1학년에 재학 중이다.

월암초등학교에서 매년 학급 반장을 맡았으며, 6학년 1학기 때는 전교여부회장으로서 학교 임원 일을 적극적으로 수행하였다. 학교 공부나 교우관계에서도 모범적인 생활을 하였다.

독서활동을 꾸준히 해오고 있으며, 경동초등학교에서 6학년 2학기 때는 '우리나라의 역사', '내가 나인 것', '그 해 여름의 복수'에 관해 '희곡으로 토론'이라는 책을 쓰는데 참여하였다.

취미는 스포츠 관람을 즐겨 평소 야구와 배구 경기를 자주 보고 방학 때마다 직접 경기장을 찾아서 관람하기도 한다. 야구에서는 삼성 라이온즈의 구자욱 선수를 좋아하고, 배구에서는 현대캐피탈 문성민 선수를 좋아한다. 스트레스 해소를 위해 음악을 즐겨 듣고, 집에서 혼자 마음껏 노래 부르기를 좋아한다. 요즘 10대가 좋아하는 BTS를 좋아하고, 그 중 전정국을 가장 좋아한다. 최근에는 보헤미안 랩소디의 Queen과 알라딘의 speechless를 듣고 팝송에 많은 관심을 가지고 있다.

장래희망은 소아과 의사이다. 유치원 때부터 유난히 이웃동생들을 좋아하며 잘 돌보아 주었다. 그러던 중에 초등학교 때 굿네이버스 희망편지 쓰기를 하기 위해 가난하고 의료가 열악한 나라 아이들의 모습이 담긴 영상을 보면서 소아과 의사가 되어 직접 그런 아이들을 치료하여 도움을 주어야겠다는 의지로 소아과 의사를 꿈꾸게 되었다. 향후에 우리나라의 아이들뿐만 아니라 세계적으로 힘든 아이들을 치료해 주는 소아과 의사가 되고 싶다.

최근에 인상 깊었던 일은 지난 여름방학 동안에 10박 11일간의 민사고 캠프에 참여하였던 활동이다. 아침 7시에 일어나서 밤 12시까지의 생활을 민사고 재학 중인 학생들과 같은 일정으로 생활하였다. 민사고를 졸업하신 현재 대학생들에게 수업을 듣고 자습하여 많은 것을 배울 수 있었다. 우리나라 곳곳에서 온 중1 친구들과 함께 공부하며 토론하고, 주말에는 해양 캠프, 체육 활동도 하였다. 10박 11일간의 규칙적인 생활이 힘도 들었지만, 지금도 그리울 정도로 뿌듯하고, 좋은 경험이었다. 스스로 공부에 대한 의욕을 가질 수 있는 계기가 되었다.

지금은 동도 중학교에서 자유학년제인 1학년 생활을 하면서 많은 주제선택 활동과 다양한 체험으로 스스로 더 성장해나가고 있다.

수경이는 초원초등학교에서 6학년 1학기까지 모범생으로 친구들과 선생님께 많은 사랑을 받으며 행복하게 학교생활을 하였다. 그런데 6학년 2학기 때 새로운 곳으로 이사를 와서 영화초등학교로 전학을 하게 된다. 수경이는 새로운 학교에서 새로운 친구들을 사귀고, 적응해 나가는 것을 많이 힘들어 한다. 그 과정에서 일어나는 힘든 일을 겪으면서 수경이는 스스로 친구를 잘 사귀기 위해서 그리고 새로운 시간을 잘 맞이하기 위해서 노력하고 발전하게 된다.

수경이는 드디어 미래중학교에 입학하면서 중학교라는 새로운 시작을 하게 된다. 힘들고 외로웠던 6학년 2학기 시간을 보낸 만큼 중학교의 새로운 시작은 더 힘차고 설레는 마음으로 시작한다.

작가의 말

이 책은 내가 직접 겪은 이사와 전학이라는 사건을 바탕으로 허구적인 내용을 덧붙여 쓴 소설이다. 이사와 전학을 하면서 힘든 시간이 있었다. 제일 힘든 건 고학년, 그것도 6학년 2학기에 전학을 와서 친구를 사귀는 것이 어려웠다. 하지만 힘들었던 시간을 겪고 나니까 내가 부쩍 성숙하고 발전해 있다는 생각이 들었다. 더 적극적으로 친구를 사귀고 내가 먼저 친구에게 다가가고 또 진정한 친구가 되기 위해서 노력하게 되었다.

우리는 누구나 살아가면서 변화와 새로운 경험으로 힘들 때가 있다. 우리가 새로운 일을 만났을 때는 마음가짐이 중요하다. 그 상황을 먼저 마음으로 받아들이고 새롭게 잘 시작하려는 뜻을 갖고 노력한다면 분명히 좋은 결과가 있을 것이다.

이 책을 읽고 전학이나 새로운 환경에서 겪게 되는 친구관계 때문에 힘들어하는 친구들이 있다면 공감하면서 위로받고 스스로 더 발전하는 계기가 되었으면 좋겠다.

행복한 초등학교와의 이별

　수경이는 초원초등학교 교정을 바라보며 미소지었다.

　수경이는 초원초등학교의 소문난 모범생이었다. 임원을 뽑는 2학년 때부터 줄곧 반장을 했고, 6학년 때는 전교부회장으로 활동했다. 전교회장에 나갔으면 당선되었을 것이지만, 수경이는 소심하여 전교회장에 나가지 않고 전교부회장에 출마했다. 수경이는 남들이 보기에는 어른스러워 보이며 당당해 보였지만 부끄러움이 많아서 스스로 그것을 감추려고 진땀을 흘리는 일이 자주 있었다.

　수경이는 오늘따라 초원초등학교가 더 아름다워 보였다. 이름만큼 유난히 꽃과 나무들이 많은 초등학교였다. 키 큰 나무들의 초록 잎들이 여름 햇살에 반짝였고 간간이 불어오는 뜨거운 바람에 꽃향기는 은은하게 퍼졌다.

　운동장에서 친구들과 운동회 때 반별로 열심히 응원했던 기억도 났다.

　운동회와 함께 바로 채연이가 떠올라서 수경이는 혼자 피식 웃고 말았다. 채연이는 얼굴도 작고, 예쁘장하고, 이름도 여성스러웠는데 반전이 있었다. 채연이는 발표할 때마다 마치 태권도 기합을 하는 듯한 우렁찬 목소리로 말했고 발표를 마칠 때는 "이상입니다."라고 말해서 반 친구들은 모두 킥킥거리며 웃었다. 채연이는 모든 운동을 잘했고 운동회 때마다 달리기는 1등을 도맡았다. 채연이는 그야말로 초원초등학교의 우사인 볼트였다.

　채연이 덕분에 반별 달리기나 청백 계주에서도 우승을 할 수 있어서 수경이 반은 많이 기뻐했다. 채연이의 가장 큰 반전은 채연이가 남자 친구들하고만 노는 것이었다. 여자 친구들하고는 어쩌다 해야 될 이야기를 할까 아예 남자 친구 속에서 노는 한 남자아이같이 보였다. 수경이의 동생인 수민이와 채연이의 동생인 채식이가 절친한 친구였다.

　어느 날 채연이와 수경이의 가족들이 모두 모여 재미있게 놀고 헤어질 때 수민이는 "채연이 형! 형아, 우리 다음에 또 놀아."라며 손을 흔들었다. 이 소리를 듣고 모두 깔깔대며 웃었다. 수민이는 채연이의 성격과 노는 성향에 자연스럽게 형이라는 호칭이 나왔던 것이다. 그런데 채연이는 형이라고 불리는 게 싫지 않다는 듯이 오히려 수민이에게 살짝 웃어 주었다. 채연이가 독특하면서 멋져 보였다.

수경이와 채연이는 2학년부터 5학년까지 서로 다른 반이 되면서 각자 반장을 했고 학교 일에 나설 때는 둘이 특별히 이야기를 나누지 않아도 손발이 척척 맞았다. 남자 같고 무뚝뚝해 보이는 채연이었지만 수경이의 전학 소식을 듣고 편지를 두 장 가득 써서 수경이의 책상에 두고 갔다.

「중략…너는 내가 본 친구 중에서 가장 마음이 깊고 따뜻한 것 같아. 내가 더 열심히 공부하고 생활하도록 자극하는 모범생, 네가 있어서 참 좋았는데 네가 전학 간다는 것이 많이 섭섭하고 속상해. 수경이 넌 어디 가든지 빛 날 거야.」

수경이는 그날 채연이에게 초원 초등학교를 빛내고 멋지게 생활하라고 답장을 썼다.

수경이는 채연이와의 추억을 생각하면서 운동장을 걷다가 학원 시간이 급한 것을 알고 깜짝 놀랐다. 다인이와 함께 집으로 가려고 기다렸지만 다인이 반은 아직 나오지 않아서 급히 혼자 집으로 뛰어갔다. 집으로 가서 부랴부랴 학원 가방을 챙겨 나왔다. '간식을 하나라도 들고나올걸' 수경이는 기운이 나지 않았다.

좋아하는 수학 학원이지만 오늘따라 문제를 푸는데도 자꾸만 오답이 나서 더욱더 짜증이 났다. 학원을 마치고 집으로 오니 오늘따라 일찍 퇴근하신 아빠와 엄마가 말다툼을 하고 계셨다.

"남은 2학기 동안 이 학교에서 보내고 졸업식 때 상도 받고 기쁘게 졸업합시다."

엄마의 말에 "무슨 상이 중요해! 먼 길을 피곤하게 어떻게 등하교한다는 거야? 중학교 가기 전에 한 달이라도 더 빨리 새로운 곳에서 적응해야지."

아빠는 언성을 높였다.

엄마는 흥분하면서 "아니 꼭 상 때문에 그런가요. 지금 전학 가면 친구도 사귀기 힘들고 저렇게 열심히 생활한 학교에서 졸업을 못 하는 게 수경이가 섭섭할 테니까 그렇죠."

"아니, 현명하게 좀 생각하라고.."

아빠의 차가운 말투에 엄마는 수경이에게 다짜고짜 물었다.

"수경아, 넌 어떻게 했으면 좋겠어? 너도 여기서 졸업하고 싶지?"

수경이는 잠시 생각을 하다가 짜증을 내며 "어차피 이사 가기로 결정했으니까 나는 아무 상관 없어. 그리고 친구들은 이미 내가 전학 가는 줄 안다고."

수경이는 말을 하고 나서 후회했다. 초원초등학교에서 남은 한 학기 동안 친구들과 잘 지내고 졸업하는 것이 훨씬 더 좋을 것 같았다. 하지만 엄마, 아빠가 싸우는 것이 싫었고 또 왠지 모르게 어차피 이사를 가는 거면 얼른 적응을 해서 공부를 열심히 해야 될 것 같은 생각이 수경이의 가슴을 꽉 눌렀다.

수경이는 언제든지 가장 모범적인 답만이 무엇인지 찾는 모범생의 틀을 깨지 못했다. 전학이 처음인 수경이는 소심한 자기가 과연 전학 가서 친구들을 잘 사귈 수 있을지 매일 똑같은 걱정으로 불안했다. 수경이가 기다리지 않았던 여름 방학식이 왔다.

수경이는 여름방학 때 이사 가서 2학기 첫날부터 다른 학교를 다니기로 했다. 방학식 날, 수경이는 초원초등학교 교문에 들어서자 기분이 이상했다.

'오늘이 마지막 등교일이구나.'

6년 동안 익숙했고 정들었던 학교를 이제 떠나야 한다는 생각에 수경이는 너무나 슬펐다. 교실에 들어서자, 수경이 반 친구들은 수경이를 둘러싸며 수경이를 따뜻하게 안아 주었다. 수경이는 전학이 결정된 거의 한 달 동안은 태연하게 잘 지냈는데 오늘 단 하루는 도저히 견딜 수 없었다. 정든 친구들의 얼굴을 보자, 또 친구들의 그 품이 참 따뜻해서 눈물이 났다. 울음을 겨우 참느라고 목이 뻐근하고 아팠다.

수경이는 마지막으로 친구들에게 하고 싶은 말을 하라는 선생님의 말씀에 "얘들아, 고마웠고 잘 지내. 너희랑 같은 반에서 많이 행복했고 즐거웠어. 우리 다음에 각자 꿈 이뤄서 만나자." 작별 인사를 했다. 수경이는 그렇게 집에 와서는 마음껏 목 놓아 울면서 하루를 다 보냈다.

새 학교의 만남과 마음의 문 속에서

수경이네 가족은 여름방학 때 이사를 갔다.

수경이네 집은 아파트 1층이라서 마음껏 뛸 수 있고 큰 베란다 창문으로 나무들이 보여 기분이 좋았다. 무엇보다 수경이의 방이 예전보다 훨씬 넓어져서 기뻤다. 방 창문으로는 눈 부신 햇살이 들어왔고, 초록 초록 생기 있는 잎들이 보였다. 수경이는 이 방에서 열심히 공부해서 꼭 좋은 대학교에 가겠다고 마음먹었다. 수경이가 방학 동안에 가족과 즐거운 시간을 보낸 후, 어느덧 개학 날이 되었다.

수경이가 처음으로 영화초등학교를 가게 된 날은 아침부터 비가 추적추적 내렸다. 수경이는 안 그래도 학교에 가기 싫었는데 아침부터 오는 비에 기분이 더 우울해지고 아랫배가 살살 쑤시기 시작했다. 수경이는 영화초등학교로 걸어가면서도 너무 긴장되어 이 길이 맞는지 계속 헷갈렸다. 분명 방학 동안에 영화초등학교로 가는 법을 엄마에게 배웠던 수경이지만 길도 좁고 모퉁이도 복잡해 보였다. 수경이의 몸은 빗물인지 땀인지 온통 흠뻑 젖었다.

영화초등학교는 수경이의 예상과 전혀 다른 모습이었다. 이 도시 중에서 가장 학생 수도 많고 공부 잘하는 학생들도 많은 인기 학교인데 초원초등학교에 비해 꽃, 나무들도 없었고 건물도 오래되어서 초라해 보였다. 또 운동장 공사 중이라서 곳곳에 나무 대신 흙무더기가 있었다. 수경이는 학교를 보자 실망이 점점 커져갔다. 수경이가 배정받은 반은 6학년 13반이었다. 하필이면 가장 마지막 반이라는 것도 괜히 싫었다.

수경이가 바짝 긴장한 모습으로 6학년 13반을 향해 걸어가자 13반 복도 앞에서 선글라스를 머리 위로 올린 멋진 선생님이 수경이에게 말을 건넨다. "혹시 6학년 13반 전학생이니?"라고 하셔서 수경이는 "네." 작은 목소리로 대답하며 선생님께 인사드리는 것조차 잊고 서 있었다. 수경이는 담임선생님의 세련된 모습에 더욱 긴장되고 부끄러웠다.

수경이가 6학년 13반 교실 앞에 서자 수경이의 심장은 쿵쾅쿵쾅 거리고 얼굴에서는 땀이 삐질삐질 나고 빨개졌다. 선생님께서 반문을 열자 수경이는 한눈에 반 아이들의 시선을 느낄 수 있었다.

여기저기서 "아, 전학생인가 봐.", "그러게. 근데 키 진짜 크다.", "야. 다리 길이 봐. 키가 선생님보다 더 커." 하는 웅성웅성 소리가 들렸다.

수경이는 태어날 때부터 키가 컸고 늘 수경이의 키는 다른 사람 눈에 띄었다. 수경이는 역시 '자신의 키가 친구들에게 가장 먼저 보이는구나'라는 생각이 들었다. 친구들의 따가운 시선에 수경이는 움츠러들며 떨리는 작은 목소리로 자기소개를 했다.

"안녕? 나는 조금 먼 초원초등학교에서 전학 온 수경이야. 잘 지내면 좋겠어."

수경이는 자기소개가 끝나자마자 어서 이 답답한 상황에서 벗어나고 싶었다. 선생님은 수경이에게 "수경이는 책상이랑 의자가 올 때까지 반장 옆에 앉아라."라고 말씀해주셨다.

반장은 수경이에게 말 한마디도 건네지 않았고 쉬는 시간이면 친한 친구들에게 가서 놀았다. 수경이가 예상했던 대로 친구들은 이미 한 학기 먼저 만나서 각자 무리로 친해져 있었다. 친구들은 서로 즐겁게 떠들고 놀기 바빴고 수경이에게 별 관심이 없는 듯했다.

수경이는 이런 상황이 처음이라 이 상황에서 빨리 벗어나고 싶었다. 수경이는 전학 오기 전에 '설마 아무도 내게 말을 건네주지 않는 건 아니겠지?' 하며 불안해했는데 그 불안이 수경이에게 현실이 되자 수경이는 초원초등학교 친구들이 떠오르면서 '내가 지금 초원초등학교에 있었더라면 친구들과 하하 호호 웃으며 이야기하고 있을 텐데'하는 생각이 들었다.

수경이는 차라리 큰 소리를 내며 울고 싶었다. 도대체 자신이 여기에 왜 있고, 아무도 자신에게 먼저 다가와 주지 않는 현실을 수경이는 제발 꿈이라고 누군가 외쳐 주었으면 했다. 수업시간 종이 쳤고, 친구들은 자리에 앉았다. 선생님께서 원하는 사람 4명끼리 모여 앉으라고 말씀하셨다. 수경이는 자리에서 일어나서 주위를 둘러보았지만, 이미 친구들은 친한 친구들끼리 모둠을 짜고 난 뒤였다. 다행히 친구 두 명이 나에게 와서 "같이 모둠 할래?"라고 물어 수경이는 "그래"라고 대답했다. 그 짧은 시간이 마치 몇 시간이라도 되는 것처럼 뻘쭘하고 힘들었다.

하지만 모둠활동을 하던 중간에도 친구들은 친구들끼리 이야기해서 수경이는 아무 말 없이 지켜보기만 했다. '내가 먼저 다가가서 친구들과 이야기하자' 계속 되뇌었지만 왜 그렇게 입이 안 떨어지는지 스스로 답답하고 화가 났다.

수경이는 쉬는 시간에도 화장실이 어디 있는지 잘 모르고 혼자 다니는 것이 부끄러워 반 친구들이 나갈 때 슬그머니 따라가면서 나갔다. 수경이는 화장실에 들어갔을 때 울음이 벌컥 나오려고 했다. 수경이에게는 아주 낯선 영화초등학교에서 친구를 못 사귀어 도망치고 싶었다.

그날은 첫날이라 밥을 먹고 빨리 집에 갈 수 있었다. 수경이는 "오늘 첫 날인데 친구들이랑 많이 이야기했어? 어땠어?"라는 엄마의 말에 마음이 너무 아팠지만, 일일이 다 설명하기 싫고 엄마가 걱정할까봐 "친구들이 다 좋았어. 선생님께서도 되게 매력 있으셔"라며 둘러댔다.

수경이는 밤에 자면서 이불을 뒤집어쓰고 울었다. 수경이는 엄마아빠가 자신에게 전학 가고 싶은지 물어봤을 때 초원초등학교를 계속 다닌다고 말하지 않은 것을 후회했다. 수경이는 앞으로 한 학기 동안이나 더 영화초등학교를 다녀야 한다는 사실이 너무 슬펐다. 수경이는 자신이 친구 한 명도 없이 학교생활을 하기도 싫었고 학교를 안 가고 계속 집에만 있고 싶었다. 수경이는 매번 떠오른 햇살이 너무 싫었다. 해가 뜨면 수경이는 학교에 가야 했기 때문이다. 하지만 수경이에게 한 줄기의 희망은 있었다. 그것은 바로 수경이의 단짝 친구였던 다인이가 곧 영화초등학교로 전학 온다는 것이었다. 다인이 어머니도 결국 이쪽으로 이사 오기로 하셨다고 수경이 엄마도 반가워하며 기뻐하셨다.

아직까지 친구를 사귀지 못한 수경이는 다인이가 전학 오는 날만 손꼽아 기다렸다. '다인이가 전학 오면 쉬는 시간, 점심시간마다 다인이를 만나야지.' 그 생각에 수경이는 하루하루를 버티고 있었다.

다인이는 수경이와 같은 아파트, 같은 라인에 살았던 1학년 때부터 단짝 친구였다. 수경이는 영어유치원을 나와 처음 초원초등학교에 입학할 때 아는 친구가 2명 밖에 없었는데, 집으로 가던 중에 같은 반 친구 다인이를 봐서 서로 집에 늘 같이 가다 보니 어느새 절친한 친구가 되었다.

수경이와 다인이는 서로의 집을 드나들며 같이 책도 읽고 공부도 하고 놀러 갈 때도 늘 함께였다. 다인이는 소심한 수경이와 달리 친구들에게 먼저 쉽게 다가가는 사교적인 친구였다. 둘은 학년 친구들이 모두 알 정도로 소문난 단짝이었다. 이에 수경이는 다인이가 오는 날만을 기다리고 있었다. 수경이는 여전히 반 친구들과는 모둠활동 외에는 아무 이야기도 하지 않고 어색하게 지냈지만 다인이가 오는 것을 생각하면 기쁘고 힘이 났다.

어느덧 다인이가 영화초등학교로 오는 날이었고 쉬는 시간이 되어 수경이는 다인이를 찾으러 다녔다. 다인이는 6학년 2반에 있었고, 수경이는 다인이에게 손을 흔들며 "다인아!"라고 소리 질렀다.

하지만 다인이는 이미 반 친구들과 친해져 재미있게 이야기를 나누고 있었다. 다인이는 수경이에게 멀리서 "수경아, 나중에 전화할게." 하면서 밝게 인사해주고 반 친구들에게 발걸음을 돌렸다. 그 순간 수경이는 정신이 멍해졌다.

수경이는 자신이 그토록 기다리고 기다렸던 다인이와의 만남이 이런 것이었는지 당황스러웠다. 수경이는 단짝이었던 다인이가 당연히 자신에게 뛰어와 줄 것이라고 생각했지만, 다인이는 새로운 친구들과 어울리기에 바빠 보였다. 수경이는 다인이를 보며 자신은 왜 새로운 친구들을 잘 사귀지 못하고 이렇게 외롭게 서 있는지 자존심이 상하고 더 노력하지 않은 것이 후회도 되었다. 다인이가 전학 온 날, 수경이는 오랫동안 기다렸던 기대와는 달리 쓸쓸히 혼자 집으로 하교했다.

사랑하는 동생과의 눈물 그리고 다짐

　집에 도착하니, 동생 수민이가 수경이 방에 가방, 양말을 던져놓고 책들도 모두 어질러놓았다. 수경이는 순간 화가 치밀어 올랐다. 수민이에게 거친 말이 나왔다.

　"야, 너 왜 내 방에 있어? 너 방에 가. 방을 이렇게 더럽히면 어떻게 하냐. 네가 거지냐?" 수경이의 말에 수민이는 "뭐, 거지라고? 누나는 친구도 못 사귀면서."라며 받아쳤다.

　수경이는 수민이의 말이 사실이라서 아무 말도 할 수 없었지만, 친구도 못 사귄다라는 말에 이때까지 꾹꾹 애써 참아왔던 마음이 한 번에 우르르 무너져 내렸다.

　수경이는 "네가 뭔데 그따위 말을 해!"하며 동생의 머리를 밀쳤다. 수민이는 소리를 지르면서 울었다. 수경이는 너무 화가 나서 집 문을 벌컥 열고 나가버렸다. 수경이는 집을 나와서 도롯가를 걸었다. 지나가는 사람들이 별로 없는 곳으로 발걸음을 하다가 집 근처 범학산 공원 입구로 걷게 되었다.

　수경이 반은 담임선생님과 희망 학생들이 매주 토요일 아침 일찍 범학산을 등산했다. 숲 체험도 하고 등산 후에는 공원 입구 빵집에서 담임선생님께서 사 주시는 맛있는 빵을 먹으며 즐겁게 시간을 보내고 헤어졌다. 수경이는 한 번 참가해 보았으나 친구들에게 잘 섞이지 못해서 불편했다. 그 뒤로는 머리가 아프거나 숙제가 많다는 핑계로 참가하지 않았다. 공원으로 걸어가면서 친구들을 사귈 수 있는 기회가 많았는데 내가 노력하지 않은 것 같은 생각이 들어서 부끄러웠다. 반 친구들은 괜찮은지 따뜻하게 자주 물어봐 주시는 담임 선생님을 생각하니까 더 부끄러워졌다.

　하지만 이미 한 학기를 같이 보낸 친구들 사이에 끼는 것은 너무나 어려운 일이라고 스스로를 위로해 보기도 했다. 수경이네 반 친구들은 공부 스트레스 때문인지 말도 거칠고 수업시간에 태도도 좋지 않았다. 수경이네 반 남자애들은 한 남자애를 집단적으로 따돌리고 무시해서 가해자 학생은 학교폭력위원회에서 징계까지 받았다.

가해자 친구는 그 친구가 늘 1등을 해 오던 자신의 자리를 빼앗아 기분이 나쁘다는 이유로 한 학기 동안 계속 따돌렸다고 말했다. 가해자 친구는 같은 반 남학생들에게 그 친구와는 어떤 활동도 같이하지 말고 자기들만 무리지어 다니자고 말했다. 결국 가해자 친구와 동참한 친구들은 가해자 친구보다는 약한 징계를 받았고 피해자 친구에게 미안하다는 용서를 구했다.

그 과정에서 여자 친구들도 당시 가해자 학생이 힘이 세고 반 분위기를 압도하는 성격이어서 함께 피해자 친구를 무시하고 심한 말을 했다. 수경이는 자신도 혹시 반 친구들에게 미움을 살까 봐 걱정도 되었고 그래서 그런 친구들에게 먼저 다가가는 것이 쉽지 않았다. 수경이는 친구들과 친하게 지내지 않은 자기의 모습을 정당한 이유를 찾아내서 조금은 가벼운 듯이 다시 집으로 걸어갔다. 낮에 오다가 그쳤던 비가 다시 내리기 시작했다.

그 시각 수민이는 엄마가 퇴근할 시간이 다가오자 걱정이 되었다. 누나랑 싸운 것도 걱정이었고 누나가 사라져서 오지 않으니 무섭기도 했다. 수민이는 누나를 찾으러 나섰다. 수경이는 조금 멋쩍은 듯이 "수민아 뭐 해?" 현관문을 열면서 밝은 목소리로 불렀다. 수민이는 보이지 않았고 수경이의 책상에 메모지에 적힌 편지가 있었다.

"누나 미안해. 내가 한 말 때문에 많이 기분 나빴지? 누나가 전학 와서 친구를 잘 못 사귄다고 엄마가 걱정하는 것을 들었어. 나도 사실은 걱정이 되었는데 그만 말을 그렇게 해버렸어. 정말 미안해. 누나, 친구가 없어서 외롭고 힘들지? 누나가 좋은 사람이니까 곧 좋은 친구 만날 거야. 꼭 좋은 친구 만나도록 내가 기도할게. 수민이가."

수경이는 어린 동생이 힘든 내 마음을 이렇게 잘 알고 위로해 주는 것이 너무 기특하고 지금 나의 모습이 서럽기도 해서 엉엉 울었다. 수경이가 울고 있을 때 엄마가 퇴근하셨다.

"비 오는데 수민이는 어디 갔니?" 그제서야 수경이는 정신이 들었다. 수민이에게 전화를 걸어보니 핸드폰도 집에 있었다.

"엄마, 잠깐 나갔다 들어오니까 수민이가 없어." 엄마와 수경이는 우산을 쓰고 급히 밖으로 나가 보았다. 바람까지 불면서 비가 와서 쌀쌀한 초가을 저녁이었다. 수민이는 비를 맞으면서 정신없이 달려오고 있었다.

"수민아!"

"누나 언제 왔어? 누나 찾으러 다인이 누나 집에 갔다가 왔어."

수민이는 얼마나 뛰었는지 숨이 차서 말하는 것이 힘들어 보였다.

"다인이 누나 집에는 왜?"

"누나가 다인이 누나 전학 오기만을 기다렸잖아. 그래서 다인이 누나 만나러 갔을 것 같아서."

어제 다인이네 이사 오는 날이라고 엄마가 저녁에 간식을 사서 우리랑 함께 인사를 하고 왔는데 그 길을 혼자 갔다가 온 것이었다.

"수민아, 아까 누나가 화내서 잘못했어. 그리고 편지도 너무 고마워."

엄마는 수경이와 수민이를 한참 안고서 등을 토닥여 주셨다. 집으로 와서 엄마는 따뜻한 삼계탕을 해 주셨다. 수경이는 오랜만에 조금 홀가분해진 기분으로 잠자리에 들었다. 그런데 막 깊은 잠이 들었을 즈음에 엄마, 아빠의 다급한 목소리가 들렸다. 수민이는 컹컹 개 짖는 소리 같은 기침을 하면서 말도 못 하고 가슴을 움켜잡고 쌕쌕 숨을 길게 몰아쉬고 있었다.

금세라도 수민이의 호흡이 잘못될 것만 같았다. 수민이는 어릴 때부터 천식이 있었고, 급성후두염으로 몇 번 입원을 했었다. 악몽처럼 또 급성후두염이 온 것이었다. 아빠는 손을 떨면서 차 키를 겨우 찾아 쥐고는 수민이를 안고 차로 뛰었다. 엄마는 운전을 하면서 안절부절했다. 20분 정도 걸리는 대학병원 응급실까지 얼마나 길고 힘든 시간이었는지 몰랐다. 응급실 주차장에 도착하니까 아빠 차는 시동도 끄지 않았고 차 문도 열려 있었다. 수경이는 '제발 제 동생을 무사하게 해 주세요' 두 손을 모아 간절히 기도했다. 수민이는 네뷸라이저로 기관지 흡입치료를 하면서 링거를 맞고 있었다. 수민이는 조금씩 호흡이 안정되어 갔고 한두 시간 뒤에는 말도 할 수 있었다.

수민이는 눈을 뜨고 "엄마, 아빠, 누나 여기 어디야?"라며 두리번거렸다.

수경이네 가족은 수민이가 괜찮아져서 안도하며 기쁨의 눈물을 흘렸다. 엄마는 "수민아, 여기 병원이야. 우리 수민이 이제 건강하니까 괜찮아."라며 수민이가 안심할 수 있도록 다독였다. 수경이 아빠는 그 대학병원 내과 의사였다. 수민이의 상태를 체크한 뒤 소아과 의사선생님과 의논하고 나서 약을 받고 집으로 돌아왔다. 수경이는 도저히 마음이 불편해서 견딜 수가 없었다.

"엄마, 아빠 죄송해요. 저 때문에 어제 수민이가 집을 나가서 비를 맞고 스트레스를 받아서 후두염이 온 것 같아요. 수민아 너무 미안해."

"누나 괜찮아. 누나는 사춘기 때 전학 와서 더 힘들잖아."

수경이는 또 눈물을 쏟아 내었다. 엄마는 "우리 수경이가 친구 문제로 많이 힘들었구나!"라며 수경이를 꼭 안아 주었다.

"엄마, 흑흑. 나는 초원초등학교에서는 친구들도 많았고 즐거웠는데 여기는 벌써 서로 친한 친구들 무리가 다 있어서 친구 사귀기가 힘들어. 다인이가 전학 오면 나랑 같이 놀아줄 줄 알았는데 다인이는 반 친구를 벌써 사귀어서... 나는 또 혼자야."라고 말했다.

엄마는 수경이를 따뜻하게 안아주면서 "수경아, 원래 전학이 힘든 거야. 너가 먼저 다가가면 안 좋아하는 친구들이 없을 거야. 그리고 먼저 다가가는 것을 도저히 못 하겠다면 조금만 지나면 중학교잖아. 중학교 때 새롭게 다시 시작해보자."라며 달래주었다. 수경이는 수민이가 아픈 것도 자신의 탓인 것만 같았고 친구를 한 명도 못 사귄 자신이 너무나 후회스러웠다. 이 후회를 두 번 다시 하지 않기 위해서 결심했다. 수경이는 중학교에서는 여러 초등학교들의 친구들이 모이는 새로운 시작이니까 먼저 다가가서 친구를 사귀어야겠다고 마음을 먹었다.

다시 시작

수경이의 기다림 끝에 영화초등학교 졸업식이 왔다. 수경이는 이제 새로운 중학교의 시작이라는 마음에 기뻤다. 수경이가 졸업식을 잘 마치고 수경이는 자신이 원했던 중학교인 미래중학교에 가게 되었다. 수경이는 중학교 입학 전날에 수경이가 영화초등학교로 전학 가기 전 날처럼 긴장되었지만 한 가지 다른 점이 있었다. 미래중학교는 친구들 모두 새로운 만남과 시작이어서 수경이는 한편으로 마음이 편안했다.

드디어 미래중학교 입학 날 아침이 밝았다. 수경이는 평소와 같이 세수를 하고 옷을 입고 떨리지만 설레는 마음으로 미래중학교 교문을 들어섰다. 1학년 친구들은 모두 운동장에 반별로 서 있었다. 수경이는 자신의 반인 4반으로 갔다.

4반의 담임선생님은 남자 선생님이셨다. 수경이는 반을 둘러보고는 한 명의 키 크고 안경 쓴 친구를 발견했다. 수경이는 그 친구가 한눈에 봐도 자신과 참 비슷한 이미지라고 느꼈다.

부끄럽기는 했지만 먼저 말을 걸어 보았다. "안녕? 네 이름이 뭐야?" 그 친구는 "안녕, 내 이름은 황재희야. 나는 승리초등학교에서 왔는데 너는 어느 학교 졸업이야?" 라고 말했다.

수경이는 "아. 그렇구나, 나는 작년 여름방학 때 여기로 이사 와서 영화초등학교 다녔어. 너 혹시 좋아하는 아이돌 있어?"라고 물었다. 재희는 "난 방탄소년단 좋아해. 너는?" 수경이는 "나도 방탄소년단 많이 좋아해. 너무 멋있지 않아? 잘생기고 노래도 잘 부르고 진짜 짱이야."라고 대답했다. 수경이는 사실은 재희랑 친하고 싶어서 한 말인데 이날부터 방탄소년단을 정말 좋아하게 되었다.

"나 사실 어젯 밤에 많이 걱정했거든. 내가 작년에 전학 와서 아는 친구들도 많이 없고 소심한 성격이라서 친구 못 사귈까 봐. 근데 너랑 알게 돼서 너무 다행이다. 우리 1년 동안 친하게 지내자." 재희는 신기하다는 듯이 놀라며 말했다.

"그래? 나도 어제 너랑 똑같은 걱정을 했어. 먼저 말 걸어줘서 수경아, 너무 고마워."

수경이는 부드러운 말투랑 부끄러운 표정까지 자기랑 닮은 재희가 참 편했다.

수경이는 입학식이 끝나고 엄마와 밥을 먹으러 갔다. 식당에는 재희와 재희 엄마가 있었다. 수경이는 엄마에게 "엄마, 내가 오늘 사귄 재희야."라고 재희를 소개해줬다. 수경이 엄마와 재희 엄마도 아주 흐뭇하게 인사를 주고받았다. 수경이가 재희와 힘차게 손을 흔들며 웃고 있는 모습을 수경이 엄마는 쳐다보며 미소를 지었다. 수경이는 내일 빨리 학교에 가서 재희와 이야기를 나누고 싶었다. 수경이가 기다렸던 그다음 날 아침이 밝았다. 수경이는 가방을 싸고 한결 가벼운 마음으로 학교로 향했다. 수경이가 반에 도착하자 재희는 수경이를 기다리고 있었다. 둘은 인사를 하고 재미있게 이야기를 나누었다. 그때, 친구 여섯 명이 수경이와 재희에게 다가왔다.

"안녕, 너희들 이름은 뭐야?"

수경이는 "안녕, 나는 수경이고 얘는 재희야. 우리 잘 지내보자."라며 인사했다. 친구들 이름은 은지, 혜린, 채원, 채린, 수지, 정아였다. 수경이와 재희는 친구들과 금방 친해져 재미있게 이야기를 나누었다. 수경이는 사실 계속 믿기지 않았다.

자신이 미래중학교에 와서 실제로 이렇게 좋은 친구들을 많이 사귀었다는 사실이 놀라웠다. 수경이는 은지, 혜린, 채원, 채린, 수지, 정아, 재희와 시간이 지날수록 더 가까워졌고 학교 활동도 함께 열심히 했다. 수경이는 친구들과 고민이 있을 때는 서로 들어주고 힘들 때는 위로해주고 기쁠 때는 함께 기뻐해 주는 진정한 친구가 되었다. 수경이는 미래중학교에 입학한 날, 자신이 용기 내어서 새로운 시작을 위해 친구들에게 먼저 다가서고 말을 건 것이 너무 뿌듯했다. 결국 새로운 시작은 가만히 기다린다고 시작되는 것이 아니라 자신이 먼저 노력하고 만들어가는 시간이 새로운 시작이 된다는 것을 알았다.

수경이가 다시 시작하는 봄날은 푸르게 빛나고 있었다.

악필 모범생

꿈꾸는 책벌레 1학년 · **정혜원**

작가 소개

범어초를 졸업하고 지금 동도중학교에서 도서부원으로 활동 중이며,

〈악필 모범생〉은 정혜원 작가가 첫 선보일 책입니다.

평소 축구와 야구 등 스포츠에 대한 무한한 사랑을 보이고 스포츠와 함께라면 24시간이 아깝지 않습니다.

저는 축구를 제일 좋아하며 손흥민 선수를 만나보는 것이 꿈이기도 합니다.

스포츠에 대한 사랑이 자연스럽게 장래희망을 스포츠 기자로 만들었습니다.

앞으로도 꾸준히 스포츠를 사랑하며 스포츠 기자라는 꿈을 키울 것입니다.

작가의 말

'모범생'이라고 하면 여러분은 어떤 생각이 드시나요?

'공부 잘하고, 예의 바르고, 솔선수범하고, 반장, 선생님들이 좋아하는 아이'가 보통 우리들이 생각하는 모습일 거예요. 우리가 줄곧 말하는 '엄친아', '넘사벽' 모두가 부러워하는 완벽한 아이라고 생각하죠.

하지만 이것은 우리가 보는 한쪽 면에 불과해요. 세상에 완벽한 사람은 없어요. 로봇은 완벽할 수 있겠지만요. 인간은 모범생이라도 실수할 수 있고, 단점도 모두 가지고 있습니다. 다만 단점을 어떻게 극복하느냐에 따라 앞으로의 미래가 달라질 수 있습니다.

이 책에서 지수도 어디에 가나 항상 '모범생', '엄친딸', '넘사벽'이라는 소리를 듣습니다. 그런데 이렇게 완벽한 아이에게도 약점이 하나 있었습니다. 바로 글씨를 잘 못 쓴다는 것입니다. 제목에서도 말하듯이 지수는 〈악필 모범생〉이었습니다. 악필은 도저히 모범생의 이미지에서 생각할 수도 없는 것으로 여겨지는데 말이죠.

하지만 새로 오신 선생님을 만난 후에 지수는 달라집니다. 예전의 악필 모범생이라는 말이 무색할 정도로요. 모범생의 진정한 강점인, 약점을 극복하는 능력으로 지수는 글씨도 잘 쓰는 모범생이 되지요.

사실 저도 지수와 같은 악필 모범생입니다. 친구들이 제 글씨만 보면 깜짝깜짝 놀라곤 합니다. "얼굴만 보면 잘 쓸 것 같은데, 글씨 좀 잘 써라." 라는 말을 종종 듣곤 합니다. 〈악필 모범생〉은 제가 제 글씨체를 고쳤으면 하는 바람으로 쓰게 되었습니다.

자, 이제 지수가 어떻게 자신의 약점을 극복했는지 알아볼까요?

프롤로그

　나는 오늘 상장을 또 받았다. 오늘은 표창장으로 말이다.

　나는 경필중학교 2학년 5반 신지수이다. 경필중학교에서 이름난 모범생. 나는 운동이면 운동, 미술이면 미술, 음악이면 음악, 공부면 공부 모두 잘한다. 하지만 한 가지 흠이 있다면 글씨를 못 쓴다. 내가 봐도 대단한 악필이다. 무슨 고대 문자도 아니고, 그냥 억지로 읽으려고 하면 알아볼 수 있는 글씨이다.

나는 이 구역의 모범생

"표창장

2학년 5반 신지수.

위 학생은 경필 중학교 선행 3운동 실천에 적극 참여하여 예절, 질서, 봉사 다른 학생의 모범이 되므로 표창장을 주어 크게 칭찬...."

"역시 신지수다!"

"또 재야?"

2학년 5반 학생들이 아침 방송을 보며 소리쳤다.

"얘들아 우리 반 실장 신지수다. 열심히 박수쳐주렴. 우리 반 친구가 나오는데 자랑스럽지 않니?"

담임 선생님이 교실에 들어오면서 꼭 학생들이 한 말을 들으신 것처럼 말했다.

잠시 후 신지수가 돌아왔다.

나는 오늘 상장을 또 받았다. 오늘은 표창장으로 말이다.

나는 경필중학교 2학년 5반 신지수이다. 경필중학교에서 이름난 모범생. 나는 운동이면 운동, 미술이면 미술, 음악이면 음악 공부면 공부 모두 잘한다. 하지만 한 가지 흠이 있다면 글씨를 못 쓴다. 내가 봐도 대단한 악필이다. 무슨 고대 문자도 아니고, 그냥 억지로 읽으려고 하면 알아볼 수 있는 글씨이다. 아무튼 상장을 받아서 기분 좋은 아침인 것 같다.

"딩동 댕동!"

1교시 수업을 알리는 종이 울렸다.

친구들은 부리나케 사물함에 달려가서 국어책을 가지고 온다. 딱 수업종이 울리면 '다다다다!' 책을 가져오는 것이 우리 반 모습이다. 그래서 우리 반이 체육대회에서 우승을 했나보다.

반면 나는 여유롭게 준비를 한다. 이미 5분 전에 책상 위에 가지런히 준비를 해 두었다.

때마침 국어 선생님이 들어오셨다.

"누가 자리에 안 앉아있어? 수업 시작한 지가 언젠데?"

선생님이 큰 목소리와 카리스마로 친구들을 제압하셨다.

뒤로 돌아보니 재윤이와 준서가 아직 자리로 돌아가지 못한 채 얼음 상태로 멈춰 있었다.

'이런, 어떡해', 나는 속으로 걱정했다. 왜냐하면 우리 국어 선생님은 착할 때는 천사 같으신데 우리가 잘못 할 때는 악마가 되신다. 그렇지만 수업은 완전 재밌으시다. 그래서 국어 시간이 나의 최애 수업이기도 하다.

"저기 뒤에, 수업시간이 될 때까지 뭐 했어! 저기 안 보여 너희 반 실장은 잘 앉아 있잖아. 안 그래? 너희들은....? 딱 지수 반 만 좀 해봐. 알겠어?"

선생님이 준서와 재윤이를 번갈아 보셨다.

"네...."

힘없이 둘이 대답했다.

"자리로 들어가."

그렇게 다시 수업이 진행되었다.

"잠시 화내서 미안하다. 오늘은 어제 쳤던 쪽지 시험지를 돌려줄게."

선생님이 다시 차분히 말씀하셨다.

"선생님, 혹시 만점자 있어요? 만점자만 알려주세요?"

"야, 물을 필요가 있어, 당연 지수겠지!"

교실은 잠시 나에 대한 이야기라고 웅성거렸다.

"자, 만점자는 김민우......."

"엥, 지수가 아니야? 와 대박사건."

"민우가?"

선생님이 이어서 말씀 하셨다.

"신지수, 모두 2명이다."

"그럼 그렇지, 그래도 오늘은 의외다."

친구들이 수군수군 거렸다.

"지수는 밥 먹듯이 100점이네, 나도 지수처럼 잘했으면 좋겠다."

나는 시험지를 받고 보니 제일 밑에 작은 글씨로 어떤 말이 쓰여 있었다.

'지수야, 글씨만 조금 더 잘 쓰면 완벽할 텐데, 조금만 신경 쓰자.'

글씨를 잘 못 써도 그래도 100점인데, 글씨가 문제가 될 것은 없다. 나는 지금 글씨보다 더 신경 쓰이는 것은 김민우이다.

사실 나는 웬만하면 거의 모든 시험에서 100점을 맞는다. 그래서 선생님들의 칭찬이 자자하다. 그런데 보통 혼자서 만점인데, 오늘은 한 명 더 만점을 맞았다. 그것도 김민우가. 거의 우리 반 꼴등이 말이다. 흔히 말하는 '꼴찌의 반란'인가? 나에게 도전장을 내민 사람이 생겼다니. 순간적으로 민우와 눈빛을 교환했다. 앞으로 민우를 주시해야겠다.

수업 시간이 끝나고 친구들이 내 곁으로 모였다.

"지수야, 이 문제 어떻게 풀어?"

"이건 말이지 ......"

"이거는? 왜 4번이야?"

내가 말하는 것을 끝내기도 전에 친구들의 질문이 쏟아져 나왔다.

"딩동 댕동."

친구들에게 설명해 주느라 쉬는 시간 10분도 금세 지나갔다.

수학 시간이 되었고 나는 평소대로 가장 열심히 수업을 들었다.

"이 문제는 어떻게 풀면 되나요?"

우리 수학 선생님은 항상 개념 정리 후 몇 가지 확인 문제를 푼다. 문제의 난이도가 천차만별이다.

'$7(x-1)-5 < 2x+a$ 의 해가 $x < 4$ 일 때 상수 a의 값을 구하시오.'

오늘은 좀 쉬운 것 같다.

"저요!"

나는 1분도 안되어 손을 들었다.

"헐~어떻게 저렇게 빨리 풀지, 와 지수 대단하다."

친구들이 말했다.

"지수 앞으로 나와 보렴."

"7(x−1)−5⟨2x+a 는 7x−12⟨2x+a…… x⟨a+12/5입니다. x⟨4이므로 a+12/5 =4………… a−12=20, a=8입니다."

박수 소리가 들려왔다.

"얘들아 지수 잘 풀었지?, 풀이 과정도 지수처럼 차근차근 쓰면 된다."

내가 자리로 돌아갈 때 선생님이 내 옆으로 오셔서 속삭였다.

"다음번부터 글씨 좀 잘 쓰자잉, 숫자도 좀 예쁘게 쓰고, 2%가 부족해. 알 겠지 지수?"

"네…….."

맨날 듣는 소리여서 지겹기도 하다. 그래도 난 괜찮다. 글씨 못 쓴다 해서 시험 문제 틀리는 것도 아니고 벌점 맞는 것도 아닌데 뭘. 글씨는 못 써도 나 는 모두가 알아주는 모범생이다.

새로 오신 선생님

벌써 중간고사가 2주 앞으로 다가왔다. 쉬는 시간에 맨날 놀던 우리 반 친 구들도 모두들 교실에서 공부를 하고 있을 정도다. 우리 반이 이렇게 조용했 나 싶다.

"딩동 댕동!"

다음 교시가 시작되었다. 갑자기 멀리서 국어 도우미의 소리가 들려왔다.

"얘들아, 국어 선생님 바뀌셨어!"

"아이, 설마….."

친구들이 설마하며 국어 도우미 민석이가 장난치는 줄 알았다.

"드르륵"

교실 문이 열리고 선생님 모습이 보였다. 사실이었다. 민석이 말이 사실 이었다.

"와우~" 친구들은 놀란 모습을 갖추지 못했다.

특히 여자애들이 더했다. 나도 조금 놀랐다.

어떤 잘생긴 남자 선생님이 들어오셨다.

"안녕하세요?" 친구들이 즉각적으로 인사했다.

역시 잘생긴 선생님 앞에 우리는 그냥 녹여지는구나.

"안녕하세요? 2학년 5반, 저는 여러분의 새로운 국어선생님 이민욱 이에요. 만나서 반가워요."

항상 궁금증이 많은 내 친구 지우가 질문했다.

"선생님, 근데 갑자기 왜 김유정 선생님은 안 오시나요?"

"그게, 지금 김유정 선생님께서 갑자기 편찮으셔서 제가 대신 오게 되었어요."

'선생님이 괜찮으시려나, 많이 아프시면 안 될 텐데' 나는 선생님이 걱정됐다.

'우리 반이 너무 말을 안 들어서인가? 아무튼 선생님 빨리 나으세요.'

아무리 잘생긴 선생님이라도 나에겐 우리 걸크러쉬 김유정 선생님의 빈자리가 더욱 크게 느껴졌다.

조금 열정이 줄어들었지만 나는 그래도 최선을 다하여 수업에 참여하였다. 선생님도 나를 알아주시는 듯했다.

이민욱 선생님이 오신 후의 첫 쪽지 시험을 쳤다. 벌써 중간고사가 1주일 앞으로 다가온 시점에서 나의 실력을 확인해 볼 수 있는 것이었다.

생각보다 되게 쉬웠고 나는 확신에 차 있었다.

놀랍게도 결과는 B였다, 무려 4개나 틀렸다. 그런데 아무리 훑어봐도 틀린 것이 없었다. 친구들에게 물어봤는데 선생님이 잘못 매기신 것 같다고 했다. 하지만 맨날 100점만 맞는 내가 다음, 다음 시험에서도 계속 2개 이상을 틀렸다. 나는 조금 의아했지만, 실전에서 잘하자는 마음으로 중간고사를 준비했다.

중간고사의 이변

D-Day 그날이 왔다. 중간고사! 모두 긴장된 마음으로, 벌써 세 번째로 치는 시험이어도 긴장되는 것은 마찬가지였다. 그리고 오늘 1교시가 국어 시험이었다. 최근 2주 동안 성적이 좀 안 좋았지만 나는 내가 잘 칠 수 있다고 다짐했다.

"딩동 댕동!" 오늘은 시험 종으로 시험의 시작을 알렸다.

시험지를 보니 출처를 알 수 없는 자신감이 뿜어져 나왔다. 모두 집에서, 학교에서, 학원에서 한 번쯤은 풀어본 유형이었다. 1번부터 술술 잘 풀렸다. 객관식 마지막인 20번까지 내가 수정할 필요도 없이 자신 있게 제대로 표기하였다.

서술형 6문제도 뭐 무난하게 잘 풀었다. 그전에 쳤던 '왜 틀렸는지는 모르는 쪽지 시험'에서 서술형에만 많이 틀려서 조금은 신경이 쓰였지만 문제를 딱 보니 답이 저절로 떠올랐다.

다른 과목 시험도 꽤 잘 푼 것 같고, 다른 과목은 모르겠지만 국어 하나는 확실히 다 맞을 것 같다. 사실 국어는 내가 제일 좋아하는 과목이자 제일 잘하는 것이다.

집에 가자마자 컴퓨터를 켜고 학교 홈페이지에 들어갔다. 객관식만 답이 나와 있어 가채점을 해본 결과 다 맞았다. 서술형만 잘 쳤으면 100점 각이다.

그렇게 긴장되던 중간고사가 끝이 나고 나는 시험 성적이 나오는 날만 기다렸다. 그날이 왔고 성적표가 배부되었다. 분명 받기 전에는 웃고 있었는데 받은 후에 완전히 달라졌다.

'국어 66점 학년 평균 82점'이라고 쓰여 있었다.

'헐, what!, 66점이라고?' 엄청 충격이었다. 더 놀라운 사실은 객관식은 다 맞고 서술형을 하나도 빠짐없이 몽땅 다 틀린 것이었다. 나는 절망에 빠졌다. 그나마 다행히 나머지 과목은 90점대였다.

"민우 올백이래! 우와 김민우 좋겠다!"

옆에서 김민우가 올백이라는 소리가 들려왔다. 국어, 수학, 역사, 과학, 영어. 무려 5과목 올백. 그것도 천하의 재수 없는 김민우가.

갑자기 지우가 내 옆에 와서는, "야 지수, 너도 올백이지!" 라고 말했다.

이런 어쩌면 좋을까 하다가 내가 고개를 절레절레 흔들었다.

눈치도 없게 지우가, "지수 올백 아니래!"라고 갑작스럽게 소리를 질렀다.

소리를 들은 친구들이 내 주위로 왔다.

"지수, 시험 잘 쳤지? 성적 좀 알려주라."

"싫어, 내 성적을 왜 알고 싶은데!"

아무리 가려도 내 성적을 다 보고 간 것 같다. 나머지는 괜찮아도 국어는 진짜 안 되는데....

1분도 안 지나서 교실에서, 복도에서 내가 국어 66점이라는 것이 다 소문이 나버렸다. 그때 김민우가 나를 슬쩍 보더니 웃었다.

'그래 너 잘났다.' 나는 속으로 생각했다.

계속 생각해봐도 내가 왜 서술형을 틀렸는지 정말 몰랐다. 그래서 자존심 상하지만 어쩔 수 없이 김민우에게 갔다.

"민우야, 혹시 너 서술형 답 쓴 것 보여 줄 수 있어?"

"지수 왜?"

"아니, 좀 볼 게 있어서. 내가 왜 틀린지 모르겠어."

"알았어."

그렇게 나랑 민우는 내 시험지랑 민우거랑 비교를 했다. 이렇게 봐도, 저렇게 봐도 틀린 것이 없었다. 민우도 함께 찾아보더니 잘못 된 것을 못 찾겠다고 했다.

그러다가, "지수야, 이것은 그냥 내 추측인데, 혹시 네가 글씨를 좀 날려써서 그런 것 아니야? 계속 보면서 그게 좀 마음에 걸렸어. 그것 아니면 네가 틀린 이유를 못 찾겠어. 선생님께 한 번 여쭤봐."

민우가 진심 어리게 걱정했다.

"아, 그래? 알겠어. 걱정해줘서 고마워."

나는 솔직히 좀 놀랐다. 먼저 민우가 나한테 걱정해주고 오히려 도와줬는데 나는 민우를 견제하고 재수가 없다고 생각했다. 내가 민우를 잘못 생각했다고 느꼈다. 두 번째로는 민우의 말처럼 글씨 문제가 맞는 것 같은데, 그게 맞는다면 엄청 억울하고 화날 것 같았다. 진상 규명을 위해 이민욱 선생님을 찾아갔다.

"어, 지수야, 웬일이니? 성적 때문에 그러니?"

'어, 어떻게 아셨지?'

"아, 네.........."

"성적이 좀 많이 내려갔지?"

"네, 그런데 왜 내려갔는지 잘 모르겠어요. 분명 정답을 적은 것 같은데요. 제가 객관식은 다 맞았는데 서술형은 다 틀렸어요. 친구들한테 물어봐도 제가 적은 답이 다 맞다고 하던데요. 도저히 모르겠어요."

울화통이 터진 것처럼 갑자기 말이 쏟아지기 시작했다.

"아 그래, 그럼 지금 내가 잘 못 메겼다고 하는 거니?"

평소보다 갑자기 선생님이 냉정하게 차갑게 말씀하셨다. 온화한 얼굴은 사라졌다.

"아니요."

"다시 한 번 생각해 봐. 네가 답을 어떻게 썼는지?"

"전 정답을 적었는데요."

"지수야, 내 말을 들어봐. 정답을 적었다고 해. 그러면 읽을 수 있게 썼니?"

".........."

"아니지. 정답을 썼다 한들 읽을 수 없게 써놓으면 어떻게 평가하니? 정답을 알아도 글씨를 못 쓰면 소용이 없어."

"선생님 그런데, 제 친구들, 다른 선생님들은 다 알아보셨는데요."

"허허, 그렇구나. 그것은 다른 선생님들이 힘들게 너의 글씨를 읽은 거야. 네가 지금 내 앞에서 계속 말한다 해도 성적을 고칠 수 없어."

나는 눈시울이 붉어졌다.

선생님이 나를 바라보시며 차분하게 말씀 하셨다.

"지수야 내가 좀 세게 말했지? 미안해. 나도 네 마음 알아, 얼마나 속상할지. 사실 나도 그랬거든. 지금 속으로는 글씨 때문에 틀렸다고 하는 선생님이 어디 있냐고 속상해하고 있겠지. 근데 지수야, 글씨가 네가 생각한 것 보다 매우 중요해. 글씨는 너를 나타내는 또 다른 얼굴이야. 지수야, 잘 들어. 이제부터라도 글씨를 좀 신경 써서 잘 쓰는 거야. 달라지지 않으면 시험 성적이 오를 수가 없어. 그러면 다음 시험 서술형은 또 무조건 0점이야. 좌절할 필요 없어, 아직 시간은 있어. 지금부터 조금씩 노력하면 돼. 기말고사는 잘 칠 수 있겠지?"

"네......"

나는 그렇게 교무실에서 터벅터벅 걸어서 나왔다.

나의 머릿속은 복잡해졌다. 이번 시험은 결론적으로 글씨를 못 써서 망한 것이었다. 그래서 다음 시험을 잘 치기 위해서는 글씨를 잘 쓸 수 있어야 하는 것이었다. 내가 15년 평생 글씨를 못 써도 별 문제는 되지 않았는데 오늘 문제가 되었다. 내가 달라져야 하는 것이었다. 그래도 다행인 것은 기말고사라는 기회가 남아있다. 선생님 말씀처럼 지금부터 노력하면 글씨체를 바꿀 수 있을까? 나는 머릿속에 많은 과제를 남겨 둔 채 교실로 돌아갔다.

오늘부터 달라질 거야!

교실로 돌아가서 나는 곰곰이 생각해 보았다. 갑자기 내 눈앞이 막막해진 기분이었다. '어떡하면 좋을까? 14년 인생 해오던 것을 바꾸어야 한다니. 지금까지 다 괜찮은데, 하필이면 그 쌤을 만나가지고, 정말.....'

그렇다고 다음 시험을 또 글씨 때문에 틀리는 것은 말도 안 되는 일이다. 여기서 딱 답은 하나가 있다. 바로 글씨체를 바꾸는 것이다.

그래서 내가 찾은 해결책은 글씨를 정성 들여 쓰기였다.

다음 시간은 국어였다. 이민욱 선생님을 또 보게 되어서 싫었지만 그래도 다행인 것은 글씨를 쓸 것이 많아 연습이 많았다.

수업 시간에 칠판에 적은 것을 받아 적거나 할 때 평소보다 2배로 정성들여 썼다. 그런데 정성스럽게 쓰니 시간이 부족한 것은 당연했다.

"지수야, 아직도 다 안 적었어?"라고 우리 모둠 친구가 말할 정도였다. 그러다 보니 다시 내 습관이 돌아와 버렸다. 금세 종이는 날려 쓴 글씨로 덮어졌다.

그래서 내린 결론; 다른 방법을 찾아야겠다.

그날 집에 가자마자 내 책장을 뒤져 봤다. 초등학교 때 받았던 국어 활동 책을 찾기 위해서였다. 그 책에는 항상 뒤쪽에 경필 쓰는 부분이 있는데 그것을 활용하면 좋을 듯했다. 초등학교 때 엄청 쓰기 싫었던 것이기도 하다. 두 시간의 수색 끝에 먼지가 뽀얗게 쌓인 6학년 2학기 국어 활동 책을 찾았다. 물티슈로 닦으니 꽤 새것 같았다. 6학년 때는 뒷부분을 거의 하지 않아 연습할 공간이 있었다. 바로 글쓰기를 해 보았다. 투명 필름 위에도 써보고 그냥 따라도 써보고, 느낌이 새로웠다. 중2가 되어서야 초등학생일 때 했던 경필 쓰기의 중요성을 새삼 깨달은 것 같다. 그냥 글씨 한 획 한 획에 집중했다. 그러다 보니 책 한 권을 끝내 버렸고 시계를 보니 벌써 2시간이 지나버렸다.

"지수야, 뭐하니? 숙제 다 했니? 이제 자야지." 엄마의 목소리가 들려왔다.

그렇다. 글씨를 쓰는 바람에 수학 숙제를 아직 못하였다. 글씨라는 것이 기분이 좋을 때 막 하고 몰아서 하는 것이 아닌 것 같다. 꾸준히 조금 조금씩 해야 하는데 오늘 너무 욕심만 부렸다. 그래도 글씨를 다른 종이에 써보니 전보다는 조금 나아진 것 같다. 그래도 더 지속적인 연습이 필요해 보였다.

이제 연습할 책도 없어서 방법을 생각해 보았다. 참고삼아 인터넷에 검색도 해보았다. 검색 결과 많은 사람들이 글쓰기 교정에 관한 책으로 글씨체를 고치는 것을 볼 수 있었다. 내가 얻은 답은 바로 글쓰기 책을 사서 하루에 10분씩 꾸준히 하는 것이다. 책에는 내가 어떻게 글씨를 고쳐 가면 되는지 유익한 방법을 많이 알려주기 때문이다.

그래서 당장 다음날 무작정 시내에 있는 가장 큰 서점으로 갔다. 그리고 '글쓰기의 모든 것'이라고 적혀 있는 쪽으로 갔다. 20분책을 고민해서 자세하게 차근차근 적혀있는 책을 골랐다. 초등학교 고학년을 위한 바른 글씨 책이었다. 다시 초심으로 돌아가서 기초부터 다질 생각이었기 때문에 나는 오히려 초등학생들이 하는 것이 더 나을 것이라고 생각했다. 그리고 그 책에는 노트 필기할 때 쓰는 글씨 등 실전으로 쓰이는 것이 많았고 초등학생의 눈높이로 차근차근 잘 설명되어 있었다. 내가 제일 안 되는 것이 노트 필기여서 나에겐 안성맞춤이었다. 또한 4주 동안 하루에 할 분량을 정해줘서 작심삼일을 달고 사는 나에게 좋은 길잡이였다. 과연 나는 4주 만에 달라질 수 있을까? 기대감을 가지고 나는 집으로 향했다.

시작이 반

집에 도착하자마자 설레는 마음으로 책을 꺼냈다. 맨 앞장에 나의 다짐을 적고 책을 시작했다. '나 신지수는 앞으로 4주 동안 매일 글쓰기 연습을 열심히 하겠습니다.' 그리고 옆에 나의 사인도 했다. 이 책의 구성을 보니 '준비, 연습, 실전' 3단계로 나누어져 있었다. 준비와 연습 단계를 잘 하면 마지막의 단계인 실전도 틀림없이 잘할 것이라는 생각이 들었다.

다음 장을 넘겨보니 자세부터 나와 있었다. 기초가 안 되면 발전이 안 되기 때문이다. 제일 지겹지만 가장 중요한 부분이었다. 본격적인 글씨 교정 전에 현재 나의 글씨를 진단해 보았다. 내가 보니 읽을 수는 있는데 글씨가 균일하지 않고 오르락 내리락이 많았다. 나의 글씨에 대한 처방은 반듯하게 쓰는 것이었다. 나는 많은 과제를 가지고 1일차로 넘겼다.

첫날은 역시 기초! 그것도 선 긋기였다. '이쯤이야 껌이지' 나는 생각했다. 하지만 선을 직접 그어보니 생각보다 좀 어려웠다. 선이 곧게 안 그어지고 삐뚤삐뚤하게 그어졌다. 유치원생도 아닌데 말이다. 밑에 따라서 쓰라는 안내

선도 있는데도 불구하고 삐뚤삐뚤했다. 직선, 사선, 곡선과 원을 다양하게 그었다. 갑자기 의문이 들었다. '글씨를 쓰는데 왜 미술에서나 하는 선 긋기를 하는 걸까? 너무 노가다인데...'

그러던 순간 나는 밑에 적혀있는 작은 팁을 보았다. 지루하게 선만 긋는 것도 나름대로 다 이유가 있었다. '운필력'이라고 필기구를 손에 쥐고 글씨를 쓰거나 그림을 그리는 힘을 기르는 것이었다. 그냥 선만 그어도 글쓰기에 도움이 되다니 한편으로 신기했다. 그렇게 해서 딱 10분 조금 안 걸리고 1일차 양을 완성했다. 딱 오늘 할 수 있는 적당한 양만 하니까 확실히 부담도 적은 것 같다. 내가 무엇을 해냈다는 뿌듯함이 들었고 비록 아직 하루만 했지만 내 자신이 대견했다. '이게 뭐라고.' 앞으로는 오늘의 초심을 잃지 않고 꾸준히 반복하며 연습해야 할 것이다. 아무튼 나는 기분 좋게 나의 글쓰기 대장정을 시작했다. 시작이 반이라는 말이 있듯이 나는 벌써 나의 목표에 한 걸음 더 다가가게 되었다.

연습 그리고 연습

다음 날, 그 다음날 나는 꼭 자기 전에 10분씩 나의 글쓰기 연습에 투자했다. 그냥 자고 싶은 마음이 많았지만 내가 계획한 일을 하기 위해서 꼭 글쓰기 연습을 하고 갔다. 2일 차에는 자음과 모음을 따라 적고 3일 차에는 드디어 단어를 적었다. 매일 매일 꼬박꼬박 정성스럽게 글씨를 썼다. 내가 쓴 단어만 해도 500자도 넘을 것이다.

어느덧 글쓰기 교정을 시작한지 일주일이 지났다. 문득 생각이 들었다. '어, 3일이 지났는데 아직 글쓰기를 계속하고 있네!' 내가 작심삼일을 이겨낸 것이다. 나로서는 대단한 발전이었다.

한 번은 글쓰기 연습을 못 해서 학교에 가져간 날이었다. 쉬는 시간에 평소 독서를 하는 나는 글쓰기 연습을 하고 있었다.

갑자기 뒤에서 인기척이 느껴졌다.

뒤로 돌아보는 순간 누가 나한테 말을 하고 있었다.

"지수야, 뭐 해?"

김민우였다.

"어.....글씨 연습하고 있어."

나는 좀 쑥스러웠다.

"한 번 봐도 돼?"

너무 단도직입적 이어서 나는 조금 당황스러웠다. '띠용~' 나의 기분 상태였다.

"어...근데 나 글씨 엄청 못 쓰는데...."

"괜찮아."

민우가 나의 연습한 흔적들을 보았다. 그러더니 갑자기 감탄을 했다.

"이야, 지수야 엄청 늘었네. 저번에 봤을 때보다 훨씬 잘 쓰네. 180도 달라졌다."

사실 나는 별로 달라진 점을 못 느꼈는데 내심 기분이 좋았다.

"진짜? 나는 잘 모르겠는데, 칭찬해 줘서 고마워."

"야, 신지수!" 하고 나한테 엄지 척을 해줬다.

나는 처음에 민우가 정말 재수 없는데 요즘은 내가 민우에게 호감이 생긴 것 같다. 나를 응원해 주는 친구도 있고, 그것도 김민우가. 세상은 정말 알다가도 모르겠다. 나의 어깨가 으쓱했다.

어쩐지 요즘 수업 시간에 글쓰기를 해도 글씨 좀 잘 쓰라는 말은 못 들어본 것 같다. 국어 시간에 서술형 문제를 풀어도 다 맞고. 정말 글씨의 힘이 대단하다는 것을 새삼 느끼고 있다.

글씨 좀 잘 쓰니, 세상이 좀 편해졌다. 민우에게도 칭찬받고, 국어 시간도 좀 즐거워졌다. 연습의 보람을 느끼는 중이다.

'앗 딴 생각을 너무 많이 했네. 다시 글쓰기 연습해야 되겠다.' 나는 다시 글쓰기 연습에 집중했다.

기말고사

벌써 4주가 지나가고 다음 시험이 다가오고 있다. 제일 중요하다고 생각할 수 있는 기말고사말이다. 4주가 지났다는 말은 내가 글쓰기 연습도 끝냈다는 뜻이다. 나는 지난 4주 동안 하루도 빠짐없이 글쓰기 연습을 해오고 불과 며칠 전에 책을 끝냈다. 확실히 내가 좀 달라졌다는 것을 느낄 수 있었다. 내가 자랑하고 싶어서가 아니라 요즘은 선생님들도 내가 글씨를 잘 쓴다고 칭찬해 주셨다.

'훗, 내가 좀 잘 쓰긴 하지!' 이게 내 마음의 소리긴 하다.

아무튼 이제 정말 시간이 얼마 남지 않았다. 다음 주면 기말 고사이다. 저번 시험을 좀 망쳤기 때문에 이번 시험에서 꼭 만회를 해야 한다. 그런 부담감도 있지만 나는 지금 자신감 가득이다. 왜냐고? 악몽 같은 저번과 달리 연습 시험도 계속 만점이고, 내 글씨까지 업그레이드가 되어 있기 때문이다. "난 할 수 있다!" 내가 큰소리로 외쳤다.

빡센 시험공부로 나의 주말을 보냈고, 기말고사가 월요일 아침을 반겼다. '벌써 월요일이라니! 꼭 시험 때만 되면 시간이 빨리 가는 것은 기분 탓일까.' 조금은 긴장되었지만 당찬 발걸음으로 학교에 갔다. 역시 시험이니까 학교 전체가 정말 좀 삭막한 분위기였다. 하지만 분위기와 상관없이 웃고 있는 두 사람이 있었으니 바로 나와 민우였다. 나는 솔직히 민우가 시험을 잘 쳤으면 좋겠다고 소망한다. 불과 두 달 전의 감정은 사라진 지 오래됐다. 딱 종이 울리기 전에 서로 맞춘 것도 아닌데 민우와 내가 서로에게 파이팅이라고 손짓을 했다. 민우의 파이팅 한 번에 꼭 내가 시험 만점을 맞은 기분이었다.

이번 시험도 역시 1교시가 국어였다. 신기하게도 민우의 응원 덕분인지 술술 문제가 잘 풀렸다. 1분 이상 머뭇거린 문제는 없는 것 같다. 서술형도 선생님이쉽게 읽을 수 있도록정성껏 또박또박 썼다. 객관식에서 아껴둔 시간을 서술형에 좀 투자를 했다. 그렇게 1교시 국어 시험이 끝이 났다. 끝나는 종이 울리자마자, 나는 손을 불끈 쥐고 '나이스'라고 속으로 외쳤다. 내가 생각하기에 너무나 성공적으로 시험을 치른 것 같기 때문이다. 마치 김연아가 연기를 성공적으로 마치면서 주먹을 불끈 쥐고 감격의 눈물을 흘리는 기분이었다. 내가 실수 없이 잘 친 것 같은데, 만약 몇 개를 틀리더라도 후회 없는 시험인 것 같다. 그만큼 나는 최선을 다했고 전반적으로 다른 과목도 마찬가지로 잘 친 것 같다.

그래도 시험 성적이 기다려지는 것은 마찬가지였다. 집에 가자마자 가채점을 해보니 역시 객관식은 다 맞았다. 이번에는 서술형도 자신 있었다. 문득 든 생각인데, '잘하면 국어 만점을 맞을 수도 있겠다!'

"엄마, 나 국어 만점일 것 같아!" 갑자기 너무 설레어 엄마한테 소리쳤다.

"저번에도 만점일 것 같다고 했잖아." 엄마가 별로 놀라지 않은 듯 말했다.

"이번에는 진짜라고." 내가 우겼다.

"알겠어. 으이구, 우리 딸 잘했어요! 그렇다고 김칫국부터 마시지 말게나." 웃으면서 나를 안아주셨다.

나머지 2일의 시험도 무난하게 잘 쳤고, 그렇게 2학년 2학기 기말고사가 끝이 났다.

놀라운 변화

드디어 내가 손꼽아 기다리던 성적이 나오는 날이었다. 일종의 나의 자존심 회복도 가능한 날이다. 조금은 긴장되는 마음으로 학교에 갔다.

친구들의 관심사도 역시 나처럼 모두 성적이었다. 선생님이 그 마음을 아셨는지 아침 시간에 담임 선생님께서 성적표를 나누어 주셨다.

'두구 두구 두구……, 성적표가 내게 오기 1초 전, 배달 성공!' 내 품안에 감췄다가 주변을 확인하고 성적표를 봤다.

'헐~ 와아아아아, 예스!'라고 생각하고 음소거 상태로 만세를 올리면서 나의 기쁨을 표현했다. 내가 이번 시험을, 기말고사를 만점을 받은 것이다. 그리고 중간, 기말 합으로는 한 개, 국어 빼고는 올 A였다. 엄청난 성적이었다. 즉 이번 시험 국어 서술형도 만점을 받았다는 말인 것이다. 지난 시험 때문에 올 A를 놓치게 된 것은 좀 아쉽긴 하지만 이 정도는 쾌거라고 생각한다. 너무 기뻤지만 소리를 지르면 애들이 좀 깜짝 놀라고 방해가 될까봐 행동으로만 표현했다. 또한 여기 중에서도 이번 시험 때문에 우울한 친구들도 분명 있을 것이기 때문이다.

그래도 우리 반 친구들의 관심사가 나인지, 내가 기뻐서 춤을 추고 있으니 애들이 나에게 몰려왔다. 지우가 그 짧은 시간에 내 성적표를 봤는지, 애들한테 소리쳤다.

"긴급 정보, 애들아 지수 올 백이래!"

"정말, 역시 지수는 다르네. 넘 부럽다."

"저번에 잘 못 쳤어도, 모범생은 다르네."

애들이 여기저기서 내가 올백을 맞은 얘기가 쏟아졌다. 그러던 중에 갑자기 민우가 내 앞에 나타났다.

"지수야, 올백, 진심으로 축하해. 대단한걸."

"고마워, 네가 응원한 게 큰 힘이 됐어. 민우야 너는 잘 쳤어?"

"나는 이번 시험은 그럭저럭 친 것 같아. 마지막에 서두르다가 한 문제를 빠뜨리고 말았어. 내가 너무 조급했나 봐."

"괜찮아. 민우야, 다음 시험에는 차분하게 시험을 치면 될 거야. 나도 저번에 글씨를 너무 날려 써서, 서술형 다 틀렸잖아, 근데 연습하니까 다 맞았다. 노력하면 이루어지는 법."

"지수야, 대단하다. 안 그래도 글쓰기 연습을 하는 것을 봤는데, 정말 열심히 했나 보네."

민우가 나한테 엄지 척을 해줬다. 갑자기 밖에서 내 이름이 들려왔다.

"지수, 국어 쌤이 너 부르셔." 민석이가 복도에서 뛰어오면서 나한테 소리쳤다.

"알았어."

'왜 부르시는 걸까? 나를 칭찬해주시는 건가?' 나는 궁금한 마음에 종종걸음으로 교무실로 찾아갔다.

"안녕하세요?"

"어, 지수 왔니? 여기 와서 앉아라. 지수야 너 이번 시험 만점 맞았다며?"

"네."

"지수야, 기말고사 만점 축하한다. 이야, 신지수, 나이스! 국어만 잘 친 줄 알았는데 다른 과목도 엄청 잘 쳤나보네. 내가 너를 부른 것은 너를 칭찬해주고 싶어서야. 서술형 문제 푼 것을 보고 깜짝 놀랐어. 글씨 엄청 예쁘고 잘 썼던데, 내가 알던 예전의 지수 글씨체가 아니더라고. 역시 신지수다 라고 생각했지. 너도 느끼지? 글씨체가 예뻐진 것."

"네, 조금은 달라진 듯해요."

"조금이 아니라 많이 던데. 지수가 해낼 것이라고 생각했는데 기대한 것 보다 훨씬 잘 해낸 것 같아. 스스로 고생했고 잘했다고 어깨 쓰담쓰담 해줘라."

'신지수 잘했고 수고했다.'

"그래서 말인데 네가 나의 바른 글씨 도우미가 되어주겠니?"

교과 도우미는 있어도 바른 글씨 도우미는 생전 처음 들어봐서 매우 의아했다.

"네? 바른 글씨 도우미요?"

"바른 글씨 도우미는 악필 교정이 필요한 친구들에게 도움을 주고, 너처럼 악필 탈출을 도와주는 거야. 바른 글씨 도우미는 정보화로 인해 학생들이 손 글씨를 잘 못 쓰는 것을 보고 내가 만든 것이야. 컴퓨터로 타자를 치면 솔직히 편하잖아. 그런데 이 손글씨는 특별하게도 고유의 정서와 얼이 담겨 있어. 지금 너희들의 손글씨를 보고 너무 안타까운 마음이 들었지. 너희들도 초등학교 때까지는 경필 쓰기를 열심히 했을 것 아니야. 그렇게 생각해 낸 것이 바른 글씨 도우미야. 내가 국어 선생님으로서 사명감을 가지고 만든 것 중 하나지. 올해가 벌써 8기야. 내가 국어 선생님이니까 각 반에 들어가면서 글씨를 잘 못 쓰는 친구들을 볼 것 아니야. 그러면 내가 너한테 그 친구를 도와주라고할 거야. 그럼 너는 그 친구들에게 바른 글씨를 쓰는 법을 알려주면 돼."

"제가 감히 어떻게............할 수 있나요?"

"그냥 네가 글씨를 잘 쓸 수 있게 한 너만의 노하우? 네가 노력한 것들을 알려주면 돼. 내가 이번 시험을 보면서 확신이 들었어. 사실 내가 바른 글씨 도우미가 될 친구를 찾아보고 있었어. 그러던 순간 우리 학교에 모범생이 있다고 해서 봤더니 글씨를 엄청 못 쓰는 거야. 그것이 좀 안타까웠는데 충분히 지수라면 할 수 있겠다고 생각했어. 그런데 정말 짧은 시간에 해낸 거야. 나는 처음부터 잘 쓰는 친구 말고 스스로가 악필 탈출을 한 친구를 찾고 있었어. 그 친구는 분명 의지가 대단하고 목표를 위해 수많은 노력을 했을 테니까. 그 친구가 지금 내 옆에 있지. 바로 너, 신지수!"

"글씨 잘 쓰는 친구들도 많은데 왜 하필 저예요?"

"누구에게 가르쳐줄 때는 해 본 사람이 잘 알거든. 겪어본 사람이 더 잘 아는 법. 게다가 전교 1등 모범생이 가르쳐 준다고 하면 누가 싫겠니? 그리고 모범생 지수도 그런 시련이 있었고 극복했다면 친구들이 더 공감하고 너에게로부터 희망을 얻을걸."

"진짜요?"

"그럼, 물론이지."

"저 잘할 수 있겠죠?"

"신지수 할 수 있다! 그럼 내일부터 바른 글씨 도우미 인거야. 신지수를 바른 글씨 도우미로 임명하겠다."

"네! 최선을 다하겠습니다."

그렇게 나는 2학년 바른 글씨 도우미 8기가 되었다. 그냥 교무실 갔는데 바른 글씨 도우미가 되어 나왔다. 이렇게 신기한 일이!

바른 글씨 도우미

설렘 반 기대 반으로 바른 글씨 도우미 1일 차를 맞이했다. 두 달 전만 해도 악필이었던 내가 상상도 할 수 없던 일일 것이다. 나는 비로소 이제 악필 모범생이 아닌 글씨도 예쁜 모범생이 되었다. 잃어버린 퍼즐 한 피스를 찾아서 이제야 완성한 것 같다. 글씨 못 쓴다고 잔소리를 듣는 것이 아니라, 이제 반대로 내가 친구들에게 조언을 할 수 있게 되었다. 악필이었던 내가 바른 글씨를 쓸 수 있도록 친구들에게 도움을 주는 사람이 되었다. 얼마나 자랑스럽고 대단한 일이 아닌가? 나는 아직도 상상이 안 간다.

나는 오늘부터 친구들이 악필 탈출을 할 수 있도록 최선을 다할 것이다. 습관, 그것도 손글씨가 얼마나 고치기 힘든 줄 알기 때문에 친구들에게는 힘든 여정일 것이다. 하지만 불가능은 없는 법, 악필은 고칠 수 있다! 나도 해냈기 때문이다.

친구들이 모두 바른 글씨를 쓰는 그 날 까지 내가 곁에서 도와줄 것이다.

"신지수! 국어 쌤이 부르셔." 민우가 말했다.

'어, 첫 번째 임무인가?'

나는 교무실로 달려갔다.

"지수 왔니?"

"네."

갑자기 전화기가 울렸다.

선생님이 급히 전화를 받으시더니 얼굴이 좀 심각해지셨다.

"지수야, 미안해. 잠시만 좀 기다려줘."

"네."

나는 무슨 일인지 궁금해서 선생님 뒤를 따라갔다. 선생님이 들어가신 곳은 교장실이었다.

'선생님이, 무슨 사고를 치셨나?'

"이 선생, 결재 서류를 이렇게 줘서 되겠어? 글씨를 이렇게 써서 주면 어떡하란 말인가? 읽을 수가 있어야지. 이게 뭐야, 초등학생도 자네보다는 낫겠어."

"죄송합니다."

" 이 선생, 글씨부터 다시 배워야 하겠네. 얼른 다시 써와!"

내가 정작 도움을 줘야 할 사람이 바로 선생님이었다니!!!!

우리 사이는

꿈꾸는 책벌레 1학년 · 김채경

작가 소개

나는 1학년 1반 김채경이다.

이번에 중학생이 되어 처음으로 책을 쓰게 되었다.

'다시 시작'이라는 주제로 어떤 글을 쓸까 많이 고민했는데 흔치 않게 느껴지지만, 주변에서 가장 자주 볼 수 있는 교우 관계에 대한 글을 썼다.

평소 글을 잘 쓰지 않아 힘들었지만, 결과물이 나쁘게 나온 것 같지 않아 다행이라고 생각한다.

#1

더는 너를 만날 수 없는 12월, 너를 볼 수 있는 건 사진뿐이었다. 주르륵-
눈에서 눈물이 흘렀다. 나도 모르게 너를 생각하고 있었던 모양이다. "아무
래도 오늘은 널 만나러 가야 할 것 같아, 그렇지?" 중얼거려 보았지만 돌아오
는 대답은 없었다. 안 간 지 한참이나 된 그곳. 만나고 싶어 만나러 가도 만
날 수 없는 너. 너에게 들려줄 이야기가 많았다. 눈물이 다시 시야를 가린다.
눈을 감자 검게 변한 세상에서 너와의 기억이 떠오른다. 오늘은 12월 31일, 1
년의 마지막 추위를 느끼며 너를 만나려 밖으로 나간다.

　너와 자주 만났던 가게를 지나갔다. 나는 무언가가 그 가게 앞을 막고 있는
것처럼 길에서 우뚝 멈춰 섰다. "애들아!" "아 왔어?" 중학생쯤 되어 보이는
아이들이 함께 있었다. 상황을 보니 가게 앞에서 만나기로 약속을 했던 것 같
다. 나는 그 아이들을 보자 가게 앞에서 마주 보며 웃던 우리 셋이 생각났다.
1월 어느 날의 시린 겨울밤을 기억하는 나의 눈동자는 차게 가라앉아 그날의
풍경을 담는다. 불어오는 바람이 차갑게 느껴지기보다는 쓸쓸하다. 어쩌면
우리는 만났을 때부터 무언가 잘못된 게 아닌가 싶다. "후..." 작은 한숨을 뱉
은 나는 복잡한 생각들을 뒤로한 채 다시 걷는다. 그 가게로부터 조금 더 걸
어가자 주로 셋이 아닌 둘이서만 만나던 작은 놀이터가 보였다. 놀이터의 그
네 앞에서 처음으로 너와 싸웠을 때가 생각났다. 한겨울 어느 밤에 내린 눈
이 짓밟혀 색을 잃은 것을 실망하듯 너의 원망스럽다는 목소리는 여전히 뚜
렷해 귀가 아려온다. 두 명이 아닌 세 명이 만난 날. 분명 그네 앞에서 서로
의 마음을 털어놓다가 싸운 우리 둘을 화해시키려 자몽 타르트를 사 왔던 네
가 생각나 아까 지나온 가게로 다시 걸어가 꽃과 자몽 타르트를 샀다. 나는
시린 눈빛으로 잿빛의 때 탄 눈이 쌓인 버스정류장에서 버스를 오랫동안 기
다린다. 자몽 타르트를 들고 있는 손이 얼음처럼 차가워질 정도로. 너에게 가
고 있지만 가도 가도 너와 가까워지는 느낌이 들지 않는다. 덜컹덜컹 흔들리
는 버스에서 네가 좋아하던 자몽 타르트가 부서지지 않도록 꽉 잡았다. 이런

거로라도 너에게 용서받을 수 있다면 좋을 텐데. 이런 생각을 하니 내가 너를 업신여기는 것 같아 간사하게 느껴진다.

#2

　오늘은 12월 31일 1년의 마지막이자 너의 기일이다. 나는 느릿한 발걸음으로 납골당에 도착했다. 납골당 안쪽까지 들어가니 네가 웃고 있는 사진이 보인다. '신하빈' 이 세 글자를 보자마자 내 머릿속은 온통 너에 대한 죄책감으로 물들어진다. 사진 속 웃는 하빈이의 옆에는 나와 최수인이 나란히 서 웃고 있다. 할 수 있는 말이 없었다. 분명 너에게 할 말은 많았던 것 같은데 무슨 말을 하려 했는지 하나도 기억이 나지 않는다. '너는 참 겨울을 닮았어.' 하빈이가 내게 자주 했던 말이다. 차가운데 포근하다며, 겨울에 내리는 차가운 햇빛 같다며, 내가 겨울 같다고 했었지. 그래서인지 겨울만 되면 네 생각이 절절히 밀려와 우울감과 따스함이 가득해진다. 일렁이는 마음을 다잡으려 안간힘을 써보지만 비집고 나오는 눈물을 막을 수는 없었다. "현서...?" 아무 말 없이 서 있는데 뒤에서 누군가 날 부르는 소리가 들렸다. 이 목소리는... 최수인이다. 가을의 끝자락, 매서운 바람이 불어와 나무의 낙엽이 바스라 지듯 따가운 말로 서로의 심장을 부수고 으깨고 결국에는 본래의 형체를 알 수 없게 만들던 우리. 뒤를 돌아보니 혼란스러운 표정을 짓고 있는 네가 보인다. 나는 황급히 눈물을 닦았다. 오랜만에 본 수인이의 모습은 똑같아 보이면서도 어딘가 매우 다르다. 우리는 서로의 망가진 눈빛을 주고받았다. "잘 지내?" 내가 먼저 조심스레 말을 꺼냈다. "어 뭐 대학교도 나쁘지 않아." 수인이가 말했다. "나도 뭐 그럭저럭..." 우리를 감싸고 있는 공기가 적적하다. "네가 여긴 왜 왔어." 몇 초간의 정적을 깨고 수인이가 내게 말했다. 질문이 아니었다. 너는 여기에 와서는 안 될 사람인데 왜 왔냐는 것 같은 질책이었다. "너야말로." 나는 수인이의 말에 괜히 기분이 나빠져서 퉁명스레 대답

327

했다. "너 참 **뻔뻔하다**." 수인이가 말했다. 순간 어이가 없었다. 뻔뻔한 게 누 군데. "네가 더." 우리는 또 따가운 말을 주고받았다. 최수인과 몇 마디 나누 지 않았는데 과거에 있었던 일이 생각나 기분이 가라앉는다. "야 너 진짜 왜 그러냐?" 표정을 잔뜩 찌푸린 채 수인에게 말했다. 이것도 수인이가 나에게 했던 말처럼 물음이 아닌 질책이었다. 수인이가 질린다는 표정으로 말했다. "... 우리 하빈이 앞에선 이제 그만하자. 여기까지 와서 싸우는 건 좀 아니잖 아." 이건 나도 충분히 동의하는 내용이다. 어쩌면 우리 때문에 이렇게 되었 을지도 모르는, 죽을 때조차 우리 때문에 고민했을 하빈이다. 그렇게 말하는 수인이의 손에도 꽃과 자몽 타르트가 들려있었다. "나 가볼게." 수인이가 말 했다. "아니 내가 갈게. 너 방금 왔잖아." 애써 배려해주는 말을 한 나는 대답 도 듣지 않은 채 서둘러 납골당 밖으로 나왔다. 비록 몇 년이 지났더라도 우 리 둘의 한심하고 이기적인 대화는 그 때와 다를 게 없다. 사실 수인이를 다 시 만나게 된다면 조용한 공간에서 잔잔히 생각을 나누며 풀고 싶었는데. 시 간이 지나도 우리는 달라진 게 없나 보다. 내가 밖으로 나오자 뚝뚝, 하늘에 서 물이 조용히 아래로 떨어져 땅에 얼룩이 생긴다. 점점 더 많이 떨어지다, 이제는 내 몸에도 떨어진다. "...... 아... 비 온다." 한 박자 늦게 반응했다. 주룩주룩 내리는 비가 된 빗방울은 거세게 추락한다. 내리는 빗줄기가 화살 을 닮아있다. 하빈이가, 우리 둘이 또 싸워서 흘리는 원망스러운 눈물인 걸 까. 하지만 나는 비를 피하지 않았다. 우산도 없이 무섭게 내리는 비를 가만 히 맞았다. 그렇게 보니 떨어지는 빗방울들은 어째선지 슬퍼 보였다. 나와 닮 아있는 것 같다고 느껴서 그런 걸지도 모른다. 나는 친구들과의 사이가 너무 멀어져 버렸다고 빗속에서 자책했다.

　온몸이 축축하게 젖어서 옷과 머리카락에서는 물이 뚝뚝 떨어지고 체온이 내려가 으슬으슬해진다. 과연 우리는 어쩌다가 이렇게 된 걸까. 우리가 어디 서부터 이렇게 돌이킬 수 없을 정도로 심하게 틀어졌더라. 이젠 기억도 잘 나 지 않는다. 나는 다 젖은 몸으로 수인이와 다시 만나는 걸 피하려 걸어가기 시작한다. 여전히 비는 화살처럼 따갑게 내린다. 어제 눈이 왔던 터라 땅 위에 얇게 쌓여있던 눈이 거센 빗줄기와 만나면서 녹기 시작했다. 한 번 녹기 시작한 눈은 금방 물이 되어 나의 발걸음을 무겁게 만든다. 찰박찰박 소리가 나게 걷는 나의 걸음이 위태롭다. 차가운 물에 발밑이 시려 걷기가 힘들어진다. 결국 나는 길에 멈춰 주저앉아 머릿속의 기억을 끄집어내 본다.

#3

과거.

고등학교 2학년 새 학기가 시작되는 날이었다. 1학년 때 좋지 않은 교우관계를 가져서 그런지 그때의 나는 2학년만큼은 그냥 혼자 조용하게 지내고 싶었다. 그래서 무표정으로 자리에 앉아있으니 아이들이 다가오지 않아서 안심하고 있을 때였다. "어... 안녕? 난 신하빈이야...!" 하빈이가 내게 수줍게 인사를 하며 말을 건넸다. "응." 붙임성이 없고 차가웠던 나는 짧게 대답했다. "너는 이름이 뭐야?" ".....유현서." "그렇구나, 친하게 지내자" 그게 우리의 첫 대화였다. 나는 하빈이의 마지막 말에 반응하지 않았고 그 후로도 하빈이는 나에게 말을 걸었으나 나는 한결같이 무시할 뿐이었다. 그러나 이렇게까지 하면 알아서 떨어질 줄 알았던 하빈이는 내 예상을 깨고 끊임없이 나와 얘기하려 했다. 나도 더는 무시할 수 없다고 생각해 조금씩 반응해주기로 마음을 먹었었다. 그렇게 마음을 먹고 일주일쯤 지났을까, 새 학기가 시작된 지 어언 2주째가 되던 날, 그날이 내가 하빈이에게 마음을 연 날이었다. "현서야!" 네가 멀리서부터 내 이름을 부르며 달려왔다. "....." 그런 게 부담스러웠던 나는 그저 잠깐 눈길을 주고는 무시를 해버렸다. "헉– 헉– 현서야, 나 너랑 먹으려고 과자 들고 왔어!" 그럼에도 불구하고 내 쪽으로 뛰어온 네가 거친 숨을 몰아쉬다가도 활짝 웃으며 말했다. "..... 고마워." 나는 한참을 머뭇거리다 작은 목소리로 말했다. 나는 아직도 그 말을 듣고 나서의 너의 표정을 잊을 수가 없다. 처음엔 놀란 듯하다가도 입이 찢어질 듯 웃었던 그 얼굴이 지금까지 확실히 기억난다. 그 후로 우린 천천히 가까워졌고 쭉 같이 다니게 되었다. 하빈이는 내 생각보다 훨씬 더 좋은 아이였다. 내가 곤란한 상황에 처했을 때는 하빈이만의 방법으로 위기에서 벗어날 수 있게 해준다던가, 내가 무심코 고등학교 1학년 때 있었던 우울한 이야기를 하자 "다 들어줄게. 괜찮아."하며 내 이야기를 들어주고 위로해주고 다른 누군가에게 말하지 않는다던가 하는 모습들이 내가 하빈이를 신뢰할 수 있게 만들어주었다.

#4

다른 날과 다름없이 등교하고 하빈이와 얘기하던 날이었다. "오늘 전학생 온대!" 하빈이가 말했다. "아.. 그래?" 나는 싱겁게 대답했다. "뭐야 왜 이렇게 반응이 없어?" 하빈이가 실망한 눈빛으로 말했다. 그러더니 "야 전학을 오자마자 주목받는 전학생! 이런 전학생의 절친이 되는 것이야말로...." "것이야말로...?" "음... 좋은 거지!" 한참을 고민하다 결국 웃으며 좋은 거라 대답한 너였다. 드르륵 문이 열리는 소리가 나더니 선생님과 전학생이 들어왔다. 일어나있던 아이들이 황급히 자리에 앉았고 곧 전학생에게 이목이 쏠렸다. "오늘 우리 반에 전학생이 왔다." '안녕? 난 최수인이라고 해." 약간 긴장한 목소리로 소개하던 수인이는 몇 시간 지나지 않아 우리 반에 적응했다. "야, 현서야 우리 전학생한테 말 걸어보자." 하빈이가 눈을 초롱초롱 빛내며 내게 말했다. "어 그래" 그 말에 쉽게 동의한 나는 하빈이와 함께 수인이가 있는 곳으로 갔다. "저기 안녕? 수인아" 하빈이가 먼저 말을 건넸다. "어 안녕?" 수인이가 대답했고 그 둘은 옆에 있는 나를 신경도 쓰지 않고 얘기했다. 취미나 좋아하는 걸 얘기하는 모양인데, 어째 수인이와는 맞는 게 하나도 없었다. 나는 아마 그때부터 느꼈을 것이다. 나와 최수인은 친해지기 힘들다는 사실을. 그러다 셋에서 다니게 된 우리는 다시금 맞지 않다는 걸 느껴 하빈이에게 수인이와 그만 같이 놀자고 말하려 했다. 하지만 하빈이가 셋이 다니며 너무 즐거워하는 게 눈에 보여 쉽사리 말을 꺼내지 못했었다. 물론 수인이한 테서는 나를 불편해하는 게 티가 났다. 우리는 그렇게 불편하게 한 달 정도를 같이 지내고 있었다. 계속 이렇게 지낼 수만은 없다고 생각한 나는 수인이에 게 말도 걸고 따로 이야기도 했다. 그 후로부터는 수인이와 내가 놀이터에서 자주 만나면서 얘기하고 서로를 이해해가기 시작했다. 그리고 방학 때도 셋 이서 자주 만나며 꽤 친해졌다.

　여름방학이 끝나고 개학식 날, 직접적인 오해가 시작되었다. 여름방학이 끝나기 전, 개학이 얼마 안 남았을 때쯤, 하빈이가 학원에 다니느라 바빠져 우린 자주 만나지 못하고 있었다. 세 명이 그룹 채팅을 하다 언제쯤 놀러 가 냐는 말이 나왔었는데 흐지부지 얘기가 끝나버렸고 개인 채팅으로 수인이에 게서[우리 언제 놀러 가?] 라는 문자가 왔다. 나는 당연히 그룹 채팅에서 했 던 말의 연장선인 걸로 이해해 [하빈이 시간 될 때?] 라고 대답했다. 그러자 수인이에게서 알았다는 답장이 왔고 나는 그런 줄 알고 다시 그 이야기가 나 오기를 기다렸다. 그런데 시간이 흘러 방학이 다 끝나가는 데도 아무런 이야 기가 없어 수인이와의 1:1 채팅으로 [우리 방학 다 끝나가는데 놀러가기로 한 건?] 이라고 물어보니, 수인이에게서 [네가 억지로 싫은 사람이랑 만날 필요 는 없다고 생각해]라는 답장이 되돌아왔다. 내가 잘못 해석하고 답을 해주는 바람에 수인이가 나를 싫어하는 걸로 오해를 했던 것이다. 하빈이가 없으면 너랑 노는 거나 만나는 게 싫은 것으로. 나는 진중하게 내가 잘못 이해한 상 황에서 답을 하는 바람에 너가 오해할 수 있는 상황을 만든 것 같아 진심으로 미안하다는 사과를 했고 수인이도 알았다고 한 뒤 이 이야기는 어찌어찌 넘 어가는 것 같았다. 그런데 학교에 와보니 그게 아니었던 걸 알게 되었다. 우 리의 이야기는 어찌어찌 넘어간 게 아니었다.수인이는 여전히 그 일에 대해 화가 나서 내가 불편한 그런 상태였고 나는 오해인 걸 밝혔음에도 수인이의 태도에 변함이 없어서 곤란한 상태였다. 개학하고 냉랭한 우리 사이를 본 하 빈이는 우리가 왜 이러는지도 모르고 중간에 껴서 어쩔 줄 몰라 했다. 그런 하빈이에게 미안했지만 수인이가 사과를 받지 않은 이상 나 혼자서는 어떻게 할 수 없는 일이었다. 그리고부터는 수인이가 일방적으로 나를 피하기 시작했다. 나는 계속 수인이와 대화를 해서 사이를 좋게 풀고 싶었지만 점점 수인이의 행동이 마음에 들지 않아 슬슬 지쳐가면서 짜증이 났다.

그렇게 서로 얘기를 하지 않고 지내던 중 하빈이가 주말에 셋이 놀러 가는 게 어떻겠냐고 제안을 해왔다. 처음에는 우리 둘 다 거절했지만 하빈이의 간절한 부탁에 결국은 나가기로 했다. 하지만 내가 약속 당일 날 예상치 못한 교통 체증으로 차가 막혀 약속 시각에 10분 늦어버렸다. 그런데 내가 약속장소였던 그 가게 앞에 도착하니 나를 기다리고 있는 친구들은 없었다. 분명 10분 정도 늦는다고 얘기도 했는데 친구들이 보이지 않아 혼란스러워 하빈이에게 전화를 걸었다.

전화를 받은 하빈이가 당황한 목소리로 ".....수인이가 네가 늦어서 그... 너를 왜 기다려야 되냐면서 다시 돌아갔어... 그리고 내가 쫓아갔는데 안 보여." 라고 말했다. 난 이때 깨달았다. 수인이는 나와 화해할 마음도 없고 수인이와는 다시 친해질 수 없어서 세 명이 함께 놀던 그때로 돌아가는 건 거의, 아니 확실히 불가능하겠다고.

#5

그다음 날은 학교에 조금 늦게 등교했다. 반에 들어서자 아이들이 나를 보며 수군수군 거렸다. 심장이 쿵쾅쿵쾅 뛰고 손에 땀이 났다. 1학년 때와 똑같은 상황이었다. 나는 1학년 때도 친구들과 잘못 엮여 잠시 피곤했던 적이 있었다. 그런데 그때와 너무 비슷한 상황이 또 일어나자 당황해서 사고가 멈춰버렸다. "현서야!" "어 어?" 하빈이가 나를 부르며 달려왔다. "... 괜찮아?" 하빈이가 머뭇거리며 내게 물어봤다. 나는 멋쩍게 웃으며 괜찮다고 대답했다. 사실 하나도 괜찮지 않았다. 쉬는 시간 내내 나에 대해 떠들어대는 몇몇

아이들의 이야기를 들으니 내가 약속도 안 지키고, 싫어하는 티 내고, 재수 없고, 싸가지 없고, 뭐 거의 그런 내용이었다. 하는 말마다 '수인이가'로 시작한다. 그러니까 모든 말의 출처는 최수인이다.

그날은 온종일 기분이 안 좋았다. 하빈이는 우리 둘 중 누구와 같이 다녀야 할지 고민하는 것 같았지만 결국 혼자 다니는 걸 선택했다. 하지만 그 소문은 그다음 날, 그 다음다음 날에도 계속 들려왔다. 그 며칠 동안 우리 셋은 혼자서 다녔다. 수인이는 어느새 다른 친구들을 사겨 특정 무리와 함께 다녔지만 말이다. 소문이 계속 들려오자 참을 수 있는 한계에 도달한 나는 등교를 하고 껄끄럽지만 수인이에게 다가갔다. "수인아, 나랑 잠깐 얘기 좀 하자." 나는 단도직입적으로 말했다. 그리고 수인이는 아무런 표정 변화도 없이 "나 너랑 할 말 없어." 태연하게 말했다.

너무 화나서 잘 기억나진 않지만 아마 그때의 나는 엄청나게 열이 올랐던 것 같다. 올라오는 화를 꾹꾹 밑으로 눌러내느라 목소리도 부들부들 떨렸던 걸로 기억한다. 조용히 시작했던 대화는 싸움으로 번져가고 목소리는 점점 또렷해져서 복도에까지 크게 울렸다. 우리 둘보다 늦게 등교한 하빈이가 우리가 싸우는 걸 보고 필사적으로 말렸다. 종이 치면서 우리의 1차전이 끝났고 괜히 하빈이를 곤란하게 하기도, 교무실에 가기도 싫어서 점심시간 때까지 수인이를 피해 다녔다. 학교에서 마주치고 싸우면 일이 너무 커질 것 같았던 나는 화난 마음에 수인이가 했던 것처럼 그나마 내 편이었던 친구들에게 수인이의 뒷담을 깠다. 지금 생각해보면 그때의 나는 너무 어리석고 바보 같다. 다음 날 학교에서는, 동그라미 모양이었던 서로에 대한 소문이 커지고 입에서 입으로 전해져 네모로 변하고 SNS에도 번져 오각형, 육각형으로 변해가면서 소문은 듣고 누가 누군지 알 수 없을 정도로 불어 있었다. 여전히 하빈이와 나는 혼자 다녔고 수인이는 특정 무리에서 슬슬 밀려나고 있는 것 같았다.

#6

쌀쌀한 가을날을 혼자 다니기 시작해 어언 3개월이 지나고 겨울방학이 다가오고 있었다. 3개월이라는 그 오랜 시간 속에서 우리 사이에는 그 어떠한 진전도 없었다. 그저 변함없이 서로를 싫어하고 피하고의 연속이었다. 날씨가 꽤 많이 차가워진 11월에 하빈이가 나를 놀이터로 불렀다. 약속 시간에 맞춰 도착하니 하빈이는 이제껏 본 적 없는 시린 표정을 하고 나를 바라본다. "하빈아." 담담하게 불렀다. 나무에 달려있던 마지막 단풍이 떨어지고 눈에 비치는 모든 풍경은 흑백으로 변한다. 하빈이는 몰풍스러운 눈빛으로 말했다. "... 너 진짜 원망스러워. 수인이가 잘못한 것도 맞지만 일을 이렇게 크게 벌일 필요도 없었잖아. 수인이한테 사과받으러 가자. 이젠 그만 좀 싸워. 다 내 탓인 것 같아. 내가 괜히 친구 하자고 해서..." 그렇게 말하는 하빈이의 눈에는 원망과 함께 미안함이 스며들어있다. 내가 대답했다. "내가 나중에 한번 따로 불러내 볼게. 네 탓... 아니야. 미안해, 일을 크게 벌려놔서." 나 "약속해줘. 수인이랑 서로 화해하고 싸우지 않기로." 하빈이가 말했다. "알겠어. 약속할게..." "약속기한은 언제까지야?" 하빈이가 내게 물었다. "내년 겨울방학까지?" "좋아." "최대한 빨리 화해해볼게." 내가 말을 끝마치자 하빈이는 내 눈을 쳐다보지도 않고 나를 지나쳐 간다. 잠깐 발소리가 멈추더니 "갈게 현서야." 조금 누그러진 하빈이의 목소리가 들린다. 나는 그 말에 잠깐 웃고는 수인이와의 만남을 생각했다.

겨울방학이 시작되었다. 하빈이와 약속을 한 지 벌써 한 달이나 지나버렸다. 우리에 대한 소문은 점차 묻혀져 갔고 다행히 교무실까지 가는 상황은 벌어지지 않았다. 속으로 수인이에게 잠깐 얘기 좀 하자라고 말하려고 계속 생각했다. 하지만 그걸 입 밖으로 내뱉는 건 생각보다 훨씬 더 많이 어려운 일이었다. 그리고 요즘은 내가 하빈이와 둘이 다녀서 수인이만 혼자 다닌다. 사실 수인이와 우리는 떨어졌고 일도 엄청 막 커지진 않았으니 그냥 넘어가고 싶다는 생각이 들 때도 있지만 하빈이와 약속한 게 있으니 어영부영 넘어가지도 못하고 그러지도 않을 것이다. 이젠 겨울방학이 되었으니 얘기할 기회가 그래도 조금은 더 늘어날 것이다. 방학 동안 계속 이렇게 불편하게 지낼 수는 없으니 내일 바로 수인이에게 문자를 보내야겠다고 다짐했다.

[수인아 우리 그 가게 앞에서 6시까지 만나자. 나 할 얘기가 있어. 이번 한 번만 꼭 나와줘.] 나는 수인이와 결판을 내려 그 가게 앞에서 기다렸다. 6시가 되고 수인이가 가게 앞으로 도착했다. "수인아. 사과받으러 왔어." 내가 먼저 말했다. 수인이는 표정을 살짝 찡그리며 대답했다. "너부터 사과해야지." 내가 기억하기로 잘못은 수인이가 먼저 했다. 그에 대해 반박하자 수인이에게서도 따가운 말들이 나와 나를 괴롭혔다. 분명 서로 침착하게 얘기하며 풀고 싶었는데 누르고 있던 화가 이성을 이기고 나와 버렸다. 주위에 보는 사람도 얼마 없고 한 번 쏟은 분노를 다시 담을 그릇조차 없는 상태의 우리 둘은 당장 무서울 게 없었다. 사실 수인이를 만나러 이곳에 오기 전에 하빈이한테도 말했는데 자기도 오겠다고 했다. 곧 있으면 하빈이는 우리 둘이 격하게 싸우고 있는 걸 보게 될 것이다.

우리는 서로를 이기려고 목소리를 점점 높이다 기어이 손까지 쓰며 싸운다. 서로의 꼴이 엉망진창이다. "야....!!!!!!" 손을 멈추고 서로 노려보고 있는 우리의 귀에 하빈이의 목소리가 들린다. 고개를 돌려보니 하빈이가 뛰어오고 있고 그 옆에는 차가 지나간다. 빵– 그대로 손쓸 새도 없이 하빈이가 차에 치였다. 나와 수인이는 싸우다 말고 당황해서 차도로 뛰어들었다. 하빈이는 피를 줄줄 흘리고 있었다. 마치 우리가 가져야 할 고통을 자기가 다 가져가 버린 것처럼 말이다. 하빈이는 결국 죽었다. 나는 미안하고 미안해서, 그리고 그리워서 눈물만 하염없이 흘렸다. 그 추운 겨울을 차갑고 쓸쓸하게 혼자 그렇게 보냈다. 그 후로 수인이는 다른 학교로 전학을 갔다. 애매한 나이여서 다들 말렸지만 아마 전학을 가는 게 더 편할 것이라고 생각했을 것이다. 그렇게 우리 사이는 끝이 난 듯했다.

머릿속에 있던 기억들을 다 쏟아내자 어느새 비는 그쳐 있다. 기억을 끄집어내는 동안 울어서 그런지 몸에 뜨거운 열이 올랐다. 그대로 길에 주저앉은 채 시간이 좀 지나니 열은 가라앉았다. 이제는 아직 마르지 않은 내 몸이 무겁기만 하다. 싸늘한 날씨에 절로 오들오들 몸이 떨린다. 주저앉았던 길에서 다시 일어나 힘이 없는 다리로 천천히 느리게 걸어간다. 어떻게 버스를 타고 걸었는지 기억도 나지 않는다. 초췌한 모습으로 집에 도착한 나는 차가운 몸을 따뜻하게 녹이려 씻은 후 그대로 잠들어 버렸다.

깜빡 잠든 뒤 새벽 3시에 일어났다. 귀에는 먹먹함만이 가득할 정도로 조용하고 또 조용하다. 새벽의 생각들이 나를 찾아온다. 결국 화해하라는 하빈이의 약속을 지키지 못했었지. 그 약속을 지금이라도 지키라고 누군가 속삭이는 듯한 느낌을 받았다. 그러면 나를 썩어들어 갈 때까지 옭아매던 이 줄이 끊길 거고 나를 휘감던 죄책감도 조금은 홀가분해질 거라고. 아무래도 수인이에게 사과를 받고 화해하라는 그 약속을 지켜야 할 것만 같다. 게다가 저번에 자몽 타르트를 들고 있던 걸 보면 아마 수인이도 하빈이에게 미안한 마음을 가지고 있었을 거다. 약속을 한 사람은 더 이상 없지만 그래도 약속은 유효하니까.

다시는 만날 일 없다고 생각하던 수인이를 내 집으로 불렀다. 집에 들어온 수인이와 나는 한동안 아무 말도 없었다. "요즘 어떻게 지내?" 이번에도 먼저 물어본 건 나였다. "별로 좋지는 않아..." 수인이가 작게 대답했다. 그리고는 또 한참 말이 없었다. "현서야. 오늘 왜 불렀어?" 수인이가 몇 분째 말을 하지 않아 잠긴 목소리로 내게 물었다.

나는 이제 말할 때가 되었다고 생각해 천천히 하빈이와 내가 한 약속에 대해서 얘기하려 생각을 정리했다.

"사실 하빈이가 떠나기 전에 나랑 한 약속이 있어."

먼저 약속했다는 걸 알려주었다. 시큰둥하던 수인이가 좀 관심을 가지는 것 같았다.

"어떤 약속을 했는데...?"

수인이가 조심스레 물었다.

"너랑 화해하라는 약속."

수인이의 표정을 보진 못했지만 아마 놀란 표정을 지었을 것이다.

"수인아, 나는 하빈이와 한 약속을 지키고 싶어. 괜찮다면 화해하지 않을 래? 나 너한테 화난 마음도 있었지만 사과도 하고 싶었어. 내가 했던 모든 잘 못된 말, 잘못된 행동들 다 사과할게. 미안해."

나의 사과에 수인이의 말이 뒤이어 들린다.

"나도 미안해. 이렇게 된 거 어떻게 보면 다 내가 원인이잖아. 나도 내가 했던 것들 사과할게. 현서야."

그렇게 우리는 화해했다. 내가 이 말을 좀 더 빨리했다면 지금보다 좀 더 나았을까. 여러 가지 생각을 하고 있는데, "그럼 우리 다시 친구인가...?" 수 인이가 말했다. "아니, 친구는 못 하지." 나는 못 한다고 대답했다. "어... 그 런가?" "그렇지. 이미 서로에 대한 신뢰가 깨졌잖아. 이제는 그냥 만나면 인 사 정도는 하는 사이?" 내가 말했다.

수인이도 웃으며 내 의견에 동의했다. 우리의 사이는 만나면 인사하는 사 이로 정해졌다. 아무리 친했다고 한들 내가 수인이와 전처럼 사이좋게 지내 는 건 힘들 테니까.

시간분배법

꿈꾸는 책벌레 1학년 · **강도윤**

작가 소개

소설을 쓰랬는데 일기를 썼네요 ㅎㅎ

참고로 이 책에서 말하는 '나'라는 아이는 제가 아닙니다.

주인공 이름을 못 정해서 나라고 한 것뿐입니다. 아 물론 제 감정이 많이 이입되긴 했지만 제 본 모습이랑은 약간 다릅니다.

4번 이야기 외에는 다 제 이야기가 아닙니다. 저는 남들한테 이렇게 사랑스럽고 상처를 치유해주는 말을 그리 쉽게 하지 못하거든요.

새벽감성에 취해 제가 예전에 느꼈던 감정들을 막 풀어 적었는데 이렇게 이런 글을 적으니까 갑자기 나이가 14살이 아니라 24살은 먹은 것 같아요.

그 나이가 되어도 전 책 쓰는 건 지금처럼 힘들 것 같아요.

#1

    나는 항상 밝게 웃는 아이였다. 나를 좋아하는 사람 앞에서든 싫어하는 사람 앞에서든 사랑받기 위해 열심이었다. 그렇지만 내가 노력한다고 해서 사람들이 그리 쉽게 바뀌는 건 아니었다.

    그렇지 못한다는 건 알고 지낸 지 한참 되었지만 그게 또 약간의 상처를 입힌다. 자기를 좋아하는 건 쉽게 느껴도 별로 소중한지 모르지만 자기를 싫어하는 건 쉽게 알아차리게 되고 너무 신경 쓰인다. 그래서 남들이 나를 싸늘하게 쳐다보면 그걸 아무렇지 않은 척 넘기기 힘들었다.

    그런 감정들이 쌓이고 쌓여 내가 완전히 다른 모습으로 변하게 만들었다. 예전처럼 기분 나쁜 장난을 들으면 순한 얼굴로 넘어가는 게 아니라 기분이 나쁜 티를 낸다. 원래 한 번 벼락이 떨어진 나무에는 벼락이 안 떨어진다고 하듯이 남들이 나를 더 이상 만만히 여기지 않도록 서서히 웃음을 줄여갔다.

#2

    지난 달 까지만 해도 너와의 대화를 (사실 대화라고 하기엔 일방적으로 욕을 먹은 것이었지만) 떠올려보면 눈물이 날 정도로 너무 고생했지만 이제는 시간이 조금 지났다고 그리 고생하지는 않는다. 이것도 새로운 시작이라고 할 수 있는 건지 잘 모르겠지만 나한테는 나름 큰 변화다.

    이번 글의 주제가 다시 시작인만큼 나도 다시 시작해볼 것이다. 이미 지나간 일인데 질질 끌면 나만 더 상처받을 텐데 이렇게 오래 고민한 내가 바보 같다.

    이전에는 매일매일 자기 전에 내가 이랬다면 이렇게 말했다면 참 좋았을 텐데 라는 고민을 오래 했다. 물론 다른 생각을 하면서 기억 속에서 빨리 지울 수 있었겠지만, 과거의 나는 나 자신을 아낄 줄 모르고 남들에게 나를 깔아주는 미련한 애였기 때문에 나의 감정을 모두 꺼내 불필요한 것을 없앨 줄 몰랐다.

정말 다행인 것은 지금의 나는 향기가 없던 내 인생을 조금씩 꽃향기로 채우고 있다는 것이다. 나를 좋아해 주는 사람들과 소통하고 시간이 지나기만을 기다리다 보면 어느새 신경 쓰이지 않게 되고 자연스럽게 행복해질 것이다. 원래 시간이 모든 일을 해결해주는 마법의 약이라고 한다. 그리고 나도 그렇게 믿고 있다.

#3

처음에 친해질 때는 이럴 줄 모르고 친해지지만 친한 애들 중에 나중에 꼭 인사도 하기 싫을 만큼 사이가 멀어지는 애가 생기게 된다.

원래 믿던 사람에게 발등 찍힌다고 상상도 못한 애가 내 욕을 하기도 한다. 그 사실을 알게 되면 매일 보는 사이에 함께 살아가고 있다는 믿음이 있던 사이였지만 서도 갑자기 불안해진다. 나도 그 애의 입장이 되어본 적이 있어 싫어하고 싶지 않았고 다른 애들처럼 쉽게 걔를 욕하고 싶지 않았다. "나는 드라마 영화에 나오는 주인공들처럼 위기를 이겨내도록 도와주는 왕자가 있을까? 주변의 시선을 모두 무시하고 당당하게 살아갈 수 있을까?" 당연한 결과겠지만 아니다.

너가 주변에 쉽게 씨부렸던 말들이 나와 내 친구들한테는 큰 트라우마가 되었다. 너에게도 큰 트라우마겠지만 우리는 통제 없이 바로 눈물이 나오는 그런 자연스러운 반응이 될 정도로 소름이 끼쳤다. 이런 일들을 일일이 적어내는 것이 무슨 도움이 되겠냐마는 다른 친구들처럼 말할 것이 있지 않아서 혼자 서럽게 삭히고 삭힌 나는 쉽게 잊어지지 않는다. 내 성격을 완전히 뒤집어 줄 정도로 큰일이었는데 내가 잘못 이해하고 잘못 받아들인 거라고 말하는 넌 내가 친하게 지내던 너가 아닌 것 같다.

하루아침에 쉽게 성격이 바뀌지는 않는다. 그건 진짜 힘든 일이기 때문이다. 그렇지만 더 어려운 건 바뀐 성격에 익숙해지는 것이다. 갑작스러운 우울함이 생길 때면 너무 당황스러워서 나 자신도 놀란다. 머리로는 즐거운 하루였다고 생각했는데 오늘 내가 실수를 한 건 아닌지 계속 걱정되어 잠자기 전 신경 쓰느라 우울했다. 위에서 성격이 변한 것처럼 이런 습관들도 서서히 바꾸면 다 괜찮아지지 않을까? 더 이상 참다못해 화를 표출하지 않고 나도 네가 쉽게 얘기하듯 쉽게 화날 수 있는 사람이라는 걸 티를 내는 내 보습이 너무 이상하지만 상관없다.

이다지도 나의 새로운 어두운 모습을 새로 발견하기까지 얼마나 많은 일들을 견뎠는지 생각해보면 대견한 것 같기도 하다. 과거의 나는 착했지만 오로지 타인들의 손길에 아파하고 또 즐거워했다. 이제는 내가 나를 다듬어주면서 수고했다고 얘기해준다.

매일 아침 일어나자마자 옷에 신경 쓰고 거울을 보던 내가 가끔은 자연스러운 모습으로 편의점까지 걸어 다녀온다거나 남이 낸 소문을 듣고 한 귀로 흘리는 모습도 관찰할 수 있다. 작은 것 같지만 사실 엄청난 발전이다. 비로소 나의 즐거움을 얻어낸 기분이라 행복하다. 속상할 때마다 나나 타인을 미워하지 않고 누군가를 사랑하려고 애쓰지 않아도 즐거움을 찾게 되어서.

#4

대부분의 사람들이 만약 오랜 시간 동안 한 가지 일을 열심히 해왔고 잘한다고 인정받아왔다면 그 일이 질릴 만큼 질리고 너무 하기 싫어도 그냥 한다. 나는 공부를 나름 잘했고 다른 아이들보다 열심히 하는 편이었다. 내가 잘하는 특정 과목에 흥미도 붙였고 남들보다 잘하겠다는 승부욕이 있어 학원을 살인적인 스케줄로 다니기도 했다.

나는 영재원에 가는 것이 너무 귀찮았다. 주말에만 가는 수업인데도 다들 친구들은 안 가고 아침에 자고 있는데 왜 굳이 가야 될까 라는 생각이 들었기 때문이다. 거의 1년이 지난 지금도 나는 영재원에 가는 것이 너무 귀찮아 토요일 아침마다 알람 소리가 선명히 잘 들려도 못 들은 척 아파서 못 가는 척 행동했다. 그렇다고 해서 나의 허접한 연기로 영재원 수업을 뺄 수는 없었다. 전국에 있는 모든 엄마들이 아이가 아프다고 하면 수업을 취소하고 병원에 가지 않고 수업을 갔다가 병원을 들리듯이 우리 엄마도 수업을 빼 준 적이 단 한 번도 없었다.

그런데 이번 주는 약간 달랐다. 아픈 '척' 꾀병 부린 게 아니라 진짜로 아팠다. 전날 숙제를 하다가 새벽 3시가 다 되어 잠을 잤고 배도 아파 어지러웠는데 그 전에 계속 가기 싫다고 투정을 부리니까 엄마가 믿어주지 않았다. 보통 딸이 너무 힘들고 억지로 다니기 싫다고 몇 번이고 말하면 듣는 시늉이라도 해줄 텐데 나한테 다짜고짜 화만 내는 엄마가 너무 원망스러웠다.

비록 나는 억지로 영재원을 끝까지 수료하게 되겠지만, 자기가 이 수업이 영양가도 없고 시간만 잡아먹는 기생충 같은 수업이라고 생각한다면 하루빨리 하기 싫다고 강하게 얘기했으면 좋겠다. 자기가 이 강의에 흥미가 없는데 엄마의 강요로, 아니면 이미 시작해서라는 터무니없는 이유로 계속 시간만 잡아먹는다면 나처럼 영재원에 와서 3시간 동안 sns를 하고 밀린 도서부 글쓰기를 하고 있을 것이다.

물론 내가 원해서 시작하고 전부터 해보고 싶었던 일들은 열심히 해야 한다. 내가 영재원에서는 이렇게 열심히 시간이 지나가길 기다리지만 내가 꼭 이루고 싶은 목표에 관련된 일은 최선을 다했다. 그러니까 이렇게 불필요한 수업들을 때려치우라고 말할 수 있는 거겠지만. 자기가 하고 싶은 게 아니라면 빠르게 경로를 바꾸는 게 너의 정신건강에도 엄마의 지갑에도 좋을 것이다.

단순히 공부가 하기 싫다는 게 아니라 내가 만족할 수 있는 만큼의 공부 양보다 과하게 학원을 다니는 것이 무의미하다고 생각한 것이다.

그 뒤로 나는 앞으로 내가 학원을 그만두고 무엇을 배우고 남는 시간에 무엇을 하고 시간을 보낼 것인지 체계적으로 계획하기 시작했다. 시작은 힘들었지만 얻는 것도 없이 시간을 많이 잡아먹는 수업 2개를 없앴고 내가 내년

내후년을 대비하여 올해 미리 해야 하는 것들을 준비했다. 시간이 생기니까 아침에 일어났을 때 덜 피곤하였고 그날그날 해야 할 목록도 적었다. 만약 자기도 내가 원하는 공부가 아닌데도 과하게 학원을 가고 있다면 내가 왜 이 공부를 해야 하는지 아니면 내가 무슨 일을 해야 즐거울지를 고민해보고 자기가 하고 싶은 일들을 차차 해 나갔으면 좋겠다.

각자 자기만의 시간을 분배하는 방법을 찾아가는 것이 사소하지만 큰 도움을 줄 수 있다.

다시
시작

발행일   2020년 2월 28일
지은이   동도중학교 꿈꾸는 책벌레
지도교사   김혜령

펴낸곳   매일신문사
출판등록   제25100-1984-1호
주소   대구광역시 중구 서성로 20
전화   053-251-1421
팩스   053-256-4537

ISBN 978-89-94637-97-6